石の中の宇宙

永井明彦 作

其中往来種作男女衣著、
悉如外人、黄髪垂髫、並怡然自楽。

そこでは行き来する人や農作業をする人は、男も女も見たことのないような服を着ていた。老人も子どもも心から楽しそうであった。

陶潜（陶淵明）『桃花源記』

目次

謎《なぞ》の石片《せきへん》 5
二人の秘密《ひみつ》 48
樹上の世界 80
こびとの谷 117
長老との会見 161
聖《せい》なる山に登る 244
世界で一番小さな本 313
あとがき 418

謎《なぞ》の石片《せきへん》

1

ぼくは道を見失っていた。

まだ八月の初めだというのに強力な台風が日本海から近づいていた。風も一時間ごとに強くなっている。おまけに下着までずぶぬれで、歩いているから体がほてっているものの、立ち止《ど》まって五分も休んでいると寒気《さむけ》が足から上がってくる。

ぼくのいる山塊《さんかい》は北の地方にあるので、標高は低くても気温は東京の比ではない。こんな所での野宿はいやだ。尾根《おね》の上に出ればボロくても避難《ひなん》小屋はあるはずなんだ。

ぼくは北の地方の、とある山地の沢《さわ》を遡行《そこう》してきた。ここらの沢《さわ》はどこも傾斜《けいしゃ》が緩《ゆる》やかなので、滝《たき》というほどの滝《たき》もほとんどなく、歩きやすい。だから昔から猟師《りょうし》たちは山道をつくらず、河原を道として利用してきた。水の補給にも困らないし、河原は広い。いつでもイワナが釣《つ》れる。もちろん深い山だから、熊《くま》もいるだろうし、ヤマカガシやマムシが昼寝《ひるね》をしているのを踏《ふ》みそうになったりもする。だが、晴れた日の沢《さわ》は俗界《ぞっかい》を離《はな》れた別天地だ。

けれども、ひとたび大雨になれば沢《さわ》の様相《ようそう》は一変する。広い流域に降った雨は、スポンジのような豊かな腐葉土《ふようど》に吸収されてすぐには浸《し》みだしてこないが、ある限界を超《こ》えると川の水位を一気に上げてくる。そうなると、さっきまで散歩にちょうどよさそうだった河原は水没《すいぼつ》し、危険きわまりない濁流《だくりゅう》になる。遡《さかのぼ》ることも渡《わた》ることもできない。石だらけの広い河原があるということは、つまり増水した時にその上にあるものはすべて流されるということなのだ。そんな時にはそれこそ熊《くま》ぐらいもありそうな巨岩《きょがん》がぐらぐらと揺《ゆ》れながら流されていく。

もしそういう河原を歩いているときに増水して、高いところに追いやられれば、うっそうとした原生林があるばかりだ。尾根《おね》に上がっても道はない。中腹を巻く道もない。北の地方の手つかずの自然は、意外なほど生命に満ちている。ツタがからみ付き、苔《こけ》がすべり、棘《とげ》のある葉っぱがズボンを引《ひ》き裂《さ》く。傾斜面《けいしゃめん》に生えた木は冬のあいだ重い雪にのしかかられ、雪は氷河のようにじわじわりと斜面《しゃめん》を下に向かって動き、木の幹を根元から横に曲げてしまう。ブナをはじめとするすべての木々は人が両手を開いたぐらいまで横に伸《の》び、それから上に向かう。つまり人が歩こうとすると、無数の障害物を乗《の》り越《こ》えないと進めないということだ。時間ばかりくって全然距離《きょり》がかせげないのだ。しかも斜面《しゃめん》の下に降りるのは危険だ。川の流れに接するところは、流れに削《けず》られて急に落《お》ち込《こ》むから、うっかり足をすべらせれば、すべり台のように逆巻《さかま》く泥流《でいりゅう》に落っこちる。

だから、ぼくはかなり焦《あせ》っていた。

沢《さわ》のこのあたりから尾根《おね》の避難《ひなん》小屋にあがる登り口があるはずなのだが、きっと見落として通り過ぎたのだろう。あるいは、もっと先なのか。いくつもの枝沢《えださわ》が本流に入《はい》り込《こ》み、同じような沢《さわ》がいくつもあって、自分が地図上のどこにいるのかわからない。さっきそれらしき踏《ふ》み跡《あと》をたどって三十分ほど登ったが、いつのまにか踏《ふ》み跡《あと》は藪《やぶ》に消えてしまった。どうも獣《けもの》みちだったようだ。ひきかえしてまた河原におり、下流に戻《もど》ったものか、もう少し上流まで行ってみるべきか考えながら、羊羹《ようかん》をひとくち食った。ぬれた服から湯気が立ちのぼる。

適当な時間までに登り口が見つからなかったら、畳二畳《たたみじょう》分ぐらいの平地《ひらち》を見つけてテントを張らなければならない。でも、台風が近づいている山の中で湿《しめ》った服で寝《ね》るのは何とも心細い。雨の中で火はおこせないし、食糧《しょくりょう》も少ない。熊《くま》に出会わないとも限らない。大荒《おおあ》れになれば、何日動けなくなるかわからない。

ふたくちめの羊羹《ようかん》をリュックにしまって、ぼくは上流に向かうことにした。

きっと登り口はもっと先なのだろう。注意しながら歩いてきた自分の目を信じることにし、もしダメでもとにかく沢《さわ》をつめていけばどこかの尾根《おね》にはでる。尾根《おね》づたいに避難《ひなん》小屋にたどり着けるかもしれない。増水してくる沢《さわ》を一刻も早く抜《ぬ》け出《で》るのが安全策だと考えた。時刻は二時半。

あと一時間半歩いたらどこであれ、テントを張ろうと決心した。

そして、三十分後に博士《はかせ》たちのテントを見つけたのだ。

2

博士、としかここでは呼べないが、博士一行のテントは、まさかこんなところに、という場所にあった。

本流からはずれた枝沢《えださわ》がさらに二股《ふたまた》にわかれ、その少し上流がちょうど尾根《おね》のすそにぶつかって直角に曲がっている。その小さな曲がり角の滝《たき》を越《こ》えたところに、少し開けた場所があった。灌木《かんぼく》や雑草の中に散らばってテントがいくつか立っていた。なるほどここなら増水しても流される心配はない。

でも、それにしてもこんな場所をよく見つけたものだ。実際、ぼくが登り口を探してあてずっぽうでこの枝沢《えださわ》に入らなかったら、けっして見つからなかっただろう。

ぼくを最初に見つけてくれたのは、大学生らしき女の人だった。草むらが動いたときに、一瞬《いっしゅん》鹿《しか》か熊《くま》かとひやりとしたのだが、すぐに草むらの中から赤い雨具を来た彼女《かのじょ》が現れた。彼女《かのじょ》もびっくりしていたようだが、ずぶ濡《ぬ》れのぼくを見てすぐに大きなテントに連れて行ってくれた。

「どこから来たの？」博士と呼ばれた人がぼくに聞いた。

ずんぐりした体型で、人の良さそうな、四十代後半らしきおじさんだった。

ぼくが蝶《ちょう》を探していて道に迷ったのだと事情を説明すると、とにかく着替《きが》えて暖かくしなさいと言ってくれた。

テントは、数人が立って入れるくらい大きなもので、調査の道具が雑然と積まれ、ノートパソコンを載《の》せた折りたたみ机まであった。登山客ではないことはひと目でわかった。

ぼくを見つけてくれた女の人が、ポットのお湯ですぐに熱いスープを作って飲ませてくれた。疲《つか》れ切《き》っていたぼくはあまり話す気力もなく、タオルで体をふいて乾《かわ》いた服に着替《きが》え、黙《だま》ってスープを飲んだ。こんなところでこの人たちはいったい何の調査をしているのだろうと思ったが、とにかく雨を避《さ》けられるうれしさと、人のいる安心感で、それ以上何も考えられなかった。博士が「ここで寝《ね》なさい」と言って示してくれたのは、机の裏にマットを敷《し》いて人が寝《ね》られるようにしてあるスペースだった。ぼくは、はいと言って乾《かわ》いた寝袋《ねぶくろ》に入ると、どっと疲《つか》れがでて、安心感と暖かさの中でそのまま寝入《ねい》ってしまって朝まで起きなかった。時々寝返《ねがえ》りを打ちながら、強くなってくる雨《あめ》風《かぜ》の音を夢の中で聞いた。

目が覚めてもぼくはなかなか動けなかった。ばたばたとはためく布の音と、揺《ゆ》すぶられるテントの空気の振動《しんどう》を頬《ほお》に感じながら、一時間近くだろうか、寝袋《ねぶくろ》の中でうめいていた。昨日の疲《つか》れは筋肉のあちこちに残っていた。それでも一晩寝《ね》れば、体の芯《しん》には力がよみがえる。寝袋《ねぶくろ》の自分の体温の中で嵐《あらし》の音と夢の間を漂《ただよ》っていると、テントのジッパーを開ける音がした。ひんやりした一陣《じん》の風といっしょにスープの良い匂《にお》いがした。

「おはようございます」

「ああ、おはよう。起こしてしまったかな？　まだ寝《ね》ていてかまわないよ」

昨日の博士の声だった。

「いいえ、どうもおせわになりました」

半身を起こしてぺこりと頭を下げたぼくを見て、博士はほほえんだ。

「遠慮《えんりょ》しなくてもいいさ。どうせ今日と明日はここにいるしかないだろう」

「台風はどうなりました？」

「えらくゆっくりした台風でね。こっちには向かっているけど、だいぶ雨が続きそうだよ。今の状態では出かけるのは無理だね。ここでぼくらといっしょにいたほうがいい」

「そうですか」

「まあ食べなさい」

「食糧《しょくりょう》は自分でいくらか持っていますけど……ではいただきます」

目の前にスープとミートソースとパンを置かれて、ぼくは猛烈《もうれつ》にお腹《なか》がすいているのに気がついた。いっしんに食べるぼくを見ながら博士はあらためて昨日のぼくの行動をきいた。

ぼくはここまで来《く》る二日間の事を説明し、明日にでも台風が通り過ぎたらすぐに稜線《りょうせん》の小屋に上がって、できればその日のうちに山を下りるつもりだと言った。

博士は眼鏡はかけていなかった。太い腕《うで》だった。外で体を使う仕事をしている人のようだ。でも不似合いな黄色いTシャツや、自分で切ったような奇妙《きみょう》な髪型《かみがた》は、会社の人間ではないにおいを漂《ただよ》わせていた。准《じゅん》教授だとわかったのは後のことだけど、なんとなく大学の研究者の雰囲気《ふんいき》はあった。

あらためて周囲を見ると、テントは登山用ではなく、かといってキャンプ用でもなかった。テレビか映画で見たどこかの登山基地や軍隊司令部のような広いテント。人が立ち歩けるし、机を置いて仕事も出来《でき》るような五畳《じょう》ほどの広さだった。キャンプに使う簡易組み立て式の机や椅子《いす》もあり、雑然といろんな機器類があった。あきらかにキャンプを楽しみに来たのではない。机の上には書類や図面がたくさん積まれ、妙《みょう》な形の顕微鏡《けんびきょう》や何かの光学機器、薬品類、さらに手回しドリルやハンマーなどの工具類が散らばっていた。

「ここでなんの調査をなさっているんですか?」

「鉱物と生物の合同調査でね」

と博士は手元の本をぺらぺらめくりながら答えた。

「ちょっとした珍《めずら》しい動物がこの付近で見つかってね。地質学的にも面白《おもしろ》いところだからね、ここは。だからS大学でちょっとした特別チームを作って、先週から調査に入っているんだ」

「こんな人の入らない沢《さわ》に、これだけいろいろなものを運ぶのは大変でしたね」

ぼくはそう言ってからあらためて、大学の研究というのは役にも立たない小さなことにずいぶんな労力をかけるものだなと驚《おどろ》いた。と同時に少し憧《あこが》れも感じたのだった。

「あー。山岳部《さんがくぶ》の学生がね、四人手伝ってくれているよ。彼《かれ》らが食糧《しょくりょう》や資材の大半を運んでくれた。下界と三往復もしてね。…それで、えー、君の探していた蝶《ちょう》というのは見つかったのかい？」

「いや今回はダメでした。もっと天気が安定しているときにくるべきでした。さすがにこんな天気じゃあ」

「そうだね」

「調べていらっしゃる動物ってなんですか？　カモシカか何かですか？」

「いいや、そんな大きなものではないよ。まあ、モグラの一種とでも言えばいいかな」

博士は今度は、手のひらに乗せた何かの黒い機械をいじりながら言った。

「ほんとにこのあたりの生物相《せいぶつそう》は豊かですね。昆虫《こんちゅう》の研究をしている方もいますか？」

ぼくと同じ蝶《ちょう》好きの大学生がいたら、面白《おもしろ》い話が聞けるかもしれないと思って、聞いてみた。

「ああ、うん、いないこともない」

その妙《みょう》なあいまいな言い方がちょっとひっかかったけれど、詮索《せんさく》するのも失礼だと思って気に留《と》めないことにした。

台風の風はテントを激しく揺《ゆ》すぶっていた。深い谷の中だから、さすがに横殴《よこなぐ》りの強い風がじかに吹《ふ》きつけるわけではない。もし、そうならこの背の高いテントはひとたまりもなかっただろう。両側が見上げるような高い稜線《りょうせん》に挟《はさ》まれているので、飛ばされる心配はない。近くの沢《さわ》はいつもは細い流れのはずだが、今はかなりの水量があるらしく、ざああっという間断《かんだん》ない音が耳の底に染《し》み付《つ》いてしまった。外を覗《のぞ》かなくても、霧《きり》と雨に閉ざされて近くの草むら以外何も見えないことはわかった。とにかく、この人たちといっしょであれば、台風の接近する山の中でも安心でいられる。この天候で一人出発するのは無謀《むぼう》だったし、降り込《こ》められてテントで寝《ね》ているのもこの人たちといっしょなら悪くない。

「ぼく、自分用のテントをもっているので、そっちで泊《と》まります。ただ食糧《しょくりょう》があと一日分くらいしかないので、もし余裕《よゆう》があったらちょっとお米を分けてもらってもいいですか?」

「ああ、もちろん。気にしないで飯は食っていいよ」

「研究、面白《おもしろ》そうだから、どんなことやっているのか後で聞かせてください」

「む」

博士は遠くの音に耳を澄《す》ませながら、心ここにあらずという感じだった。まさか最先端《せんたん》のノーベル賞クラスの研究というわけではないだろうから、通りすがりの若者に秘密にすることもないだろうと思ってぼくは気軽に言ったのだったが、どうも研究の内容について語りたくないような雰囲気《ふんいき》を一瞬《いっしゅん》感じた。

ぼくはその時まだ気がつかなかったのだ。博士はとてもうそをつくのが下手《へた》な人で、ぼくと目が合わせられなかったのだと。

3

ぼくは雨具を着て外に出て、一晩過ごしたさっきのテント、これをあの人たちは研究棟《とう》と呼んでいたが、そのテントからすこし緩《ゆる》やかに登った灌木《かんぼく》の中にわずかに平らな場所を見つけた。

まわりをみると、木立《こだち》や灌木《かんぼく》のところどころにもいくつかテントがあった。見たところ、さっきのテントの他《ほか》に六人くらい入れそうな大きなドーム型のテントが二つ、ほかにももっと小さなのが一つ、目のとどく範囲《はんい》にはあった。雨はちょっとおさまっていたけど、風はむしろ強くなっているようだった。

ぼくは手早く一人用のテントを立てた。自分の横になる場所と、荷物をやっと置けるだけの広さのドームテントだけれど、我《わ》が家《や》ができた。昨日の濡《ぬ》れた服を干すとまるで押《お》し入《い》れの中に寝《ね》ているみたいになったけど、快適で、また昼まで眠《ねむ》った。

夢の中で赤い鹿《しか》を見た。ぼくが近づくと藪《やぶ》の中を遠ざかって行った。

昼ごろに目覚めて体を動かしたくなった。研究棟《とう》に行くと博士の他《ほか》に二人いた。

どうも名前を出さないで説明するのはややこしいので、ここで仮の名前をつけさせてもらってよいだろうか。訳《わけ》あってあの人たちの名前を書くわけに行かないので、博士は西教授と呼ばせてもらおう。本当は准教授だけど。

そこにいたあと二人はまず、東先生《ひがし》、この人は助手だそうで、眼鏡をかけた細身《ほそみ》の、勉強ができそうなひとだった。三十代だろうか。結婚《けっこん》して子供が小学生くらいでもおかしくないくらいの年齢《ねんれい》みたいだ。優《やさ》しそうだった。

もう一人は南さん、と呼ぼう。昨日ぼくを発見して導いてくれた若い女性だ。髪《かみ》を無造作に後ろに束ねた丸顔の人だった。二十二、三に見えた。学生なのか、もっと上の研究者なのかよくわからなかったけど、背の高くない、家庭的な、感じの良い人だった。

「おひる食べる？　ちょうどできてるころだと思う。即席《そくせき》ラーメンだけど」

何やら調査の話をしていたところだったらしい。ぼくの姿を見て三人は一瞬黙《いっしゅんだま》ったけれど、南さんがすぐに言ってくれた。

「はい。なんか、もらってばかりで悪いんですけど」

「気にしないで。食糧《しょくりょう》はたっぷりあるから。ここには入《い》れ替《か》わりいろんな人が来《く》るし、そのために量だけはたくさんあるの。インスタントものばっかりでちょっと飽《あ》きるけど」

「はあ」

南さんはぼくを別の大きなドームテントに連れて行ってくれた。そこは山岳部《さんがくぶ》の人たちのテントで、食事はいつもそこで作られているらしかった。寝袋《ねぶくろ》が散らばっている中でラーメンを作っていた。二十歳ぐらいの学生が四人いた。二人の男の子は食べ終わったらしくて、隅《すみ》っこの寝袋《ねぶくろ》の上でトランプをやっていた。女子学生ともう一人男子学生が鍋《なべ》を囲んでいた。女子学生は、南さん以外でこの隊の唯一《ゆいいつ》の女性だ。南さんととても仲が良くて、いつもいっしょにいた。二人は同じ小さなテントで寝《ね》ていた。歴史学科らしい。ぼくは北さんと呼んでおく。南さんはぽっちゃりとしていてあったかそうな感じがするし、北さんは細くてすらっとしていて、ちょっと北欧《ほくおう》風の美人だから、北さんという名前がぴったりだ。でも、彼女《かのじょ》は荷物を背負って歩き始めると鋼《はがね》のように強い。もう一人の男子学生は部長と呼ばれていた。たぶん三年生か四年生で、ヒゲの剃《そ》り跡《あと》が濃《こ》かった。

南さんとぼくは場所を作って座《すわ》り、ラーメンをごちそうになった。

すぐに山岳部《さんがくぶ》の人たちとは仲良くなって、にぎやかにおしゃべりをした。学生たちのくだらない馬鹿話《ばかばなし》に笑い転げる南さんの横顔は、とてもすてきだった。

しばらく話に興じて、研究棟《とう》のテントに戻《もど》ると、西博士はいなかった。東先生が別の少し年齢《とし》のいった学生と二人で、顕微鏡《けんびきょう》のようなものを覗《のぞ》いていた。

東先生は地質学の助手で、石の研究をしている。高性能な拡大鏡のようなもので石の表面を見、何か記録を取っている。でも、作業をしながらぼくの話し相手《あいて》をしてくれた。優《やさ》しい人だ。そばで石の見本をしまったり、記録を手伝ったりしている人はいんせいだと紹介《しょうかい》された。いんせいというのは最初わからなかったけれど、大学四年生より上の大学院の学生ということらしい。背が高くひょろっとしていて髪《かみ》の毛《け》が長く、あまり話さなかった。天井《てんじょう》の低いテントの中に立つと頭が天井《てんじょう》をこすっている。なんだかもみの木が立っているみたいで、のちにぼくと南さんはひそかに「ひょろりさん」と呼んでいた。

ひょろりさんはコンピュータに何か打《う》ち込《こ》みはじめ、南さんは片隅《かたすみ》で三角座《ずわ》りしてノートを見ている。東先生が手持ちぶさたのぼくに、いろいろ面白《おもしろ》いことを教えてくれた。石のことを語りはじ

める と止《と》まらなくなるらしい。

「…岩が崩《くず》れて土をつくるだろう。だから、岩の質は土の質を左右するし、そして土の質で植物の種類が決まる。植物の種類でまたそこに生きる動物の種類も決まってくる」

「なるほど、その最後の所はよくわかります。蝶《ちょう》はほんとに植生《しょくせい》に敏感《びんかん》ですからね」

「そう。君の集める蝶《ちょう》の世界と、ぼくの調べている石の世界はつながっているというわけだ」

「ピラミッドみたいに積み上がっているんですね」

「細かく見てみると、蝶《ちょう》の羽の粉はきれいな結晶《けっしょう》をしていて、石を顕微鏡《けんびきょう》で見たときと似ているよ。成分もかなり近い」

「ええ、それは図鑑《ずかん》で見たことがあります。驚異《きょうい》ですね」

東さんは聞き上手でもあったので、ぼくは知っている限りの蝶《ちょう》の知識を披露《ひろう》した。

「…学名にもいろいろおもしろいのがあって、たとえばクジャクチョウというきれいなのがいるんですけど、日本にいる種類は、名前の中に「芸者」って言葉が入っているんです。イナキス・イオ・ゲイシャ」

「へえ、面白《おもしろ》いね。明治時代ぐらいに外国人が見つけたのかもね。それで、今回、探しに来た蝶《ちょう》はそれなの？」

「いや、今回はフジミドリシジミというのを探しに来たんです。ちょっと時季が遅《おそ》すぎるかもしれないんですが、もし見られたらいいなと思って」

「きれいな蝶《ちょう》なの？」

「まあシジミ蝶《ちょう》ですから、小さくて派手さはないんですけど、羽を開くときれいな青い色をしています。そういえば、この蝶《ちょう》も学名にフジサンって入っていますね。山の富士山なのかなあ」

「見られたの？」

「いえ、それはダメでした。ブナの葉しか食べないので、よそではもうなかなか見られないんですけどねえ。残念です。でも代わりに、ツマジロウラジャノメっていうのをたまたま見られたんです。これは低いところにはなかなかいないんですけど、ラッキーでした」

南さんはテントの片隅《かたすみ》で自分の仕事をしていたけど、時々手を止めてぼくの話に聞き入ってくれた。ぼくはますます得意になって熱を入れてしゃべったのだ。

ひょろりさんは、ぼくの話を聞いているのか聞いていないのかわからなかった。

途中《とちゅう》、ヒゲの濃《こ》い部長が天気予報を知らせに来てくれた。台風は速度を上げて、ぼくたちのいる場所より少し北を抜《ぬ》けそうだ。明日の未明が一番ひどくなる。


その夜は、風がすごくてよく寝《ね》られなかった。ばたばたとはためくテントの音だけでなく、稜線《りょうせん》や木の枝を吹《ふ》き抜《ぬ》ける口笛のような音が頭上からずっと聞こえて、不気味だった。雨はときおり叩《たた》きつけた。

ぼくはいままで何度も、蝶《ちょう》を追いかけながら山の中で一人で寝《ね》たことがある。ふだんの山は、夜になるとしんしんと怖《こわ》いくらいの静寂《せいじゃく》で、お腹《なか》の中まで冷えるようなその孤独《こどく》な感じがぼくは好きだ。ものずきだと思う。自分は変わり者なんだと思う。友達《だち》はみんな仲間でつるんでにぎやかにやるのが好きらしいけど、ぼくはいつもそこに入っていけない。友達《ともだち》がいないわけじゃないし、嫌《きら》われているとか、仲間はずれにされているとかいうことはない。でも、山で一人でいる時がいちばん落ち着く。もっともこんな暴風の夜は、そばに人がいると思うことが、なんとも心強いものだと思い知らされる。

ぼくは山で星を見るのも好きだ。

蝶《ちょう》を探すためにいつも持っている小さな双眼鏡《そうがんきょう》を銀河に向けると、宝石の粉を黒い漆《うるし》のお盆《ぼん》に撒《ま》いたようでとてもきれいだ。いつまで見ても見飽《みあ》きない。テントから首だけ出して仰向《あおむ》けになり、腕《うで》が疲《つか》れるまでずっと銀河を見ているのが好きだ。銀河にはよく見ていると、小さな川や、星の集落や、光の行列がある。星の密集しているところ、逆に黒い穴のように何もないところ、Tの字やSの字。男の星、女の星、子どもの星。赤い星、青い星、白い星。まるで遠くから聞こえる音楽のように表情が豊かで、自分が地上にいることをいつか忘れてしまう。山の中で一人そうやって野宿していると、自分が一匹《ぴき》の動物になったようで、町の喧噪《けんそう》が遠い世界のように思えてくる。

今日は、近くに人がいるし、暴風で星も見えない。けれども、テントの中でひとり目を閉じると、いつものように心の中に冷えるような静けさが感じられて、いつの間にかぼくは眠《ねむ》りに落ちた。

4

翌朝は自分で朝飯を作ろうと思っていたが、その前に山岳部《さんがくぶ》の学生がお茶漬《ちゃづ》けを配りにきてくれた。雨は弱まっているけれど、みんな自分のテントにいるらしい。

昼ごろに雨があがった。風も峠《とうげ》を越《こ》えた。

午後、研究者の人たちが研究棟《とう》に集まっていた。もちろん、西博士、東助手、ひょろりさん、そして、今日は髪《かみ》を縛《しば》っていない南さんである。

四人は何かを話し合っていた最中らしかったが、ぼくがテントを開ける音で沈黙《ちんもく》した。

「あ、おじゃましてすみません。ぼく、明日の朝出発します。どうもいろいろお世話になりました」

「ああ、そうだね。たぶんそれまでには沢《さわ》の水もすこし落ちつくと思うよ。道はわかるの？」

口を開いたのは博士だった。

「ええと、尾根《おね》への登り口がわからないんですけど」

「本流に戻《もど》って少し下ったところだよ。ちょっとわかりにくいからね。注意して行かないと」

「たしかにそうですね」と東さん。「だれか山岳部《さんがくぶ》の部員に案内させましょう」

「いいえ、それは申し訳ないです」

「まだ水量が多いし、危険な場所もあるかもしれない」と博士。

「私が行きます。ちょうど下流の調査に行きますから。途中《とちゅう》まで送りましょう」と南さんが言った。

ぼくの心臓はかすかに脈打った。

「それならついでに見てきてほしいものがあるんだ…」と博士が南さんに話し始めて、それからは調査の話になってしまい、明日の朝、ぼくは南さんに見送られることで決まってしまったようだ。

ちょっと子供扱《あつか》いされたようで引っかかるものはあったけど、南さんと二人で山を歩くのはときめくものがあるからまあいいか。

その夜はみんななんとなく浮《う》かれていた。台風で狭《せま》いテントに三日も閉じこめられていたから、当然と言えば当然だ。外を自由に歩き回り、沢《さわ》の水に手を浸《ひた》し、草の青い匂《にお》いを嗅《か》ぐ。そのことが幸せに感じられる夜だった。山岳部《さんがくぶ》の人たちがたき火を始めた。薪《まき》が湿《しめ》っていてなかなか燃え上がらずに煙《けむり》ばかりだしていたけど、やがて勢いよく燃えだした。

「帰りが延びてしまって、お仕事は大丈夫《だいじょうぶ》だったの？」

焚き火《たび》にあたりながら、南さんはぼくに聞いた。

「ええ。すこし早い夏季休暇《きゅうか》中です」

「会社なの？」

「いや、仕事は郵政外務です。つまり、郵便配達《はいたつ》。結婚《けっこん》している先輩《せんぱい》たちはお盆《ぼん》に休みを取りたいから、ぼくたちみたいな若いのが、お盆《ぼん》のあいだに働くために、この時期に先に休暇《きゅうか》をとっておくんです」

「たいへんなお仕事ね」

「そうでもないです。受け持ち区域の地理さえ頭に入ってしまえば、単純な仕事です。暑いときとかはちょっと、きついこともあるけど」

南さんの顔に焚き火《たび》の光が揺《ゆ》らいでいた。

「大学の研究って面白《おもしろ》そうですね」

「…たぶんね」

なぜ南さんがあの時、あいまいな返事をしたのか、今もってぼくにはわからない。大学に行かなかったぼくにはわからない苦労や悩《なや》みがたぶんいろいろあったのだろう。または、彼女《かのじょ》を、普通《ふつう》の女の子が興味を持つような洋服や恋《こい》や遊びから遠ざけて、研究の世界に引っ張った何かが。

「モグラの研究は面白《おもしろ》くないんですか？」

一瞬《いっしゅん》彼女《かのじょ》はぼくが何を言っているのかわからないような顔をしたけど、すぐにうつむいて言った。

「ああ、モグラは西博士の専門の一つ。私はどっちかって言うと、鳥が専門なの」

「そうですか」

「この辺にはね。ケラと言って、キツツキの仲間が多くて、珍《めずら》しい種類もよく見られるの。運が良ければ明日あたり見られるかも」

「むかし、何かの絵本で見たんですけど、キツツキが森のいろんな動物に手紙を届けてまわるんです。あれ、何て絵本だったかなあ。キツツキが片手で手紙を持って、くちばしで動物の家の戸をノックするんですよね。なんか面白《おもしろ》そうだなって思ったんです。案外ぼくが郵便局に就職したのはその本の影響《えいきょう》かも知れませんね。今、思い出しました。うん、きっとそうだ」

南さんはその瞬間《しゅんかん》とても優《やさ》しい目をした。

翌朝、なんだか去りがたくて、ぼくはすこし寝坊《ねぼう》した。

日がかなり高くなってから起きだし、朝飯を急いでかき込《こ》んで、研究棟《とう》に別れを告げに行った。

南さんと博士がいた。南さんはぼくを送りがてら調査に行くために、もう出発する準備はできているようすだった。博士の方はここ数日ヒゲを剃《そ》っていないらしい。

「だいぶん水も引いたようだから、もう大丈夫《だいじょうぶ》だろうと思うよ。でも、途中《とちゅう》道が崩《くず》れているところがあるかもね」と博士は言った。

「はい、気を付けます」

ひとしきり会話をしてそろそろ出発しようと立ち上がったとき、簡易テーブルの上のあるものに目が留《と》まった。何気なく手を出してつまみあげた。

雑然といろいろな工具や石ころが置いてある中に、複雑な形に削《けず》られ、磨《みが》かれたその小石があった。三センチ角ぐらいで何かの機械部品のようにも見える。組立てパズルの部品かもしれない。全体としては四角いのだけど、直線と曲線の組み合わされたさまざまなへこみやでっぱりがある。灰色のきめの細かい石で、表面は光沢《こうたく》が出るほど磨《みが》かれたところと、そうでないところがある。

「これ、何ですか?」

ぼくが聞くと、南さんは博士の顔を見た。博士は黙《だま》っていた。

「面白《おもしろ》いアクセサリーでしょ」南さんが言った。

「ぼくも持っています」

ぼくが腰《こし》に付けたポシェットから同じようなものを取り出すと、二人の顔は驚愕《きょうがく》にかわった。

「それを、どこで?」

博士は歩み寄ってぼくの手からそれを取り、しげしげと見つめた。

「この沢《さわ》のもっと下流です」

「いつ、…その、これを見つけたんだい？」

「前にこの沢《さわ》に来た時。二年前です。何なんですか、これ。面白《おもしろ》い形なのでとっておいたんです。誰《だれ》かが落としたもんだろうと思いましたけど。今回、この沢《さわ》に来たのは蝶《ちょう》を探しにきたのもあるんですけど、この石がなんとなく気になっていたのもあるんです」

南さんは驚《おどろ》いた顔のまま博士を見つめていた。博士は返事に困ったように座《すわ》り込《こ》み、ううんとうなったままぼくの石を眺《なが》めていた。

この小さな石片がこのあと、ぼくの人生を変えてしまうことになった。

5

「それじゃあ、あの石は宇宙人が作ったとでも言うんですか？」

「いやいや、もちろんそうじゃないんだけど、わからないんだ、正直言って」博士は困っているようだった。ぼくは興奮していたので、しつこく博士を質問攻《ぜ》めにした。

「でも、その年代は間違《まちが》いないんですね？」

「ああ。誤差はあるとしても、だいたいそのくらいなんだよ」

「縄文《じょうもん》時代なんて、信じられないな。そのころこのあたりに人はいたんですか？」

「うん。年代測定にも誤差はあるからね。まあ、縄文《じょうもん》後期から弥生《やよい》のはじめにかけてのどこかだろうとは思うけど。うん、縄文《じょうもん》の大規模な集落はこの地方にはもう存在していた。それはわかっているんだ」

「で、その場所は、行けばわかる自信はあるの？」南さんは振《ふ》り返《かえ》って言った。

南さんはさっきからずっとぼくと博士の前を歩いている。後ろには、ひょろりさんと北さんがついてくる。東先生はテントに残ってやることがあるらしい。

ぼくは帰るはずだった予定を変更《へんこう》し、二年前にぼくがその石を見つけた場所にみんなを案内することになった。帰りが一日遅《おく》れるのを、博士はしきりに気にしていたけど、ぼくはもう帰ることなどどうでもよくなっていた。場所はかなり下流である。まだ大雨のせいで沢《さわ》の水量はいつもよりかなり多い。徒渉《としょう》地点を探すのに苦労する。ぼくが三日前に通った道をまた下っている。ひょろりさんは精密な地図をもっているけど、石を拾った場所はぼくの記憶《きおく》が頼《たよ》りだ。

「行けばわかります。変わった形の岩があるし、今回もそこを通ってきたんです」

「じゃあ、今回は何もなかったってこと？」と博士。

「一時間ぐらいはあたりを探したんです。でも何もなかったし、天気が悪くなってきてましたからね」たしかにぼくは探したけれど、石ころだらけの沢《さわ》で一つの小さな石片《せきへん》を見つけるのが、どんなに絶望的かすぐに思い知らされたのだ。

「行っても何も見つからないと思いますよ」

「とにかくその場所を記録したいの」と南さんが汗《あせ》に濡《ぬ》れた顔でまた振《ふ》り返《かえ》って言った。

「横から枝沢《えださわ》が入《はい》り込《こ》んでいる合流点の近くだと言ったね。その枝沢《えださわ》はさがしてみたの？」

と博士もぼくに聞いてくる。

「いいえ、人がふつうなら絶対に入らないような沢《さわ》ですよ。まあ、釣り人《つびと》が入らないとは言い切れませんけど、でも、そんなとこに別のが落ちてるなんて思いませんよ。博士はその可能性があると？」

「その枝沢《えださわ》から流れ出たのかもしれない」と博士。

「私たちの石も、いまテントを張っているあの沢《さわ》から出たの。東先生が地質調査をしているときに偶然《ぐうぜん》拾ったんだけど」と南さん。

「でもどうして、わざわざ人が行かないような所から、人の造ったものが出るんですか？」

「それこそ、われわれが知りたいことさ」と博士は大きな岩をまたいで越《こ》えながら言う。

「ここ滑《すべ》りやすいよ。気を付けて」と南さん。

それにしても運なんてものは不思議なものだ。ぼくが蝶《ちょう》を追いかけながらその石を見つけたのも何億分の一かの偶然《ぐうぜん》。台風の中で博士たちのテントを見つけたのも何万分の一かの偶然《ぐうぜん》。そして別の石が発見されて博士たちの研究が始動したのもすごい偶然《ぐうぜん》。もう一つ、博士たちの一行に南さんがいたのも偶然《ぐうぜん》。そんなことを考えているうちに、目的の沢《さわ》に着いた。二時間近く歩いたと思う。

本流の右岸に注《そそ》ぎ込《こ》むその支流は、合流点で両側を切り立った壁《かべ》に挟《はさ》まれてせまくなっている。本流側から見ると入り口は狭《せま》くて暗い門のように見える。本流側から崖《がけ》のあいだを二十メートルほど入ると小さな滝《たき》があって、それ以上進もうという気をなくさせる。普通《ふつう》の釣り人《つびと》や山歩きの人間はまず入らないだろう。有史以来、せいぜい何人かのマタギが入ったぐらいではなかろうかと想像させるような雰囲気《ふんいき》の沢《さわ》だ。

教授は、ざっとあたりを見まわすと、すぐに言った。

「あの枝沢《えださわ》に入ってみよう」

「どうしてあの沢《さわ》から出てきたと思うんですか?」

「あの年代測定が正しいと考えてみるんだ。どうなる? 何千年も前の石が本流に残っている可能性はきわめて少ない、そう思わないか。何千年の間に石は積み重なって下の方に埋《う》もれてしまうか、軽いやつは海に流されてしまうだろう。それに、君の石は角が丸くなっていなかったから、上流から流れてきて長い間もみくちゃにされていたとは考えにくいんだ。最近崩《くず》れた崖《がけ》、しかもあの枝沢《えださわ》から出た可能性が高いと私は思うよ」

なるほど、やっぱり教授というのは違《ちが》うもんだ。

博士は推理力が優《すぐ》れているだけではなくて、腕《うで》っ節《ぷし》も強かった。真っ先に枝沢《えださわ》の入口の五、六メートルはある滝《たき》をよじ登っていった。そして、上からロープを垂らすと、私たちが登るのを上から確保してくれた。まだ水量の多い滝《たき》は、滑《すべ》って登りにくかった。ひょろりさんは途中《とちゅう》でバランスを崩《くず》して宙づりになった。背が高いので、ヒモにつるされたカカシみたいにくるくる回ってしまった。

滝《たき》の上《うえ》は博士たちのテントがある場所とよく似た風景だったが、やや、狭《せま》い感じがする。

「一時間だけ登ってみよう。まわりの石の質をよく見るんだ。二年前の崩《くず》れ跡《あと》もだ」

ぼくはなんだか無駄《むだ》な捜索《そうさく》に感じられた。砂浜《すなはま》で落とした指輪を探すようなものではないかと思ったが、すぐにその悲観主義は打《う》ち砕《くだ》かれた。

「あれじゃない？」三十分も歩かないうちに南さんが真っ先に言った。「石の色が似ている」

「うん、たしかにあの崖《がけ》から崩《くず》れ落《お》ちたみたいだ」

「なんかありそう」

「落ちた衝撃《しょうげき》で割れているかも。そうしたら、かなり有望ですよ」

「石質はたしかに近そうです」

などとみんなが口々にしゃべり始めた。

その大きな岩盤《がんばん》は、東側を向いたかなりの急斜面《きゅうしゃめん》から、切れて沢《さわ》まで滑《すべ》り落《お》ちたようだ。長さは七、八メートルはあるだろうか、幅《はば》はその半分くらい。たてに長い一枚の岩盤《がんばん》が崖《がけ》から剥離《はくり》して滑《すべ》り落《お》ちたかたちである。下部は細い渓流《けいりゅう》の流れに突《つ》き刺《さ》さるようにして止《と》まっている。おそらくその時の衝撃《しょうげき》で下の方の一部が割れたのだろう。八十センチくらいの平たい石板が剥離《はくり》している。石質は白っぽく見えるが、石の割れた口を見ると、ぼくの持っている石に近い色合いで、おそらく磨《みが》けばもっと濃《こ》い色に見えるはずだ。

周りの雑草を取《と》り除《の》けたり、歩きにくい隙間《すきま》から裏側を覗《のぞ》いたりしながらぼくたちが発見したそれを、いったいどう形容すればいいのだろう。ぼくたちに見えるのは、剥《は》がれ落ちた岩の断面に見られる人工的な感じの窪《くぼ》みと、その窪《くぼ》みから岩の中に続いているいくつかの穴だ。剥《は》がれ落《お》ちた岩はすぐ下で見つかったが、持って歩ける大きさではなかった。そちら側にあるへこみは、本体側の窪《くぼ》みとぴったり一致《いっち》している。

博士は、アリの巣に似ているのではないかという。北さんはトルコのカッパドキアの地下都市だという。ぼくが真っ先に連想したのは奈良《なら》の飛鳥《あすか》にある酒船石《さかふねいし》だった。穴や空洞《くうどう》の大きさは酒船石のよりもっと小さいけれど、何者かがまるで削《けず》るようにして石に穴を穿《うが》ったことだけは確かだ。自然にできた割れ目や、溶岩《ようがん》の空洞《くうどう》とはまったく違《ちが》うし、鍾乳洞《しょうにゅうどう》のように長年の水で溶《と》けた形でもありえない。そこにはあきらかに、意図というものを感じる。

「いったい何なんですか？」

「謎《なぞ》だね」

「巨大《きょだい》アリとか？」

「いや、石をかじるモグラじゃないの？」

「モグラに何のメリットがあってそんな苦労をするの？　石の中には餌《えさ》のミミズなんかいないんだよ」

「わからない」

「ほんと、わからない」

ぼくたちは昼飯のおにぎりを食べたり、石の写真をとったり、あたりに他《ほか》の手がかりがないか探し回ったりして二時間ほど興奮したままうろうろした。

手がかりらしい手がかりもなく、穴の写真だけたくさん撮《と》ってその日はテントに戻《もど》った。もし、何かがあったとしても、ぼくがあの奇妙《きみょう》な小石を拾って以来、二年以上の間、割れた巨石《きょせき》はこの状態のままだったわけで、その間に雑草に埋《う》もれ、水に流されてしまったに違《ちが》いない。大がかりな捜《そう》索《さく》が必要だ。

6

その夜、ぼくたちは谷から見える狭《せま》い星空を見上げながら、研究棟《とう》の前で焚《た》き火《び》を囲んだ。残り少ないウイスキーを沢《さわ》の水で割ってちびちび飲みながら、退屈《たいくつ》な夜をまだ興奮ぎみに議論した。ぼくは酒が強くないのでほとんど呑《の》まなかった。東先生は実直そうな顔をして意外に呑《の》むのが好きなようだった。

「人の手が加わっていないなら、どうしてあんな風に石を加工できる?」と東先生は、さっきからややからんでいるような口調で話している。東先生はあれが人工的に作られたものだと思っているのだ。

「まだ、自然現象で偶然《ぐうぜん》に作られた可能性も否定されていないんじゃないでしょうか?」西教授の代わりに、ひょろりさんが反論している。

「どんなメカニズムで?」

「それはわかりませんが、たとえば川の侵食《しんしょく》過程でできるポットホールには、九十九%真球に近い石だってあるじゃないですか」今夜のひょろりさんは意外とおしゃべりだ。

「それはたしかにあるよ。それは認める。結晶《けっしょう》構造が絡《から》むと幾何学《きかがく》的な鉱物も現れるし、単純な反復メカニズムが単純な対称性《たいしょうせい》を生み出すこともある。でも、今日見たとおり、あれには意図して作られた複雑さがあるだろう?」東先生はむずかしいことを言う。

「もちろんぼくもそれはわかってますけど、それに動物が作れないとも限りませんよ。何十世代にわたって削《けず》り続ければ、想像を絶するものだって作るかも知れませんよ」

「それは、まあ自然界にはなにがあってもおかしくはないけれど、知性の存在で説明するのが一番簡単じゃあないのか？」

「まだ証拠《しょうこ》はありません」

「オッカムの剃刀《かみそり》さ」と東さんが言うけど、ぼくには何のことだかわからない。

「さっき言ってた、ポットホールってなんですか？」ぼくは口を挟《はさ》んだ。

隣《となり》に座《すわ》っていた北さんが説明してくれた。河原の柔《やわ》らかい岩のくぼみに石が入ると、水の流れによってくるくると回転させられ、あちこちにぶつかる。そして、くぼみの内側を少しずつ削《けず》りとるから、くぼみはしだいに深くなって壺《つぼ》のような穴ができる。それがポットホールだが、中の石自体もすりへって球になってしまう。ピンポン球のように精確に誰《だれ》かが削《けず》ったような球がなぜできるのか、昔の人は不思議がったのである。

「ああ、あれですか。わかりました。で、もし、知性のある生き物が作ったんだとしたら、どんなものなんですか？　こびとでなければ、あんな風に石の中をくり抜《ぬ》くことなんて、できないんじゃないんですか？　それとも、東先生はコロポックルがいたと思っているんですか？」

「それだよ。それ。みんな心の中で考えていたはずだ。そうだろう？」ひょろりさんの方を見ながら東先生は言う。

「まあ、たしかに考えてはいました。…あれは、アイヌの伝説ですか？」そう言うひょろりさんの横で、北欧《ほくおう》美人の北さんが目を輝《かがや》かせた。

「私、絵本で見たことある。なんか葉っぱの下に隠《かく》れて暮らしているこびとたち。でも、手のひらにのるくらい小さかった気がするけど」

「こびとの大きさは時代を通じてどんどん変わっていくんだろうと思います」口を出したのは、山《さん》岳部《がくぶ》の一年生らしい大学生だ。

「ぼくのばあちゃんは青森の人だから、民話をよく知っていたんだけど、コロポックルはアイヌよりも先に北海道に住んでいた先住民族で、アイヌたちに追われたのか、アイヌたちを嫌《きら》ったのかして、いなくなってしまったっていう話だったと思います。実際に別の種族がいたのかも知れません。きっとアイヌより少し背が低い人たちだったんですよ。たとえば五センチぐらい低いとか。それで、いつの間にか彼《かれ》らがいなくなって、アイヌ達《たち》の伝説になって、小さい人たちと言われていたのが、何百年もたつうちにどんどん想像のなかで小さくなって、ついに手のひらに乗るような大きさに変えられてしまったって考えられませんか。ほら、釣《つ》りの好きな人はよく言うじゃないですか。魚は釣《つ》られた後の方が成長するって。あれと同じですよ」

学生は焚《た》き火《び》のせいか、ほっぺたが赤い。ぼくは青森の親戚《しんせき》の女の子を思い出した。りんごのほっぺの女の子だった。この学生は、ラーメンを食べに山岳部《さんがくぶ》のテントに入ったとき、トランプをしていた人だ。

「まあ、巨人《きょじん》とか、こびととかっていう伝説は、たいていそんなもんなんだろうね」と東先生はさすがにそこは冷《さ》めている。

「なんか、夢こわれるなあ」と北さんがつぶやいた。すごく頭が良さそうなのに、意外と少女みたいなところがあるのかもしれない。

「でも、北海道だけじゃなく、本州にもいたんですかね。コロボックル」とひょろりさんは、さっきまでの自然現象説を自分でも信じていなかったみたいに言う。

「えっコロポックルじゃないんですか？」驚《おどろ》いた声で北さんが言う。

「ぼくは、確かコロボックルって聞いたなあ」

それからしばらく、コロポックルかコロボックルかの論争が続いた。

「まあ、海峡《かいきょう》一つ隔《へだ》てただけだから、本州にいてもおかしくないよね」話を戻《もど》したのは東先生だった。

「でも、どうやって海を渡《わた》るんですか。そんな小さくて」北さんの頭の中のコロポックルはやっぱり手の平の大きさのままらしい。

「昔は海峡《かいきょう》が氷結したんじゃないですか。氷河期でしょう？」さっきとは別の一年生が言った。つんつんと髪《かみ》の毛《け》をおしゃれに逆立てているけど、妙《みょう》に耳の大きな学生だ。

「時代が全然違《ちが》うよ」とリンゴのほっぺが、あきれたように言う。

「そうなの？」

北さんが見かねて横から言う。

「コロポックルって、たしか蕗《ふき》の葉っぱか何かを持ってたと思う。蕗《ふき》が生えているくらいだから、そんなに寒くなかったんじゃない？」

ぼくは北さんの向こうに座《すわ》っている南さんの顔を見ようとしたけれど、暗い中なのでよく見えなかった。さっきから南さんはずっと黙《だま》っている。疲《つか》れて眠《ねむ》いみたいだ。

「舟《ふね》ですよ。舟《ふね》じゃないですか？　やっぱ彼《かれ》らも少しは文明みたいなもの持ってたんで、舟《ふね》くらい作れたんじゃないですか？　古代エジプト人だって舟《ふね》作ってたらしいですよ。津軽海峡《つがるかいきょう》ってそんな広くないんじゃないですか？」と耳の大きな学生は言った。

「北海道はけっこう遠いよ。風も強いし、流れも速いし、おもちゃの舟《ふね》みたいなんじゃ、すぐに転《てん》覆《ぷく》すると思うけど」と赤いほっぺの方が言う。

「渡《わた》り鳥《どり》の背中に乗って飛んだかも」と北さん。

「あ、なんかそんなのありましたね。なんて言ったっけ。ほら、あひるみたいなのに乗るやつ」と大耳が言う。

「ニルスの冒険《ぼうけん》だろ。あひるは飛ばないと思うけど」と赤いほっぺが馬鹿《ばか》にしたように言う。

「それそれ。あったなあ。けっこう好きだったなあ。ニルスが乗るのは、雁《がん》じゃなかったかと思うけど。あれは誰《だれ》かの創作？　それとも古い伝説にあるのかな」と北さんは興奮ぎみになる。

博士は話の相手《あいて》をするのが面倒《めんどう》なのか、あまりしゃべらない。ぱちぱちと焚《た》き火《び》がはぜて、ぼくは夢の中にいるような気持ちになっていた。

ぼくは高校を出てすぐに郵便局に就職したけれど、もしそうでなかったら、大学生になって研究室の一員になってみたかったと思う。そのときはすっかり彼《かれ》らの仲間になったような気がして、とても温かい心でいられた。永遠にこういう生活が続いたら、どんなに良いだろう。南さんのそばにいて、南さんの研究の手伝いをできたらどんなに良いだろう。博士の授業を聞いたり、ノートをとったり、大学でお昼を食べたり…。焚《た》き火《び》の炎《ほのお》を見つめながら、しばらくぼくはそんな夢想にひたっていた。

やがて話は科学的な方向にもどっていった。東先生が話している。

「…そう考えると、石の中は理想的な場所だよ。土の中みたいに湿気《しっけ》はないし、虫やモグラのような他《ほか》の生き物が入ってくる心配もないだろうし」

「でも冷たいんじゃないですか。冬なんか特に」ひょろりさんは声が大きく、だいぶ酔《よ》ってきたみたいだ。

「いやそうでもないよ。なんたって外は氷点下だよ。そんな真冬だって地面の中は、少し深く入れば、零度《れいど》以上あるんだ。夏だって陽《ひ》があたらなければ、石は意外と冷たくて気持ちがいいだろう。住み心地《ごこち》は悪くなさそうだと思うんだなあ」

「そういえば、岩はどちらも東向きだった気がします。暑い午後には陽《ひ》が当たらない場所を選んだということでしょうか？　計算して作ったんじゃないでしょうか？　強い西日が当たらないような場所を。正確に方向を測定しておく必要があるな。先生はどう思われます？」東先生は博士に水を向けたけど、博士はただ、そうだねとしか答えなかった。

「カッパドキアって住みやすそうでしたよ。まあ、写真で見ただけですけど」と北さん。

「防御《ぼうぎょ》は完璧《かんぺき》ですね。何が来ても怖《こわ》くない」と赤ほっぺの学生が言う。

「たしかに造る手間を考えなければ、まあ、いい方法かもしれません。通気性とか、いろいろ問題ありそうですけど。それにしても、石をどうやって削《けず》るんですかね。大きな木の中に穴を開ける方がよっぽど楽でしょうに」とひょろりさんも言う。

なるほどそうだ。木造のトンネルの方が、ずっと楽だし、暖かいだろうとぼくも思う。ひょろりさん、なかなか強力な反論だ。

「たしかにそうだね。でも、木よりも永続的な住居を求めたとしたら？　木の場合、長持ちしたってせいぜい百年やそこらだろうし、時間がたてば洞《ほら》ができたり、芯《しん》が腐《くさ》ったり、雷《かみなり》が落ちる危険性だってある。台風で折れることもある」東先生は手ごわい。

「たしかにリスクはあるにしても、それにしても、造るときの手軽さにはおよばないんじゃないでしょうか？」

「まあ、普通《ふつう》に考えればそうかな。ただ、何があるかわからないからね。文化ってやつは。さっき北さんが言ったカッパドキアの地下都市だって、外の人間には、あんな苦労して岩を削《けず》る必要性はないように見えるよ」と東先生が言うと、北さんは言う。

「やっぱりそこにはキリスト教の歴史があるんです。コロポックルだって、いろんな歴史があっただろうし、宗教戦争や部族間の争いだってあったかも知れませんよ」北さんの頭の中では、もうコロポックルの存在はまちがいない事実になってしまっているようだ。

「穴の中に残っている砂やほこりのサンプルを、顕微鏡《けんびきょう》で見てみよう。何か発見できるかもしれない」と東先生。

「スコープが来れば、決定的な証拠《しょうこ》が見つかるかもしれませんね」とひょろりさんが言ったので、ぼくは、スコープって何ですかときいた。ひょろりさんの説明によると、胃カメラの大きなようなもので、光ファイバーの先に、ライトとカメラが付いているんだそうだ。古墳《こふん》の発掘《はっくつ》などで、人の入れない場所に差《さ》し込《こ》んで、深い地中をさぐれるすぐれモノだ。明日それが届くらしい。台風でぼくたちが孤立《こりつ》していたあいだ、大学の支援《しえん》チームも外で足止めをくって、ここまで入ってこられなかったらしい。そのチームが食糧《しょくりょう》や観測機材を持ってきてくれるのだ。山岳部《さんがくぶ》の部長の姿が見えないと思っていたけど、今日、そのチームを迎《むか》えに行ったのだそうだ。

「スコープの長さってどれくらいなんですか？」と北さんがきく。

「よくわからない。考古学研究室しか持っていないモノだからね」と東先生。

「たしかキトラ古墳《こふん》の調査で使われていたと思いますけど、けっこう鮮明《せんめい》な映像ですよ」さすが北さんは歴史科だ。

「あれってくねくねしたところも入るんですか？」と横からきいたのは、赤いほっぺの学生だ。

「奥《おく》の方には、きっと石のテーブルとか、ベッドなんかあるんですよ。暖炉《だんろ》とか、食器セットなんか残っていたりして」どうも北さんの脳裏《のうり》にはかわいいこびとが住んでいて、シルバニアファミリーの人形の家みたいな光景が展開しているらしい。

「おやじが胃カメラ呑《の》んで吐《は》きそうになったって言ってましたよ。あっちこっちつっかえて、なかなか入らないかも」ほっぺの学生の想像はきたならしい。

「超音波《ちょうおんぱ》断層撮影《さつえい》のようなものを使わないと奥《おく》の方はわからないかもしれませんね」とひょろりさん。

「どうやってそんな機械をここまで持《も》ち込《こ》むんだ」と東先生。

「ハンディなCTスキャンもあるかもしれませんよ。地質研にはないな。考古学研に問い合わせてみましょうか」

「ねえ、そんなんより、ネズミに超小型《ちょうこがた》カメラしょわせて、中に放《ほう》り込《こ》んだらどうです？　一番安あがりですよ」とこれは耳の大きな学生。いろんなアイデアが出るもんだとぼくは感心して聞いていた。ネズミが一番てっとりばやくて簡単そうな気がする。なんだか話しているだけでわくわくしてくる。世紀の大発見の現場に偶然《ぐうぜん》立ち会って、ぼくも一枚かんでるなんて、すごいことだ。

「先生たちがこれを公表したら、世界中が驚《おどろ》くでしょうね」

さらに赤いほっぺの学生もぼくの言葉を聞いて同調する。

「そうですよ。まちがいなく世界の古代文明史をひっくり返しますよ。生物学的に言ったって、大発見じゃないですか。人類の起源だって一気にわからなくなりますよ」

大耳の学生もいう。

「ノーベル賞クラスの発見ですよね。マスコミも騒《さわ》ぐだろうな。先生たちはいつ、この遺跡《いせき》のことを発表するんですか？」

このとき、北さんの向こうで、南さんがはっと顔をあげたのがわかった。

みんなはいっせいに西博士の方を見た。

西博士は、居心地《いごこち》悪そうに座《すわ》りなおしたあと、おもむろに口を開いた。

「あれは本当に遺跡《いせき》なんだろうか？」

そう言ってまた黙《だま》ってしまったが、ぼくたちはその言葉の意味がわからなかった。まだ博士は自然にできた形だと思っているんだろうか。でも、次の北さんの言葉を聞いて、ぼくたちは愕然《がくぜん》とした。

「博士は…彼《かれ》らが今も生きてると思っているんですね」

そんな。

ぼくたちはそんな可能性を考えもしなかった。考えてもおかしくなかったのに、遺跡《いせき》という言葉を使っているうちに、いつのまにか、もうこれは遺跡《いせき》であって、穴を作ったコロポックルたちは絶滅《ぜつめつ》したと思いこんで話していたのだ。

「生きているという証拠《しょうこ》はないけどね。生きていないという証拠《しょうこ》もないだろう？　だから、そのことがはっきりするまでは、いっさい公表しないほうがいいんじゃないかと思う」

みんなしいんとなった。

耳の大きな学生がなにか言おうとしたが、思い直して口を閉じた。

みんな同じことを考えている。公表すれば大ニュースになって、大勢の人間がここに踏《ふ》み込《こ》んでくる。もし彼《かれ》らが生きていたら見つからずにはいられないだろう。彼《かれ》らは捕《つか》まって、マスコミの餌《え》食《じき》になってしまう。マスコミに自制を求めても無駄《むだ》なことはみんなよくわかっている。マスコミは崖《がけ》に向かっていく野ネズミの群れのように、ただまわりの仲間の動きしか見ていない。コロポックルが今も生きているなら、いや、生きている可能性が少しでもあるなら、ここの出来事は誰《だれ》もしゃべってはならない。ここに来た最初の日に、博士たちがぼくに研究の内容を話したがらなかったわけが納得《なっとく》できた。

「発表と同時に、この地区を保護区に指定して、立ち入りを制限したらどうでしょう？」

耳の大きな学生が言ったが、彼《かれ》は自分でもそれが無理だとわかっているようだった。

「…だって、発表できないなんて、残念じゃないですか」

「バカかおまえ」相棒《あいぼう》にぴしゃりと言われて、学生は黙《だま》った。

南さんはあたりの暗い闇《やみ》に視線を泳がせている。

博士はそのあと、みんなにここのことを誰《だれ》にも話さないでくれと頼《たの》んだが、博士に言われるまでもなくみんなの間にはその夜、暗黙《あんもく》の結束ができあがっていた。

秘密万歳《ばんざい》。

7

翌日は青空だった。スコープが届くことがわかったので、ぼくはあと一、二日帰りをのばすことにした。でも、母が心配するといけないので、電話をかける必要があった。稜線《りょうせん》まであがれば携帯《けいたい》の電波が届くと聞いて、ぼくは、朝から二時間かけて峠《とうげ》に登った。帰って行くべき下界が眼下に遠く見えた。

重畳《ちょうじょう》と続く低山の連《つら》なりの上をところどころ小さな群雲《むらぐも》が流れている。霞《かす》んだむこうに、海にへばりつくようにしてさびれた街並みが見える。細々と続くその屋根の連なりは、広大な山地と無辺の海の間に挟《はさ》まれて、いまにも二つの領域に押《お》しつぶされそうに見える。こうして見ると、低い山々も人間の侵入《しんにゅう》を許さないし、海も人間の進出を頑《がん》として拒《こば》んでいる。街並みは山と海の大きな自然のあいだにはさまれて、弱々しくあわれな姿に見えてくる。

ぼくは昔生きていたかもしれないコロポックルたちが、もし今この景色を見たとしたら、どんな風に感じるだろうと考えてみないではいられない。ぼくたちは便利な町の中にいると、まるで人類が全地球を支配しているような気になるけれど、それはもしかしたらとんでもない錯覚《さっかく》なのではないだろうか。自然から離《はな》れて便利な文明を作り上げれば作り上げるほど、ぼくたちは自然の中で暮らせなくなり、むしろ狭《せま》い平地《へいち》にみじめにへばりつくしかなくなっているのではないだろうか。むかし、コロポックルたちは安全な平野に下りるのを拒《こば》み、そのかわりにこの広大な山々の世界を自分たちの生きる世界に選んだ。それは自然界の危険と隣《とな》り合《あ》わせで生きる道であって、ぼくたちのような快適さはないかもしれないけれど、そこには他《ほか》の動物や植物たちと共に生きる自由と豊かさがあったのではないかという気がする。

台風が呼《よ》び込《こ》んだ青空がじりじりと暑くなってきて、博士たちのいる沢《さわ》の小川や日陰《ひかげ》が恋《こい》しくなってきたので、戻《もど》ろうとしたとき、山道を登ってくる登山者が見えた。大きな荷物や箱をかついだ若い集団らしいので、目を凝《こ》らして見ていると、山岳部《さんがくぶ》のヒゲの濃《こ》い部長が二人の学生を従えて登ってきた。スコープと食糧《しょくりょう》だ。

スコープがキャンプに到着《とうちゃく》し、第一の遺跡《いせき》にセットされたのは、午後の二時頃《ごろ》だった。

博士たちが見つけた第一の遺跡《いせき》は、キャンプから十分も歩かない上流にあった。ぼくの拾った石の出所を探して昨日見つけた第二の遺跡《いせき》は、岩が崩落《ほうらく》して割れたおかげで中の構造が少し見えていたが、第一の遺跡《いせき》は入り口の穴の奥《おく》は見ることができない。大きな白っぽい砂岩の岩盤《がんばん》が地面に接するあたりに、水平より少し右下がりに一メートルぐらいの長さで溝《みぞ》のようなものが彫《ほ》られている。彫《ほ》り込《こ》んだ深さは平均すると十センチくらいだろうか。一見するとシルクロードの西の方にある岩窟《がんくつ》寺院のミニチュアのようにも見える。こびとが崖《がけ》沿いに通路と小部屋を掘《ほ》ったらこんな形になりそうだ。一部分はちょうどぼくの拾った石のように複雑なでこぼこがあって、石の部品を切り出した石切場のように見えなくもない。溝《みぞ》の右の方は斜《なな》めに下がっていて、発見されたとき地面の下に続いていたそうで、博士たちが土を三十センチほど掘《ほ》り下《さ》げてみて、溝《みぞ》を露出《ろしゅつ》させたのだ。溝《みぞ》の左の方は石の奥《おく》に続く穴が二つある。

どう見ても人工的に岩盤《がんばん》に彫《ほ》られたように見える。子どもたちがいたずらで石を彫《ほ》ったにしては、手が込《こ》んでいるし、彫《ほ》る意味が不明だ。だいたいこんな誰《だれ》も来ない山奥《やまおく》に、時間をかけていたずらをしに来《く》る人がいるわけがない。猟師《りょうし》が山の中で暇《ひま》つぶしにこんなことをするだろうか。鉱山を探しに来た山師が試験的にこんな複雑な穴を開けるだろうか。どれもありそうもない。

博士たちはバッテリーやノートパソコンを線でつないで、四角い黒い箱から伸《の》びた細いホースのようなスコープをセットした。着いたばかりの部長は昼飯を作るのももどかしいらしく、ビスケットを水で流《なが》し込《こ》みながら、横に立っていた。

それからの二時間は、スリリングな驚《おどろ》きと失望の連続だった。成果はあったとも言えるし、なかったとも言える。さいわい、ここにその時の発見物リストがある。書き写してみると、こうだ。

（発見された順に）

1　植物の種二個（一つは芥子《けし》の実状の小さなもの。一つは干《ひ》からびた何かの実らしき茶色の塊《かたまり》。後に山ぶどうの実と判明）

2　昆虫《こんちゅう》の羽（甲虫《かぶとむし》の後翅《こうし》と思われる）

3　鳥の羽

（ここまでは第一の前室と呼ばれる場所で発見）

4　何らかの木の棒十数センチメートル

（これは通路で発見）

5　貯蔵庫のような天井《てんじょう》の高い部屋

6　その奥《おく》にある細い縦穴（どこまで続いているかわからない）

7　最奥《さいおう》の細長い部屋の壁際《かべぎわ》にある水槽《すいそう》らしき構造物

残念ながらスコープはここまでしか届かなかった。コードの長さが足りなかったのではなく、穴の内部があまりに曲がりくねっていたのだ。第一の前室にあったものはなんとか回収できた。にぎやかな議論は夕食後まで止《や》まなかった。

その夜のミーティングで西博士は、調査団の撤収《てっしゅう》を提案した。このままここにいても新たな発見は望めないだろうと。

それはたしかにそうだ。スコープの威力《いりょく》がここまでなら、何か新しい作戦を立てる必要がある。

山の中では、最新の機械も持《も》ち込《こ》めない。超音波《ちょうおんぱ》やエックス線のようなものを使えば岩の内部がわかるのかもしれないけど、ヘリでさえ着陸できない谷間だ。電気もない。岩の内部を知ろうというぼくたちの試みは、たしかに行《い》き詰《づ》まっている。でもみんなの気持ちはなかなか収まらない。ともかく翌日は、ぼくがきっかけで発見された第二の遺跡《いせき》にスコープを入れてみようという結論で落ち着いて、寝《ね》る事にした。

ぼくたちはみんな気落ちしていたけど、博士が一番憂鬱《ゆううつ》そうだった。みんなの気持ちがなかなか収まらない中で撤収《てっしゅう》を言い出さなければならないのは、辛《つら》い決断だろうけど、きっとみんなの気持ちが整理されるまでの時間を見込《みこ》んで、早めに提案したのだろう。そう思うと、なんだか気の毒に感じた。博士こそが一番真実を知りたいはずなのだから。

次の日の朝、狭《せま》いテントの中でひとり目を覚ましたぼくは、夢うつつの中で南さんの声を聞いたように思った。

外は薄明《うすあか》るくなっているようだったけれど、ぼくはまだとても眠《ねむ》くて、すぐにまどろみの中に戻《もど》ろうとした。すると小さな声がまた聞こえた。テントから少し離《はな》れたところでささやくような声がしている。このキャンプに女性は南さんと北さんしかいないから、間違《まちが》えようがない。ぼくは一キロ離《はな》れたところからだってもう南さんの声を聞き分ける自信がある。いつも何かためらうようなその話し方、すこし低いくぐもったその声、なぜかぼくの胸の中心あたりまで届くその響《ひび》き。なんて素敵《すてき》な声だろう。これが夢なら覚めずにこのまま聴《き》いていたい。調査隊が帰ってしまってぼくも郵便局に戻《もど》れば、もう南さんに会う機会も無くなるだろう。ぼくは金縛《かなしば》りにあったようにじっと横たわったまま、でも自らの意志でしばらくそうしていた。心地《ここち》よく休んでいる体のふわふわ感の中に意識がただよい、閉じたまぶたを通ってくる明るい安心感の中で、赤ん坊《あかんぼう》のようにぼくは南さんの声を聴《き》いている。南さんがぼくと結婚《けっこん》して、朝の寝床《ねどこ》の中でぼくに話しかける南さんの声を聴《き》く。そんな甘美《かんび》な空想に身を任せて、ぼくは動かない時を楽しんだ。

すると声がぼくのテントに近づいてきた。彼女《かのじょ》の声しか聞こえないのはなぜだろう。ぼくに話しかけているのではないことはわかる。「…どこにいくの?…」とか「…怖《こわ》がらないで…」といっているようだ。かすかな高い音で小鳥の鳴き声がした。彼女《かのじょ》は探していた鳥を見つけたのだろうか。聖フランチェスコのように彼女《かのじょ》は小鳥と話せるに違《ちが》いない。大きく手を広げ、小鳥たちを両腕《りょううで》や頭に留《と》まらせているイコンのような南さんの像を思《おも》い浮《う》かべながら、またまどろみの中に入ろうとしたとき、小さな黒い影《かげ》がテントの下の方をかすめ、続いて南さんの影《かげ》が通り過ぎていった。南さん、今日は髪《かみ》を縛《しば》っている。そう思った記憶《きおく》まであるが、またぼくは寝《ね》てしまったらしい。

次に目覚めたときは、ぼくを起こしに来た本物の南さんの顔がテントの入り口からのぞいていた。ぼくは少し気はずかしかったので、寝返《ねがえ》りをうって南さんに背を向けながら、もう起きます、起きますと言った。

台風明けの青空は北の地方では長く続かず、薄曇《うすぐも》りになった。雨は落ちてきそうになかったけれど、大切な機材なのでぬらさないように梱包《こんぽう》したうえで第二の遺跡《いせき》まで運んだ。

そこでの収穫《しゅうかく》は二つあった。

一つは、第三の石の部品が見つかったこと、ただ、穴のかなり深いところで発見されたので、回収は出来なかった。マジックハンドのようなものが先に付いたスコープを用意しなければ無理だろう。山岳部《さんがくぶ》の学生たちは、先端《せんたん》にガムテープを付けろだの、いや鳥もちだとか言ったけれど、大切な現場をあらすわけにいかないと言って博士は許可しなかった。当然だといえる。ただ、カメラで見るかぎり、今まで見つかった二つよりも構造は単純だし、半分くらいしか完成していないように見える。取り出しても新たな発見はあまりなさそうだけれど、すくなくともこれで今まで見つかった二つの石が遺跡《いせき》と関連あることが証明された。

もう一つはキラキラ光る鉱物のかけらである。非常に微細《びさい》なので、最初はわからなかったが、落ちている昆虫《こんちゅう》の翅《はね》の下が妙《みょう》に明るく見えたので、角度を変えて地面を照らしてみると、きらきら光るものがたくさんあるのがわかった。比較的《ひかくてき》入り口に近かったおかげもあり、学生の発案したチューインガム作戦が許可され、ガラスのかけらのような小さな粒《つぶ》がいくつか回収された。これは昆虫《こんちゅう》の仕業《しわざ》ではなさそうだ。光る石粒《つぶ》を集める小動物や昆虫《こんちゅう》なんて聞いたことがない。テントに帰ってひょろりさんが、花崗岩《かこうがん》の風化した雲母《うんも》のかけらだと教えてくれた。ふつう、花崗岩《かこうがん》が風化すると白い長石と透明《とうめい》な石英と黒い雲母《うんも》の粒子《りゅうし》になる。穴の中にあったのは百パーセント雲母《うんも》だけだったらしく、自然ではまずあり得ない。

その日の午後から撤収《てっしゅう》作業を始め、翌日の朝にぼくたちはその場所を去った。

たった五日間いただけだけれど、去るのは名残惜《なごりお》しかった。

大きな荷物を背負って峠《とうげ》を越《こ》え、長いくだり道を歩き、へとへとになって町に着いた。

ぼくはみんなとは反対方向の電車に乗った。駅でみんなと別れるとき、残してくれた南さんの笑《え》顔《がお》が、今もぼくの財産だ。

「お仕事がんばってね、森の郵便きつつきさん」

その笑顔はすこし淋《さび》しそうだった、…と思う。

二人の秘密《ひみつ》

1

それから一年たち、次の年の夏も終わりに近づいた。その年は暑い夏で、朝と晩にはようやく秋の気配が感じられるようになったけれど、昼間の日差しはまだ強く、郵便の配達に回るぼくたちの体に応《こた》えた。

配達を終えてぐったりして帰ると、母が電話があったことを教えてくれた。東先生からだという。母は誰《だれ》なのと聞いたが、ぼくは説明するのが面倒《めんどう》くさいので、蝶《ちょう》の関係の人で大学の先生だと言っておいた。去年の夏のことはもちろん誰《だれ》にも話していない。

食事をしながら、大学の助手っていうのは、何時《なんじ》くらいまで学校にいるんだろうかと考えた。なんとなく、夜まで研究室に籠《こも》っているのではないかと想像したので、とにかく、夕飯を終えてから電話をしてみた。学生が出たが、東先生はまだいるらしく、呼びに行ってくれた。しばらく待つあいだ、ぼくはまたなんとなく南さんのことを考えた。彼女《かのじょ》が電話を取ってくれたらよかったのに…とすこし思った。

「もしもし、お待たせ。久しぶりですね」

「どうも、ご無沙汰《ぶさた》しています」ぼくもこういう挨拶《あいさつ》は出来るくらいの社会人になった。

「すまないね、急に電話して」

「いいえ、大丈夫《だいじょうぶ》です。何かありましたか?」

ぼくは、きっと研究に何かの進展があって、結果をぼくにも教えてくれるのだろうと予想していた。

「西先生か南さんから、最近、君の所に何か連絡《れんらく》は無かった?」

いったいどうしたというのだろう。二人は大学にいないのだろうか。

「いいえ、特にありませんでしたけど。ふたりがどうかしたんですか?」

「…いないんだ」一瞬《いっしゅん》の間があってから、東先生は言いにくそうに言った。

「いつからですか?」

「それがわからない」

「二人いっしょにですか?」

「それもわからない」

「どこかに調査に行ったんですか?」

「何ひとつわからないんだ。それで困って手がかりを探している」

そのあと二つ三つ話をして、ぼくは明日大学に行ってもいいかと聞いた。仕事が休めるならかまわないが、と東先生は言った。ぼくは電話を切り、仕事の代わりを頼《たの》むために先輩《せんぱい》に電話をした。

翌日、電車に二時間ほど揺《ゆ》られているあいだ、ぼくは南さんとの会話をしきりに思い出した。

五月に、じつは南さんと一度会った。

ぼくは二日間の休みが取れたので、大学に行ってみることにしたのだ。研究の進展を知りたかった。西博士の連絡先《れんらくさき》は知らなかったけれど、大学に行って聞けば何とかわかるだろうし、まさか門前払《もんぜんばら》いってこともないだろう。もしかして南さんと話す機会もあるかもしれないと思った。ぼくにしては思い切った行動だと思う。ふだん自分からこんな強引《ごういん》に人に会いに行くことは絶対ない。ぼくは友達だって多くない。

昼前に大学に着いて、緊張《きんちょう》しながら何人かの学生に尋《たず》ね、研究室にたどり着くと、西博士は学会に出張中だったけど、何人かの学生がいた。南さんがぼくに気づいて、近寄ってきてくれた。ぼくは大学の大きな建物にすっかり萎縮《いしゅく》してしまっていたので、知った顔を見てほっとした。ぼくは自分が研究の進展を知りたかったのか、南さんの笑顔《えがお》を見たかったのかわからなくなった。南さんはぼくの目的、つまり表向きの方の、を聞くと、いっしょにお昼を食べに誘《さそ》ってくれた。夢みたいだ。

大学の近くのファミリーレストランに入って、南さんは和食を、ぼくはスパゲッティを頼《たの》んだ。一時間くらい話して、ぼくは帰った。西先生に直接話をきくことはできなかったけれど、南さんに聞いた話で十分だった。ひとことで言うと研究は行《い》き詰《づ》まっていた。遺跡《いせき》で発見された植物の種、昆虫《こんちゅう》の翅《はね》、鳥の羽、それから十数センチメートルの木の棒は念入りに分析《ぶんせき》された。

二個の植物の種は特定することができた。小さな一つは芥子《ケシ》の種。これは専門家に見てもらったところ、今は北海道にしかないリシリヒナゲシという種類ではないかということだった。もう一つは干《ひ》からびた山ブドウの実だった。昆虫《こんちゅう》の羽は、その地帯によくいるカナブンの後翅《こうし》。後翅《こうし》というのはふだんたたまれて堅《かた》い羽の下に隠《かく》れている透明《とうめい》な羽で、トンボの羽を大きくしたような感じのものだ。鳥の羽はヒヨドリの尾羽《おばね》だった。唯一《ゆいいつ》、人工的なものかもしれない木の棒は、素材はわからないが削《けず》ったような跡《あと》があった。

「やっぱりこびとが作ったんですか？」とぼくは声をひそめて聞いたけれど、南さんはネズミが齧《かじ》った跡《あと》にも見えると、冷たく答えた。

それ以上できることもないので、南さんは自分の本来の鳥の研究に戻《もど》っていると言う。やっぱりそっちはそっちで大変なんだろうと思う。

山の中で見た南さんと違《ちが》って、街の南さんはすこし大人びて見えた。疲《つか》れているようにも見えた。タイトなスカートをはいて、会社員風のビジネスシャツ姿で、髪《かみ》は後ろできつく束《たば》ねていた。ぼくは自分が場違《ばちが》いなところに来てしまった落ち着かなさを感じた。

コーヒーを飲みながら、プライベートな近況《きんきょう》も少し話したあと、ファミレスの出口で別れたが、いくら思い出しても、その時の会話に失踪《しっそう》をほのめかすような言葉は片鱗《へんりん》もなかった。

東先生に会っても、何か役に立てる気がしないけれど、そのまま仕事に行く気にはなれない。電車に揺《ゆ》られながらぼくはずっと車窓に見える海を見ていたけど、頭の中は疑問でいっぱいだった。南さんたちになにが起こっているのだろう。

大学に着くと、東先生はまず西博士の研究室を見せてくれた。

大学の先生の研究室というのは、テレビドラマなんかで見て実験器具にごちゃごちゃ囲まれているような印象があったけれど、そこはマンションの一室のような殺風景な空間で、四角くて奥《おく》に細長い部屋で、一面がびっしりと本棚《ほんだな》になっていた。二つある机の上にも、ソファの横の小さなテーブルにも雑然と本や書類が載《の》っていて、ぼくは、やっぱり自分が大学という世界とは縁《えん》がなくて良かったというような気がした。博士たちの行方《ゆくえ》を示唆《しさ》するような、手がかりらしいものは何もなかった。東先生にわからないものがぼくにわかるはずはない。本棚《ほんだな》の一角に博士の家族らしい写真があった。優《やさ》しそうな奥《おく》さんと、高校生くらいの娘《むすめ》さんといっしょに、日焼けした博士が海を背景にうつっていたのが印象的だった。奥《おく》さんも娘《むすめ》さんも心配しているだろうか。

南さんのマンションには、北さんが案内してくれた。いくら管理人さんの許可があるからといって、男二人で女の人の一人暮らしの部屋に入るのは気が引けるから、東先生が研究室から内線で北さんを呼んでくれたのだ。管理人のおばさんも、北さんとは顔見知りらしく、親切に案内してくれた。

こぎれいに整理された部屋だった。カーテンや暖簾《のれん》などはさすがに若い女性らしい色や柄《がら》だったけど、思っていたよりは、実務的というか、飾《かざ》りが少ないというか、とにかくあまり女おんなしていない部屋だった。本棚《ほんだな》には鳥の図鑑《ずかん》や写真帳が多かった。鳥の骨格の絵ばっかりの本。鳴き声のCD。グラフ。分布図。英語の論文。そんなものが多かった。中に目を引いたのは、掌《てのひら》ぐらいのスケッチブックで、鳥の姿の鉛筆《えんぴつ》スケッチがたくさんあった。中には数枚、水彩《すいさい》絵の具で軽く彩色《さいしき》されているのもあった。小さな鳥への愛情が感じられる絵だ。めくってみると、鳥だけでなく、山の稜線《りょうせん》を描《えが》いたページや、何かの模様を写した紙面もあった。

南さんはなぜ、こんなに鳥のことに一生懸命《いっしょうけんめい》になれるんだろうと、ぼくはカーテンの模様をぼうっとながめながら内心考えた。ぼくの知っている年頃《としごろ》の女の子は、職場の女の子にしても近所の子や電車の中の学生たちにしても、服の雑誌を見たり、食べ物の店の話をしたり、テレビのタレントがどうのこうのと、恋《こい》や遊びのことばかり考えているように見えるのに、同じ年頃《としごろ》の南さんを研究に縛《しば》り付《つ》けているものは、いったい何なんだろう。何が、そういう女の子たちの好むものに背を向けさせているのだろうと思う。答えはわからないけれど、ぼくは軽い嫉妬《しっと》を感じていたのかもしれない。ぼくは小鳥たちほど強く南さんの心をつかむことなんかできないと思う。

そんなことを考えてぼうっとしていたら、北さんがぼくに一冊の本を差し出した。

「これ、なんだと思う?」

「えっ、ああ。なんかアイヌの関係みたいですね。アイヌ語についての本らしい」ぼくはページをぺらぺらめくりながら答えた。

「ところどころに、紙が挟《はさ》まっているでしょう」

「はい。アイヌ語の勉強をしていたんでしょうか?」

「先輩《せんぱい》、やっぱりコロポックルのことを調べていたんじゃないかな」北さんは南さんを先輩《せんぱい》と呼ぶ。研究室もサークルも違《ちが》うけど、二歳《さい》ぐらい南さんが上らしい。北さんの方が背が高いし、性格も北さんの方がはっきりしているので、なんだかそういう感じはしないけれど。

「そういえば、さっき、西博士の研究室の本棚《ほんだな》にも、アイヌの関連の本が一冊ありましたね」

「えっ、そうだった?」と驚《おどろ》くのは東先生。「それは気がつかなかったよ」

「ええ。たしかにアイヌの文化と祭祀とかいう本でした。さいきって読むんですか?」

「それならきっと、さいし、でしょ。お祭りのこと」と北さん。

「ふーん」と言ったまま、東先生は考《かんが》え込《こ》んでしまった。ぼくたちは二十分ぐらい調べた後で、管理人さんの所に顔を出し、お礼を言って帰った。

どうやら、西博士と南さんは、石の中の遺跡《いせき》がコロポックルのようなこびとの作ったものである可能性を真剣《しんけん》に考えていたらしいということはわかった。でも二人がけっきょくその説を信じるに至ったかどうかはわからない。西博士は科学者だ。それに南さんも、北さんと違《ちが》って、ロマンチックというより、どこか冷めているところがある。

東先生の車に乗《の》り込《こ》もうとしたとき、北さんが何か思いついたらしく、ちょっとだけ待っててねと言って戻《もど》っていった。忘れ物でもしたのかと思いながら、五分ほど待っていると手ぶらで戻《もど》って来た。管理人さんと話したのだという。そして新しい事実をつかんできた。

「最後に出て行ったとき、彼女《かのじょ》は登山のような格好をしていたから、またしばらくフィールドワークに出たのだと思うって、管理人さんは言っていました。新聞もポストから抜《ぬ》いておいてほしいと頼《たの》まれたそうです」

「あのおばさん、ぼくが一昨日《おととい》、電話で聞いたときには、なにもわからないって言ってたぞ」東先生は驚《おどろ》いている。

「それは先生。知らない男の人からの電話に全部は話しませんよ」

北さんにそう言われて、東先生は少し傷ついた顔をしている。

「たしかに登山靴《とざんぐつ》も、山の洋服もなかったんです」

北さんは知らないうちに靴箱《くつばこ》とタンスの中を調べていたらしい。探偵《たんてい》になれそうだ。三人はしばらく黙《だま》って、走る車の揺《ゆ》れにそれぞれ身をまかせていた。

2

二日後にぼくたちはふたたびあの場所に戻《もど》ってきた。

東先生と大きなリュックを背負った北さん、そして局長に友だちが山で行方《ゆくえ》不明になったと言ってむりやり休暇《きゅうか》を取らせてもらったぼく。

今回はまったくなにがどうなるかわからない。すごく不安だった。南さんはいまこの山に来ているのだろうか。西博士もいっしょなのだろうか。もし来ているのなら、なぜ他《ほか》の人に黙《だま》って来ているのか。何を、どういう計画で、二人は見つけようとしているのか。

南さんのアパートを出てから家に帰ってすぐ準備をし、翌日の昼ごろに駅でおち合って三人で車の入れるところまで入った。そのまま車の横にテントを張って泊《と》まり、けさ早く峠《とうげ》を越《こ》えてこの沢《さわ》まで降りてきた。前回のベースキャンプだった場所だ。

去年、山岳部《さんがくぶ》の人たちのテントに招かれて、ひげの部長が作ってくれた即席《そくせき》ラーメンを南さんといっしょに食べた時のことを思いだした。

けれども、そこに博士たちのテントはなかった。泊《と》まった形跡《けいせき》も見あたらない。やっぱり見当違《けんとうちが》いなのだろうか。

もう午後三時近くで、今日はこれ以上動けない。北さんは一人用テントに泊《と》まり、ぼくと東先生は四人用テントで寝《ね》ることにした。東先生は体力がある方ではないから、歩いてだいぶ疲《つか》れたようで、夕飯を食べるとすぐに寝《ね》てしまった。ぼくも眠《ねむ》かったけれど、なぜか寝《ね》る気になれなくて、しばらくひとりで熊《くま》よけに燃やし続けている焚《た》き火《び》の番をした。ここで去年の最後の晩に焚《た》き火《び》をしたときの南さんの横顔を思い出した。

山の静けさがしんしんと寂《さび》しく感じられた。

二人の行動について、さまざまなシナリオが頭に浮《う》かんだが、どれもありそうもないように思えるシナリオだった。やはりぼくたちの知らない大きな要因があるようだ。

次の朝、ぼくたちはテントをたたんで第二の遺跡《いせき》に行ってみた。二人がいるとしたら、山の中ではもうそこしか考えられない。でも第二の遺跡《いせき》に向かいながら、ぼくは二人がそこにいないような気がした。いて欲《ほ》しい気もした。

沢《さわ》の水はもう秋の冷たさを含《ふく》んでいる。陽差《ひざ》しは強いけれど、北国の夏の終わりは、砂浜《すなはま》の波が引くように速い。木々の葉の緑も、こころなしか、勢いがないように見える。ぼくたちは口数も少なく、ひたすら河原を下った。両側に見上げる嶮岨《けんそ》な斜面《しゃめん》が、不安をかき立てるばかりだった。

第二の遺跡《いせき》には、やはり誰《だれ》もいなかった。誰《だれ》かが訪《おとず》れた形跡《けいせき》もなかった。

東先生と北さんはそのまま帰ることにした。ぼくは、せっかく来たのだから蝶《ちょう》を探しながらもう一泊《ぱく》だけすると言って、一人で残った。

その晩は峠《とうげ》への登り口に近い、広い河原でテントを張って寝《ね》た。

山の静けさは怖《こわ》いぐらいだった。二人といっしょに帰るんだったと後悔《こうかい》した。

次の日、一人ですることもなかったぼくは、早く起きて二、三時間、蝶《ちょう》を追ってみてから帰ろうと思った。

夏の陽気は心地《ここち》よい涼《すず》しさに変わろうとしていた。鳥たちがさかんに囀《さえず》っている。朝霧《あさぎり》が薄《うす》くかかっている。秋という季節の入り口に立っているのを肌《はだ》で感じられる朝だ。河原には大きな桂《かつら》の木が何本もある。りっぱな枝を見上げると梢《こずえ》の上には、青空にところどころ綿毛を掃《は》いたような白い雲が連なっている。沢《さわ》を上流に向かって歩いてみよう。一時間もすれば空気が乾《かわ》いて蝶《ちょう》が飛び始めるだろう。うどんを作って食べながら、ぼくは早く上流に向かいたくてうずうずしていた。

そうして二時間ばかり夢中で、藪《やぶ》から藪《やぶ》へ、岩から岩へと目をこらし続けていたので、一つの茂《しげ》みを回《まわ》り込《こ》んで南さんの姿が目に飛《と》び込《こ》んだとき、まったく予期していなかったぼくはあんぐりと口を開けて立《た》ち尽《つ》くしてしまった。これは現実か？　ふとぼくは自分の頭が大丈夫《だいじょうぶ》かと疑った。

白く輝《かがや》くシャツを着た南さんがいる。明るい河原の石に腰掛《こしか》け、前屈《かが》みになって地面の上の何かを見つめている。石の蔭《かげ》で見えなかったが、おそらく小鳥だろう。

ぼくは近づいて声をかけたかったが、足音で鳥が飛んで行ってしまうとまずいと思ったので、そこから動けなかった。なんとなく彼女《かのじょ》を探しに来たことに罪の意識を感じた。声を掛《か》けるのもためらわれた。

南さんの視野にぼくは入っていない。鳥が飛び立つのを待つしかない。

何かが石の影《かげ》にちらちらしながら遠ざかったらしく、目で追った南さんは、はっと振《ふ》り返《かえ》ってぼくを見た。驚《おどろ》きの色が見て取れた。その瞬間《しゅんかん》、ぼくはなんだか知らないが、申し訳ないことをしたと感じた。

南さんはもう一度小鳥の行方《ゆくえ》を目で追った後、ぼくの方に来た。

「すみません。…東先生が心配して、…北さんと…三人で探しに…」

しどろもどろに説明しようとしたぼくは、南さんが黙《だま》ったまままいきなりぼくの手を取ったのでびっくりして言葉が続かなくなった。南さんはぼくの手を引いて上流へ歩き出した。

南さんは何か考えているらしかったけれど、ぼくは彼女《かのじょ》のやわらかい手のひらの感触《かんしょく》とあたたかさにぽうとなってしまって、先生に連れられていく幼稚園《ようちえん》児みたいに、手を引かれるまま従順に、ただ歩いた。
四、五分歩いたところに博士がいた。日焼けしていてひげが濃《こ》かった。博士もぼくを見てすこし驚《おどろ》いた。
でも、本当に驚《おどろ》いたのはぼくの方だ。振《ふ》り返《かえ》った博士の向こうに二人のこびとがいたのだから。

3

そのときの記憶《きおく》を今たどってみても、まるで夢のようだ。ぼくの頭の中に刻《きざ》まれたその時の印象は決して消えることはないだろう。

二人のこびとのうちの年配らしい女のこびとは、ぼくの姿をみるとたちまち葉陰《はかげ》に姿を消してしまった。でもスムレラ（その若い女のこびとの名前だけど）は怖《こわ》がりもしないで、じっとぼくを見つめていた。

髪《かみ》は見たこともない形に結《ゆ》っていた。ふたこぶのお団子《だんご》のように耳の後ろのうなじのあたりに結《ゆ》って、前髪《まえがみ》はおかっぱのように横に切りそろえられ、簪《かんざし》だかヘアピンだかがいくつか刺《さ》さっている。ぼくは驚《おどろ》きながらも、文化の違《ちが》いは髪《かみ》のスタイルにはっきり現れるものなんだなと妙《みょう》なことを考えていた。上半身はけば立った感じの茶色いマントのようなものを羽織《はお》っているけど、両脇《りょうわき》のあたりが何かごわごわと盛り上がっている感じだ。下は、ねずみいろのふわっとしたズボンのようなものを履《は》いて、ふくらはぎのあたりまである大きなブーツ、というか昔の雪ぐつみたいなもので足を包んでいる。手には片腕《かたうで》より長い棒を持っている。

身長は二十センチから二十五センチくらいだろうか。親指姫《おやゆびひめ》や一寸法師とはいかないけれど、信じられない小ささだった。

大きな黒い目でぼくをまっすぐ見ていた。

「驚《おどろ》いたかい？　…彼《かれ》らを怖《こわ》がらせないでくれよ」

博士はぼくの顔をおもしろそうに見ながら小さな声で言ったけど、ぼくはまだ言葉が出なかった。

その時、その娘《むすめ》が南さんに顔を向けて、何か話した。いや、話したようだったとしかぼくには言えない。

その、ネズミのような甲高《かんだか》い声にときどき口笛のような高い音が混じるのが、言葉なのか、単なる鳴き声のたぐいなのか、ぼくにはまったくわからなかった。言葉だとしても、まったく理解できなかった。英語にも日本語にも、またぼくの聞いたことのあるどの言語にも似ていないことは確かだった。でも、こんな高度な衣服や靴《くつ》を作れるんだから、それは言語に違《ちが》いないと思った。

南さんは小さな、きしるような音でひとことふたこと何か言った。娘《むすめ》のこびとはうなずいてゆっくりと去って行った。

ぼくは馬鹿《ばか》みたいに口をあんぐり開けて南さんの顔をしばらく見つめていたに違《ちが》いない。

南さんが言った。

「まだあの子たちと話せるわけではないの。いくつかの単語がわかるだけ。さっきは友達かって聞かれたから、そうだって答えただけ」

「すごい」

「あの娘《こ》の名前はスムレラ。たぶん。それが名前みたい。さっきお母さんがいたでしょ」すぐに消えた年配の女性のことらしい。「お母さんがあの娘《こ》に向かって、スムレラって呼んだから」

「すごいですよ」

「アイヌ語だと秋の風っていう意味だけど、アイヌ語かどうかもわからない」

博士が横から補足する。「ぼくらは今、彼《かれ》らの言葉を教わっているところなんだ。でも、なかなか進まない。言語の専門家ではないしね」

「いちおうアイヌ語の辞書は持ってきているんだけど、アイヌ語ともかなり違《ちが》うみたい」

…正直に言おう。ぼくはその時、頭が割れそうにくらくらしていた。こんなことがあっていいいんだろうか。人類史を書き換《か》えるくらいの、いや確実に書きかえずにはおかないことが目の前で起こっているというのに、南さんも博士も平然と、まるで友達の話をするみたいに平然と話している。興奮して、混乱しているのはぼくだけなのか。混乱してはいけないのだろうか。これは物語でも童話でもないいんだぞ。現実にこんなことがあっていいのだろうか。ぼくは夢を見ているのだろうか。夢でないとしたら、潜在意識《せんざい》が願望の白昼夢《はくちゅうむ》を見せているのだろうか。ぼくはたしかに空想癖《くうそうへき》は強い方だ。それとも、南さんと博士が仕組んだ手品？　いや二人はそんな意地悪ではないし…。

「びっくりしただろう。まあ、当然さ。テントに戻《もど》ってお茶でも飲もうよ。一人で来たのかな？　それとも、蝶《ちょう》の仲間がいっしょに来ているの？」と博士。

「いや、東先生と北さんも一緒《いっしょ》に来ましたけど、二人は昨日の午後に帰りました」

「心配したでしょう？　ごめんね。探しに来てくれてありがとう」南さんは申しわけなさそうに言った。

「いえ…。何か事情があるんだと思っていました」

「後でそのことはゆっくり話すよ。ともかくテントに戻《もど》ろう」

そういう博士の言葉に促《うなが》されてぼくたちは十分ほど歩き、小さなテントが二つ並んでいる平地に出た。

そこで博士と南さんが語ってくれたいきさつはこうだ。

そもそも博士と南さんは、去年、ぼくが初めて博士たちに出会ったあの台風の時、すでにこびとたちに会っていた。それを二人は東先生や他《ほか》の学生にも秘密で通した。あまりに重大な発見だったし、こびとたちの存在が世界に広まってしまったとき、彼《かれ》らがここでもう暮らせなくなることは明らかだったからだ。マスコミも学会も放ってはおかないだろうし、心ない観光客が世界中から一斉《いっせい》に押《お》し寄《よ》せるのは目に見えている。だから二人は永遠に二人だけの秘密にすることにした。なるほど、ぼくでもそうしただろうと思う。思い返してみると、去年の二人の態度には、いくつか思い当たるところもある。そして、二人は準備を整え、大学が休みのあいだにふたたび誰《だれ》にも言わずにこの山に入ってきたというわけだ。

去年、二人が最初にこびとを見たのは、第一の遺跡《いせき》から三十分ほど上流の森の中だったらしい。二人は手がかりを求めて沢《さわ》を遡《さかのぼ》り、滝《たき》を越《こ》えて疲《つか》れたところで川原に腰掛《こしか》けて、水を見ながらすこし離《はな》れて座《すわ》っていた。するとしばらくして後ろの藪《やぶ》ががさがさと鳴って、何かに追われたこびとの男の子が、二人の間の川原に飛び出してしまった。前は水、右と左には見たこともない巨人《きょじん》、後ろは敵のいる藪《やぶ》で、行き場を失ったその子は大きな石の下の隙間《すきま》に隠《かく》れようとしたが、隙間《すきま》は小さく、隠《かく》れきらなかった。西博士も南さんも気づいて遠巻きに見守っていたが、さっきのぼくみたいに、驚《おどろ》きで動けなくなっていたと言ったほうが正しいかもしれない。子供はぶるぶる震《ふる》えているようだった。そうしているうちに藪《やぶ》の中からスムレラが現れ、小さな弟をかばうように立った。言葉は通じなかったが、スムレラは南さんの様子を見て警戒《けいかい》を解いたようだった。黙《だま》って弟の手を引いて去ろうとするスムレラに、思わず南さんは話しかけた。もちろん言葉は通じなかっただろうが、スムレラも言葉を返した。もちろん南さんにはわからなかったが、ありがとうと言っているように聞こえたという。

その次の日も南さんはひとりで同じ場所に行ってみた。すると、他《ほか》のこびとたちは姿を隠《かく》しているようだったが、スムレラだけは姿をあらわして、それから南さんとの交流が始まったのだという。

昨年のチームの他《ほか》のメンバーにこびとのことを知らせるか否《いな》か、博士と南さんは話し合った。しかし、二人の考えは一致《いっち》していた。自分たちも知るべきではなかったのではないか、というのが二人の一致《いっち》した気持ちだった。そこで撤収《てっしゅう》となったわけだ。

「いつから山に入っているんですか？」と聞くと博士は答えた。

「十日間ぐらいになるかな。一度食料の調達に下りたけどね。でも、最近はこびとたちが木の実や食べられる根っこの場所を教えてくれたりするんだ。山っていうのはね、知っていれば食料はじつに豊富にあるもんなんだ。彼《かれ》らに教えられたよ」

「それで、どんなことがわかったんですか？」

「言葉が通じないので、まだまだわからないことだらけだね。でもおもしろいこともいくつかわかってきたよ」

まず博士たちが驚《おどろ》いたのは、彼《かれ》らの住んでいる場所だったという。博士たちは、彼《かれ》らはとうぜん石の中に暮らしているのだろうと思ったのだが、違《ちが》っていた。大木の幹などの中に、自然のうろを利用したり、自分で穴を穿《うが》ったりして住んでいたのだ。やはり石よりも木造住宅の方が手軽に出来るのかもしれない。暖かさも石と木では違《ちが》う。

そして、こびとたちの生活ぶりはきわめて質素らしい。木の実や穀物や野草が食料で、狩猟《しゅりょう》はほとんどしない。他《ほか》の生物たちは食料にするものではなく、共に生きて恩恵《おんけい》をもらう仲間だというのが彼《かれ》らの思想のようだ。その気になればこの森の自然は食料が豊富にあるし、なにより彼《かれ》らは体が小さいので、少ない食料ですむのだ。

博士によると彼《かれ》らは森を立体的に利用しているという。猿《さる》のように樹上生活をしているわけではないが、地上は外敵による危険がおおく、湿気《しっけ》や積雪もあるので住みにくいらしい。木登りが得意だと言うことだろうか。木のうろには道具類がしまわれていて、夏の間は小枝や藤《ふじ》づるを編んでハンモックのようにして寝《ね》ていることも多いらしい。

言葉と文化についてはまだよくわかっていないのだという。文字も簡単なのは使っているようだが、二人はほとんど見たことがないという。博士たちはようやく数十の単語をスムレラに教わって簡単な辞書を作り始めたところだ。まだまだ謎《なぞ》が多いのだ。

その日はもうそれ以上、こびとたちからの接触《せっしょく》はなかった。接触《せっしょく》はいつも向こうからで、こちらから彼《かれ》らの姿を探すのはとても無理なのだと南さんは言う。

4

翌朝、ぼくと南さんが散歩をしていると、スムレラが現れた。

最初、歩いているぼくたちの十メートルくらい前の方の林の中で、鳥が飛んだような気がしたのだけれど、そのまま歩いて行くとミズナラの木の枝にスムレラが立っていた。ちょうどぼくたちの顔の高さぐらいの枝に立ち、片手を幹についてぼくたちが気づくのを待っていた。マントは同じだったけど、昨日とは違《ちが》う色のズボンをはいていた。今日のは少し赤っぽい色で、なかなかかわいらしい。おしゃれな女の子のようだ。

南さんはスムレラと挨拶《あいさつ》らしい音の交換《こうかん》をした後、近くの石に腰掛《こしか》けた。ぼくはスムレラを怖《こわ》がらせないように少し離《はな》れた倒木《とうぼく》の幹に座《すわ》って見ていることにした。

次の瞬間《しゅんかん》、ぼくは驚《おどろ》いた。

スムレラが飛び降りたからだ。自分の身長の五倍以上ありそうな高さから飛び降りたのだ。人間だったら大けがをする。でも、スムレラはマントを翼《つばさ》のようにぱっと拡《ひろ》げて斜《なな》めに滑空《かっくう》し、石の上で一度大きく跳《は》ねたあと、南さんの横にすっと立った。まるでムササビかなんかのようだ。マントがきらりと光ったように見えた。後で見せてもらったのだけれど、マントの脇《わき》のところにたたまれているのは、昆虫《こんちゅう》の透明《とうめい》な翅《はね》を縫《ぬ》い合わせたものだった。もちろん翅《はね》そのままだったらわりとすぐにやぶれてしまう。具体的な方法はわからないのだけれど、何かを塗《ぬ》って強度を高めてあるらしかった。ふだん腕《うで》はマントから出しているのだけど、腰《こし》のあたりに輪っかがあり、それをつかんで拡《ひろ》げるとムササビのようになる。手につかんだ輪っかから、ひざまでが膜《まく》のへりで、そのへりの中は透明《とうめい》の翅《はね》が張っている。ふだんはそれはたたまれ、脇《わき》から背中のほうにまとめて腰《こし》のベルトでしばってある。鳥のように羽ばたいて飛ぶことはできないけれど、落ちながら滑空《かっくう》することができるのだった。スムレラは枝から跳《と》び下りながら、一瞬《いっしゅん》で腰《こし》の輪っかをつかみ、同時にベルトのひもを解いて膜《まく》をひらき、滑空《かっくう》したのだ。

おまけに着地の時に見せたすごいジャンプ力だけれど、じつは靴《くつ》に秘密があって、靴底《くつぞこ》に何かの特殊《とくしゅ》な素材がつかわれているらしく、堅《かた》いところでジャンプすると人の顔のあたりまで跳《と》びあがることができる。これは地上の外敵から身を守るために作られたようで、たとえば獣《けもの》が突進《とっしん》してきても、ひらりと飛び上がって一撃《いちげき》をかわし、滑空《かっくう》して枝から枝へと跳《は》ねながら高い木の上まで上がっていってしまう。後で一度見たことがあるけれど、リスよりもすばしっこく、猿《さる》よりも遠く飛んで枝から枝へ自在に飛び移っていった。漫画《まんが》の忍者《にんじゃ》のようだったと言えば近いイメージになるかな。こびとたちが木の上で生活しているのもよくわかる。

南さんとスムレラはしばらくぽつりぽつりと会話をしているらしかった。いや、会話になってはいないんだけど、とても楽しそうにお互《たが》いのことを知ろうとしていた。

たとえば、南さんがハンカチを出してひろげる。すると、スムレラが何か言う。南さんはまねして発音しようとするけど、うまく高い声が出ない。スムレラがお手本に言ってみせる。南さんがまねしてくり返す。同じように発音することができるようになると、南さんは手帳に何か書きとめるといった具合だ。

ふたりは時々口を閉じて、静かに日の光や葉っぱのみどりを見ていた。

朝の透明《とうめい》な空気の中、木漏《こも》れ日《び》がちらちらと二人に降り注いでいた。静かなひとときだった。鳥たちの声があちらこちらで空気を美しく震《ふる》わせている。まるで空気があちこちでぱっと色づいて光るようだった。

南さんがポケットからバードコールという道具をとり出した。三センチくらいの円筒《えんとう》型の木片《もくへん》で中心に穴が空き、金属製の棒が入っている。乾《かわ》いた木片《もくへん》にうまく金属を押《お》しつけて回すと、摩擦《まさつ》でキョッ、キョッというような音がする。いま林の奥《おく》の左の方から聞こえる鳥の鳴き声にそっくりだ。南さんがバードコールを鳴らすと、遠くで鳴いていたその鳥が興味を持ったのか、だんだん近づいてきたようだ。そして真上に来たときに、急に鳴きかたが鋭《するど》くなった。と、そのとき、スムレラは自分の背中に挿《さ》していた棒を刀のように引《ひ》き抜《ぬ》き、先端《せんたん》をくりくりっと回した。キョッ、キョ、キョッ。スムレラのバードコールは優《やさ》しい音だった。木の上で鳴いていた鳥は、それに応《こた》えて楽しげに三回鳴き、また、遠ざかっていった。

南さんとぼくは互《たが》いに目を合わせた。二人とも、相手が今起こったことの意味を理解したのがわかった。間違《まちが》いなく、あの鳥は南さんのバードコールに興味を持って近づいてきたけれど、ぼくたち人間の姿を見つけて、警戒《けいかい》の声をあげたのだ。それにたいして、スムレラは「心配いらない」と音で伝えた。そして安心して鳥は去ったのだ。言葉など一つもなかったけど、ぼくたちにはそれがわかった。なんと豊かな世界だろう。

それにしても、スムレラの持っている棒がバードコールになっていたなんて、おどろきだ。南さんも初めて見たらしい。鳥の研究家の南さんは、ぼくよりも強く心を奪《うば》われたようだった。

強い興味を示した南さんに、スムレラはその棒を差し出した。ぼくも思わず南さんの隣《となり》に座《すわ》り直して、南さんの手の中のそれに目を凝《こ》らした。

不思議な道具だった。頭の部分は、少し太い木のかたまりのようになっていて、T字型のハンドルのようなものが横に飛び出している。そこがバードコールのように摩擦《まさつ》で音をたて、下の部分は共鳴管になっているらしい。小さな棒の割に大きな音が出ていたのはその共鳴管の働きだろう。しかも下半分はいくつか穴が開いていて、笛のように見える。堅《かた》い木の素材でできていて、茶色にてかてか光るぐらいよく磨《みが》き込《こ》まれている。ぼくたちはのちにそれを「歌い棒」と呼ぶことになった。彼《かれ》らが彼《かれ》らの言葉でそう呼んでいたのだ。

南さんがそっとその棒を返すと、スムレラはその棒の使い方を教えてくれるかのように、何種類かの音を出してみせた。ウグイス、カッコウ、それから何種類かのぼくの知らない鳥の鳴き声。ぼくはウグイスとカッコウしか知らない自分が恥《は》ずかしかったけれど、南さんはもちろん全部わかったらしく、感動の面持《おもも》ちだった。

しかも、その棒で出せるのは、鳥の鳴き声だけではないようだった。

のちにスムレラと二人で散歩していたとき、大きな蜂《はち》がぼくの頭の周りを飛び回ったことがある。身をすくめて固まっているぼくの横で、スムレラは蜂《はち》の羽音を出して見せた。すると蜂《はち》は、なんと警戒心《けいかいしん》を解いたばかりか、スムレラの差し出した手のひらに一滴《いってき》の蜜《みつ》を落としていったのだ。スムレラは固くなっているぼくのようすに笑いをこらえながら、その蜜《みつ》をおいしそうになめた。

また、あるときは河原の石にすわって、かじか蛙《がえる》と鳴き声比べをしている姿をみたこともある。口笛をふくような、とても澄《す》んだ、濁《にご》りのない音で、ぼくはじっと聞いていたら涙《なみだ》が出てきた。

ようするに、こびとたちはその笛を使って動物たちと気持ちのやりとりをすることができるのだ。もちろん、たくさんの単語がある人間のような話し方ではないけれど、微妙《びみょう》な気持ちを声で伝え合うことができるのはたしかだ。森で生きるこびとたちは何百年、何千年をかけてそういうすべを発展させてきたらしい。

だから、こびとたちは鳥を怖《おそ》れない。相手が鷹《たか》や鳶《とび》なんかの猛禽類《もうきんるい》でも、何かと間違《まちが》えられて襲《おそ》われることはないらしい。こびとたちが怖《おそ》れるのは、地上の動物たち、特にイタチや蛇《へび》である。そいつらには言葉が通じないらしい。

5

おどろきながらぼくたちは立ち上がって散歩を続けた。

スムレラは、地上を軽《かろ》やかに、跳《は》ねるように歩いた。ぼくたちの横にいるかぎり、イタチにも蛇《へび》にも襲《おそ》われる心配はない。そばを流れる沢《さわ》の音が絶えず木々の間に響《ひび》き、うすくかかっていた朝靄《もや》もはれてきた。しっとりと澄《す》んだ空気は体にも心にもしみてくるようだ。南さんと妖精《ようせい》のように飛び回るこびとと三人でいっしょに歩いているのが夢のようだ。いや、おとぎばなしの中にでもいるようだった。

「ごめんね。突然《とつぜん》いなくなってみんなに心配をかけてしまって。ほんとに申し訳ない」

「いいえ、こういう重要なことなんですから、仕方ないと思います」

「たしかに想像もできないくらい重要なこと。博士も私もどうしていいか正直言ってわからない」

そして南さんは、アメリカ大陸が発見されていくつもの文明が滅《ほろ》びた経緯《けいい》を話してくれた。スペイン人たちによるおぞましいインカ帝国《ていこく》の滅亡《めつぼう》。西部開拓《かいたく》時代のネイティブアメリカン文化の破《は》壊《かい》。ヤマトによるアイヌの土地の収奪《しゅうだつ》。

「この狭《せま》い日本で彼《かれ》らと接触《せっしょく》しなかったのは奇跡《きせき》のようなものだと思わない？　でも、彼《かれ》らはどこにも逃《に》げられない。私たちの文明とあの子たちの文明が出会ったら、必ず彼《かれ》らの文明は私たちの文明に吸収されてしまう。それは、歴史が証明しているでしょ。アイヌもインディオもほとんど形だけ残っているにすぎないんじゃない？　傲慢《ごうまん》かもしれないけれど、でも現代の文明は残酷《ざんこく》よ。あらゆるものを呑《の》み尽《つ》くしていく。私はまだあの子たちの文明の片端《かたはし》をちらっと見ているだけだと思うけど、滅《ほろ》びさせたくはない。とっても貴重なものに思えるの」

「じゃあ、なぜ研究しているんです？　彼《かれ》らのことを知れば知るほど、それは彼《かれ》らを危険に陥《おとしい》れることになるんでは？」

「そこは、はっきり言って博士も私も迷ってる。今度ここに来てしまったのも、来ない方がいいのかもしれないって思いながら、どうしてもあの子たちのことを知りたいっていう気持ちに勝てなかったからかもしれない」

スムレラが道の脇《わき》に黄色い百合《ゆり》のような花を見つけ、ジャンプしながらすばやく何かを手に取った。花が揺《ゆ》れた。その取ったものを背中にたすき掛《が》けに背負った長細い包みのようなところにしまった。

「…いちおう来る前に博士と話し合ったときには、あの子たちについて最低限のことを知らなければ、保護のしようもないから、調査はすべきだという結論になったのだけど、それも、もしかしたら都合のいい言い訳がほしかっただけなのかも。私たちはけっきょく好奇心《こうきしん》を抑《おさ》えられなくてここに来た…」

「ぼくは絶対にしゃべりません」

勢《いきお》い込《こ》んで言うと、南さんは笑った。

「信用はしている。でもね、それとこれとは話が違《ちが》うの。私たちは東さんだって北さんだって山岳《さんがく》部《ぶ》のみんなだって信用してる。でもあの人たちにも話さないと去年決めたの。それは、みんなを信用していないからじゃなくて、うーんなんて言うか。いってみれば、これは私たちがもともと知っていてはいけないことだから」

ぼくは傷つきはしなかった。でも、南さんがぼくを傷つけないように話してくれることがうれしかった。

「研究は続けるんですか?」

スムレラがぼくたちの言葉を不思議そうに聞いているのを横目に見ながら、ぼくは言った。

「わからない。…私たちは最初、少しだけ研究するつもりでここに来たの。はっきりした予定もなかった。だいいち、また会えるかどうかもわからなかった。私たちには彼《かれ》らの姿を見付けられないけれど、あの人たちは私たちのことを木の上からずっと見ている。あの人たちが私たちと話す気になってくれるかどうか。それはまったくあちら次第《しだい》なのよ。えーと、それでね。最初は研究のつもりで来た。でもあの子たちと話しているとだんだん、研究なんかじゃないって感じてきた。研究ってまるで昆虫《こんちゅう》か動物みたいでしょ。あの子たちは体は小さいけれど、立派な人間よ。しかも私たちが知らないこと、忘れてしまったことをたくさん知っている。さっきの笛みたいなの見たでしょ。私たちよりもある意味では高い文明を持っているのかもしれない。だから、あの人たちを研究しているというより、あの人たちに大事なことを教わっているという方が正しいような気がしはじめている」

ぼくはあらためて右手の方で枝から枝へ低く跳《は》ねまわっているスムレラを見た。

「何人ぐらいと話したんですか？」

「まだ、そうね、話したと言えるのは三人かな。スムレラと弟の男の子と、昨日あなたも見たお母さんらしき人。いや、お母さんとはほとんど話してないかな。大人はなかなか近づいてきてくれないの。ほかに二人、遠くからちらりと見ただけ」

スムレラは今度は跳《と》び回《まわ》るのをやめ、南さんの横を歩きながらぼくたちの会話に耳をすませていた。

「このままだと東先生と北さんが心配します」

「そう。あとで尾根《おね》に上がって電話しなくちゃ」

「どう言うんですか？」

「鳥を探しにかってに山に来ちゃったって言うしかないかな。博士は外国に行ったことにでもするのかなあ。あなたは帰らなくていいの？」

「ぼくは、クビになってもいいです」

「そんなのだめ。仕事は大事にしなきゃ」

「いいえ、ぼくはこびとの研究がしたいです。そのためなら何をしたっていい。ぼく、こびとの研究者になれないでしょうか？」

我ながら大胆《だいたん》なことをそのとき言ってしまったけれど、その瞬間《しゅんかん》までまったくそんなことは考えてもいなかったと白状しなければいけない。ほんとうに、そのとき何も考えずにふとそう言ってしまったけれど、言ってしまうとそれがぼくの決意みたいに思えて、なんだか勇気がぐんぐん湧《わ》いてくる気がした。ときどきぼくはそんな風に自分の将来を夢想して、自分で夢中になることがある。一晩寝《ね》るとその夢はしぼんでしまって、後には、割れた風船をつかんでいるみたいな嫌《いや》な気分が残る。そういうことはよくある。このときもぼくの悪い癖《くせ》がでたかもしれない。

南さんはちょっと気圧《けお》されたみたいに沈黙《ちんもく》した。いや、もしかすると南さん自身がこびとの研究者になるという夢を胸にしまっていたのかもしれない。

横を歩くスムレラをじっと見つめながら歩いている南さんの頬《ほお》に髪《かみ》がかかった。ぼくは胸がどきどきした。

そのとき、スムレラが前方に何か見付けたらしく、また飛《と》び跳《は》ねながら、先の方へ消えていった。

「スムレラの靴《くつ》はね、かかとの所の靴底《くつぞこ》に何かわからない特殊《とくしゅ》な材料が使われているみたいなの」

南さんがぼくの言葉にとり合わなかったので、ぼくは少しほっとした。

「どんな材料ですか？」

「分析《ぶんせき》してみないとよくわからないけど、昆虫《こんちゅう》の何かを使っているみたい」

「何だと思います？」

「わからない。あの子に聞いたときに、なにか昆虫《こんちゅう》の名前を言ってたみたいだけど、言葉が日本語でも英語でもないから、何のことかわからなかった」

「すごいですよね。人間があれだけ跳《と》べたら、生活ががらっと変わりそうですね」

6

話しながら歩くぼくたちを、スムレラは十メートルくらい先で待っていた。しかし今度は一人ではなかった。横にはスムレラより頭一つ小さい男の子が立っていた。南さんと博士がはじめてスムレラに会ったときに一緒《いっしょ》にいたという子らしかった。

こびとたちの年齢《ねんれい》というのはよくわからない。スムレラの年もぼくたちは知らなかった。ただ胸が大きくなった後で、赤《あか》ん坊《ぼう》を産む前だということしか外見からは判断できなかった。男の子は人間で言えば二歳《さい》か三歳《さい》、スムレラより下のように見えた。ぼくたちの世界なら小学校高学年か中学一年くらいの感じ。スムレラと似たような格好をしている。

目の大きな子だった。ぼくたちを見て、気丈《きじょう》に見せているけど実はぼくたちの大きさにひるんでいるのが見て取れた。南さんが顔を近づけたときにわずかだが身を引いたのだ。

スムレラと南さんの間に「会話」が交《か》わされた。少年の名前が「トゥニソル」らしいとわかった。スムレラは弟と呼んだが、母も父も違《ちが》うのだという。その複雑な事情をぼくが理解したのはずっと後だけれど、いま説明しておこう。

こびとたちは定住しない。穴、と彼《かれ》らは家のことをそう呼ぶのだが、その穴をいくつも持っていて、状況《じょうきょう》に合わせて移動を繰《く》り返《かえ》しながら暮らしている。一つの穴に三日しかいない時もあれば、三年暮らすこともある。穴は、一人が寝《ね》るのがやっとの小さなものから、数家族が住めそうな大きなものまでさまざまだ。集落とか町とかいう共同体を作ることはない。数家族が適当な距離《きょり》を保って協力しながら暮らしているが、面白《おもしろ》いことに、子供が自分の親と一緒《いっしょ》にいることは少なく、別の家族の穴に寝《ね》ていることもしばしばあるらしい。子供は部族の共有物という感覚らしい。そんなだから、家族という関係が希《き》薄《はく》で、一定の年齢《ねんれい》になるとすぐに自立し、自由に移動しながら暮らす。博士に言わせると、ぼくたちの祖先のように食糧《しょくりょう》を一か所《しょ》にため込《こ》んで助け合わなくては生きていけない環境《かんきょう》だったら、そういう社会は作れないらしい。周りに食料が豊富にあるからできるのだという。

スムレラは嵐《あらし》の夜に父親を亡《な》くし、子供の頃《ころ》から半分は母親以外の人たちの中で育ったのだという。トゥニソルはスムレラを育てたそんな人たちの子だから本当の姉弟《してい》ではない。でも、スムレラは弟と呼んでいる。このトゥニソルがのちのちぼくの親友になる。

トゥニソルは好《こう》奇《き》心《しん》の強い少年だった。ぼくたちがこびとたちに興味を持つ以上に、彼《かれ》はぼくたち巨人を知りたがっていた。同時に彼《かれ》は、気の弱い少年でもあったので、最初のうちはぼくたちを遠まきに観察していたらしい。スムレラがいっしょの時だけ、ぼくたちの前に姿を現した。

トゥニソルはぼくたちのまわりを跳《と》び回《まわ》ったり、横を歩いたりしながら、ときどきスムレラに何かをたずねていた。まだぼくたちに直接話しかけてはこなかった。「あなたは何歳《なんさい》なの」と南さんが話しかけても、意味がわからないのか、恥《は》ずかしいのか、答えずにスムレラに助けを求めるだけだった。

スムレラは髪《かみ》を後ろで二つのお団子に結《ゆ》っていたが、トゥニソルは短く切っていた。着ているものはスムレラとだいたい同じような形だが、上着は素材が違《ちが》うのか、柿《かき》の実のような赤みがかった橙色《だいだいいろ》で遠くからも目立った。後でわかるが、こびとたちは一般的《いっぱんてき》に男の方が華《はな》やかな色の服を着る。その意味では鳥に似ている。天敵に襲《おそ》われる可能性が高くなっても男の方がすばしっこく逃《に》げられるからかもしれない。場合によっては男が目立って敵を引きつけているあいだに、保護色に紛《まぎ》れて女を逃《に》がすのだろうと博士は言っていた。

トゥニソルは、スムレラよりも短い「歌い棒」を背負っていたが、違《ちが》うのは腰《こし》の幅広のベルトに、機関銃《きかんじゅう》の弾丸《だんがん》のように小さな入れ物をたくさん付けていたことだ。何が入っているのかはそのときはわからなかった。もちろん機関銃《きかんじゅう》の弾《たま》ではない。こびとたちは武器をいっさい持たない。

ぼくたちは泉で水を汲《く》み、散歩を終えて博士のテントに戻《もど》った。

「お帰り。何か収穫《しゅうかく》はあったかい。お、お客さんもいっしょか」

博士は料理をする手をとめて、スムレラをみた。トゥニソルは南さんの後ろに隠《かく》れていたが、すぐに頭だけ出した。

「おっ。弟くんもいたか。久しぶり。△□※♪▽♭◯¶#!」

最後の言葉はぼくにはわからないこびと語のあいさつらしかった。トゥニソルは博士にも恥《は》ずかしがって答えなかった。

博士は奇妙《きみょう》なものをフライパンで焼いていた。失敗したホットケーキだとわかると、博士はすまなそうに照れ笑いをした。

「いやあ、久しぶりに甘《あま》いものが食べたくなってね。予備食に持っていたのを作ってみたんだけど、フライパンが薄《うす》すぎて焦《こ》げてしまったよ。油もすくなくて、……」

そのとき、トゥニソルが手を出して焦《こ》げたホットケーキのはしを口に入れた。おいしかったのか、興奮してスムレラに何か一生懸命《いっしょうけんめい》話しかけた。スムレラは黙《だま》って手を出したことを叱《しか》ったらしかったが、トゥニソルが差し出したひと切れを口に運んだ。そして、目を丸くしておいしいという顔をした。

それからぼくたちは並んでブナの倒木《とうぼく》に腰掛《こしか》け、みんなで少し苦いホットケーキをコーヒーで食べた。スムレラとトゥニソルはコーヒーは苦手《にがて》らしかった。

太陽は高く上がり、鳥たちが賑《にぎ》やかに鳴く朝だった。虫がとび始めた。沢《さわ》のさらさら言う音が青空に向かってのぼり、木々の緑に吸《す》い込《こ》まれていく。

ぼくは不思議の国に南さんと一緒《いっしょ》にいるような幸せを感じた。これが永遠に続けばいいと思った。

ぼくは、こびとたちをもう別の生き物のように感じなくなっていた。言葉はうまく通じないけれど、同じ気持ちをいま感じている子供どうしのような気がする。体の大きさの違《ちが》いはもう意識されなくなってきた。

それから二日間、ぼくたちは調査を続けた。その間、二人のこびとは一度訪ねてきてくれた。彼《かれ》らとのコミュニケーションに時間がかかることは明白だった。辞書もない二つの言語の橋渡《はしわた》しをしようというのだからそれも当然なんだけど、協力関係ができただけで今回の訪問は成果があったとみるべきなのだろう。この地方の山は秋が短く、一気に長い冬に突入《とつにゅう》する。またチャンスがあるなら、来年をまたなければならない。

食料も尽《つ》きたし、天気も崩《くず》れそうだし、下界で心配している人もいるので、ぼくたちは三日後に山を下りた。

樹上の世界

1

次の年の春、ぼくは郵便局をやめた。

博士が臨時研究調査員という仕事をくれたからだ。母は不安そうだったが、大学の仕事の手伝いだと知ると、特に何も言わなかった。給料は郵便局員よりずっと少なかった。それでも、博士が苦労してうまくやってくれたので文句を言うつもりはなかった。ふと思いつきで言ったことにぼくがあまりにも熱心なので、博士も無理をしてくれたのだ。表向きは、「動植物学野外調査補助およびデータ処理」というのがぼくの仕事だった。データ処理とあるけれどぼくはコンピューターは苦手だ。野外調査とかフィールドワークとかいうのは、要するに動物を追いかけたり観察したりするのだから、これはぼくの得意な分野だ。ぼくはとうとう形のうえでは研究員のはしくれになった。

実質的なぼくの仕事は、こびとたちの谷にひそかに研究拠点《きょてん》を作ることと、情報収集を続けることだ。そうすることで、博士と南さんは日常の自分の研究にもどれることになった。南さんが言うには、こびとたちのことを考え始めると、気もそぞろになってとても自分の研究が手に付かないのだそうだ。で、ぼくが拠点《きょてん》を作り、博士と南さんはときどき他《ほか》の人に内緒《ないしょ》でぼくの所に来る。研究の進み具合を見て、博士はアドバイスをしてくれる。南さんはおいしい物や生活用品を持ってきてくれる。ついでにすてきな笑顔《えがお》も。こうして博士たちはこびとたちの存在を隠《かく》しながらぼくを通じて研究をすすめ、ぼくは世間から存在を消して好きなことに没頭《ぼっとう》できる。いってみれば三人の共犯関係だ。

春の雪解けと同時にぼくは山に入り、調査基地を作った。

いつまでもテントでは不自由だ。めったに人が入らない山地だけど、それでも登山客や、酔狂《すいきょう》な釣《つ》り人《びと》は近くまで来ることがある。そんな人たちでも決して入ってこないような枝沢《えださわ》の、安全な平地《ひらち》に、ぼくはロビンソン・クルーソーの小屋のようなものを建てた。

雨で川の水かさが増しても安全な、乾《かわ》いた平地を見つけるのに苦労した。湧《わ》き水《みず》からそれほど遠くなくて、崖崩《がけくず》れの心配もなく、陽《ひ》あたりのいい場所でなくてはいけない。一日かかって、ぼくは最初に博士たちがキャンプしていた所の近くに、何とか理想に近い場所を見つけた。

そして、木材を集めて小屋を組み立てた。ぼくは大工さんではないし、ろくな道具もない。でものこぎりと釘《くぎ》、トンカチ、ロープがあればかなりのことができる。丈夫《じょうぶ》で比較的《ひかくてき》まっすぐな枝を集めて三角屋根を作り、ビニールで防水をしたうえに、朴《ほお》の葉や蕗《ふき》の葉で屋根を葺《ふ》き、さらに葉っぱでカモフラージュをする。床《ゆか》には平らな石を並べてこまかい砂利《じゃり》ですき間を埋《う》め、小さなベッドを丸太で組んだ。最後にまわりに排水溝《はいすいこう》を掘《ほ》って、四畳《じょう》ほどの小屋が一週間でできた。昔、猟師や炭焼きの人が仮小屋を作ったというが、ぼくはそんなもの見たことはない。でも、はじめてにしてはそれなりのものができたと思う。

電気はもちろんない。水道もないけど、沢《さわ》が近いので湧《わ》き水《みず》を大きなペットボトルに汲《く》めば、あまり困ることはない。トイレは小屋の裏に穴を深く掘《ほ》って、テントのフライシートで屋根を付けた。自慢《じまん》は暖炉《だんろ》だ、岩壁《がんぺき》から剥《は》がれた板状の石を積み上げ、粘土《ねんど》に藁《わら》のような枯《か》れた葉を混ぜて練り、煉瓦《れんが》のように固めた。壁《かべ》の一面に埋《う》め込《こ》み、熱は室内に放射され、煙《けむり》はほとんど外に逃《に》げるので、快適にたき火ができるし、煮炊《にた》きもできた。

テントも小屋の横に建てたままにして、どちらにも寝《ね》られるようにした。暖かくなって蚊《か》が出始めたら、テントで寝《ね》る方がいいだろうと思ったからだ。テントは小石を敷《し》き詰《つ》めた上に杉《すぎ》の葉を厚く敷《し》いて、下からの湿気《しっけ》と寒気を防いだので、すごく快適で清潔だ。

しかし、春といっても、雪国の山は寒さが厳しい。ぼくは冬眠《とうみん》する熊《くま》のように小屋でひたすら彼《かれ》らからの接触《せっしょく》を待った。こびとたちをこちらから探す方法はない。明るいうちは沢《さわ》を歩いて、自分の姿を森の動物たちに見せ、鳥たちがぼくに気づいてくれるのを待った。鳥が気づけばその変化をこびとたちが注目して、間接的にぼくの存在が伝わるだろうと思った。


八日目に、ようやくこびとたちは現れた。

どうやら、この時期、彼《かれ》らは移動しながら暮らしているらしかった。八日目の朝に沢《さわ》で顔を洗っていたぼくはふと、三メートルくらい離《はな》れたところにスムレラが立っているのに気づいた。去年とは違《ちが》う色の服を着ていたが、たしかにスムレラだった。半年の間、何度も夢に見ながら、スムレラの顔が一人で見分けられるだろうかと考えていたぼくは、いま目の前にふたたび彼女《かのじょ》を見て、なんだかほっとした。

スムレラはぼくの名を呼んだ。高い音だけどたしかにぼくの名前だった。そして、彼女《かのじょ》は黙《だま》ってぼくの小屋を眺《なが》め、南さんの名を言った。ぼくは通じてくれと願いながら、南さんはいないよと言った。彼女《かのじょ》には通じたようだった。当惑《とうわく》したような表情でぼくの顔を見たあと、彼女《かのじょ》は去った。時間がかかるな、とぼくは思った。

ぼくは博士たちが作ったこびと語の辞書を持って来ていたし、そこにある数十の単語はすべて覚えていたけど、こびと語を習うことから始めようと考えていた。

そして、ぼくにはもう一つ計画があった。こびとたちの近く、つまり、樹上に観察小屋のようなものを作ることだ。

小屋の近くに、太い枝のある巨《おお》きな木が二本あった。そのうちの小屋に近いほうに登り、まず六十度ぐらいの角度に開いた二本の太い枝を見つけ、幹から三メートルくらい離《はな》れた所に、丸太を渡《わた》して正三角形を作った。さらにその中に何本かの細い丸太を渡《わた》した上でロープで固定し、あいだに藤《ふじ》づるを網《あみ》のように編んでネット状の床《ゆか》を作った。その上に寝転《ねころ》んでみると、ハンモックに寝《ね》ているようでとても快適だった。木の上で生活するこびとたちの気持ちに、こうやって少しでも近づきたかった。

同じ木の高さの違《ちが》う枝に、さらに四層の床《ゆか》を作った。そしてそれぞれの床《ゆか》のあいだは階段やハシゴでつなぎ、五階建ての木の家ができた。最上層の五層は枝が細くなるので、二人がけのベンチぐらいしかないが、梢《こずえ》を通して青空がよく見えた。

屋根をどうしようか考えて、三層目だけ簡単な屋根をつけた。そして風よけの壁《かべ》を三面に作った。これで雨の日でも木の上にいられる。

ぼくはこの五重の塔《とう》みたいな観察小屋をタワーと呼ぶことにした。

タワーができるまでのあいだ、ときどきスムレラが見に来た。そして、三層目を作っている時、トゥニソルもやってきた。トゥニソルはぼくのアイデアがとても気に入ったらしく、黙《だま》って手伝ってくれた。木のことに詳《くわ》しい彼《かれ》は、丈夫《じょうぶ》なツルのとれる場所や、堅《かた》い材質の木のある場所に案内してくれた。

困ったのはトイレだ。トイレに行きたくなるたびに木を降りるのが、だんだんめんどくさくなってきた。そこで、エレベーターをつくることにした。

中心階である三層めの床《ゆか》の横から地上に降りられるように、上の枝に滑車《かっしゃ》を付け、ぼくの体重より少しだけ重い石を網《あみ》でくるんでぶら下げた。降りるときにはロープの輪っかに足を載《の》せて体重をかけ、別に張ったもう一本のロープをたぐり上げると、自分の体は下りていき、石が上がって来る。地上に着くと、錘《おもり》が上がり切った状態のまま、足を乗せていた輪っかを地面に近い枝に引っかけておく。上りたいときは輪っかをはずして足をいれ、軽く地面を蹴《け》ると、ぼくより少しだけ重い石が上から下りてくる代わりに、ぼくの体は何もしなくてもゆっくりと上がっていき、地上七メートルぐらいの高さにある三層目まで登れる。我ながらよくできたと思う。上出来だった。

トゥニソルは滑車《かっしゃ》というものをはじめて見たらしく、興味しんしんだった。スムレラもぼくの作ったエレベーターには感心していた。

トゥニソルはぼくといるのが好きなのか、ぼくのやることがもの珍《めずら》しいのか、あるいはその両方で、昼間はほとんどぼくのまわりにいた。マントを広げて別の木から滑空《かっくう》してきて、ネットの床《ゆか》に寝《ね》っ転《ころ》がったり、ハシゴを跳《は》ねながら登ったり、エレベーターのガイドロープをつかまりながらすべり降りたり、まるでぼくが作っているのが彼《かれ》の新居みたいな喜びようだ。

遊びながらぼくらは少しずつ仲良くなった。会話も日に日に多くなり、わかる言葉が増えた。彼《かれ》が食糧《しょくりょう》のある場所に毎日案内してくれた。山芋《やまいも》、むかご、あけび、蕗《ふき》、ミズの葉、栃《とち》の木、椎《しい》の木。知ってみると、山は本当に食べ物が豊富だった。ぼくの地上の小屋の棚《たな》は、三、四日雨がふり続いても困らないぐらいの山の備蓄食糧《びちくしょくりょう》が積まれているようになった。もっとも、正直言うと、ときどきラーメンとかステーキとかアイスクリームのような文明食を食べたいと痛切に思うこともある。でも、どこまでも澄《す》み切《き》った湧《わ》き水《みず》のおいしさと引《ひ》き替《か》えなら仕方ないかと思うことにした。

ぼくらはタワーのネットの床《ゆか》に寝《ね》っ転《ころ》がりながら、黙《だま》って風の音を聞いたり、空を眺《なが》めたりして長い時間を過ごした。会話がなくても平気だった。トゥニソルはどちらかというと口数の少ない少年だったし、その点はぼくもたぶん同類なのだ。

2

そんな無口なトゥニソル相手だけれど、ぼくの辞書作りは少しずつ進んでいった。まずは食べ物と植物の名前、そして食べるとか歩くとかいった基本的な動作を表す言葉だ。単語の数も三百近くなり、少しずつ文の構造もわかってきた。

たとえば数の数え方はこうである。

シプ＝1　トゥプ＝2　レプ＝3　イネプ＝4　シクネプ＝5

イーワン＝6　アルワン＝7　トゥペシ＝8　シネペシ＝9　ワント＝10

一〇の位はワントの後に先ほどの数字を付ける。

これはアイヌ語とほとんど同じである。和語でも中国語でもない。プで終わるのは朝鮮語《ちょうせんご》にいくつかあるので、起源が朝鮮《ちょうせん》半島なのかもしれない。朝鮮語《ちょうせんご》で1から10はイル、イー、サム、サー、オー、ユク、チル、パル、ク、シプ。またはハナ、トゥル、セッ、ネッ、タソッ、ヨソッ、イルゴプ、ヨドル、アホプ、ヨルである。中国語ならイー、アル、サン、スー、ウー、リォウ、ジー、バー、ジォウ、シーとなる。中国語の影響《えいきょう》は6と7にみられる。モンゴル語なら、ネグ、ホユル、ゴロウ、ドゥルウ、タウ、ゾルガー、ドゥロー、ナエム、ユス、アロウである。だから、こびと語の起源がどこにあるのかはよくわからない。

彼《かれ》らの数は指を折りながら数えるとイメージしやすい。片手で数えられる1から5までは、最後に「プ」または「ネプ」が付く。「プ」「ネプ」をとれば、1から5は、シ、トゥ、レ、イ、シクである。これが数の基本となる。接尾辞《せつびじ》のプは日本語で言えば、ひとつ、ふたつの「つ」のようなもので、数を示す言葉のしるしだと思う。4がイプではなくイネプとなるのは、1のシプと音が似てしまうから区別するためだろうし、5のシクネプはシクプだとクとプの連続が破裂音《はれつおん》どうしで発音しにくいからだろう。

6から10までは数えるにはもう片方の手が必要になる。そのときすでに数え終わった片手分はまとめて「ワン」と呼ばれる。したがってワンは5を表わす。中国語の1、イーが5（ワン）に足されてイーワン（6）となる。中国語の2（アル）が足されて7（アルワン）。ところが、中国語の3

以上は定着しなかったようで、8と9はこびと語が使われる。ペシは指が折られた状態をあらわすらしい。これは「へしゃげる」という日本語と同源かもしれない。ぼくのおばあちゃんは、確か手で押《お》してへこませることを「おっぺす」と言っていた。両手を開いた状態(10)から二本の指を折って、2(トゥ)をひいた数が、トゥペシ(8)である。1(シ)をひいたのがシネペシ(9)だ。10は片手が二つ、つまりワン(5)×トゥ(2)でワントゥだ。

10以上の数の場合は、ワントシプ、ワントトゥプ、ワントレプと続くのだが、トゥニソルは10以上の数については詳《くわ》しく話せなかった。こびとたちの生活の中では、ものの数を数える必要性がきわめて低いらしいことは想像できたけれど、もしかすると、トゥニソルが算数嫌《ぎら》いなだけかもしれなかった。たしかに、数をかぞえるという行為《こうい》は、食糧《しょくりょう》や物資を貯《た》めておいたり、商品として交換《こうかん》したりしなければ、あまり必要の無いことだ。こびとたちは、何かを自分だけのものとして蓄《たくわ》える習慣がそもそもないのかもしれない。冬の備蓄食糧《びちくしょくりょう》もみんなで分け合って食べるのだから、交易だの商業だの貨幣《かへい》だのと無縁《むえん》な社会なのだろう。それならば、指を折って数えられる範囲《はんい》の数字で十分なのだ。

こびとたちの言葉が使う音は、標準の日本語とはかなり違《ちが》う。「ぱぴぷぺぽ」は、やまと言葉にはもともと多くないが、こびとたちの言葉にはかなりの頻度《ひんど》で出てくる。この点はアイヌ語と共通性がある。しかも、言葉の終わりが「ぱぴぷぺぽ」の場合がかなりある。逆に「がぎぐげご、ざじずぜぞ、だぢづでど、ばびぶべぼ」などの、いわゆる濁音《だくおん》はまったく使われない。

だから、彼《かれ》らが話しているのを横で聞いていると、とても澄《す》んだ音で、音楽を聴《き》いているみたいだ。

いちど、スムレラとトゥニソルが話しているのを、ぼくはタワーの四階のネット床《ゆか》に寝《ね》っ転《ころ》がって聞いていたことがある。意味はほとんどわからなかったけれど、夏の青い空に浮《う》かぶ入道雲を見上げ、さわさわと葉擦《はず》れの音を立ててゆるやかに揺《ゆ》れる木々の音を聞きながら、二人の会話を、聞くともなく聞いていたら、まるで白い雲と木々の枝とが言葉を交《か》わしているような美しい錯覚《さっかく》にとらわれた。自然の生命たち、存在たちの直接的な声を聞いたような気がした。

二つの白い雲が追いかけ合いながら、ゆっくり流れていくのを見て、トゥニソルはそのとき、自分の名前が「二つの雲」という意味だと教えてくれた。とてもすてきな名前だ。彼《かれ》が産まれた時、明け方の東の空に二つの雲が浮《う》かんでいたのだという。

ついでに彼《かれ》は、知り合いの名前を教えてくれた。

妹が二人いて、一人はレタラム、もう一人は赤《あか》ん坊《ぼう》でリムセレラという。レタラムは「白い葉っぱ」という意味。リムセレラは「踊《おど》る風」だそうだ。女の子の名前は植物か天候から取られることが多いのだという。トゥニソルの母はサクンニシ、つまり「夏の雲」だそうだ。

トゥニソルには男の兄弟はいない。遊び仲間の男の子にはペイコリキン「牛登り」という面白《おもしろ》い名前の子がいるらしい。今は父親といっしょに、北の川の方に行ってしまっているとか。トゥニソルの父は、タンネチキリ「長い足」といって、魚をとる名人らしい。そして、シラル「磯《いそ》」という青年は物知りで、勇敢《ゆうかん》で、子供たちから尊敬されているらしい。

「たぶん、シラルは、スムレラと結婚《けっこん》したがっている」

そうトゥニソルはつぶやいた。ニコリとわらったその笑《え》みは、トゥニソルがそうなって欲《ほ》しいとしんから思っていることを示していた。

ぼくはちょっとドキリとした。

「スムレラは知っているの？」

「もちろん。…だけど、まだ、何も言わない」

「聞いたの？」

「聞いた。でも、黙《だま》っている」

「ふーん」

トゥニソルはスムレラのことを、血がつながっていないのに、姉のように慕《した》っている。

「それから、長老のタネリっていう人もいるよ。面白《おもしろ》い名前」

「どういう意味？」

「わからない。古い言葉だから」

「長老って何？」

「みんなが、長老の意見を聞きに行く。そういう人」

どうやら、リーダー的な存在らしいが、こびとたちは普通《ふつう》にぼくたちが考えるような部族を形成しているわけではない。大人はみんな自分の判断で自由に行動していて、好きなときに好きなところへ行ってしまう。猿《さる》の群れよりももっと個人と個人のつながりが緩《ゆる》やかなのだ。とうぜん、組織でがんじがらめになっているぼくたちよりもずっと。

どれくらいの数のこびとがいるのか、トゥニソルに聞いてもわからなかった。おそらくこびとたちの誰《だれ》に聞いてもわからないのだろう。北の方には、あまり接触《せっしょく》のない別の種族がいるらしいが、トゥニソルはその種族のこびとには会ったことがないと言った。

昔からこの山域にもマタギと呼ばれる狩人《かりゅうど》たちが入っていたはずだが、こびとたちは目撃《もくげき》されなかったのだろうか。それは謎《なぞ》だ。時々は目撃《もくげき》されたからこそ、コロポックル伝説が生まれたのかもしれないけれど、こびとたちは用心深いし、ふだんは木の上から人間が近づくのに気づいて、すぐに姿を隠《かく》しただろうから、知られていなくても不思議はない。それに、人間は山を歩くときはたいてい足下《あしもと》に目を落として歩くし、こびとたちが活発に活動する季節は木々の葉が生《お》い茂《しげ》っている。頭上のこびとたちに気づかなくても無理はない。下草の多い雑木の森は、視界が驚《おどろ》くほど悪いのだ。この豊かな森が、こびとたちの存在を秘密のまま保ってくれたのだ。

3

雨になりそうなある日の午後、南さんが一人でやってきた。

食糧《しょくりょう》をたくさん背負ってきてくれた。お菓子《かし》もいっぱいある。欲《ほ》しいもののリストをしばらく前に峠《とうげ》に登ってメールで送っておいたので、すべてそろえて持ってきてくれた。小型の手回し充電《じゅうでん》器《き》、太陽光発電セット、バッテリー、調味料、洗剤《せんざい》、鳥笛、録音機、それに何冊かの本。重そうな荷物を見て、ぼくは自分で山を下りて取りに行くんだったと、申し訳なく思った。

西博士は学会の準備があって来られないのだという。もちろん他《ほか》の人たちにはいっさい秘密だから、山岳部《さんがくぶ》の北さんも連れてくるわけにいかなかったのだ。

南さんは一週間ほどここにいられると言った。

なんて幸せな一週間。

雨は今にも降りそうで、草が雨を予感して香《かお》っていた。この地方の春は短いけれど、駆《か》け抜《ぬ》けるように勢いがある。雪解けと同時に、春を待ちかねていた生き物たちが一斉《いっせい》に夏に向かってダッシュするのだ。短い夏を逃《のが》すまいと急いで成長し、急いで繁殖《はんしょく》しようとする。枯《か》れ枝《えだ》でくすんでいた山肌《やまはだ》が日に日にあざやかな色に変わっていく。毎日というより、一日のうちの午前と午後でさえはっきりわかる変化をする。ぼくも山に入って生活をしてみて、初めて生き物たちの勢いの激しさを知ることができた。

空は灰色に雨をたたえ、山々はその雨を待ち構えていた。ぼくはこの感動を南さんと共有したかった。

「すごいじゃない」

南さんはぼくの建てた小屋を見たとき、そう言った。

「もっとすごいのがありますよ」

ぼくはタワーを見せたくて、すぐに連れて行った。

「これ、全部自分で作ったの？　すごい。いやあ感動的」

南さんに感動されて、ぼくはすごく誇《ほこ》らしかった。その時ちょうど雨が降り始めてしまったので、小屋に戻《もど》らなければならないのが残念だった。雨の日はトゥニソルもめったに来ない。タワーに登ってトゥニソルたちと話す体験は、雨が上がるまでおあずけだ。

南さんの荷物はテントに入れ、ぼくらは狭《せま》い小屋で食事を作った。久しぶりに食べる町の甘《あま》いお菓子《かし》はうれしかったけれど、南さんと二人で食事ができることの方がぼくの心をとろけさせた。話は弾《はず》んだ。半月近く、ヒトに会っていなかったぼくは、自分でも驚《おどろ》くぐらい会話に飢《う》えていた。南さんは、ぼくが山に籠《こ》もってしまってから起こった世間のできごとを、問われるままに話して聞かせてくれた。ぼくはこびとたちについてわかったことを話した。

強くなった雨の音を聞きながら、泥《どろ》と石を固めて作った暖炉《だんろ》に火を焚《た》き、こびと研究の方向について議論をした。南さんの横顔はいつかたき火の横でみた表情よりも明るくて生き生きしていた。こびとの研究ができるのがうれしいのか、ぼくの横にいるのが楽しいのか、ぼくは後の方だと思いたかったが、身のほど知らずな勘違《かんちが》いはするまいと自分をいましめた。

「コロポックルたちは、何を食べているの？」

「主食は木の実です。椎《しい》とか、栗《くり》とか、アクを抜《ぬ》いた橡《とち》とか。でも葉っぱの種類もよく知っていて野草や根っこなんかも食べているみたいです。これ、見てください」

ぼくは小屋の食糧《しょくりょう》貯蔵庫を見せた。中にはトゥニソルに教わって集めた木の実や芋《いも》、薬草などが積まれている。

「へえ、熊《くま》みたいに冬ごもりできそうね」

「たしかに。この調子で集めていけば、来年の冬はここで過ごせるかもしれませんね」

「でも、そうか、冬ごもりしても何にもやることないもんね。こびとたちも蝶々《ちょうちょう》もいないだろうし。

…あの子たち、冬の間はどうしているんだろう？」

「わかりません。こんど聞いてみましょう」

「石の遺跡《いせき》のことは何かわかった？」

「いや。トゥニソルたちは石の遺跡《いせき》のことはよく知らないみたいです。伝説だとか、神だとかの領域だと思っているみたいです。研究室では何かわかったんですか？」

「たいしてわかっていないけど、石の遺跡《いせき》の中で見つかった木の棒は、顕微鏡《けんびきょう》で表面を見るとたしかに誰《だれ》かが削《けず》ったようなの。昆虫《こんちゅう》が歯で噛《か》んだとか、動物が石に擦《す》りつけたとかではないみたい」

「それがわかっただけでも進歩ですね」

「うーん」

「他《ほか》には何か？」

「特にはなにも。ただ、言葉についてちょっと調べてみたら、やっぱりアイヌ語とはすこし共通点があるみたい」

「そうですね。ぼくもそう思います。アイヌ語の辞書は持ってきてくれましたか？」

「持って来たけど、しっかりした辞書はなかなか手に入らなくて。まあ、実際にアイヌ語で生活する人がいなくなっているんだから仕方ないのかも。それにアイヌ語には方言が多くって、一つのものを表すにもいろいろな言葉がある」

「そうですか。数の数え方をトゥニソルに教わったんですが、アイヌ語にそっくりでした。でも、鳥の名前や植物の名前はずいぶん違《ちが》うみたいです」

「そう」

南さんはすこし眠《ねむ》そうだった。山を歩いてきて疲《つか》れていたんだろう。それは感じたけれど、ぼくは久しぶりに人と話せるのが嬉《うれ》しくて、おしゃべりが止まらなかった。

「南さんの鳥の研究はどうですか?」

「あー、どうって、どうかなあ、うーん」

歯切れが悪い。

「うまく行っていないんですか?」

「いや、そういう訳ではないんだけど、なんて言ったらいいのかな。先が見えないっていうか、疑問だらけで、出口が見えないっていうか…」

「鳥の何を研究しているんですか?」

南さんは丁寧《ていねい》に説明してくれた。でも、蝶《ちょう》のこともそうだけど、専門外の人間にとっては、それをわかって何になるんだろうと、つい思ってしまうようなところも、正直言うとあった。

しばらくしてぼくは南さんのまぶたが閉じたがっているのにふと気づき、申し訳ないことをしたとようやく気がついた。もっと早く気づいてあげなくてはいけなかった。ぼくは本当に馬鹿《ばか》だ。

「今日はもう遅《おそ》いけれど、沢《さわ》の上流に一か所、ぬるいけれど温泉の湧《わ》いている場所があるんです。河原にお湯が浸《し》みだしていて、たいした量じゃないけど、たしかに温泉なんです。河原の砂を掘《ほ》って腰《こし》までお湯につかれるようにしてあります」

「へえ、面白《おもしろ》そう。でも、もう暗いから明日にする」

「そうですね。寝《ね》ましょう」

おやすみを言って、南さんはテントに引き上げた。ぼくは食器を片付け、暖炉《だんろ》の炎《ほのお》を落として、ベッドに横になった。

4

翌朝はすごく霧《きり》が深かった。木々が眠《ねむ》るように霧《きり》に沈《しず》み、鳥たちも比較的《ひかくてき》静かだった。

寝坊《ねぼう》したぼくは、テントに声をかけてみたけれど、返事がなかった。昨日の疲《つか》れでまだ寝《ね》ているのかと思ってしばらく朝食の準備をしてから、また小さく声をかけてみたが、テントの中に人の気配がなかった、中をのぞいてみると、南さんはいなかった。散歩にでも行ったのか、もしかすると鳥の観察に行ったのかと思って、しばらく木の実とお茶の朝食に手をつけず、ぼんやりしていた。

しばらくするとタオルをターバンみたいに頭に巻いた南さんが、上流から歩いてきた。昨夜ぼくが教えた温泉の涌《わ》く場所に行っていたのだとわかった。

「おはよう。よく寝《ね》てたね。食べたら木の塔《とう》に登りに行っていい？」

と南さんが聞いた。

「もちろんです。お風呂《ふろ》どうでした？」

「すっごく気持ちいい。いつまでも入っていたかった。ほんものの露天風呂《ろてんぶろ》なのね。あんなの初めて。開放感があって、流れる霧《きり》が見えて、鳥たちの声が聞こえて、最高」

「良かったです。ぬるくなかったですか？」

「うん。少しぬるくて、なかなか出られなかった」

「お茶が良いですか、紅茶の方が良いですか？」

「うーん、紅茶にしようかな」

「持ってきてくれた食糧《しょくりょう》はなるべくとっておきたいから、今朝はどんぐりのパンケーキと、蕗《ふき》のお吸い物です」

「へえ、おいしそう。食べてみたい」

ミズナラのドングリをツブして水に晒《さら》してあったやつに、南さんが持って来てくれた小麦粉をすこし混ぜ、卵はなかったけれど砂糖を足して、柔《やわ》らかいクッキーのように少しぱさぱさしたパンケーキを焼いた。町で食べるふわふわの食パンみたいにはいかないけれど、香《こう》ばしい香《かお》りがする。

「おいしい」

南さんも気に入ってくれた。蕗《ふき》はアクが強いから、昨日お湯でさっとゆで、塩水に丸一日晒《さら》しておいた。薄《うす》い塩気と香《かお》りだけでおいしいお吸い物になる。

「飲むとなんだか体の中が綺麗《きれい》になっていくみたい」

「自然のものって、ごてごてとよけいな味を付けなくても、そのままでけっこうおいしいんです」

南さんはドングリパンを頬《ほお》ばりながら、こくりとうなずいてくれた。

食事を終えて、さっそくタワーに登りに行った。濃《こ》い霧《きり》は時々風に流されて明るい隙間《すきま》が見えてきた。あと三十分ぐらいで晴れあがるだろう。ぼくが先導してタワーを一層ずつ登り、建てるときの苦労や、道具の使い方などを解説する。まるでモデルハウスを案内する不動産屋みたいに。でも、ぼくはとにかくタワーを南さんに見せられるのが誇《ほこ》らしかったし、二人でタワーに登るのが嬉《うれ》しかった。こころなしか、南さんのぼくを見る目が変わったように思えた。

最後に、一番上の層の、狭《せま》くて二人がやっと座《すわ》れるくらいの床《ゆか》に座《すわ》って、ぼくらは足をぶらぶらさせた。高い枝なので弱い風でもゆっくり揺《ゆ》れるのが、不安定だけど、慣れると面白《おもしろ》い。タオルをターバンみたいに巻いた南さんは、とてもすてきだった。霧《きり》が梢《こずえ》の間を流れて、ぼくらは空飛ぶ絨《じゅう》毯《たん》に乗っているみたいだった。鳥たちの声が同じ高さですぐ横から聞こえるのも新鮮《しんせん》だった。

「南さんはどうして、鳥の研究を続けているんですか?」

「えっ。…そうねえ」

突然《とつぜん》のぼくの質問に、どう答えていいか考えているようだった。

「あなたこそ、どうして蝶《ちょう》を追いかけていたの?」

「たぶん高校一年の時に、うちの父さんが死んだからです」

「…」

「ちいさいころから昆虫《こんちゅう》は好きだったんですけど、のめり込《こ》んでしまったのはたぶん、父さんが死んでからです。癌《がん》だったから、そんなに突然《とつぜん》ではなかったけれど、なんか、どうしていいかわからなくなって」

「そう」

「検査の結果に不審《ふしん》な点があったとか食卓《しょくたく》で話していたんです。そのあと、検査には行ったらしかったけど、父さんも母さんもなんかその話題を避《さ》けるような、曖昧《あいまい》な返事をする時期が続いて」

「……」

ぼくは深刻な話を始めてしまってまずかったと思ったけれど、いまさら途中《とちゅう》でやめるわけにもいかず、話し続けた。

「とうとう入院して手術もしたんですが、癌《がん》はもうあちこちに転移していたみたいです。まだ四十代で若かったから、進行も速かったらしいです。入院してからは半年ももたなかったんです」

「気の毒に」

「母さんを見ているのが辛《つら》かったですね。だんだんやつれていって。疲《つか》れた感じでした。で、父さんがいなくなって、家の中が急に何かが欠けた空気のままになって。勉強もあまり手につかなかったし。母さんは妹を心配してましたから、ぼくが弱音を吐《は》くようなことは言えなかったし。要するに今考えると、残された家族みんな、どうしていいかわからなかったんですね」

「わかる気がする」

「友達が楽しそうにしているのを見ると、よけいに苦しくなって、なんというか、自分の周りに壁《かべ》があるみたいな感じですかね。そんなとき、青虫を見つけて、家に持って帰ったんです。ちいさいころやったことがあったんですけど、いちごパックを上下に向かいあわせにくっつけて、水槽《すいそう》みたいなのを作って、毎日葉っぱを取ってきてやって、青虫がもりもり食べるのをなんとなく眺《なが》めていました。命が育っていくのに慰《なぐさ》められていたのかもしれません。ある日蛹《さなぎ》になって、しばらくして、蝶《ちょう》になって、もちろん空に飛ばしてやりましたけどね。それから図鑑《ずかん》を見ているうちに、いろんな幼虫を育ててみたくなったんです」

「育てて、どうしたの?」

「標本を作るのは嫌《きら》いなんで、羽化したらいつも逃《に》がしてやります。幼虫でとってきても、蛹《さなぎ》でとってきても、蝶《ちょう》になったら空に放します」

「そうだよね」

なんか南さんは悲しそうな表情になってしまって、ぼくはこんな時にこんな話をするんじゃなかったと後悔《こうかい》した。

霧《きり》がうすくなって、風に流されると時々、薄《うす》いところからもう少しで日が差しそうにあかるくなった。ぼくは一気に話してしまって何か重い荷物を下ろしたように虚脱《きょだつ》して、空を眺《なが》めていた。

「お父さんも心残りだったでしょうね。まだ子供が学校にいっているんだもん」

「そうかもしれません」

「私のお父さんは、死んだんじゃなくて、いなくなったの」

はっとしてぼくは南さんの横顔を見た。泣き笑いのようなあるいは諦《あきら》めたような横顔で、流れる霧《きり》を眺《なが》めていた。ぼくはあわてて目をそらした。

「小学校四年の時。言ってみれば、子供で一番幸せな時だよね。なのに、理由もわからないで、突《とっ》然《ぜん》いなくなってしまった」

「……」

「さっきの『欠けた空気』っていうのは、だから、よくわかる。でも、さびしいだけならまだ耐《た》えられる気がする。突然《とつぜん》いなくなられたら、なぜ、なぜなのっていう疑問が、いつも頭から離《はな》れない。寝《ね》ても起きてもそればっかり考える。お母さんもそうだったのかもしれない。でも子供はもっと複雑。だって、お母さんは理由を知っているのに私に教えられないいんじゃないか、子供が聞いたらいけないことなんじゃないかって、気を回してしまう。大人たちはみんな知っていて私だけが教えてもらえないいんじゃないか。もしかしたらそれは、私自身が、お父さんのいなくなった理由だからなんじゃないかって」

「まさか」

「苦しかった。いつのまにか、気がつくと自分を責めている自分がいる。そんなはずはないって頭ではわかっていても、気がつくといつのまにか、自分を責めている。……馬鹿《ばか》みたい。小学校四年の娘《むすめ》のせいで家出する父親なんて、いるわけないのにね」

「ぼくも父がなくなったあと、自分には何かできたんじゃないかって思うことがよくありました」

「けっきょく、女性関係だったのか、仕事の行《い》き詰《づ》まりだったのか、わからないまま。どうやらお金のことではないらしいということだけはわかったけど」

「どこかにいることがわかっていながら、どこにいるか知らないっていうのもつらいですね」

「ほんと。……生きているのかな。たぶん生きているんだろうな」

薄日《うすび》がさしてきた。流れる霧《きり》の切れ間から、尾根《おね》に立つ木々の灰色のシルエットが見えた。

「…それで、私たちはおじいちゃんたちと一緒《いっしょ》にくらすことになった。私はいっしょうけんめいお母さんに喜んでもらいたくて、学校はまじめにやっていた。勉強も、運動も。それなりにやった。やるしかなかった。いま考えると、お母さんまで失うのがこわかったのかも。誰《だれ》かが私に幻滅《げんめつ》して逃《に》げていくのが怖《おそ》ろしかったのかも。友達はみんなよくしてくれたけど、私は友達を傷つけてしまうのが怖《こわ》くて、ある程度以上親しくなることができなかった。まあ、鳥しか友達がいなかったってわけ」

霧《きり》が切れて、陽《ひ》が差した。南さんは頭のタオルをとって髪《かみ》を振《ふ》るった。透《す》き通《とお》ったまなざしで青空を見上げた。あごをキッと挙げて、そこには悲しんでいる小学校四年の少女はいなかった。

「おじいちゃんが文鳥を飼っていたの、そして、散歩しながらよく野鳥の鳴き声を聞いて、鳥の名前を教えてくれた。ほら、あれはシジュウカラ、あっ、あれはエナガだよって」

「それで鳥の世界に入ったんですか」

ぼくはよくわかる気がした。

「霧《きり》が晴れたね」

「はい」

「私も突然《とつぜん》いなくなったら、誰《だれ》かを苦しませるのかな」

もちろんです。少なくともぼくは苦しみます、と言いたかったけれど、それは恥《は》ずかしくて心の中でしか言えなかった。

「今も苦しいですか？」

「いや、もう慣れた。…と思う。考えてもしょうがないし、いろいろ事情があったんだろうなって、大人になって想像することもできるようになったから。自分を責めるのも、一種の習性みたいになってしまったかもしれない。自分は本当はいないほうがいいんじゃないかって、意識しないけれど、そういう想《おも》いが身についてしまったかもしれない」

「いや、いてくれた方がいいです」ぼくはそう言うのがやっとだった。

「ふふ。ありがとう。それよりお母さんがかわいそう。私が大学に行くんで家を出た後、ひとりぼっちで、寂《さび》しく暮らしている。もうお父さんが帰ってくるのはあきらめたんだろうけど、かわりに何か夢中になるものがあるわけじゃないしね」

「いや、きっと…」

そう言いかけた時、ぼくは南さんが表情をかえて、上の方の何かをじっと見つめているのに気がついた。振《ふ》り返《かえ》って空をみると、霧《きり》の切れ間から青空が見え、鷹《たか》が二羽、輪を描《えが》いて飛んでいた。何を見ているんだろう。もう一度南さんを見ると、南さんは小さな声でつぶやいた。

「まさか、…そんな、…ああたいへん」

5

何がたいへんなのか…。ぼくも小さく見える鷹《たか》に目を凝《こ》らした。目が慣れてくると南さんが何を見ているのかわかった。二羽の鷹《たか》は、互《たが》いに逆回りに輪を描《えが》いていたけど、見ているうちにぼくらの頭上に近づいた。そのとき、二羽とも何かを足でつかんでいるのが見えた。

「ああ、あの子たち、たいへん」

南さんがつぶやいた。たしかに鷹《たか》たちがつかんでいるのは、人の形に見える。いつも用心深いはずのこびとたちが、捕《つか》まってしまったのだ。

鷹《たか》が上空からこびとたちを狙《ねら》うのは、葉っぱの陰《かげ》に隠《かく》れてしまうから難しいだろうに。何かの拍子《ひょうし》に開けた地面の上にでも出てしまったのだろうか。

「どうして。どうして鷹《たか》に捕《つか》まってしまったんだろう?」

とぼくが言っている間にも、鷹《たか》たちは風に乗って向こうに遠ざかっていく。南さんはショックを受けたまま呆然《ぼうぜん》と見つめている。ぼくも何も言えない。どうかあれがトゥニソルやスムレラではありませんように、そう祈《いの》ることしかできない。

「またこっちに来る」

と南さんは言って、何かを探すように周りを見回したけれど、銃《じゅう》があるわけではないし、かりに銃《じゅう》があっても、撃《う》てばこびとたちを傷つけてしまいかねない。石を投げてもどうしようもない。大きな音で脅《おど》かせば、つかんでいるこびとたちを放すだろうか。いや、そうしたってこびとたちは墜《つい》落《らく》して死んでしまう。何かいいアイデアはないか。あたふた見回していると、となりで南さんが、あっと声を挙《あ》げた。

ふり仰《あお》ぐと、ぼくらの頭上にまた近づいてきた鷹《たか》の一羽が、獲物《えもの》を放したらしく、小さな黒い点が落ちてくる。見た瞬間《しゅんかん》、ぼくの血は凍《こお》った。続いてもう一羽からも黒い点が落下した。もうだめだ。そう思ったとき、落下する点が妙《みょう》な動きをした。右に行ったり左に行ったり、軌道《きどう》がゆらゆらしはじめた。まるで、サッカーボールの無回転シュートのように落下の向きが定まらない。それに、後から落ちた方の落下物は、はっきりと螺旋《らせん》を描《えが》き始めた。

「飛んでる！」と南さんが叫《さけ》んだ。

落とされたこびとたちは意識があるらしく、マントを広げて滑空《かっくう》し始めたのだ。

「助かるかも！」とぼくも叫《さけ》んだ。

先に落ちた方は、すごいスピードで落ちながら力強く軌道《きどう》を水平に変え、ツバメのようにまっすぐぼくらの右のほうに向かい、高い木々の梢《こずえ》の中に、吸《す》い込《こ》まれるように消えた。後から落ちた方は、ゆっくりと速度を殺したまま螺旋《らせん》を描《えが》き続け、ぼくらの近くの木の中に降りて、姿を消した。

その直前、マントを三角形に広げたこびとの姿が、たしかに見えた。

「やった。良かった。よく逃《に》げられましたね」

「ケガをしていないといいけど」と南さんは安堵《あんど》しながらも心配そうだ。

「鷹《たか》の爪《つめ》は鋭《するど》そうですもんね。南さん、薬は何か持って来ましたか。ぼくは消毒薬と絆創膏《ばんそうこう》くらいしか持ってないんです」

「とにかく、下りてあっちに行ってみない？」

「ええ」

そう言ってぼくらが急いでタワーの三層目まで下りた時、トゥニソルがさっと滑空《かっくう》してぼくらの前に現れた。さっきのはまさかトゥニソルじゃないだろうなと思ったが、トゥニソルはにこにこと嬉《うれ》しそうで、ケガをしているような様子はなかった。

「今の見た？」とトゥニソルは息を弾《はず》ませながら言った。

「えっ。空から落ちたのは、君？」

「そう、シラルとぼく」

「ケガはしていない？」

「していない。心配いらない。ぼく長い時間飛んだ、ね」

「ああ、ぐるぐる回っていた。長かった」

「こんにちは、南さん」

トゥニソルは南さんに声をかけた。トゥニソルはいつもと違《ちが》っておしゃべりになっているようだった。

「こんにちは、久しぶり」

南さんが言うと、「久しぶり」の意味がわからないのか、ちょっと首をかしげたが、言葉を続けた。

「いつ、来た？」

「きのうよ、きのう」

「ねえトゥニソル。さっき一緒《いっしょ》に落ちたのは、だれなの？」

身振《みぶ》りをまじえながら、ぼくがそう聞くと、トゥニソルは、

「あれはシラル」そういってきょろきょろした。そして後ろに手招きすると、頭上からひとりの若

者が飛び下りてきて、トゥニソルの横に立ち、弟でも紹介《しょうかい》するように肩《かた》に手を置いた。

トゥニソルは、誇《ほこ》らしそうに顔を輝《かがや》かせた。

南さんがこびとたちの言葉で言った。

「こんにちは」

「こんにちは」シラルと呼ばれた若者は答えた。

トゥニソルと同じようにいろいろなものがついた幅広《はばひろ》のベルトをしていた。肩《かた》に斜《なな》めに挿《さ》した歌い棒は、赤味《あかみ》を帯びて光沢《つや》があった。革《かわ》のブーツのようなものを履《は》いていた。目立ったのは額と目の下に入《い》れ墨《ずみ》らしき模様があったことだ。渦巻《うずま》き模様のように見えた。トゥニソルやスムレラにはなかったところを見ると、成人した男性が入《い》れ墨《ずみ》をするのかもしれなかった。日に焼けて褐色《かっしょく》の、体格のいい好青年だった。

トゥニソルは早口で何かをシラルに話した。ぼくや南さんのことを説明しているらしかった。

「ねえ、きみたち、ほんとにケガはしなかった？」と南さんが二人に聞いた。

「ケガはない」とトゥニソルは、なんでそんなことを繰《く》り返《かえ》して聞くのだという顔をして答えた。

「どうして、鷹《たか》が、君たちを、捕《つか》まえたの？」南さんは身振《みぶ》りを交えながら言った。

「どうして、鷹《たか》に捕《つか》まったの？」とぼくが言い直すと、トゥニソルは答えた。

「捕《つか》まったのは違《ちが》う。鷹《たか》は…友達」

「友達？」と南さんが不思議に思って聞く。

「そう、友達」

「鷹《たか》はあなたを殺さない?」

「あれはクー、ぼくが兄さん。クーは弟。去年生まれた」

一瞬《いっしゅん》何を言っているのかわからずに、混乱したが、それからトゥニソルが語ったことは、すぐには信じられないようなことだった。ぼくと南さんは網《あみ》の床《ゆか》に座《すわ》り、トゥニソルとシラルは並んで細い枝に腰掛《こしか》け、身振《みぶ》り手振《てぶ》りを交えて話してくれた。シラルは黙《だま》って聞いていたが、時々、トゥニソルがうまく説明できないことを、別の言い方に直して説明してくれた。


去年、クーという鷹《たか》の子が生まれたとき、トゥニソルは、鷹《たか》の巣《す》で卵が孵《かえ》るまでときどき母鳥に餌《えさ》を運んでやったりしたそうだ。そして、生まれるとすぐに巣の中でいっしょに眠《ねむ》り、ときどき餌《えさ》をやったりして兄弟のように遊んだ。鳥は生まれて初めて見たものを自分の母親だと思《おも》い込《こ》むというが、そうやって生まれた後しばらくいっしょに過ごしたトゥニソルのことを、鷹《たか》の子は自分の兄弟だと思《おも》い込《こ》んだ。

どうして母鳥が怒《おこ》らなかったか? それは母鳥もまた、そうやって生まれた時からこびとたちを仲間だと思っているからだ。さっき二羽飛んでいたが、もう一羽の方は、クーの若い奥《おく》さんの鷹《たか》なのだそうだ。この谷のこびとたちは、この付近に巣を作る鷹《たか》をすべて知っていて、鷹《たか》は昔から代々こびとたちの仲間なのだそうだ。だからこびとたちは鷹《たか》を怖《おそ》れない。むしろ飼い慣らしていっしょに飛んで遊ぶのだそうだ。いや、飼い慣らすという言い方は正しくないかもしれない。鷹《たか》はペットでも家畜《かちく》でもない。兄弟、あるいは仲間というべき対等な付き合いなのだ。ぼくらは、スムレラやトゥニソルが歌い棒を使って鳥たちと意思疎通《コミュニケーション》ができるのを見て驚《おどろ》いたけれど、こびとたちと鳥の関係はもっと深いものなんだ。

「どうやって、鳥に乗るの？」

南さんが聞くと、トゥニソルは近くの枯れ枝《かえだ》を折ってきて実演して見せた。

「ぼくが細い枝を折る。クーはそれをつかむ」

そう言ってトゥニソルは両方のこぶしで、肩幅《かたはば》より少し長いくらいの枝の両端《りょうたん》をつかんでみせた。

「そうしてぼくは枝に座《すわ》る」

「なるほど、ブランコみたいね」

トゥニソルは「ブランコ」という言葉がわからなくて首をかしげた。

「とにかく、楽しそうね」

「始めは、こわい、でもつぎに楽しくなる。高いから。遠くまで見えるから」

「鷹《たか》といっしょにどこまで飛ぶの？」

「海にも行く。島にも行く」

これはすごい発見じゃないか。ぼくたちはこびとたちが、人目の届かない山奥《やまおく》の秘境に住んでいると思っていた。当然狭《せま》い世界の中だけで暮らしていると思《おも》い込《こ》んでいた。なのにどうだ。彼《かれ》らは時にはぼくたちの頭上を飛び越《とこ》えたりしていたのだ。ぼくたちはこびとたちの住む場所に関して、考え方をまったく変えないといけない。

「島にも行くの？　島にも別のこびとが住んでいるの？」南さんも驚《おどろ》きながら聞いた。

「うん、大きな人間が住んでいない島」

「その人たちと会うの？」

「そうだよ。ぼくはまだ行ったことがない。スムレラのお母さんは島から来た」

「どっちの方角にあるの？」

その南さんの質問には答えてもらえなかった。横からシラルが何か言い、トゥニソルが驚《おどろ》いたようにこっくりとうなずいたからだ。こびとの大人たちはぼくらを警戒《けいかい》している。それはそうだろう。必要以上に自分たちのことを話すな、と言ったのだろう。質問も考えてしないといけない。

「ごめん。それはいいわ。じゃあ、鷹《たか》以外の鳥にも乗れるの？」南さんは質問を変えた。

「いや、仲間にはなるけれど、おとなが乗れるほど大きいのは鳶《とび》や鷹《たか》だけ」

「そうね。そうだよね」

「さっきのぼく、飛ぶの見た？」

「ああ見たよ。すごいね。驚《おどろ》いたよ」

ぼくが言うとトゥニソルは、はにかんだような顔を輝《かがや》かせた。

シラルが横から言った。

「トゥニソル。この春に、初めて飛んだ。とてもうまい。とても勇気がある」

トゥニソルはますます誇《ほこ》らしい顔になって赤くなった。シラルを尊敬しているのだろう。南さんは言った。

「ええ、とっても勇気があるわね。ぐるぐるとまわりながら下りてきた。見てたよ」

トゥニソルはいつも無口で、ぼくと同じように静かな子供だと思っていたので、ぼくはちょっと意外だった。

「ねえ、トゥニソル、私は鳥のことを知りたいの。鳥のことを教えて」

「鳥の何を知りたい？」

「いろいろなこと。何を食べているか。どんな時にどんな声を出すのか。どうやって子供を育てるのか。どうやって結婚《けっこん》するのか。いつほかの場所に行くのか。なんでもいいから教えて」

「わかった。でも鳥のことは、スムレラの方がよく知っている」

「そうなの？　スムレラは今日はどこにいるの？」

「たぶん、タネリのところ」

「タネリ？」

ぼくが説明した。長老と呼ばれていて、彼らのリーダー的存在らしいと。

「そう…」

おそらく南さんはその長老がどこにいるのか聞こうとしたけど、思い直してやめたのだろう。シラルを困らせてはいけない。彼《かれ》らの警戒心《けいかいしん》を強めないように、慎重《しんちょう》に、すこしずつ信頼《しんらい》関係を作りながら、調査していかなければいけない。そのへんのことは南さんも理解したようだ。

6

シラルがトゥニソルに何かをいい、二人は立ち上がった。

「またくるよ」とトゥニソルが言った。これはぼくたちの言う「さようなら」に当たる。

そう言うと二人は座《すわ》っていた枝を先端《せんたん》に向かって歩きながら、シラルが赤い歌い棒を取り出し、高い音で強く吹《ふ》いた。

「さっき上から、あなたたちが見えたよ」とトゥニソルが振《ふ》り返《かえ》りながらぼくらに言った。

そのとき大きな黒い影《かげ》が舞《ま》い降《お》りて、彼《かれ》らの先の枝にとまった。とまった時の重みで枝がゆっくり撓《しな》るほど、大きな体だった。鋭《するど》い眼光はぼくらでも怖《こわ》いくらいだった。

ぼくらをじろりとにらんだあと、鷹《たか》はくちばしにくわえていた木の棒を左足に握《にぎ》ると首を軽く下げた。シラルが右足をつかんで鷹《たか》の足の上に乗ると、鷹《たか》は力強く羽ばたき、大きな羽音を残して前に飛び出していった。続いてもう一羽が舞《ま》い降《お》り、トゥニソルも飛んでいった。

その様子は、カウボーイが馬にまたがって走って行くのと同じくらい、自然で流れるような動作だった。ふだんからやり慣れた動作だ。

二人が乗った鷹《たか》は、上昇《じょうしょう》気流に乗ってぼくらの頭上に舞《ま》い上《あ》がり、峰《みね》のほうに流れていった。見ていると、ふたたび黒い小さな点が二つ、落下した。あとから落ちた方の点は螺旋《らせん》をずっと描《えが》き続けるのではなく、ときどきまっすぐ落ちる動きを見せ、スピードが出ると、また旋回《せんかい》運動に戻《もど》った。

トゥニソルはさっきより少し勇気が出てきたらしい。

「信じられない。あんなに小さいのに、あんなに自由に空を飛べるなんて」

「ぼくら人間は機械を作ってやっと空を飛べるようになったけど、飛行機なんて、愚《おろ》かな乗り物なのかもしれませんね」

「それで思い出したけど、昔の民話や伝説には、子供が鷹《たか》や鷲《わし》にさらわれるっていう話があるの」

「そうなんですか？」

「たとえば、女の人が赤ちゃんを籠《かご》に入れて、川で洗濯《せんたく》をしていると、鷲《わし》が籠《かご》をつかんで飛んで行ってしまって、女の人は泣きながら裸足《はだし》で、どこまでもどこまでも走って行くの。足が血だらけになって、着物が枝に引っかかってちぎれて…そんな悲しい話」

「食べられてしまうんですか？」

「ああ、いや、そうはならなかったと思うけど」

「そういえば、西洋の神話かなんかで、子供をトンビに取られた女の人がカラスになってしまって、だから、カラスは今でもトンビを見るといつも追いかけるんだって、聞いたことがあります」

「カラスってあんまり姿がきれいでないなあ。もっと優《やさ》しい鳥の方がいいな」

「あ、そうですね」

「その話では追いかけていった女の人は、山の上で泣きつづけて、とうとう石になってしまったとかいう終わり方じゃなかったかな。男の子はたしかお坊《ぼう》さんになったんだと思ったけど」

「なるほど。でも赤《あか》ん坊《ぼう》をさらうなんてできるんでしょうか？　ずいぶん重いんじゃないですか？

ぼく、ほんものの鷲《わし》って近くで見たことはないけど、まあ、ウサギを捕《つか》まえていくぐらいはできるのかなあ」

「生まれたばかりの小さな赤ちゃんなら、つかんで飛べるのかもね」

「まあそうですね」

「で、もし昔の人が、こびとたちがトゥニソルたちみたいに足につかまって飛んでいるところを目《もく》撃《げき》したとしたら、そういう伝説が生まれてもおかしくないんじゃない？」

「ありえますね」

「たとえば、木樵《きこ》りさんとか猟師《りょうし》さんとかが、山の中で休憩《きゅうけい》しているときに、こびとたちが鷹《たか》の足につかまって飛んでいるのをたまたま目撃《もくげき》したとして、どこかの赤ちゃんがさらわれたんじゃないかってふつうなら考えると思うけど」

「その洗濯《せんたく》してた女の人の話って、いつ頃《ごろ》の時代の話なんですか？」

「わからない」

「もしそうとう昔の話だとしたら、その時代からこびとたちはいたっていうことですか？」

「そうね」

「そういう伝説を調べていけば、こびとたちの住んでいた時代や場所がわかるのかもしれませんね。外国にはそういう話はないんですか？」

「知らないけど、きっとあるんじゃないかな」

「人が鳥にのるっていう話は、たしかいろんな国の話の中にありますよね。シンドバッドにもなかったかな？」

「うん。巨大《きょだい》な鳥にさらわれる怖《こわ》い話があったような気がする。でも、昔から人は空を飛びたいっていう願望があったと思うし、鳥を見て、あれに乗れたらっていう空想をしたとしても不思議ではないと思う。人が鳥に乗るだけの話なら、世界中どこの国でその話が生まれても不思議じゃないんじゃない？　空想力と憧《あこが》れの産物ってことで説明が出来るでしょうね。でも、子供が鳥にさらわれるなんて空想は、何かの事実がもとになければ、出てこないいんじゃないかな？」

「そうか、そうかもしれませんね。でも、逆もあるかもしれませんよ」

「どういうこと？」

「なんと言ったらいいか、ええと。そう、もし空を飛んでみたいという願望がいつの時代の人の心にもあったと考えるなら、逆に赤《あか》ん坊《ぼう》を失うことへの怖《おそ》れだって、同じようにいつの時代の人の心にもあったんじゃないでしょうか。鷹《たか》や鷲《わし》が野ねずみやウサギを捕《つか》まえて行ってしまうのを見て、自分の赤《あか》ん坊《ぼう》があんな風にさらわれたら怖《おそ》ろしいと思った。そのもしもっていう気持ちが話を生み出していったのかも知れませんよ。それだって、ありそうじゃないですか」

「たしかに、それもあるかもね。そういう話が、赤ちゃんからは目をはなしてはいけないという教訓を伝える役割を果たしたのかもね」

「まあ、どちらにしても、現実にそういう話があるわけで、もしそれがこびとたちがもとになって出来たとすると、こびとたちの歴史を考える手がかりになるかも」

「民話から歴史を読みとるのは、科学的に実証されるのとは違《ちが》うけど、ある程度の状況証拠《じょうきょうしょうこ》と考えられるかもしれないね」

「でも、どう猛《もう》な鷹《たか》や鷲《わし》を飼い慣らしてしまうなんて、すごいですね」

「案外、飼い慣らしているなんて思っていないんじゃないかな。アイヌでもエジプトでも、鳥は神とか神の使いとか考えられているじゃない」

「なるほど、エジプトのピラミッドの絵なんかで、鳥の頭をした人間の絵がありますね」

「そう。アイヌの場合は、熊《くま》や狼《おおかみ》なんかの猛獣《もうじゅう》も神みたいだけど」

「どうして神様だって思うんでしょうか?」

「うーん、人間にはないものを持っているからかな。飛べる能力とか、強いパワーとか」

「やおよろずの神様ですね」

「そうね。世界を創《つく》った目に見えない神様よりいいかもね」

「神様は信じないんですか?」

「どうかな。あなたは?」

「神様が世界を創《つく》ったかどうかは知りませんけど、この世界がすばらしいということはわかります。生き物の姿を見ているとすごいなって素直《すなお》に思いますよ。蝶《ちょう》の羽の顕微鏡《けんびきょう》写真を見たことありますか?」

「写真でなら」

「ほんとに綺麗《きれい》ですよ。すごいですよ。人間にはどうやったってあんな美しいものは絶対作れない」

そのとき、南さんはとても優《やさ》しい笑顔《えがお》で笑った。雨上がりの青い空を見上げた髪《かみ》が美しかった。

こびとの谷

1

翌日、天気も安定したので、南さんとぼくは川を下った。

第二の遺跡《いせき》のさらに上流を調査するためだ。その日のうちに帰れなくなることを考えて、ぼくらはそれぞれ小さなテントを担《かつ》いで、食糧《しょくりょう》も余分に持った。第二の遺跡《いせき》は、ぼくがあの奇妙《きみょう》な石の部品を拾ったところだ。小さな支流にあるけれど、その奥《おく》を源流までたどってみることにしたのだ。かなりの距離《きょり》がありそうで、険しいところも登らなくてはならなくなるかもしれない。ロープも一たば持つことにした。

陽射《ひざ》しは春らしく暖かかったけれど、川の流れはまだ冷たい。上流に残っている雪の溶《と》けた水が流《なが》れ込《こ》んでいるからだ。澄《す》んだ水が水晶《すいしょう》のように陽光を反射して光った。

ぼくが先に立って歩いた。周りの草木のことや、鳥の鳴き声のことを話しながら歩いた。南さんが足を滑《すべ》らさないかとぼくは心配したけれど、南さんは山歩きに慣れていて、しっかりした足取りだった。二回転んで足を濡《ぬ》らしたのはぼくの方だ。

「靴《くつ》の中、濡《ぬ》れちゃった?」

「大丈夫《だいじょうぶ》です」

ぜんぜん大丈夫《だいじょうぶ》じゃなかった。歩くたびに靴《くつ》の中で水がにちゃにちゃして気持ち悪いし、冷たくていやになる。

「あの角を曲がったところじゃなかった？」

「たぶんそうだと思います」

角を曲がると、支流の入り口が見えた。両側に崖《がけ》が迫《せま》る狭《せま》い門のような沢《さわ》を入っていくと、一番目の滝《たき》があった。前にひょろりさんが足を滑《すべ》らせて宙づりになってしまったところだ。

「なんか形が変わったみたいですね」

「うん。あんな大きな岩はなかった気がする。ほら、上の方の水が落ちるあたりに白っぽい岩が引っかかっているでしょ」

「はい。大雨が降ったんでしょうね。去年の秋の台風かな」

「そんな大きな台風あったっけ？」

「たしか十月のずいぶん遅《おそ》い時期に、でっかいのが来たじゃないですか」

「ああ。思い出した。電車が止まって大変だったね。あの時か」

ぼくらは滝《たき》を見ながらひと休みし、慎重《しんちょう》に滝《たき》を越《こ》えた。

まもなく第二の遺跡《いせき》にたどり着いた。

崖《がけ》から剥《は》がれて滑《すべ》り落《お》ちた岩盤《がんばん》はそのままだった。下を流れる細い沢《さわ》すじが少し変わったかもしれないのと、大雨で流されてきた枝や枯《か》れ葉が多かった以外、周りの様子に変化はない。少しの間、周辺を見回ったけれど、新しい発見はなかった。

ぼくらはそこでお昼にした。朝、小屋で焼いて持って来たパンケーキを紅茶で食べた。

「山の食べ物にはだいぶ慣れたの？」

「ええ。山菜や木の実も、うまく食べればおいしいもんですね」

「でも、お腹《なか》はいっぱいにならないでしょう」

「まあ、そうかもしれません。でも、胃袋《いぶくろ》がだんだん慣れてきて、少し小さくなったかな。ちょっと空腹なぐらいが健康には良いのかも知れませんよ」

「そういえば、少し頬《ほお》のあたりも締《し》まったようにみえるけど」

「はい、体重は少し減ったと思います。でもなんか頭がいつもすっきりしているような気がします」

「ふうん。こびとたちは同じようなものを食べているのかな？」

「ええ、主食は木の実のようです」

「きのうもそう言ってたけど、こびとたちは動物性のタンパク質は摂《と》らないのかなあ。それでやっていけるのかなあ」

「タンパク質ですか？」

「肉よ」

「うーん。こびとたちが狩《か》りをしているかってことですか？」

「まあね」

「それって考えにくいですよ。あんなに鳥たちと仲が良いんだから、まさか焼き鳥は食べないでしょうし」

「そうとは限らないでしょう。だってインコを飼っている人も焼き鳥は食べるじゃない」

「まあたしかに、そうかもしれないけど」

「人類は、豚《ぶた》や牛や鶏《にわとり》を家畜《かちく》にしたけど、こびとたちは樹上生活が多いから、それは無理かな。体が小さすぎてだめだろうし」

「そういえば、いま思い出したけど、トゥニソルが魚のことを何か言っていましたよ。大きな魚を川で捕《つか》まえるとか。魚もタンパク質ですか？」

「うん」

「小魚は捕《つか》まえて干すんだって言っていました」

「焼かないの？」

「彼《かれ》らは火を使えるんでしょうか？」

「どうかな」

「木の上じゃ、たき火はできないですもんね」

「火を使わなかったら、あんなに文化的な生活はできないでしょうね。文化的にみれば、縄文《じょうもん》や弥《や》生《よ》時代の古代人よりはるかに進歩していると思うんだけど」

「そういえば、ぼくの小屋の暖炉《だんろ》を見ても、トゥニソルは驚《おどろ》かなかったですね」

「じゃあ、木の上だけで生活しているんじゃないってことか」

「そうなんじゃないですか。どこか生活の拠点《きょてん》みたいなところがあるのかも」

「食糧《しょくりょう》を蓄《たくわ》えている場所もあるんじゃないかな。冬を越《こ》すためにも必要だろうし、木に登れない小さな子供やお年寄りだっているだろうしね」

「トゥニソルは薬草のことも詳《くわ》しいですよ」

「私たちが知らない薬を知っているかもしれない。病院がないのに、どうやって健康でいられるのかな？」

「それはきっと昔からの知恵《ちえ》みたいなものがあるんじゃないですか？」

「風邪《かぜ》をひいたって薬がないのよ」

「でも、…インフルエンザウイルスなんて、外界と接触《せっしょく》がなければ伝わってこないんじゃないですか？」

「あ、そうか。私たちの世界の伝染病《でんせんびょう》からはほとんど隔離《かくり》されているようなもんか」

「大都会にいるぼくたちの方が、よっぽど危険な病原体にさらされているんじゃないでしょうか。電車や車や飛行機で毎日、大勢の人が何かの病気をうつしあっているんじゃないでしょうか？」

「たしかにね」

「ぼくも小さい頃《ころ》、体が丈夫《じょうぶ》じゃなかったので、いろんな病気になりましたよ。学校休んで寝《ね》かされていましたよ」

「それはたしかにそうかもしれないけど、でも、自然界にも破傷風《はしょうふう》や鳥インフルエンザや、いろいろな病気はあるわけでしょう。そういうものから体を守る薬があるのかなあ？」

「ないかもしれないけど、まあまだ医学が進歩していない三百年前までは人類だってそうだったんじゃないですか。昔も漢方薬とか民間治療《ちりょう》とかはあっただろうけど、けっこう人は病気で死んで、それでもなんというか、自然なことだから、今の人が考えるほど不幸とは感じていなかったかも」

こびとたちがどんな風に病気を治す方法をもっているか、それはまったくぼくらにはわからない。自然の中で、自然の恩恵《おんけい》をうまく採り入れながら暮らしているのはわかるけれど、彼《かれ》らが生と死をどんなふうに考え、自然をどうとらえているのか、それもわからない。それがわかるためには、何年かいっしょに暮らしてみなければだめだろうと思う。

こびとたちの日頃《ひごろ》の食生活は質素だけれど健康的だ。麦や米の代わりに栗《くり》などの木の実で炭水化物を食べ、野草で繊維質《せんいしつ》やビタミンをとり、魚でタンパク質を補充《ほじゅう》する。脂肪《しぼう》や糖分の多すぎる現代人の食生活よりはよっぽど体に良さそうだ。

「体が小さいから、食べる量も少なくてすむでしょうね」と南さんが、熱い紅茶をふうふう吹《ふ》きながら言った。

「どれぐらい食べるんでしょう？」

「体重に比例するでしょうね」

「ていうと？」

「うーんこびとの大人の身長がかりに三十センチ弱だとすると…。だいたい私たちの六分の一？　身長が六分の一なら、体重は三乗して考えるんだから、六×六＝三十六で、さらにその六倍。一八六…じゃない、二一六だ。食べる量はほとんど二百分の一ですむ」

「へえ。ご飯何杯《ばい》分ですか？」

「ご飯ではわからないけど、スパゲッティやおそばは、ふつう一人前百グラムで作るものなの。乾《かん》麺《めん》百グラムがお湯を吸って二百グラムになるとして、だから、こびとたちの一食分は一グラムぐらいってことじゃない？　どんぐり一個でそれぐらいだと思うけど」

「すごく経済的ですね。一日にドングリ二、三個でいいのか。三個食べるとすると、一か月で九十個。六か月なら六×九＝五十四だから、五百四十個あれば半年生きられる。ひと冬越《こ》せますね」

「この森の恵《めぐ》みがあれば、私たちが想像するよりもずっと豊かに生きられるのかもね」

「そう言えば、いつか、こんなことがありました」

ぼくは、ふと思い出したことを話した。

「むかし、家族で回転寿司《ずし》を食べに行ったんです。ぼくは四人の端《はし》っこに座《すわ》って食べていたら、左《ひだり》隣《どなり》の知らないおじさんが、寿司《すし》を握《にぎ》っている職人さんと話をしていたんです。その中で、マグロが地球の裏側から来てるって言ってました。日本の近くの太平洋でももちろん捕《と》れるんだろうけど、日本人が食べる量にはとても足りなくて、おまけに最近は外国人も寿司《すし》を食べるようになったからなおさら足りなくなって、だから、インド洋とか大西洋とかのマグロが冷凍《れいとう》されて、運ばれてくるんだそうです。

そんな話は前から聞いていたけれど、ぼくはその時、思ったんです。そんなにまでしてマグロを食べる必要があるんだろうかって。別に地球の裏側から運んだマグロを食べなくても、ほかに魚なんてたくさん種類があるじゃないですか。他《ほか》の魚を食べていたって栄養は十分でしょう。なのにどうしてそこまでするんでしょうか。嵐《あらし》で海が荒《あ》れたら漁師さんたちが海に出られなくなって、そしたら肉を食べているか、カレーやピラフを食べていたっていいじゃないですか。それで死ぬわけじゃないし。

地球の裏側で、外国の漁師さんたちはマグロを捕《と》って生活をしてるのかもしれませんけど、昔はマグロじゃなくて、陸に近いところで自分の村で食べる分の魚を捕《と》って暮らしていってたんだろうし、いくら高く売れるからって、危険な沖合《おきあい》まで出ることないし、冷凍《れいとう》する電気代や、空輸する飛行機代や船代だって、他《ほか》のことに使った方がずっといいんじゃないかって思いませんか。

回転寿司《ずし》で隣《となり》に座《すわ》っていたおじさんもそんなことを言ってたんですけど、ぼくもまったくそうだなって思ったんです。でも、おじさんが言うのは、けれどそれで経済が回るんだから仕方ないって。経済が回るっていうのがどういうことか、ぼくにはよくわからないんですけど、ようするに、地球の裏側からマグロを運んできて回転寿司《ずし》で食べられるまで、いろんな人がそれで仕事ができているっていうことでしょう。それがなければ仕事がなくなって、困る人がでるのはわかります。でも、そうまでする必要はないんじゃないかっていう思いは消えないんです。ぜいたくで経済が豊かになるのは仕方ないんでしょうか。それでみんなが困らないんならいいんですけど、ぼくらがぜいたくして、魚屋さんやお寿司屋《すしや》さんが儲《もう》かって、その代わりにだれかがどこかで困ってはいないんでしょうか。だれかが困ることになるんだったら、嵐《あらし》の夜に地球の裏側で捕《と》れたマグロをわざわざ食べなくてもいいじゃないですか」

ぼくは思わず熱が入って、少ししゃべりすぎてしまったけれど、ふと横を見ると、南さんが穴の開くほどぼくの顔を見つめていたので、ぼくはどぎまぎしてしまった。

「こ、こびとたちの食べるものを見ていると、そんな事を考えてしまうこと、ありますよ」

南さんは、何も言わないでうなずいただけだった。

そんな話をしながら、ぼくたちはお昼を食べ終わった。

青空は雲一つなく、暖かい季節の到来《とうらい》を告げるように、陽射《ひざ》しが強かった。ドングリの香《かお》りのするパンケーキは、山を登る元気を付けてくれる気がした。遺跡《いせき》の周りを少しぶらぶらしてから、ぼくたちはさらに上流を目指して出発した。

2

沢《さわ》は少しずつ水量が少なくなって、両側の尾根《おね》が低くなってきた。標高が上がるにつれて、高い木が少なくなり、笹《ささ》が多くなってきた。陽射《ひざ》しが暖かくて、眠《ねむ》くなる。稜線《りょうせん》をときどき鷹《たか》かトンビがまあるく輪を描《えが》いて飛んでいた。のどかな春の山は新緑で輝《かがや》くようだった。

ときどき注意しながら見ていたけれど、こびとたちの遺跡《いせき》につながるようなものは何もなかった。

登りがきつくなって、会話は途切《とぎ》れがちになった。

静かに歩いていると、うしろに南さんの息づかいが聞こえる。ぼくは前を歩きながら、なぜか昔のことを思い出した。小さいころ、妹をうしろに連れて歩いて祖父の家に行ったときの記憶《きおく》がよみがえった。

何年生だったか忘れたが、小学校の高学年だったと思う。その日父と母にどういう事情ができたのかはわからないが、父方の祖父の家に妹と二人だけで行ったことがある。

夏休みだったのだろう。暑かったことをおぼえている。

朝から家族で行くはずだった。いま思い出すと、夜遅《よるおそ》くなってから父と母が黒い服を来てやってきたから、急な葬式《そうしき》があったのだろう。それで予定通りに行けなくなって、妹がぐずった。

「朝から行くって言ったじゃない」

「だってしかたないでしょう」

妹と母との間にそんな険悪なやり取りがあって、結果としてぼくたち子供二人が先に行くことになった。たぶんそんな事情だった気がする。

妹は不機嫌《ふきげん》だった。わからなくはない。みんなで楽しく行くはずだった祖父の家への道行きが、不安と寂《さび》しさで色あせてしまったのだから。なにかと文句を言う妹をしたがえて、電車とバスを乗《の》り継《つ》いだ。バスの終点で降り、祖父の家の構えと部屋の様子を思《おも》い描《えが》きながら、熱いアスファルトの上を歩いた。蟬《せみ》の声がうるさいほどだった。妹を連れていなかったら帽子《ぼうし》で捕《つか》まえられるのに、と残念に思った。バス停からの下り坂を曲がると、向こうからやって来る祖母の姿が眼《め》に入った。

「おばあちゃんだ」妹は、母を置いて先に来てしまった罪悪感を払《はら》いのけるように、とりつくろった明るさで言った。ぼくは無事に着いて内心ほっとした。

そんななんでもない一場面が思い出された。

沢《さわ》はどんどん細くなり、狭《せま》くて崩《くず》れやすい急斜面《きゅうしゃめん》になってきたので、ぼくたちは水筒《すいとう》に水をできるだけ汲《く》み、水の流れに別れをつげて、笹《ささ》の多い所を選んで稜線《りょうせん》をめざした。

絶え間なく聞こえていた沢《さわ》のせせらぎがまったく聞こえなくなると、逆に静寂《せいじゃく》の壁《かべ》が耳を圧するような感覚にとらわれる。視界は登るにつれてひらけてくる。ときどきトンビの影が足下をかすめる。人がまったく入らない笹原《ささはら》は歩きにくかったけれど、なるべく乾《かわ》いた土の露出《ろしゅつ》している所を選んで、ゆっくり登っていった。笹《ささ》は背が低く、ヒザまでもなかったので、比較的《ひかくてき》歩きやすい。一時間もしないうちに、広い馬の背のような稜線《りょうせん》に出た。

ぼくたちはラクダの背中のような形のふたこぶの岩を見つけ、腰《こし》をかけて休んだ。

一面の笹原《ささはら》に、ところどころ一むらの樹木や藪《やぶ》がまじり、なだらかな稜線《りょうせん》が上に伸《の》びていた。横を見ると、見渡《みわた》すかぎり青い屏風《びょうぶ》のような山並みが重なって、海のように向こうまで続いていた。原始林の広がる北の山塊《さんかい》だということがあらためて感じられた。ぼくらの座《すわ》っているこの石だって、有史以来今まで、もしかしたら人間が一度も座《すわ》ったことのない石なのかもしれない。そこにぼくと南さんがアダムとイブのように座《すわ》っているのだ。さわやかなそよ風が緑の香《かお》りをはこんできた。ずっと沢《さわ》の中の狭《せま》い空間にいたぼくは、広い眺《なが》めに圧倒《あっとう》されて黙《だま》りこんでしまった。南さんも静かに山並みを眺《なが》めていた。

汗《あせ》がひいて一息ついたあと、「どうしましょうか？」とぼくは聞いた。なんとなく稜線《りょうせん》まで上がってきたけれど、特に目的があるわけではない。こびとたちの遺跡《いせき》につながるような手がかりは何も見つからなかった。けれども他《ほか》に探すあてもない。

もう午後の三時ころだから、この近くの適当な場所を見つけてテントを張るしかないけれど、稜《りょう》線《せん》をもっと上に行くべきか、逆に下るべきか。それとももと来た沢《さわ》に戻《もど》って水辺に場所を探すか。

南さんはもうすこし上に行ってみたいと言った。

ぼくらは荷物を背負ってまた歩き始めた。さっきよりずっと歩きやすい。さわさわと鳴る笹《ささ》の葉をつま先でかき分けながら歩いた。

小竹《ささ》の葉は　み山も清《さや》に　さやげども　吾《われ》は妹《いも》思ふ…

突然《とつぜん》、和歌が思《おも》い浮《う》かんだ。最後の所は忘れた。高校時代、国語の授業で寝《ね》てばかりいたぼくがそこまで覚えているのもおかしいが、古い歌だった気がする。きっと先生の声を聞き流しながら、ゆめうつつの中で、笹原《ささはら》の上で蝶《ちょう》でも追いかけている自分を想像していたんだろう。妙《みょう》にその一首が脳裏《のうり》に刻まれていたらしい。たしか下の句は「吾《われ》は妹《いも》思ふ」だから、あれは恋《こい》の歌だったんだな。

雲がぼくたちのすぐ横で湧《わ》いていた。陽《ひ》ざしが傾《かたむ》いて弱くなってきた。広い稜線《りょうせん》は小さくのぼりくだりをくり返し、頂上かと思ってたどり着くとまだ先があった。なかなか最後の頂上らしき山が見えてこない。ぼくたちは黙々《もくもく》と歩いた。

「この辺の笹《ささ》は小さいんだね」南さんはぽつりと言った。「…こびとみたい」

「ほんとですね。雪が多いからですかね？」

「いや、北海道はもっと大きな笹《ささ》だった気がするから…、もともとこういう種類なんじゃない？」

「動物たちも小さくなるんですかね？」

「そうとは言えないと思うけど。このあたりは猿《さる》も熊《くま》もイノシシもいるだろうけど、特に小さくなったわけではないし」

「こびとたちだけどうしてあんなに小さくなったんでしょうね？」

「不思議」

そのとき、ぼくたちはちょうど小さな峰《みね》を登り切ったが、視界がひらけて、稜線《りょうせん》の先の方までずっと見渡《みわた》せた。

山の頂上が見えた。

特に高い山ではないけれど、周りの長い稜線《りょうせん》がいくつかそこにあつまり、小さな山頂を形づくっている。笹原《ささはら》の中に大きな岩が点在するゆるやかな斜面《しゃめん》が続き、その上に岩だらけの平らな山頂がある。午後になって増えてきた雲がゆっくり流れるにつれて、雲の影《かげ》が山並みを這《は》うように動き、ちょうど今、山頂は影《かげ》から出たところだった。特に周りからきわだってそびえているわけではない。小さくて低い山なのに、なぜか威厳《いげん》のようなものが感じられた。

「あれが山頂ですね」

「二、三時間で行けそうじゃない」

「あした登ってみますか？」

「ええ」

坂を少し下ると、広い鞍部《あんぶ》が草原のようになっていた。ところどころにブナの倒木《とうぼく》が、白い木肌《きはだ》を見せて斃《たお》れた巨人《きょじん》のように横たわっていた。

テントを張るにはいい場所だった。ぼくらはそこに泊《と》まることに決めた。水は持っている分で何とかなりそうだった。ぼくは小さな黄色い三角型の簡易テント、南さんは青い丸型のテントを張って、夕飯を作った。その幸せなひとときをぼくは今もはっきり覚えている。ご飯を炊《た》いて、ぼくが作って持って来た蕗《ふき》の煮物《にもの》と、レトルトのホワイトシチューを食べた。スープはコンソメだけだったけれど、疲《つか》れた体にじわっと浸《し》みていった。

太いブナの倒木《とうぼく》の一つに座《すわ》って、二人でコーヒーを淹《い》れながら、夕陽《ゆうひ》が沈《しず》むのを眺《なが》めた。

そして稜線《りょうせん》の向こうにある小さな山頂を見た。

東の空がだんだんすみれ色になって、気の早い星がまたたき始めるのを見た。

チチッと鳴きながら、鳥が谷に下りていった。

風は山には珍《めずら》しく穏《おだ》やかだった。

さわさわとときどき笹《ささ》が鳴った。

遠くで鹿《しか》のなく声が聞こえた。

ぽつりぽつりといろんな話をしながらぼくたちはコーヒーを飲んだ。

そして日が沈《しず》むのを見届けながら、並んで歯を磨《みが》き、それぞれテントの中に入った。

その夜の夢の中で、ぼくはだれかといっしょにさっき見た山の上空を飛び回った。

山は本当に静かだ。

3

次の朝、夢うつつの中でぼくは自分がどこにいるのかしばらくわからなかった。たしか山に登ってきたはずなのに、さらさらという水の音がさっきから続いている。きのう南さんと稜線《りょうせん》の上を歩いたのは夢だったんだろうか。そう思ってめまいのような奇妙《きみょう》な状態から少しずつ意識がはっきりしてきて、最初は水音だと思っていたのが、笹原《ささはら》を渡《わた》る風の音だとわかった。

テントから顔を出すと、薄《うす》い霧《きり》の中だった。朝は雲が低くなってここらの稜線《りょうせん》は雲の中に入る。やがて暖かくなるにつれて雲は上がっていくはずだ。雨を降らせる濃《こ》い霧《きり》ではなかった。

南さんは赤い雨具を着て、ブナの倒木《とうぼく》の上に座《すわ》っていた。

「おはよう」

「おはようございます」

どうやら朝ご飯はもうほとんどできているらしかった。

「すみません。寝坊《ねぼう》してしまった」

「まだ六時半だよ」

「ずいぶん早いんですね」

「なんだかわくわくしちゃって。遠足の日の子供みたい」

「ぼくは遠足の時たいてい寝坊《ねぼう》してましたけど」

「食べよう」

「顔洗ってきます」

「水がもったいないじゃない」

「いや、笹《ささ》の葉の露《つゆ》で手を濡《ぬ》らして拭《ふ》くだけですから」

笹《ささ》の葉を手でかき分けると掌《てのひら》は露《つゆ》でびっしょりになる。その濡《ぬ》れた掌《てのひら》で顔を拭《ふ》いて、五、六回くり返すと、水で洗ったみたいにさっぱりする。一か月間山で暮らして学んだ知恵《ちえ》だ。ぼくが顔をこする様子を南さんは面白《おもしろ》そうに見ていた。

「霧《きり》、晴れますかね」

「さっき霧《きり》が薄《うす》くなって、青空がちらっと見えたから、大丈夫《だいじょうぶ》でしょ」

ぼくは乾《かわ》いた苔《こけ》の生えたブナの倒木《とうぼく》の上に、あぐらをかいて座《すわ》った。太い立派な倒木《とうぼく》で、木肌《きはだ》は思ったより柔《やわ》らかく、温かい。土に還《かえ》りつつあるブナの幹は水分が抜けて、スカスカなのだ。周りは背の低い草と小さな笹《ささ》に囲まれているので、波に浮《う》かぶ丸木舟《まるきぶね》に座《すわ》っているようだ。

温かい紅茶で、南さんが買ってきてくれたビスケットとチーズを味わった。都会の味だ。人間世界の味だ。チーズの塩味が体にしみる。

ぼくはラジオを付けてみた。小型で高感度のはずだけど、短波ではないので、ふだん谷の中ではほとんど聞こえない。でも稜線《りょうせん》の上からはさえぎるものが何もないからよく聞こえた。久しぶりにニュースを聞いた。関西で大きな地震《じしん》があったらしい。今年は異常気象で暑い夏になるだろうと言っていた。やがて音楽に変わった。懐《なつ》かしい女性歌手が恋《こい》の歌を歌っていた。もうずいぶん音楽を聴《き》いていなかったことにあらためて気づいた。ぼくは久しぶりに聞く文明の音に聞《き》き惚《ほ》れていた。

「あら、おはよう」

そのとき、南さんが言った。

さっきおはようは言ったのに、今さら何を言ってるんだろうと思って振《ふ》り返《かえ》ると、スムレラがいた。お茶のセットを片付け始めていた南さんの横の石の上に、いつの間にか立っていた。

「あれ、スムレラ。どうして、ここに?」ぼくはこびとたちの言葉で言った。

「どうして、あなた、ここにいる?」

スムレラは硬《かた》い表情で言った。

「石の穴を見に来たの」

南さんが答えた。

「何をしに、あなた、来たの?」

スムレラはさらに硬《かた》い目つきのまま問《と》い詰《つ》める。ぼくたちは、どうやら何かまずいことをしたらしいと思うが、それが何なのかわからない。逆に聞いてみた。

「どうしてぼくたちがここにいること、わかったの?」

「きのう、日の沈《しず》む前、トゥニソルが鳥に乗った。空からあなたたちを見た」

そうだったのか、たしかにきのう、鷹《たか》のような鳥が飛んでいた。この山の中はどこにいてもぼくたちのやることはお見通しらしい。

「この先に行ってはいけない。行かないでほしい」

スムレラはそう言った。

南さんはぼくの顔を見た。ぼくが何と言っていいかわからないでいると、南さんが言った。

「この先に何があるの?」

「山。聖なる山。私たちに大切な山」

どうやらきのう見えたあの低い峰《みね》らしい。こびとたちの聖なる地。ぼくたちはそれと知らずに彼《かれ》らの核心《かくしん》部分に入《はい》り込《こ》もうとしてしていたらしい。たしかにきのうの夕方に見た山頂は、どこか神々《こうごう》しい感じがした。もちろんぼくたちはそう言われたら無理に入るつもりはない。こびとたちがどういう信仰《しんこう》を持っているのか、どんな神を持っているのか、とうぜん興味はあるが、彼《かれ》らが話してくれるまでゆっくり待つほうがいい。

「わかった」と南さんが言った。もちろんぼくもわかった。南さんは続ける。

「スムレラはいまあの山から来たの？」

えっ？

「はい」とスムレラ。

女の勘《かん》というのはときどきぼくの理解を超《こ》える。ぼくはスムレラがとうぜん山の下からぼくたちを追いかけてきたと思ったんだけど、どうやら違《ちが》ったらしい。でも、どうして南さんにはそれがわかったんだろう？

「じゃあ、いっしょにおりましょう」と南さんは帰り支度《じたく》をし始めた。

スムレラはラジオに近づいた。気味悪そうに、まるで天から落ちてきた雷《かみなり》の子供でも見るように、銀色の小さな箱を見ている。

「これ、だれが話しているの？」

ぼくはナベを拭《ふ》きながら答えた。

「遠くにいる人だよ」

「なぜ、遠くの人の声がここで聞こえるの?」

ぼくは電気や電波のことをうまく説明できる自信がなかったから、おたおたしてしまった。身振《みぶ》り手振《てぶ》りをまじえて、声が空を通ってやって来るのだと言った。電波なんて目に見えないものを、どうやって説明できるだろう。黒板もノートもなしで。いや、黒板やノートがあったってぼくには説明できないと思う。

「わかる」とスムレラは言った。「声は風に乗ってやって来る。その声を拾う箱ね」

まあ、だいたいそういうことだ。

「そうだよ」

「これ、とても役に立つでしょう?」

「まあね」

「まあね?」

「そう、ということ」

さっきから気になっていたけれど、スムレラの顔が今日はどこか以前とちがうように見えるのは、口の横あたりに何か模様が描《えが》いてあるからだと気づいた。幾何学《きかがく》模様の入《い》れ墨《ずみ》のようだ。頰《ほお》の少し下に新しく付いていた。去年見たスムレラのお母さんにも、似たような入《い》れ墨《ずみ》が、もう少し大きく付いていた気がする。

「それは何?」

ぼくが自分の頰《ほお》を指さして聞くと、こころなしかスムレラが恥《は》ずかしそうに顔を赤らめた。何か言ったけど、ぼくの知らない言葉だった。さらに聞くのは何か失礼な気がしてやめた。

南さんがテントをたたむのを手伝い、ぼくらは出発した。

ぼくたちが荷造りをしているあいだ、スムレラは笹《ささ》の葉の中に入って、葉を摘《つ》んでいた。柔《やわ》らかい新芽を摘《つ》んで煎《せん》じて飲むのだそうだ。

南さんはスムレラをリュックの上に座《すわ》らせた。スムレラはリュックのてっぺんの輪っかの紐《ひも》をつかんで、うまくバランスを取りながら座《すわ》っていた。これなら歩きながら話ができる。

スムレラは、ぼくらが登ってきたのとはちがう尾根《おね》を下れると教えてくれた。沢《さわ》を下るのは危険だからそっちを行くことにして、三人で山を下りはじめた。

霧《きり》はすっかりあがって、おだやかに晴れた青空になった。遠くに雲がたなびいている。雲がまったくないのは海の方角だろう。

前を歩く南さんとスムレラの会話が、とぎれとぎれに聞こえた。スムレラの結婚《けっこん》について話しているのだった。

「いつなの?」と南さん。

「暑さが終わる頃《ころ》。九番目の満月の時」

「おめでとう。顔のそのしるしも関係あるの?」

「これはシラルの印。こっちは私の母の印」

「顔のしるしは家を示しているの?」

「シヌイ(入《い》れ墨《ずみ》)は私、父さん、母さん、おばあちゃん。家の印がある」

「シラルといっしょに住むの？」

「私たちみんないっしょに住む」

「いっしょ？　だれと？」

「みんな」

「どこで？」

「大きな穴」

「どこにあるの？」

「それ、私たちだけが知っている」

「じゃあ、いろんな家族がみんな集まって生活しているのね？」

「家族って何？」

どうも、こびとたちには家族という言葉がピントこないらしい。こびとたちは、集団で暮らすか、個人で行動するかのどちらかが基本であって、核家族《かくかぞく》という概念《がいねん》はないらしい。

「お父さん、お母さん、兄さん、弟、姉さん、妹。いっしょに住むでしょ？」

「小さい時、そう。でも跳《は》ねられるようになると、ひとりになる」

「跳《は》ねられる？　マントで飛ぶということ？」

「そう。新しい靴《くつ》も履《は》く」

「どうしてスムレラはきのう山に行ったの？」

「長老に会いに行って、話をした」

「結婚《けっこん》のこと？」

「そう。いつにするか。日を決めていたの」

「どうして秋まで待たなくてはいけないの？」

「動物もみんなそうする。春に子供が生まれるのがいい。一番長く冬のための準備ができるから」

「元気な赤ちゃんが生まれると良いね」

女同士の会話を聞くのははばかられる気がして、ぼくは歩みを遅《おく》らせ、二人と距離《きょり》をあけた。

4

道なき道を歩いて、ぼくらは疲《つか》れると手近の倒木《とうぼく》に腰掛《こしか》け、小さな湧《わ》き水《みず》でのどを潤《うるお》した。

日が高くなるにつれて、山肌《やまはだ》から立ちのぼる霧《きり》はちぎれちぎれになり、いつか雲となって青空に浮《う》かんだ。

静かに風が吹《ふ》いていた。とても平和な山並みの景色だった。また来たいと思った。ここのあたりに小屋をもう一つ建てて、別荘《べっそう》にしたいくらいだ。ぼくはいつの日か、この調査を終えてまた世間に戻《もど》ったら、郵便局ではなくて山小屋の仕事をやろうかなんて考えた。

退屈《たいくつ》なので山小屋の間取りを考えながら歩いた。

もしもこのあたりに山小屋を作るとしたら、雪が深いから、二階にも出入り口を作らなくてはいけない。いっそ大きな木の根元と高い枝の上に、二つの小屋を作ったらどうだろう。下の沢《さわ》に作ったぼくのタワーみたいに、何階かにしてもいい。雪がどんどん積もってきたら、上の階に生活空間を移動し、雪の縦穴を通ってときどき下の階におりていく。一階はもうまっくらな雪の洞窟《どうくつ》の中の小屋みたいになってしまって、食糧貯蔵庫《しょくりょう》にちょうど良いかもしれない。晴れた時には、上の階に行って明るい小屋で暮らし、吹雪《ふぶ》いた時には、下の階におりて静かな雪洞《せつどう》で暮らす。ゆるい斜面《しゃめん》に建てれば、地上階から横にトンネルを掘《ほ》って雪の上に出られるようにもできる。雪洞《せつどう》の中は温度も零度《れいど》前後で、外ほど下がらない。湿気《しっけ》は多いだろうから、空気を乾燥《かんそう》させる工夫《くふう》が必要だけれど、寒さで死ぬことはない。食糧《しょくりょう》と燃料さえ十分にあれば、冬は越《こ》せる。きっと退屈《たいくつ》だろうから、編み物でも覚えた方が良いかもしれない。雪の続く日の合間に、たまに晴れたら、きっと別世界の美しさが広がるだろう。スキーを習って、ソリも作った方がいいな。退屈《たいくつ》だろうから、犬を飼うとうれしいかな。

空想に浸《ひた》りながら歩いていると、スムレラに教えられて南さんは稜線《りょうせん》を離《はな》れ、明るい斜面《しゃめん》をジグザグにくだり始めた。見通しのよい笹原《ささはら》は終わり、ダケカンバやブナが混ざり始めた。そして、下り坂が緩《ゆる》やかになってきた時、巨大《きょだい》な倒木《とうぼく》が行く手に見えた。

「巨《おお》きな樹《き》だね」南さんが感心したように言った。

「……」スムレラがなにか言ったが聞き取れなかった。

「なんて言ったの？」

「女神《めがみ》」

「女神《めがみ》？」

「倒《たお》れた女の神様」とスムレラ。

「女神《めがみ》？　あの樹は女神《めがみ》って呼ばれているの？」

「へえ、女神《めがみ》か。立っていたら高かっただろうなあ」とぼく。

近づいてみると、とてつもない太い幹だったらしい白い樹肌《はだ》は大人三人か四人が手をつないで取り囲むぐらいもあって、苔《こけ》がところどころ生え、ワキに洞《ほら》が開いている。でも白っぽい幹がどことなく上品な感じで、「女神《めがみ》」とこびとたちが呼ぶのも、もっともだと思った。

どうして倒《たお》れてしまったんだろうと話しながら、ぼくたちが近づくと、その大きな洞《ほら》からひょいとこびとが顔を出した。トゥニソルだった。

「おおー、トゥニソル。こんにちは。そこで何してるんだ？」

「こんにちは。苔《こけ》を集めているんだ」

「集めて何に使うの？」

答えるより先に、女の子がトゥニソルの横に顔を出した。ぼくを見て目をまん丸くしている。

「おや、誰《だれ》だい？」とぼくが聞くと、その子ではなくトゥニソルが答えた。

「妹。大きな妹」

「へえ、こんにちは。妹さん」

「こんにちは」

その子はトゥニソルの顔を見ながら、小さな声で何か言った。

「その子、名前はレタラム」

南さんの肩《かた》の上でスムレラが言った。

レタラムと呼ばれて、その子はやっとスムレラに気づき、ほっと安心したようだった。やはり、彼《かれ》らこびとたちにとって、ぼくたち人間は山のように大きな恐《おそ》ろしい巨人《きょじん》なんだとあらためて思った。

「苔《こけ》は何に使うの?」

「薬」

「その薬は、どんな病気を治すの?」

「病気は治さない。蚊《か》を遠ざけてくれる」

きっと蚊《か》取り線香のようなものなんだろう。そういえば蚊《か》取り線香は何からできているんだっけ。菊《きく》の葉か何かじゃなかったか。

倒《たお》れた「女神《めがみ》」の近くには清水が湧《わ》いていた。ぼくたちは一息入れることにした。トゥニソルは「女神《めがみ》」の洞《ほら》の中にぼくたちを案内してくれた。巨木《きょぼく》の根元の方、幹の下側に洞《ほら》の入り口があり、背をかがめて膝《ひざ》を突《つ》きそうに低くして中に入りこんだ。南さんとぼくがしゃがんで肩《かた》を寄せるとふたりがらくに入れた。穴は意外に広く、横にも続いていて、人が一人楽に横になれるぐらいだった。いずれ熊《くま》の冬眠《とうみん》穴になりそうだった。

目が暗がりに慣れると、壁《かべ》の割れ目から差《さ》し込《こ》む細い光をたよりにいろいろなものが見えてきた。全体が苔《こけ》むしていて、キノコや猿《さる》の腰掛《こしか》けや、地面の近くにはヒカリゴケらしいのもある。

ぼくたちは涼《すず》しい異空間でトゥニソルから苔《こけ》の話を聞いた。

トゥニソルは苔《こけ》の種類とその使い道を教えてくれた。青い平たい苔《こけ》は、傷に貼《は》る湿布《しっぷ》に使う。背の高い茶色っぽい苔《こけ》は、乾燥《かんそう》させて煎《せん》じて飲むと、おなかをこわした時に効く。虫除《むしょ》けに使う苔《こけ》、せきどめの苔《こけ》。嚙《か》むと良い気持ちで眠《ねむ》れる苔《こけ》。乾《かわ》かして絨毯《じゅうたん》のように床《ゆか》に敷《し》く苔《こけ》。ほんとうにトゥニソルはよく知っていた。

「トゥニソル。それって誰《だれ》かに教わったの？」

「師匠《ししょう》さ」

ふだん無口なその顔は生き生きと輝《かがや》いて得意そうだった。

そしてトゥニソルは、いつも腰《こし》に巻いているベルトに機関銃《きかんじゅう》の弾丸《だんがん》のようにつけられた小さなカプセルを、いくつか開けて説明してくれた。小さなドングリをくりぬいて作ったそれらのカプセルには苔《こけ》だの植物油だの樹の汁《しる》だの花粉だのがおさめられているのだということがわかった。彼《かれ》は小さな博物学者なのだった。

あとで聞いたところによると、こびとたちの中にはそうやっていろいろなものを集めるのが得意な者たちがいて、蒐集人《コレクター》と呼ばれているのだそうだ。彼《かれ》らはたいていトゥニソルと同じようなベルトを着けている。それぞれに得意な分野があって、ある者は植物の樹脂《じゅし》や油にくわしく、ある者は花や花粉の知識が豊富で、ある者は昆虫《こんちゅう》の生態や体を研究している。そういう知識は師弟《してい》関係のように一対一で受《う》け継《つ》がれ、誰《だれ》でもが好きな時に好きな師について教わることができる。ほとんど一生かけて、自然の産物について学び続け、探求し続けるそうだ。こびとたちには学校などというものはない。子供はすべての大人から好きな時に好きなことを学べて、しかも大人はとても教えるのが好きだ。一度、ぼくはトゥニソルに、ぼくらの世界の学校というものを説明したことがある。けれど、彼《かれ》は興味は示したが、必要性は理解できないようだった。どうして子供がそんなにたくさんいるのか。ひとりひとり興味が違《ちが》うのに、同じ事をやるのか。どんな大人が教えるのか。座《すわ》って学ぶとはどういうことか。いちいち質問された。

トゥニソルの話につられて長く休んでしまったが、ぼくたちはまた山を下り始めた。こんどはぼくの肩《かた》にトゥニソルと妹のレタラムが乗っかった。スムレラはまた南さんの背に乗った。にぎやかになってぼくたちはおしゃべりしながら歩いた。

少し離《はな》れて振《ふ》り返《かえ》ると、日だまりの中に「女神《めがみ》」が白く横たわっていた。森の中のとても静かな一角だった。何百年という樹齢《じゅれい》を重ねた末に自分の務めを終え、周囲の生き物たちの尊敬を受けながら静かに土に還《かえ》ろうとしているように見えた。

「どうして女神《めがみ》は倒《たお》れたの？」南さんがあらためて聞いた。

「四年前の秋の大風に耐《た》えられなかった」とスムレラ。

最近、大きな樹が倒《たお》れることが多くなったのだと言う。何か森の木々が弱っているのではないかとこびとたちは噂《うわさ》しているらしい。

「でも男の神様の木は倒《たお》れない」とトゥニソルは強く誇《ほこ》らしげな口調で言った。

「男の神様もいるのか。どこに？」

「別の山の山頂の南側」

「いつか見てみたいな」とぼくが言うと、トゥニソルたちは黙《だま》ってしまった。

5

道なき道を下《くだ》りつづけ、少し広い沢《さわ》に出た。今まで入ったことのない枝沢《えださわ》だった。陽《ひ》の当たる河原で昼のビスケットをかじっていたら、周りの枝が揺《ゆ》れて、猿《さる》たちの群れがいるのがわかった。

猿《さる》とこびとたちの関係を聞いてみると、スムレラが説明してくれた。

こびとたちと猿《さる》は言葉は通じないが、かなり意思の疎通《そつう》はできるということだ。猿《さる》たちはこびとたちを、自分とは異なる存在、身近にいる神のように思っているらしく、けっしてこびとたちに危害を加えることはないそうだ。例えば木の枝で寝《ね》ているこびとたちのそばに寄って来ても、静かに横に座《すわ》っていたり、時には木の実をおいていったりする。こびとたちがいろいろな道具を使ったり、空を滑空《かっくう》したり、言葉を操《あやつ》ったりしているのを見て、不思議な能力をもった存在として畏敬《いけい》の念を抱《いだ》くのだろう。ちょうど人間が妖精《ようせい》伝説を作って異能の存在に敬意と畏《おそ》れをもつようなものなのかもしれない。スムレラはこんな話をしてくれた。

あるとき、寒い冬が近づいて雪が降り始める頃《ころ》、フレハトという名前の小さな女の子が行方《ゆくえ》知れずになった。皆《みな》は心配して探し回ったが見つからない。木から落ちて熊《くま》にやられたのか、寒さに凍《こご》えてしまったかといろいろ心配したが、どうにもわからなかった。ところが冬が過ぎて雪が溶《と》けるころ、ひょっこり少女は帰ってきたのだという。聞けば、木から落ちて動けないでいるところを雌《めす》ザルに拾われ、看病されたのだという。ケガが治るころにはその雌猿《めすざる》や雌猿《めすざる》の子らとすっかり仲良くなり、言葉は通じないものの、情は離《はな》れがたくなってしまった。冬のあいだ猿《さる》たちが過ごす谷はこびとたちの谷と離《はな》れていたので、他《ほか》のこびとたちに出会うこともなかった。そして、雪解けともにこびとの世界が懐《なつ》かしくなったフレハトは猿《さる》たちにお礼を言って帰ってきた。母猿《ざる》は寂《さび》しそうに、でもそれが当然という表情でフレハトを見送ったそうだ。その後もフレハトはその母猿《ざる》たちに出会うと、数日間いっしょに行動したりしていた。こびとたちはフレハトが猿《さる》のにおいがすると言ってしばらくこまったという話である。同様の話はいくつか伝わっているらしい。

そんな感じで、こびとたちと猿《さる》たちは、同じ地域で同じように樹上中心の生活をしながら、平和的に共存しているのだという。だから、鳥たちとも意思疎通《そつう》ができ、空に天敵のいないこびとたちにとって、地上より上は安全な世界なのだ。怖《おそ》ろしいのは地上なのである。

南さんはスムレラにビスケットを分けていた。

さっき会ってからずっと黙《だま》っていたレタラムが初めて声を出した。

「ポニユックおばさんはフレハトのむすめだよ。あたしポニユックおばさんがそう言っているのを聞いたもん」

「そうかなあ。同じフレハトでも違《ちが》う人だと思うけど」とトゥニソル。

レタラムが不満そうにほっぺをふくらませて、二人が言い合いになりそうだったので、

「さあ、行こうよ」とぼくは立ち上がった。

「ずいぶんにぎやかじゃない?」と南さんは猿《さる》の群れの方をながめながら言った。

「猿《さる》たち、驚《おどろ》いている」とスムレラ。

「どうして？」

「大きな人間を初めて見たから」

「猿《さる》たちの言葉がわかるの？」

「いや、猿《さる》たちに人間の言葉はない。でも警戒《けいかい》の鳴き声と驚《おどろ》きの鳴き声が聞こえる」

ぼくたちは休憩《きゅうけい》を切り上げて、出発した。しばらく猿《さる》の群れはぼくたちについてきたようだったが、やがて枝を揺《ゆ》する音も聞こえなくなった。

「猿《さる》ってこの辺は一種類しかいないんですかね？」とぼくが南さんに聞くと、

「日本にはニホンザルしかいないと思ったけど。この辺がニホンザルの北限でしょ」

「ふーん」

歩きながらスムレラがもう一つ、猿《さる》にまつわる話をしてくれた。

むかしむかし、神様がまだ地上にいた頃《ころ》。二人の兄弟がいた。神様は天上に帰る時、二人の兄弟を呼んで言った。私はこれから遠い天の上に帰ってしまうが、お前たちは他《ほか》の生き物のように厳しい冬を越《こ》す力がないから心配だ。だから、冬を越《こ》すために必要なものを一つずつ与《あた》えよう。ここには毛皮がある。ふさふさの温かい毛が体を守ってくれるだろう。こっちには知恵《ちえ》がある。これをうまく使えば、体に毛がないままでもうまく雪から身を守るすべを考え出せるだろう。さあどちらかを選ぶのだ。そう言われて兄は毛皮を選んだ。目に見えない知恵《ちえ》で身を守れるとはとうてい思えなかったから。弟は知恵《ちえ》を選んだ。そして、神様は天に帰ってしまい、兄弟はどちらも無事に冬を越《こ》すことができたのだが、それ以来、兄の子孫は知恵《ちえ》のない猿《さる》になり、温かい毛で身を守った。弟の子孫はこびとになって、言葉や服を作り出し、ひ弱な体を守れるようになった。だから、猿《さる》たちは今でも知恵《ちえ》はないが、こびとたちには兄が弟を気づかうように優《やさ》しくしてくれるのだという。

「いい話ね」と南さんは言った。

「神様の名前は何て言うの?」とぼくが聞くと、スムレラは困ったように、

「神様は神様だから、神様以外の名前はない」と言った。

そうこうしているうちに、ぼくらは小屋に戻《もど》った。

ベッドとかまどだけの狭《せま》い小屋だけれど、我《わ》が家《や》はほっとする。

みんなで夕食を作った。こびとたちの豊かな食材知識はほんとうに限りがないと思われた。

その晩、スムレラたちは初めてぼくの小屋に泊《と》まった。食品庫の棚《たな》の上に布を敷《し》き、芋《いも》や缶詰《かんづめ》のあいだに思い思いに寝《ね》ていた。かわいい寝顔《ねがお》だった。

6

ぼくらは第二の小屋と塔《とう》を建てる計画を立てた。博士や南さんが来た時、ずっとテント暮らしはきつい。それに今の仮小屋は渓谷《けいこく》の底に立っているから、冬になると大雪の中に埋《う》まってしまうにちがいない。

南さんが帰る前に、場所の選定と大まかな設計を済ませて、建てるのはぼくひとりで気長にやろうと思った。もうすでにひとつ建てたから、自信はある。こびとの研究はどれだけ続けるかわから

ないけれど、長期滞在《たいざい》にたえられるような大きめの小屋が必要だ。できればベッドが三つにテーブルも置けるような広さがあるといい。

春の晴天はしばらく続きそうだった。午後に雲は出るが、朝はたいてい陽射《ひざ》しがさわやかだ。ぶなの明るい緑の葉から照り返す光も、日ごとに強くなってきた。木も草も光をいっぱいに吸《す》い込《こ》んでいる。沢《さわ》の透《す》き通《とお》った水が美しい。

南さんはさっきから双眼鏡《そうがんきょう》で鳥を見るのに時々立ち止まる。ぼくは小屋を建てるのに適した少し小高い平地がないか探している。雪崩《なだれ》の危険がなく、北風が吹《ふ》き付《つ》けない場所。水の流れる小川が近いのも大切な条件だ。スムレラはレタラムを連れて帰っていった。トゥニソルだけがついてきた。

「あそこなんか、どう?」

鳥を見ていたと思った南さんが言った。朝から数えて五回目くらいである。南さんの「どう?」はすでに四回却下《きゃっか》され、ぼくの「どう?」は十回以上却下《きゃっか》されていた。

「どこです?」

「あの向かいの尾根《おね》の一つ右にちょっと丸い山みたいなのがあるじゃない。あの中腹が少し平らになっている感じがする」

「行ってみないとわかりませんね」

「あそこの左の谿《たに》に水が湧《わ》いていれば、ほとんど上り下りしないで水が汲《く》めるんじゃない? 北風も当たらなさそうだし。あそこって南向きだよね」

なんか東京で新居のマンションを探してるみたいだな、とかすかに甘《あま》い想像がよぎった。

「下におりる道がありそうですか？」

「正面の斜面《しゃめん》がそんなに急じゃなさそうだから、大丈夫《だいじょうぶ》じゃない？」

「一回沢《さわ》におりなきゃいけないけど、行って見ましょうか」

今度は却下《きゃっか》ではないけれど、行ってみるまではまだわからない。とりあえず保留だ。

「あそこは鹿《しか》の岡《おか》といって、カモシカがよく休み場所に使っているよ」とトゥニソルが教えてくれる。

「じゃあ小屋をつくるのは良くないだろうね？」

「いいや、大丈夫《だいじょうぶ》。カモシカたちはいくつも休み場所を持っているし、体が大きいから、きっと君たちを怖《こわ》がらないよ」


一時間ほどかけて登り直してたどり着くと、そこはとても良さそうな場所だった。小屋が一つなんとか建ちそうな広さの平らなスペースがあり、大きな樹が生えていなかった。斜面《しゃめん》にまっすぐ伸《の》びた周りの針葉樹が、強い風をさえぎってくれそうだったし、南さんの言ったとおり、横の小さな谿に入ると、岩の下から水が湧《わ》いていた。冬になると涸《か》れるかもしれないけれど、南向きだからあんがい陽射《ひざ》しで雪が溶《と》けて、チョロチョロぐらいは出ているかもしれない。そしてなにより気に入ったのは、谷を見渡《みわた》せる眺望《ちょうぼう》があることだった。

「ここにします」とぼくは言った。

「頑張《がんば》ってね。雪が降るまでにできると思う？」

「いや、どうせここで冬を越《こ》すのはまだむりだと思うから、できるところまで作って、また来年の春に来ますよ」

「もうすっかりこの山の主《ぬし》ね」

「博士は夏の間に来られるでしょうか？」

「一回は来ると思うけど、なかなか忙《いそが》しいみたいよ」

じつはこのときぼくは、博士がずっと忙《いそが》しければ良いのにと、心の隅《すみ》で一瞬《いっしゅん》考えたことを認める。

泉の水を飲みながら休んでいると、あたりにけっこう花が多いことに気づいた。百合《ゆり》の花の群生地のようで、ヤマユリがたくさん咲《さ》いていた。他《ほか》にも名前の知らない黄色い花や紫《むらさき》の可憐《かれん》な花。線《せん》香花火《こう》みたいな赤いつぶつぶの花。ぼくがヤマユリを一本摘《つ》んで南さんに渡《わた》すと、ありがとうと言ってほほえみながら匂《にお》いをかいだ。

「花野の野の花、花の名なあに…。そんなわらべ唄《うた》みたいなの、なかったっけ」

「あっ。聞いたことあるような気がします」

「ねえ。郵便局やめちゃって、戻《もど》ったらどうするの？　臨時の研究補助員だけやってるの？」

「ええ、どうしましょう。えへへ」突然《とつぜん》のストレートパンチだった。

「お母さんは心配するでしょう」

「郵便局の先輩《せんぱい》がアルバイトの仕事を回してくれると思います。配達ってけっこう人手不足なんです。いつでもできますよ」

「一度やめちゃったのにできるの？」

「ええ、所長さん良い人ですからね」

「ふーん」

「そんなことより南さんこそ、論文、大丈夫《だいじょうぶ》なんですか。今年書かなきゃいけないって言ってませんでした？」

「私の論文は今のところトゥニソルが頼《たよ》りね。トゥニソルが鳥の習性をいろいろ教えてくれるから、ヒントはいっぱいあるの。ただ、論文だとそれを観察データで証明しなくてはならないけどね。まさかこびとから聞いたとは書けないし」

「そりゃそうですね」

「だから一週間のつもりで来たけど、もう少しいるかもしれない。食糧《しょくりょう》が続けばね」

「食糧《しょくりょう》なら大丈夫《だいじょうぶ》ですよ。贅沢《ぜいたく》さえ言わなければ、栄養豊富な山《やま》の幸《さち》がたくさんあるんです」

「そうみたいね」

「じゃあぼくが小屋を作るのと食材集めをしますから、南さんは鳥の研究だけしていてください」

「ありがとう。でもほんとは鳥よりもこびとたちのことがずっと知りたいのよね」


それから数日は夢のように過ぎた。

ぼくは午前中は、食材集めをした。トゥニソルに教わったとおり、山菜を摘《つ》んだり、芋《いも》を掘《ほ》ったり、木の実をとったり、楓《かえで》の樹の汁《しる》から蜜《みつ》も作った。蚊《か》をよける薬や蜂《はち》の嫌《きら》いな葉っぱの汁《しる》、ミネラルの豊富な草や体にいい木の皮、山椒《さんしょう》や紫蘇《しそ》などの香辛料《こうしんりょう》、煎《せん》じてのむ薬。ほんとうにいろいろなものが、山にはあった。米や小麦を食べ慣れた身には物足りないと思うこともあったけど、もう慣れた。食材を集めながら、ときどき本業を思い出して蝶《ちょう》を追った。もうこのあたりのどこにどういう蝶《ちょう》が集まるかはわかってきた。

昼からはすこし昼寝《ひるね》をした。山に来てぼくは早起きになった。だいたい日の出前に起きる。そのかわりお昼を食べた後、小一時間うとうとする習慣ができた。これが健全なリズムなのかもしれない。

そして午後は小屋作りをした。といっても、基礎《きそ》を作ることと材木あつめの段階だったけど。なるべくまっすぐな倒木《とうぼく》を探し、肩《かた》に担《かつ》いで登るのは大変な労働だった。できることなら生きている木は伐《き》りたくなかったので、トゥニソルに聞いてかなり遠くまで倒木《とうぼく》を取りにいった。石を敷《し》き詰《つ》めて地面からの湿気《しっけ》を防ぐようにし、大きな岩を梃子《てこ》を使って転がして、柱の基礎《きそ》として埋《う》めた。水場に小さな水溜《た》め場も作った。トイレも掘《ほ》った。そして小屋の少し上に大きな椎《しい》の木《き》をみつけ、第二の塔《とう》の構想を練った。

夕方になると、第一の小屋に戻《もど》って露天《ろてん》の浴槽《よくそう》の葉っぱを取り除き、ゆっくり湯につかった。毎日少しずつ大きくしていったので、かなり自慢《じまん》できる露天風呂《ろてんぶろ》になった。南さんはいつも夕飯の後で、暗くなってから入りに行った。

ぼくが湯から上がって小屋に戻《もど》ると、たいてい南さんが夕飯を作っていてくれた。暖炉《だんろ》の火をチョロチョロと明かり取りのために燃やし、芋《いも》やゆでたムカゴ、煎《い》った木の実を主食に、山菜サラダヤキノコの煮物《にもの》、とち餅《もち》などと、菜食主義も慣れてくればけっこうお腹《なか》いっぱいになる。塩や味《み》噌《そ》が足りなくなってきたのをどうしようかと相談した。

一方の南さんは、たいていはスムレラやトゥニソルを連れて一日中鳥を調べに行っていた。長いレンズの着いたカメラや、棒のようなマイクなんかを持って、放送局の人みたいな装備で出て行くことが多かった。近くにいる時は小屋に戻《もど》ってお昼を作ってくれた。遠くに行って日が沈《しず》む頃《ころ》まで戻《もど》らないこともあった。雨の時は小屋にいて、藤《ふじ》づるを編んで籠《かご》を作ってくれたり、服の破れをかがってくれたり、部屋に花を飾《かざ》ってくれたりした。ぼくだけではこんなに快適な小屋にすることはできなかったろう。もう数日したら南さんは町に帰ってしまう。ときどきそう思うと胸が痛んだ。

「ねえ、どうして樹の上に塔《とう》を作ろうなんて考えたの？」と、ある時、夕飯を食べながら南さんが聞いた。「子どもの頃《ころ》の秘密基地ごっこみたいなもの？」

「えっ。まあ、そうかな、それもあるかもしれませんね。でも、観察のためですよ。観察」

「だってこびとはスムレラたちがときどきくるだけでしょう。こびとの何が観察できるの？」

あらためてそう言われると困る。

「そうですねえ、なんと言ったらいいか。たぶんこびとたちと同じ視点に座《すわ》ってみれば、何かが変わるような気がするんですね。彼《かれ》らはほとんどを樹の上ですごすわけでしょう？　だから同じようにぼくも高いところにいれば、そのうちこびとたちが近づいてきてくれるんじゃないかと思うわけです。ぼくたちの町の生活と彼《かれ》らの山の生活は全く違《ちが》うし、そのちがいと同じように地上の暮らし方と樹の上の暮らし方は違《ちが》うんじゃないかって思います。樹の上の生活に慣れてみて初めて、こびとたちのことが理解できてくる気がします。ぼくはもちろんこびとにはなれないけれど、同じ空間にいるっていうことが大切なんじゃないかって思うし、いや、違《ちが》うな、今はそうするより他《ほか》にこびとたちに近づく方法が思いつかないだけですね。早い話」

「へえ、なるほど、考えが深いね。なかなか動物の研究者でもそういうふうに対象に近付こうとする人は少ないと思う。研究者に向いてるのかもね」

「いいえ、他《ほか》に何をしたらいいかわからないんですよ」

「いや、そうやってこびとたちの中に入って、こびとたちになりきるっていう発想は私にはなかったな。ほんとうはそれが相手に敬意をもって接するってことなのかもしれない。遠くから客観的に見ていたらこびとたちは私たちを永遠に信用しないかもね」

「こびとたちはきっとぼくたちを完全には信用しないでしょうね。大人のこびとがぜんぜん出てこないのはそういうことじゃないでしょうか。長い年月をかけてこびとたちは、ぼくら日本人と別れ、干渉《かんしょう》し合わない道をたどったんです」

南さんは何も言わずにうなずいた。

「いつ、どこの時点で他《ほか》の日本人と別れたのか、いやもしかしたら、日本人がこの列島に来る前からこびとたちはいたのか、そのあたりのことはわかりませんけど、この狭《せま》い山地に隠《かく》れるように住んで、日本人を避《さ》けてきたんですから、ぼくたちに近付いてこないのも当然なんですよ。掟《おきて》のようなものがあるのかもしれません。ぼくたち日本人は信用されていないんだと思いますよ」

「それはそうね。将来DNAの解析《かいせき》でもできれば、こびとたちのルーツははっきりするかもしれないけど、そんなことする気にはなれないし」

「そんなことができるんですか？」

「まあね。やろうと思えばできるでしょうね。やれば、なぜ体が小さいのか解明できるかもしれない」

「そうですね。でもなんかそれを手伝う気は、ぼくはしないですね」

「わたしも」

「いま、この狭《せま》い山地に隠《かく》れて住んでいるって言ったけど、そうじゃないのかもしれないですよ」

「どうして？」

「ふと思ったんだけど、海のそばや平らなところにへばりつくようにして生きているのはぼくたちの方かも。日本列島の平地の割合はすごく少ないって思うんです。三割ぐらいかな。こびとたちは残りの七割の広大な山地を自由に使っていて、あんがいぼくたちのことをかわいそうに思っているかも。狭《せま》いところにひしめき合って生きているのはぼくたちの方じゃないでしょうか？」

「なるほどね」

　第二の塔《とう》の基本設計はできた。小屋が小さな山頂にあるから、水平の細い回廊《かいろう》を作ると、横の斜《しゃ》面《めん》に生えた何本もの樹をつなぐ回廊《かいろう》を作れる。その回廊《かいろう》はつながりながら小屋の上の大木までつながる。大雪が積もっても、樹を伝って上の塔《とう》まで行ける。壮大《そうだい》な計画だ。でもロープが足りない。

横木にする丸太を枝に結びつけるにも、手すりや屋根にもロープは使う。釘《くぎ》や金具を使わないなら、文明は大量のロープを必要とする。そもそも立派な観察小屋を作ることで、ぼくらはこの山の自然な姿を変えてしまうことになるのではないだろうか。この山の日常に、持《も》ち込《こ》んではいけないものをもち込《こ》んでしまうのではないだろうか。全く現実をかえないで観察することはできない。観察すること自体が現実を少しでも変えてしまわざるをえないならば、短期間で、誠実に反応を見ながらやるしかないのではないだろうか。自分がどうしようもなくよそ者であると感じる。

7

なぜ、こびとたちは地上を離《はな》れて、生活の中心を樹上に移したのだろう。南さんとぼくはよくそのことを話し合った。

南さんは、雪を避《さ》け、獣《けもの》の危険から逃《に》げるためだったのではないかと言う。でも、はじめから体が小さくなければそれは無理な話だ。チンパンジーだって危険さえなければ地上にいる時間の方が長い。ニホンザルくらい小さく軽くならなければ、樹上生活はかえって落下の危険と隣《とな》り合《あ》わせになることになる。もしこびとたちが大昔に地上にいて、樹上生活に合わせて小型に進化したなら、体形は今のこびとたちとは違《ちが》って、樹上生活に適応した体形に変化してもおかしくないはずだ。手が長くなるとか、爪《つめ》が長くなるとか、胴体《どうたい》が細くなるとか、さまざまに樹上生活に有利な体形というのがあるはずだ。それなのに、こびとたちがぼくたち人間の体形と同じなのはなぜだろうか。ぼくたちホモ・サピエンスの直立体型は地上生活に合わせて出来た体形なのだし、なによりも、この直立体型になったおかげで脳が大きくなれて、知能が発達したと考えられているのだ。こびとたちは直立して知能が発達した後で小型化し、樹上生活に移行していったと考えるのが自然なはずだ。

　南さんとぼくは話し合って、一つの結論に達した。すなわち、こびとたちが小さな体になって樹上中心生活の文化に移行したのは、進化論的に言えば、すごく最近のこと、そう遠い昔の出来事ではないだろうということ。もし、ヒトの祖先が樹上で生活していた大昔に、ヒトとこびとが分岐《ぶんき》してヒトが地上に下り、こびとが樹上に残ってそれぞれに進化したのなら、こびとたちは手長猿《てながざる》のように樹上生活に合わせた体形に進化したはずだ。そうならなかったのだから、ホモサピエンスの一派が日本列島に住み着き、文化がかなり進んだあと、一方は地上に残って大型化し、ぼくたち日本人になった。一方は小型化しながら樹上の世界に移ったと考えるほうがいいのだろう。

　では、進化論的に急速な小型化はどうして起こったのだろうか。樹上生活に適応するという必要性があればどれくらい速く進化できるものなんだろうか。進化を促《うなが》す環境《かんきょう》の圧力がそんなに大きかったのだろうか。それとも何か特殊《とくしゅ》な生化学的変化が起こったのだろうか。恐竜《きょうりゅう》は進化しながら何十倍、何百倍に巨大化《きょだいか》した。その逆が起こってはいけない理由があるだろうか。ただ、恐竜《きょうりゅう》の大型化には何千万年もかかったはずだ。ぼくら人類はせいぜい二十万年ぐらいの歴史しかない。こびとの小型化のスピードは、恐竜《きょうりゅう》の大型化よりケタ違《ちが》いに速かったはずだ。何がそれを可能にしたのだろうか。

　南さんは、もしその謎《なぞ》が解明されたら、とんでもないことが起こるかもしれないという。今の生物工学ならその結果を利用して猫《ねこ》サイズのライオンとか、犬サイズのゾウとかが作れてしまうかもしれない。学校の中庭ぐらいのミニ動物園も夢ではない。遺伝子工学が目指すべきどんなメリットがあるかは別として。

進化の中で小型化が進む例は、どちらかというと少数派かもしれないが、ないわけではないと南さんは言う。島嶼《とうしょ》に閉じ込《こ》められて独自進化したものの中には小型化した例が少なからずある。屋《や》久《く》島《しま》の屋久猿《ざる》、屋久鹿《しか》などは日本で起こったその例だ。この北の山地に閉じこもったこびとたちは、少ない食糧《しょくりょう》と寒さに適応するために、自らを小型化していったのかもしれない。

ただ、小型化は危険性もはらんでいると南さんは指摘《してき》する。なぜかというと、一般《いっぱん》に寒さに適応するためには体を大型化させる方が物理的に有利だからだ。生態学の有名な法則だが、同じ種であれば、寒冷地に住む亜種《あしゅ》の方が大型になる傾向《けいこう》がある。というのも、体温を維持《いじ》するための発熱量は、筋肉量つまり体積に比例するから、体長の三乗に比例するが、体表からの放熱量は体表の面積、つまり体長の二乗に比例する。つまり、大きなカップのコーヒーほど冷めにくいのと同じで、体が大きいほど冷めにくいのだ。温血動物が寒い地方で体温を維持《いじ》するには、体が大きい方が有利だ。ただし、体が大きくなれば、それを維持《いじ》するのに、大量の餌《えさ》が必要になるが、雪の多い地方では餌《えさ》が少なくて生きにくい。そのバランスが難しい。突然環境《とつぜんかんきょう》が変化して餌《えさ》が得にくくなれば、大型の動物ほど絶滅《ぜつめつ》の危険性は高くなる。大型恐竜《きょうりゅう》が絶滅《ぜつめつ》したときに小型哺乳類《ほにゅうるい》が生き残ったことがそれを証明している。

つまり、寒さに適応するのに体を大型化するか小型化するかは戦略の違《ちが》いであって、どちらかが正解という訳ではないのだろう。こびとたちはおそらく、小型化を選択《せんたく》して成功した例である。体の熱の冷めやすさを知恵《ちえ》でしのいだことで、うまくいったのだ。神様から毛皮をもらった兄と知恵《ちえ》をもらった弟の神話は、そういう意味で象徴的《しょうちょうてき》なのかもしれない。

こびとたちは、いつ頃《ごろ》の昔なのか知らないが、この山地にやってきた。その時にはもう寒さから身を守る技術を身につけていた。衣服も火も家もあった。ならば、鳥や猿《さる》、リスやヤマネと同じように樹上生活の方が雪に苦しめられずに生きられた。だから縮小進化を始め、どれくらいかの時間をかけて今の大きさまでなった。あとは、その急速な縮小進化を可能にさせたのは何かという問題だ。そうぼくたちは考えた。けれども答えはわからない。

こびとたちの生活を知り、文化や歴史がわかってくれれば、そこにヒントが隠《かく》れているかもしれない。

長老との会見

1

とってきたのだ。

南さんはそろそろ帰らなければならないので、さっき尾根《おね》に登って行って、携帯《けいたい》で外と連絡《れんらく》を

第二の小屋の基礎《きそ》石を据《す》えていたぼくに、尾根《おね》から下《くだ》ってきた南さんが弾《はず》む声で言った。

「あさって、博士が来るって」

「そうですか。それはよかった」

「ロープ、頼《たの》んでおいたよ。大量にお願いしますって。それから塩と味噌《みそ》もね」

「味噌汁《みそしる》が飲めるのはありがたいですね」

南さんとの二人の時間が終わるのは少し残念だけれど、博士の意見が聞けるのは楽しみだ。これまでわかってきたことだけでもそうとう価値があると思うけど、博士に報告して意見が聞きたい。今後の研究のやり方も教えてもらいたい。

次の日は、一日中雨だったので、小屋の周りで博士を迎《むか》える準備をした。

ぼくが今まで付けていた日誌をできるだけ細かく補足して、わかっていることはすべて書き込《か》むようにした。小屋の横の草地も整備して、博士用のテントも建てた。食事も蕗《ふき》を集めて煮込《にこ》んだり、ミズをおひたしにしたり、山で手に入るかぎりで御馳走《ごちそう》を作った。

雨のせいか、スムレラもトゥニソルも来なかった。

南さんはおおかたの時間、静かに本を読んだりノートを書いたりしていた。論文の下書きだろうか。その姿を見ると、自分がいま、とても幸福な時間を過ごしていると感じる。ぼくはかたわらで黙々《もくもく》と家事をこなした。自分の生活を自分で作っていくというのは楽しいものだと、山に来てぼくはわかった。スーパーで食料品を買い、ホームセンターで生活用品を買えば、面倒《めんどう》くさいことをほとんどせずに一日の大半をテレビを見て過ごせるのだろうけれど、ぼくはそういう生活のむなしさがだんだんわかるようになった。身体を動かし、手を動かして生活のための仕事をしているのが、人間にとって自然なのだと思う。

翌日、雨がまだ降るなか博士が着いた。重そうな荷物をたんまりと背負って、汗《あせ》だくでたどり着いた。申しわけないと思った。でも、欲《ほ》しかった物がたくさん手に入ったのはじつに助かる。

「ロープっていうのは重いよ。何に使うんだい?」

タワーに博士を案内すると、なるほどこれは良いね、と博士は雨に煙《けむ》るタワーを見上げながら言ってくれた。

その夜、ぼくたちはささやかながら歓迎《かんげい》の宴《うたげ》を開いた。また雨が強くなってきたので、狭《せま》い仮小屋で身を寄せ合いながらごちそうを食べた。ぼくの作った椎《しい》の実の煎餅《せんべい》を博士はおいしいと言ってくれた。博士が担《かつ》いできてくれたビールは美味だった。久しぶりに食べるソーセージにぼくの胃袋《いぶくろ》は歓声《かんせい》を上げた。

にぎやかに盛り上がりながら、たくさん議論をした。こびとたちはどこから来たのかという話題になった。

「それに関して面白《おもしろ》い資料を見つけたんだ」と博士はノートを取りだした。

博士は自分の研究のかたわら、こびとに関する日本の記録や伝説を探したらしい。

世界を見れば、もちろん多くのこびと伝説がある。それこそ無数のバリエーションがあって人間の想像力とはなんと縦横無尽《じゅうおうむじん》に働くものかと感心するぐらいだ。けれども今は日本の伝説を調べるべきだ。すくなくとも日本のこびとたちにかかわりがありそうな東アジア、とりわけオホーツク圏《けん》の記録を掘《ほ》り出《だ》せればうれしい。伝説の中には、九九％のフィクションに一％の事実が隠《かく》れているかもしれないからだ。伝説と記録の境界は曖昧《あいまい》だ。でも事実を知っているぼくたちには、それが空想なのか事実なのか見当がつく。そう考えて博士は、山中での現地調査はぼくにまかせて、背後からぼくをバックアップしたいと思っていたのだ。

そして、江戸《えど》時代の北越《ほくえつ》の役人が残したある藩《はん》の歴史記録の中に、興味ある一節を見つけ出した。

「ここにその写しと現代語訳があるよ」

ぼくと南さんは懐中《かいちゅう》電灯をつけてノートのページをのぞき込《こ》んだ。


『小滝《こたき》村の妄言《もうげん》を為《な》すマタギの件は、取り調べの結果、厳重注意のうえおとがめなしと決した。

北越《ほくえつ》の国、上郷の小滝《こたき》村に住むマタギ、兎猟師《うさぎりょうし》の辰三《たつぞう》は村のオサである弥平《やへい》に、ある時、奇《き》怪《かい》なる体験を話した。弥平《やへい》はそれを聞き、お上に告げるべきか否《いな》か迷ったすえ、いちおう報告しておくにこしたことはないと考えた。

村の争いごとを調停する役人はこれを聞き、上司に報告したが、上司は、そのような虚言《そらごと》はいちいち取り上げるほどのことではないが、妄言《もうげん》で人心を動揺《どうよう》させることは厳に慎《つつし》むべきであるとして、本人を呼び出し、厳重に注意しておくようにと指示した。辰三《たつぞう》は呼び出され、きつく叱《しか》られ、恐縮《きょうしゅく》して反省の弁をしどろもどろに述べた。

ただ、その男をよく知る人が言うには、ふだんはおとなしくまじめ一本槍《いっぽんやり》の男で、酒の上でさえ歌一つ歌いもせぬ堅物《かたぶつ》なのに、なぜこのような嘘《うそ》を語ったのか解《げ》せないとの事であった。』

「で、何を語ったんですか？」

「ああ、ごめん。それはこっちだ」と博士は別のページを開いた。

『その男の語った虚言《きょげん》とは以下のようである。

――その日は秋の終わりで、雪が降り始めそうな天気でございました。私は猟《りょう》の獲物《えもの》もなく、雪が積もらぬうちに急いで家に戻《もど》ろうと沢《さわ》道を急いでおりました。ところが雪は思いのほか早く降り始め、しかもたいそうな降りようで、どちらを見てもまるで白い屏風《びょうぶ》に囲まれているように視界がききません。そうしておりますあいだにも雪は見る見るうちに積もり始め、気づくと私は見慣れぬ尾根《おね》の上で道に迷っておりました。簑《みの》は着ていたものの、手はかじかんで感覚はなくなり、震《ふる》えが止まらず、膝《ひざ》まで積もった雪に行きなずんでおりました。

このまま日が暮れたら死ぬと思いました。樹の洞《ほら》か、倒木《とうぼく》の下で身を入れられるところがないかと必死で探しながら歩き回りました。足はだんだん重く、頭もぼうとしてまいりましたが、相当な時間迷い歩いたすえに、さいわい、大きな岩の陰《かげ》に、人の背丈《せたけ》ほどの細い洞穴《ほらあな》の口が開いてるのを見つけたのでございます。身を入れてみますと案外に中は広く、一人の体を横たえるには十分でございました。私は倒《たお》れ込《こ》むように横になり、風と雪をよけられた暖かさにほっとして意識を失ってしまいました。

どれほどのあいだ寝込《ねこ》んだか知れません。ふと寒さに目を覚ますと、かたわらに小さな明かりがたくさんともり、目が慣れてくるとその明かりに照らされた中に、人の膝《ひざ》ほどの小さな人が何人も立っていたのでございます。信じられないとは思いますが、ほんとうに彼《かれ》らの一番大きな男でさえ、私の膝《ひざ》より頭一つ上ぐらいしかありませんでした。そして見たこともない奇《き》妙《みょう》な着物を着ていました。

私は仰天《ぎょうてん》しましたが、人々の中の何人かが私を安心させようとしているのか、話しかけてくれました。ところが、彼《かれ》らが私にむかって話しているのを聞いても、言葉はまったくわかりません。まるで異国の言葉のようです。その人たちは私のそばに殻《から》を剥《む》いた木の実や干した杏《あんず》などを手のひらいっぱいになるほど積み上げ、明かりを一つ残して、洞穴《ほらあな》の奥《おく》の闇《やみ》に消えていきました。私は夢中でその木の実を頬《ほお》ばり、そばにあった枯《か》れ木《き》の枝を焚《た》き火《び》にして、暖を取りました。そうしてまた腹が満たされたので寝込《ねこ》んでしまいました。

次に気がつくと朝になっていて、洞穴《ほらあな》の口から光が薄《うす》くもれておりました。外の雪はやんでおりました。

洞窟《どうくつ》を去る前に気になって、奥《おく》を少し探《さぐ》ってみようと思い、小さな松明《たいまつ》を作ってその心細い光を頼《たよ》りに、奥《おく》へ進みました。すぐに穴は細くなって通れなくなったので、あきらめて引き返したのでございますが、最後に小さな口から奥《おく》を見ると、松明《たいまつ》の光にぼんやり浮《う》かび上《あ》がる白い物がいくつか見えました。目をこらして見ると、何か大きな卵か繭《まゆ》のようなものでありました。私は薄気味悪《うすきみわる》くなって急いで洞穴《ほらあな》を出て帰ってきました。

それから雪の中でどこをどう歩いたか、まるで覚えておりません。無事に帰りつけたのは、幸運と、あの夜にこびとたちがくれた食べ物や火のおかげだと思っております。』

しばらくのあいだ、ぼくも南さんも言葉が出なかった。博士はにやにや笑いながらぼくらを見ていた。南さんとぼくはほとんど同時に話し始めた。

「小滝《こたき》村ってどこですか？」とぼく。

「膝《ひざ》より頭一つ上なんですか？」と南さん。

「ええっと、そう、小滝《こたき》村はおそらく、このあたりから西に向かって海に出るあたりにあったらしい」博士はぼくの質問に先に答えた。「似たような名前の村は何か所かあるので、確定的なことはもう少し古地図に当たらないと言えないけどね」

「その洞窟《どうくつ》があったのがどの辺りか、わかるような気がします」

ぼくは、南さんと見たあの大きな岩のある山のことを博士に話した。

「明日そこに行ってみようか」

「いや、やめたほうがいいと思います。今はまだ」

「どうして?」

「こびとたちはあそこに近づいて欲《ほ》しくないんです。スムレラがはっきりそう言ったんです」

「そうか。それならまずいな」

「ええ、もっとこびとたちと親しくなって、彼《かれ》らが招待してくれるのを待ちましょう」

ぼくの話に博士はうなずいた。

「こびとたちはやっぱり火を使えるんだ」と南さんが言った。

「この話がホラ話でなかったらね」

「博士は怪《あや》しいと思っているんですか?」

「いいや。たぶんそのマタギはほんとうにこびとたちに会ったんだと思うよ」

「そうですね。あまりに事実と符合《ふごう》していますよね」

「かわいそうに辰三《たつぞう》というマタギは誰《だれ》からも信じてもらえずに、嘘《うそ》つき呼ばわりされたんだろうね。むりもない。おれだってこびとたちに実際会っていなければ、信じなかっただろうよ。それにしても、たいした偶然《ぐうぜん》だと思うよ。すごい偶然《ぐうぜん》でそのマタギはこびとたちの洞窟《どうくつ》に迷《まよ》い込《こ》んだ。そしてすごい偶然《ぐうぜん》で彼の話が役人の耳に入った。そしてすごい偶然《ぐうぜん》でその役人がつまらない話を記録した」

「そして博士がそれを見つけたのもすごい偶然《ぐうぜん》」

「そうだ」

「辰三《たつぞう》はそのあと、こびとたちと会わなかったんでしょうか？」

「それは何ともわからないね。もし会ったとしても、二度と他人《たにん》には語らなかっただろうからね」

「もしかするとぼくたち以前にも、こびとたちと親しくなった人が何人もいたかもしれないってことですか？」ぼくは長い歴史の暗闇《くらやみ》をのぞき込《こ》むようなくらくらする気持ちを感じた。

「ひとつ気になるんですが、こびとたちの大きさを膝《ひざ》より頭一つ大きいって書いてあります」南さんがさっきから抱《いだ》いていたらしい疑問を口にした。

「ああたしかに」

「でもスムレラたちは、むしろ頭一つか二つ小さいと言ったほうがいいぐらいです」

「うん」

「スムレラはまだ若いし、女性だから小柄《こがら》な方かもしれないけれど、彼女《かのじょ》の婚約者《こんやくしゃ》のシラルという若者は立派な成人です。でも私たちの膝《ひざ》より優に頭一つは小さいです」

「辰三《たつぞう》は江戸《えど》時代のマタギだから身長も低そうだし、膝《ひざ》の高さも我々ほどはないと思うけど」

「そうだとしても、少なくとも彼《かれ》らの頭一つぶんくらいは違《ちが》うと思いませんか？　一〇〇年か二〇〇年でこびとたちの背丈《せたけ》は縮んでいるんじゃないですか？」

「記録は一七九〇年ごろらしいよ」

「そうすると、えーと、今から約二三〇年前？　二三〇年で三、四センチぐらい縮んだことになる。こびとたちが小さくなり始めた時期がそこから推定できるんじゃないでしょうか？」さすがは南さんだと感心しながら、ぼくは二人のやりとりを横で聞いていた。

「不確定だけど、たしかに一つの推定材料にはなるね」

「単純計算で、もとは一六〇センチだったヒトが三〇センチまで縮むとして、その差は一三〇センチ。同じスピードで縮むとして、頭一つ分が三センチだとして、ええ、一三〇を三で割ると、……ええと、四三ぐらい？　四三×二三〇年は、……ああ計算できない」

と言いながら、南さんは携帯《けいたい》のキーを叩《たた》いた。「……九八九〇年だ。およそ一万年前に私たちと別れて縮小進化を始めたという事になる」

「それは面白《おもしろ》い。最近の学説じゃあ、一万年ぐらい前に農耕が始まって、人類の進化が加速されたと言っている人がいる。まあ、その計算はもっと複雑にやってみるべきだろうけど」

「どういうことですか？」とぼくが尋《たず》ねると、博士は子どもに教えるようにていねいに教えてくれた。

「遺伝子の変異で縮小が始まったのか、何らかの外からの影響《えいきょう》、例えば食べ物とか化学物質とかのせいで縮んだのかわからないけれど、それはたぶん子どもの世代が親の世代の何パーセント縮むかで考える方が自然だと思うんだ。そこで例えばこう考えてみよう。身長一〇〇センチの人間が、世代が移るにつれて一〇％縮むとしよう。一〇〇センチの親の産んだ子は九〇センチまで伸《の》びる。一〇センチ縮むわけだ」

「はい、わかります」

「そしてその子が産む子は何センチになる？　九〇センチの九〇％、つまり身長八一センチ」

「は、はい」

「つまり九センチしか縮まなかった。そして孫の代は八一センチの九〇%。つまり七三センチくらいになる」

「わかりました。縮む率が同じでも身長が低くなると、縮む長さが小さくなる」

「そういうことさ」

「でも同じ長さだけ縮まないで、同じ%だけ縮むと考えるのはなぜなんですか?」

「同じ長さだけ縮むとすると、いつかゼロになってしまうじゃないか。反対に同じ割合だけ小さくなっていくとすると、蟻《あり》より小さくなることはあっても、絶対にゼロにはならない」

「そうか。じゃあ、一六〇センチの大人が三〇センチまで縮むとして、その計算だと何年かかるんですか?」

「それは縮む率による。縮む率が大きければ、あっという間に三〇センチまで縮む。ちょっと計算してみようか」博士は小型のパソコンを出して、何か一生懸命《いっしょうけんめい》に打ち込《こ》み始めた。

「…一〇%の縮小率にしてみようか。あ、うまくないね」

肉体労働派の博士だけど、やっぱりコンピューターを使いこなすところを見ていると、学者なんだな、とぼくは尊敬の念を抱《いだ》いた。

「…一世代で一〇%縮むとするとね、一六〇センチの人間が三〇センチまで小さくなるのに一六世代、つまり、まあ一世代が仮に二五年だとすると、約四〇〇年かかる計算だね。早すぎるかな。一%だとどうだろう。…ふうん。一六七世代、四一七五年。まあ四二〇〇年ってとこだね。これだと三三センチから三〇センチになるのにはちょうど二二五年かかるから、さっきの南くんの想定に近い数字だね。日本だと四二〇〇年前は縄文時代か。ありえるね」

「〇・五％だとどうですか？」と南さん。

「そう、あー、……三三四世代。八三五〇年かかる」

「さっき言った一万年に近いですね」

「そうだね。どうやら縮小率〇・五％から一％ぐらいで、一万年前以降にわれわれと別れて縮小進化を始めたっていう可能性が高いね」

「〇・五％っていうと？」ぼくは聞いた。

「例えば、君、一七〇センチはあると思うけど、その一％というと、一・七センチ。その半分だから約八・五ミリ。つまり君の子どもが君より八・五ミリ身長が低くなるということさ」

「それって、でもほとんど気がつかないくらいですね」

「そうだね。古代人は一七〇センチもなかっただろうけどね」

「そうですね。それにしても、小さくなった原因は何なのかなあ？」

どんな可能性が考えられるのか、ぼくは聞いてみた。

「そうだね。寒さや食糧難《しょくりょうなん》で発育が悪くなった。か、遺伝子に変異が生じたかもしれない」

「または、何かの化学物質に曝《さら》され続けた」と南さん。

「どうやって？」

「川の水？　土壌《どじょう》？　空気？」

「食べ物の可能性もありますか？」

「考えられるよ」

「博士は何だと思いますか？」

「うーん、どれも可能性はあるけれど、この辺に特殊《とくしゅ》な化学物質があるとはあんまり思えないな。同じ環境《かんきょう》で生きているほかの動物は小さくなっていないしね。だから遺伝子説が有力なのかなあ」

「それなら、どうして突然《とつぜん》変異が起こったんですか？」

「さあね。恐竜《きょうりゅう》がどうして巨大化《きょだいか》していったかもまだわかっていないんだよ。遺伝子の研究もまだまだ始まったばかりでね」

うーむとぼくがうなっていると、南さんが言った。

「そのマタギの話が本当だとすると、これでこびとたちの冬越《ご》しの方法がわかったことになりませんか。彼《かれ》らは長い冬を、木の中ではなくて洞窟《どうくつ》の中でやり過ごすんです。人類が何万年も培《つちか》った横穴式住居の方法で」

「断定はできないけれど、そうなりそうだね。熊《くま》やリスみたいに木の穴の中で過ごす場合もあるかもしれないけれどね」と博士はあくまでも慎重《しんちょう》だ。

「その話の中にあった白い…えっと、繭《まゆ》？　卵？　みたいなものって何なんでしょうか？」

「わからないね。それぱっかりは。実物を見てみないと」

ぼくは口を挟《はさ》んだ。「それは一種のゆりかごみたいな物じゃないでしょうか？　冬眠《とうみん》用のカプセルみたいな」

「なるほど、洞窟《どうくつ》の中で暖《だん》を取るにはそれもいい方法かもしれないね。どうやって作るのか知らないけれど」

まったく何から何まで謎《なぞ》だらけだ。こびとたちの暮らし方はぼくたちの想像を越《こ》えている。いや、もしかすると、ぼくたちの暮らし方の方が、今までの人類の歴史から見たら、魔法《まほう》みたいな狂気《きょうき》じみたものに見えるのかもしれない。鉄の船で空を飛んだり、機械の箱で大地の上を走ったりしているではないか。小さな箱を耳に当てて遠くの人と話をしたり、壁《かべ》に映る絵と話をしたり…。

「明日は第二の小屋に案内します。まだ建て始めたばかりですけど」

「それは楽しみだね。でも、もう疲《つか》れたからそろそろ寝《ね》るよ」

「そうですね。お開きにしましょう」

外に出ると、雨はやんで、流れる雲のあいだから丸い月が皓々《こうこう》と照っていた。春のしめった空気に草の香《かお》りが満ちていた。ぼくは辰三《たつぞう》という猟師《りょうし》がそれからふたたび、こびとたちに会うことはあったんだろうかと考え続けていた。

2

次の日は、三人で第二の小屋に行き、設計を考えながら、さまざまな検討をした。ぼくはここでひと冬すごすこともできるような小屋を造りたかったのだけれど、博士はそこまでする必要はないんじゃないかと言った。博士はこびとの研究をいつまで続けるか、迷っていたのだ。しょせんぼくたち三人以外にこびとたちのことを話すつもりはないし、ぼくたちの調べたことも、記録にはいっさい残さず抹消《まっしょう》するべきなのかもしれないからだ。どこまでやってぼくたちの研究を終わらせればいいのか。ぼくはそのとき、そんなことはいっさい考えていなかった。こびとたちのすべてを知りたいと思っていたから。けれど、博士はぼくたちがこびとのことをどこまで知るべきなのか、見きわめようとしていたんだろうと思う。

さらにその翌日、残念ながら南さんが帰ってしまった。

ぼくは、峠《とうげ》まで南さんを見送りに行くことにした。南さんだって、登りだけでも荷物を持ってくれる人がいれば、助かるだろう。まあ、それは半分口実で、実のところはぼくがなごり惜《お》しかっただけだ。

二時間近く登って峠《とうげ》にもう少しという所まで近づいたとき、スムレラが現れた。真剣《しんけん》な顔で言った。

「今、峠《とうげ》から先に行ってはいけない」

なぜと聞くと、スムレラはこの先に熊《くま》がいるからと教えてくれた。危険な雄熊《おすぐま》だという。気が立っているという。

「もうあそこが峠《とうげ》だから、いちおう峠《とうげ》まで登って休みましょう」とぼくが言うと、南さんは心配そうな顔で、引き返した方がよくないか、と言った。

「大丈夫《だいじょうぶ》、彼《かれ》らが見張っていてくれますよ。熊《くま》が近付いてきたら、教えてくれるでしょう」

そういうわけで、ぼくたちは峠《とうげ》まで登り、草に腰《こし》を下ろして小一時間の休憩《きゅうけい》を取った。

見ると鷹《たか》が曇《くも》り空《ぞら》の中を飛んでいた。こびとの誰《だれ》かが乗っているのではないかと思ったので、聞いてみた。

「あれはシラルよ。熊《くま》を見ている」

スムレラはかすかに誇《ほこ》らしそうな表情を込《こ》めて言った。婚約者《こんやくしゃ》を愛しているんだな、と思った。

「熊《くま》は危険なの？」と南さんが聞く。

「ええ、熊《くま》は危険。私たちは樹の上にいるから襲《おそ》ってこないけれど、ココロ《ケタ》が通じない相手」

こびとたちの言葉で「ケタ」とは気持ちとか意思とか心とかいう意味だが、言葉とか話という意味にもなる。

「あなたたちが襲《おそ》われることもあるの？」とまた南さん。

スムレラは話してくれた。昔、河原で寝《ね》てしまった老人が熊《くま》に弄《もてあそ》ばれ、噛《か》まれて半死の大ケガをしたことがあるそうだ。噛《か》まれながら、老人は持っていたナイフで熊《くま》の口の横を刺《さ》した。すると熊《くま》は針のある生き物だと思って、慌《あわ》ててこびとを放《ほう》り出《だ》した。その老人は勇気を称《たた》えられて、名誉《めいよ》を与《あた》えられたそうだ。

「君たちは鳥とは仲良しなのに、獣《けもの》とはやっぱり仲良くはなれないんだね」とぼくが言うと、スムレラは軽く首を横に振《ふ》った。

「草を食べる獣《けもの》たちは仲良くなれる。カモシカやウサギなんかはよくいっしょに遊ぶけれど、やっぱり私たちを襲《おそ》う獣《けもの》たちもいるのよ」

なるほど彼《かれ》らにとっても、生命の世界にはどうにも変えられない枠組《わくぐ》みもあるのだ。

峠《とうげ》は、新緑の芽吹《めぶ》きに囲まれて緑のトンネルのようで、眺望《ちょうぼう》はあまりなかったけれど、ところどころ下の谷が見えた。あのどこかに熊《くま》がいるのだろう。シラルを載《の》せた鷹《たか》が時々輪を描《えが》くのは、熊《くま》がその下にいるからだろうか。鷹《たか》は今、左手の尾根《おね》の上を回っている。

わずかに見える新緑の山肌《やまはだ》に、白っぽいところがいくつかあった。山桜にはまだ早いだろうか。こぶしの花だろうか。

「あれ、こぶしの花でしょうか？」

「そうかな。山桜かな。わからない」

「オプケの花」とスムレラが言った。

「へえ、そう言うんだ」

「ひきざくら、って言うんじゃなかったかな。こぶしのことを。この地方では」と南さん。

「あ、なんか聞いたことある」ぼくは記憶《きおく》を探《さぐ》った。子熊《こぐま》がひきざくらの枝を持ってくる、とか何とか…。

「それなら、宮沢賢治《みやざわけんじ》の童話じゃない？　母熊《ぐま》と子熊《ぐま》が遠くを見て何か話すシーン」と南さんが教えてくれる。

「なんとか山の熊《くま》」

「なめこ山の熊《くま》？」

「なまこ山？」

「ちがう。『なめとこ山の熊』だ」と南さんが思い出した。

「最後、猟師《りょうし》さんが熊《くま》にやられてしまう話ですよね。あれ、面白《おもしろ》いですね」

「うん、いい話だった」と南さんは遠くを見ながら言う。「最後に熊《くま》と猟師《りょうし》さんがお互《たが》いに許し合うっていうような話だったよね」

「そうそう、そうでした」

同じ話を知っていたんだという思いがぼくの胸を温かくした。

汗《あせ》がひいて少し身体が寒くなったころ、鷹《たか》がぼくたちの頭上を通った。

「もう大丈夫《だいじょうぶ》。行って良い」スムレラが教えてくれた。

「シラルが見えたの？」

「合図の笛が聞こえた」とスムレラ。

「へえ、ぼくにはわからなかった」

「すごく、耳が良いのね」と南さんも立ち上がった。「それじゃあ行くから」

「気をつけて、急いで谷を通《とお》り抜《ぬ》けて下さいね」

「大丈夫《だいじょうぶ》、こびとたちが見張っていてくれるから。これほど安心なことはないわ。じゃあ博士をよろしく。小屋作り頑張《がんば》ってね。今度はたぶん七月くらいにこられると思うけど。それまで一度は山を下りる？」

「いや、どうでしょう。わかりません」

「すっかり山の生活になれてしまったみたい。でも体に気をつけて。山の食事はどうしても栄養が偏《かたよ》るから」

「大丈夫《だいじょうぶ》です。これも一つの実験かも知れません。こびとたちが山で暮らせるなら、ぼくたちだって山でずっと暮らせないことはないんでしょう。その方法を知らないだけで」

「たしかにそうかもしれない。でも、無理はしないで。なんといっても、町で育った私たちとは、歴史が違《ちが》うんだから、彼《かれ》らは」

「そうですね」

じゃあね、じゃあと言い合ってぼくたちは別れ、それぞれの方角に峠《とうげ》を下った。スムレラも帰って行った。


哀《かな》しかった。なぜだかわからないけれど、無性《むしょう》に哀《かな》しかった。峠《とうげ》から戻《もど》りながら、ぼくは死の谷に下《くだ》って行くような気分だった。自分が一人で、この山の中で、誰《だれ》にも知られずに死んでいくような気持ちがした。仮に町に住んでいたって、しょせんそれは同じじゃないかという考えも湧《わ》いて、よけいに哀《かな》しかった。「無理はしないで」という南さんの言葉が胸に反響《はんきょう》した。仕方なく黙々《もくもく》と峠《とうげ》を下りた。

尾根《おね》を下りきって沢《さわ》に出たので、休憩《きゅうけい》をとった。

平坦《へいたん》な細い河原を沢《さわ》の水がちろちろと流れている。

中州《なかす》の石に腰掛《こしか》けてぼくは、かたわらの流れをぼうっと見つめてひとときを過ごした。ぽっかりと自分の中に穴があいたようだった。

流れの中に頭を出している濡《ぬ》れた石を眺《なが》めていた。

ふと蛙《かえる》がいるのに気づいた。最初は石の出っ張りだと思っていたのが、よく見ると木の葉のような色をした体の細い蛙《かえる》だった。化石のように動かない。石を投げて驚《おどろ》かそうかと思ったけれど、やめた。

静かにしておいてあげよう。

ぼくはしばらく空《から》っぽになって、流れを見つめていた。水の流れは水飴《みずあめ》のようになめらかに盛り上がったり、石にぶつかって二つに割れたり、段差を落ちて白い泡《あわ》に砕《くだ》けたり、姿をめまぐるしく変えながら、でも同じ形を繰《く》り返《かえ》しているのが不思議だ。そうやって流れを眺《なが》めていると、小さな口笛が聞こえ始めた。

誰《だれ》だろう、と思う間もなく、蛙《かえる》だと気づいた。枯《か》れ葉色の痩《や》せた小さな蛙《かえる》、雨蛙《あまがえる》よりちょっと大きいくらいの蛙《かえる》が口笛のような澄《す》んだ音色で鳴いている。とても美しい声だ。

聞《き》き惚《ほ》れていたら、鳴き声がとまった。しばらく待っても鳴き出さないので、ぼくは小さく口笛を吹《ふ》いてみた。最初はかすれてうまく出なかったけれど、唇《くちびる》が濡《ぬ》れるにつれて、大きな高い音が出た。透《す》き通《とお》るような柔《やわ》らかい音にしようと努力して、しばらくしてうまくきれいな音で鳴った。

そうすると、蛙《かえる》がまた鳴き始めた。ぼくの口笛に応《こた》えるように。

面白《おもしろ》くなってぼくは話しかけるようになんどか口笛を吹《ふ》いてみた。蛙《かえる》は明らかにぼくの口笛に反応して鳴き返してくれる。しばらく、蛙《かえる》とのハーモニーを楽しんだ。ぼくが口笛を吹《ふ》くと、蛙《かえる》も鳴く。ぼくがやめると蛙《かえる》もやめる。話ができなくても蛙《かえる》の気持ちがわかるような気がした。春の暖かな日々が始まった。長くて辛《つら》い冬は去った。さあ、歌おう。食べよう。恋《こい》をしよう。そう言いたいのがわかった。沢《さわ》にはさらさら流れる水の音と、ぼくたちの口笛が響《ひび》いた。とても静かな別世界。

やがて蛙《かえる》は歌をやめて、のろのろと石を登り始めた。ぼくが身じろぎして腰掛《こしか》けている石の音を立ててしまったのに驚《おどろ》いて、蛙《かえる》は水に飛《と》び込《こ》んだ。

蛙《かえる》といっしょに口笛を吹《ふ》いた…。蛙《かえる》がぼくにこたえてくれた。驚《おどろ》きだ。そう言えば、今までぼくは人間以外の生き物と気持ちをわかりあったことなどなかった。そんな事は不可能だと始めっから思っていたのだ。犬も猫《ねこ》も飼ったことがなかったし、ぼくの蝶《ちょう》たちは何も話さなかった。

こびとたちはこうやって動物たちと気持ちを通じ合うのだろうか。こびとたちが歌い棒で鳥たちの鳴き声を奏《かな》でる時、こうやって同じ気持ちになって歌っているのだろうか。いや、それ以上に鳥たちに気持ちを細かく伝え、また、鳥たちの気持ちも深く聴《き》き取《と》っているのではないだろうか。そういう気がする。ぼくはこびとたちを羨《うらや》ましく思う。なんという広い世界を彼らは知っているのだろう。そういう世界をぼくは学んでみたい。

ぼくは再び荷物を背負って歩き始めた。さっき感じていた哀《かな》しみはわずかに軽くなった気がした。

小屋に着くと、博士はいなかった。第二の小屋に行くという書き置きがある。ぼくはゆっくりお昼を食べた。食べ終わるころ、トゥニソルが現れた。

「博士が呼んでいるよ」と言う。

「博士は上の小屋にいるの？」

「そう。早く来てほしいと言っている」

「なぜ？　何かあったの？」

「二人の間で話をする人が必要だから」

「二人？　博士と君？」

「いや。博士と長老」

「長老？」

「そう。長老が博士と話をしに来た」

ぼくはトゥニソルを肩《かた》に乗せて急いだ。

第二の小屋を建てている現場に着くと、博士はひとりで気持ちよさそうに昼寝《ひるね》をしていた。ぼくは拍子抜《ひょうしぬ》けしてしまったけれど、起こすのは悪い気がしてしばらく待った。ぼくの汗《あせ》がひいたころ博士は眼《め》を覚ました。

「長老って誰《だれ》です？　トゥニソルが呼びに来たんですけど」

「ああ？……ああ、そう、あの人か。いったん帰ったよ。また来るらしい。たぶん、私では話が通じないので、君が来てからもう一度出直すつもりなんだろう」

「そうですか。どんなこびとでしたか？」

「ああ、トゥニソルが長老って言ったのか。長老とは言っても、あまり年をとっているようには見えなかったな。すくなくともひげを生やした仙人《せんにん》みたいではなかったよ。どっちかって言うと、うーん、なまぐさ坊主《ぼうず》って感じかな。良いもの食べているのか、顔なんかつやつやしててさ。もっとも、その顔も入《い》れ墨《ずみ》がすごかったけどね」

「話したんですか？」

「ああ、もちろん話そうとはしてみたよ」博士は、一瞬《いっしゅん》、叱《しか》られて言いわけをする子供みたいな表情をした。「でも、ぼくの語学力ではね……。何とか相手の話題をつかむのが精一杯《せいいっぱい》だよ。だから君に通訳してもらいたくて、呼びに行ってもらったんだ」

「じゃあ長老はまた来るんですね？」

「ああ。明日また来るそうだ」

ぼくたちは小屋を建てる作業に戻《もど》ることにした。トゥニソルは手伝ってくれるという。

小屋は基礎《きそ》まではできあがっていたし、今は柱や梁《はり》にする木材もほぼ集まった。博士が帰る前に、棟上《むねあ》げを手伝ってもらいたかった。丸太を立てて組み合わせるのは力もいるし、ふたりで持ち上げなければ難しいこともある。三人が寝《ね》られて生活できるだけの大きさはほしい。ぼくたちの計画している小屋には三部屋ある。一つは二段ベッドが二台あるだけの寝室《しんしつ》。一つは一番大きくて居間と研究室を兼《か》ねる。もう一つは狭《せま》い調理台と倉庫だ。出入り口は防寒のために、この倉庫に付ける。部屋の配置は平面図で見ると、長方形の中にU字形に配置されている。U字の左上から入ると調理室兼《けん》倉庫で、U字の下の居間を通って、右上が寝室《しんしつ》になる。全体は高床式《たかゆかしき》で、腰《こし》ぐらいの高さに床《ゆか》を作り、その下は資材置き場に使う。そうすれば多少の雪でも、入り口は埋《う》まらない。入り口の屋根のひさしを長く伸《の》ばして、その下に別室としてトイレを作る。トイレの奥《おく》に半畳《じょう》ほどの空間を作って簡易シャワーまで作るつもりだった。博士は一生ここに住むつもりかと言って笑ったけれど喜んで手伝ってくれた。木の組合わせ方や床《ゆか》の上げ方など、ぼくの知らないことをたくさん教えてくれた。博士の持って来てくれた鑿《のみ》や鋸《のこ》が大活躍《だいかつやく》した。

午後いっぱい働いて、棟上《むねあ》げのめどが立ってきた。まだ泊《と》まることはできないので、下におりて第一の小屋に戻《もど》った。

3

翌朝、長老がトゥニソルを伴《ともな》って訪ねてきた。夏のような暖かい陽気の日だった。

長老がトゥニソルを連れてきたのは、彼《かれ》がぼくたちの言葉を一番よく知っているからだ。ぼくはトゥニソルからこびとたちの言葉を教わっていたし、たがいの言いたいことを理解し合うコツをつかんでいたと思う。知らない言葉でも、時間をかけて説明したり、絵を描《えが》いたりしてかなり細かいことまで伝えられるようになった。これもトゥニソルの粘《ねば》り強《づよ》い性格のおかげだ。

長老はタネリと名乗った。

たしかにきのう博士が言ったように、白ひげを生やした仙人《せんにん》風ではなかった。こびとたちの年齢《ねんれい》はよくわからないが、落ち着いた物腰《ものごし》やがっしりと肉の付いた体躯《たいく》から、博士と同じくらいの中年に見えた。襟元《えりもと》の胸からこめかみに至るまでびっしりと入《い》れ墨《ずみ》のような文様があった。のちにトゥニソルが教えてくれたが、人々を救う大きな功績を上げるたびに、人々は感謝の気持ちを込《こ》めてタネリに入《い》れ墨《ずみ》をいれていった。そうしたら、いつのまにかこんなふうになってしまったのだそうだ。その武勇談をトゥニソルはいくつか語ってくれたが、タネリは力が強いのと、心根《こころね》が大きいのと、そして天気を読む技《わざ》があるのが尊敬の的なのだ。タネリは三日先の天気を読めると、こびとたちは言っている。

「おはようございます」ぼくがこびとの言葉でいうと、目を輝《かがや》かせながらすこし驚《おどろ》いた顔で、長老は同じ言葉をぼくと博士に返してくれた。

それからの会話は、じつはなかなか大変だった。博士はこびとの言葉を少ししか知らないし、長老はぼくたちの言葉をまったく知らない。ぼくだって、つい最近こびと語を学習し始めたばかりだ。まず、長老の言うことをトゥニソルが解説してくれる。わからないところをぼくが何度も聞いて、ようやくだいたいの意味を博士に伝える。次に、博士が言うことを、ぼくが何とかこびとの言葉に置きかえながら伝えるのだけれど、うまく言えないので何度もトゥニソルや長老から質問が返ってくる。気の長いやりとりが続いたけれど、博士も長老も粘《ねば》り強《づよ》く相手を理解しようと努力し続けた。トゥニソルはこどもだけに、ときどきいらいらしたり途方《とほう》にくれて髪《かみ》をかきむしったりしながらとても苦労していた。こうして日本人代表の博士とこびと代表のタネリ長老との首脳会談は、ときどきお茶を飲みながら、けっきょくお昼近くまで続いた。

「あなたたちはここで何がしたいのか？」

長老の聞きたがっていることはまずそのことだったようだ。

「私たちはあなたたちのことを知りたいのです」博士は言った。「あなたたちの暮らしを邪魔《じゃま》するつもりはありません（ここが翻訳《ほんやく》に手間取ったところだ）。あなたたちはどうして小さいのか。どうしてここに住むようになったのか。どうやって暮らしているのか。それを知りたい」

「知ってどうするのか？」

「知るだけです。あなたたちから学びたいことがたくさんあります。あなたたちのことは、ほかの誰《だれ》にも話しません。この若い男も他人には話しません」博士の言葉にぼくも横でうなずいた。

「そうしてもらいたい。わたしはあなたたちを信じる」トゥニソルが訳した長老の言葉に、ぼくは身が引き締《し》まる思いがした。一生秘密を抱《かか》えて生きるのは重い覚悟《かくご》が必要になりそうだ。

「いつまでここにいるのか?」と、長老の言葉をトゥニソルが伝えた。トゥニソルは言いにくそうな表情をちらりと見せた。

「じゅうぶんに学んだら、私たちは出て行くつもりです」と博士。

「我々は長くここに住んでいる。そして外の人間たちとは関《かか》わらないように暮らしてきた。それは長い間だ。我々とあなた方は別の道を歩んでいる。これからも離《はな》れて暮らすのがいい」

「わかります。安心して下さい。あなた方の暮らしを変えるようなことはしません」

「なぜ家を建てているのか?　ほかにも建てるつもりなのか。ここにずっと住むつもりなのか?」

長老はそうたずねた。ぼくがこの第二の小屋を建てることにした結果、こびとたちに大きな不安を抱《いだ》かせることになってしまったのだった。ぼくはそこまで想像していなかった自分のうかつさを反省した。博士が答えてくれた。

「私たちは学ぶことが終わったらこの家を捨てて出て行きます。ここに人がずっと住むことはありません」

「あなたたち三人は歓迎《かんげい》する。ずっとあなたたち三人を見てきた。その若者は熱心に私たちの言葉を学んでいる。トゥニソルも慕《した》っている。あの娘《むすめ》も鳥たちの心をよく理解している。あなたは二人の父か?」

「いや、違《ちが》います。私は教師です。彼《かれ》らは私のもとで学んでいます」

長老の話し方は、とてもゆっくりだった。けっして答えを急がない。すこしじれったくなるぐらいじっと考えてから、次の言葉が出てくる。それもときどき、ぷつりと言葉が切れて間があく。最初はぼくたちの言葉がわからないから、言葉を選びながら易しく話そうとしてくれているのかと思ったが、そうではなく、彼《かれ》の性格からくるものらしい。慎重《しんちょう》にこびとたち一族を率いてきたから、そういう姿勢が身についたのかもしれない。ゆったりと進むぼくたちの会話は、時間の流れる速度までも変えてしまうかのようだった。

いくつかのやりとりがあり、会話が軌道《きどう》に乗ってきたので、ぼくは南さんが持ってきてくれた紅茶をいれて、木の実のクッキーを出した。長老はとてもおいしそうに小さなカップから紅茶を飲んだ。

「これは何という飲み物か?」

「紅茶と言って、お茶という植物の葉を蒸《む》して発酵《はっこう》させて乾《かわ》かしたものです」とぼくが説明した。

「私たちは笹《ささ》の葉を発酵《はっこう》させてお茶を作る」長老が言った。おもしろいことに笹《ささ》はこびとの言葉でも「ササ」と発音するらしい。「私たちが小さくなれたのは、笹《ささ》茶のおかげだ」

これを通訳すると、博士が身を乗り出した。

「どういう意味ですか?」

長老は時間をかけて説明してくれた。その説明によると、こびとたちは山の上に生えている珍《めずら》しい種類の笹《ささ》の葉を、一夏かけてじっくり発酵《はっこう》させ、お茶にして飲む習慣があるのだそうだ。そして、こびとたちは、ある時そのお茶に体の成長を抑制《よくせい》する効果があるのを発見した。そして長年それを飲み続けることによって、徐々《じょじょ》に小さくなってきたのだという。科学的にどうだか知らないけれど、こびとたちは少なくともそう信じているらしい。こびとたちの先祖の誰《だれ》かが、笹《ささ》の葉茶と背の高さに関連があることに気づき、このお茶の力をかりて小さくなる道を選んだのだ。

とうとうこびとたちの小さくなった秘密が見えてきた。ぼくも博士も興奮した。

「しかし、なぜ体を小さくしようと思ったんです?」と博士は核心《かくしん》を尋《たず》ねた。

長老はゆっくりと、かんで含《ふく》めるように説明した。

「それは先祖たちの言い伝えでしかわからないが、むかし、われわれは、山の下の平地に住んでいたそうだ。南から別の人間がやってきて争いが起こり、先祖は山の中でくらすことになった。ここは雪が多く、食べ物の少ない土地だ。夏の間は食べ物に困らないが、雪が降り始めると、つらい日々が続き、大勢が飢《う》えて死んだ。だから少ない食べ物で生きられるよう、しだいに体を小さくしていく道を選んだのだろうと思う。そして、いつ頃《ごろ》からか、私たちは木の上でも暮らすようになり、そうするとますます小さい方が木の上で暮らしやすかったのだろう。やがて、もう冬の間に飢《う》えて死ぬ者はいなくなった。われわれは山の下の大きな人間たちの暮らしも見続けてきたが、あなたたち大きな人間は木を切りすぎるし、草原を次々と裸《はだか》にしていく。獣《けもの》たちは追《お》い払《はら》われた。川に魚は住めなくなり、鳥たちでさえ、餌《えさ》を求めて山に上がってくるようになった。いま私たちは、周りの生き物たちと争うことなく恵《めぐ》みを与《あた》え合って暮らしている。こうして暮らせるのも、先祖たちが笹《ささ》の葉の茶で体を小さくしてきたおかげだ」

博士とぼくは息をするのも忘れたようにその説明に聞き入っていた。

これで一つの謎《なぞ》が解けた気がする。自然な進化のスピードを加速する要素がやっぱりあったんだ。それならつじつまが合う。しかもそれは最初は偶然《ぐうぜん》の発見だったのだろうが、途中《とちゅう》からは意識的に選択《せんたく》され、生存のための戦略になっていったのだった。

ぼくたちが、長老の話に深く考え込《こ》まされて沈黙《ちんもく》していると、長老は言葉を続けた。

「私は三十六年生きて来たが、この間、あなたたちの生活は大きく変わったようだ。空を飛ぶ乗り物が飛んでくる回数が多くなった。トンボのような形の低くゆっくり飛ぶ乗り物が、空中で止まって物をひもでつり上げるのも何度か見た。硬《かた》い道が山の麓《ふもと》まで延びてきて、箱のような走る乗り物がたくさんやってくるようになった。遠くから見ると、建物も大きく、石作りの四角い家が多くなった。われわれはその変わりようにとても驚《おどろ》いている。あなたたちの世界ではいったい何が起こっているのか？」

博士はどこからどう説明していいか迷っているようで、とぎれとぎれに答えた。

「私たちは空を飛ぶ機械を作りました。それは油を小さく爆発《ばくはつ》させてその力で回転する羽を回し、前に進むのです」

「白い煙《けむり》を時々吐《は》き出《だ》すのもそのせいなのか？」

「そうです。硬《かた》い道を走る四角い箱も同じように油を燃やして走ります」博士は自動車とかエンジンとかいう翻訳《ほんやく》不可能な言葉を使わないでなんとか説明しようとする。

「その油はどうやって作るのか？」

「地面の深いところから掘《ほ》り出《だ》すのです」

「どこでその油は掘《ほ》れるのか？」

「遠くの国で掘《ほ》った油を船で運んできます」

「空を飛ぶ乗り物はどこに飛んでいくのか？」

「海を越《こ》えて遠いところまで行きます」

「何をしにいくのか？」

博士は、はたと言葉に詰《つ》まった。わざわざ地下何千メートルもの深さから石油を掘《ほ》り出《だ》し、タンカーで地球を三分の一周し、巨大《きょだい》なプラントを作って燃料に加工し、精密機械の飛行機に乗って、いったいぼくたちは何をしに海外に行っているのだろう。エッフェル塔《とう》を見るため？　グアムの砂《すな》浜《はま》で泳ぐため？　赤道の反対側でスキーをしに行くため？　どれもあらためて聞かれると、言うのも馬鹿《ばか》らしいほど必要のないことがほとんどだ。

「さまざまな人がさまざまな目的で行きます。王が別の王に会いに行くこともあります。物を交換《こうかん》するために行く人もいるし、遠くの珍《めずら》しいものを見るために行く人もいます」

ここでぼくとトゥニソルが翻訳《ほんやく》に手間取った。博士は、大統領とか首相《しゅしょう》とか言っても伝わらないだろうと思って「王様」という単語をつかったのだけれど、「王」という単語がどうしても、トゥニソルに伝わらないのだ。それもそのはず、彼らこびとの世界には王が存在したためしがないのだ。人が他人を支配するということがそもそもない。支配階級も存在しない。国家も県も市もない。タネリ長老のような指導者はいるが、それは相談役のような存在で、何も実質的な権力を持っていないらしい。タネリ長老は支配はしない。行政官としての義務もない。トゥニソルには王様という存在がどうにも理解できないらしく、仕方ないから長老と言い換《か》えて訳してもらうしかなかった。

いちいちここには書かないけれど、そのあと博士は、ぼくたちの社会の様子を長老に問われるままに説明していった。世界の人口。世界の国の数。戦争。貿易、文化、機械技術、通信、生活。もちろん時間に限りがあり、翻訳《ほんやく》も単純なことしか伝えられないレベルなので、とてもおおざっぱな説明でしかなかったけれど、長老もトゥニソルも驚《おどろ》きの連続だったようだ。

そうこうしているうちにお昼近くになったので、もうみんな疲《つか》れてきた。今日の会談はもう終わりにしようという流れになったので、最後に博士はもう一つの重大な疑問をぶつけた。

「これは何なのでしょう?」

緩衝材《かんしょうざい》にくるんで大事に保管された石の小片を取り出して、長老に見せた。ぼくが河原で拾った例の石だ。長老はその石をじっと見つめて、小さな声で何かつぶやいた。トゥニソルにも聞き取れなかったようで、トゥニソルは何も言わず黙《だま》って続きを待った。やがて、タネリ長老は言った。

「それは、私たちとは別の、すでにいなくなった人たちのものだ。私たちが作ったのではない」

「私たちは岩の中に小さな深い穴が続いているのを見つけたのですが、それもその人たちと関係があるのですか?」

「そうだ。だが、その話はまた別の日にしよう」

長老はなにか考え込《こ》んでいるみたいだったので、ぼくたちはそれ以上聞くのをやめた。

もうすでに十分な収穫《しゅうかく》があった。彼《かれ》らの世界にあまりずかずかと踏《ふ》み込《こ》まないほうがいいと博士も感じたらしい。それから少し雑談をして、ぼくたちは長老を見送った。

長老はトゥニソルを連れて帰っていった。

ぼくたちは言葉少なにお昼を作って食べた。博士が持ってきてくれたそうめんを茹《ゆ》でた。冷たい沢《さわ》の水ですすいだそうめんはおいしかった。長老とトゥニソルにも食べさせてあげればよかったと思った。

4

翌日、博士とぼくは第二の小屋に上り、柱と梁《はり》の組み手を作った。太い鉛筆《えんぴつ》でほぞ穴の線を引き、のこぎりをひいたり、ノミを打《う》ち込《こ》んだりする作業は楽しい。

西博士はランニングシャツ姿で額にねじり鉢巻《はちま》きをして、まるで大工さんだ。もともと学者さんというイメージではないけれど、こうやって汗《あせ》を流している姿をみると、本当にただのどこにでもいるおじさんだった。ぼくはノミで穴を削《けず》りながら何度か、まるで亡《な》くなった父がそばに居るような感覚にとらわれて、あたたかい気持ちになった。

材料もそろっていたし、大まかな設計図はできていたので、どの材をどこに使うか、継《つ》ぎ手《て》と継《つ》ぎ手《て》の間隔《かんかく》をどのくらいにするか、継《つ》ぎ手《て》の形をどうするか、そのつど相談しながら線引きするのだけれど、それは博士がリードしてやってくれた。博士はぼくの意見をひとつひとつ聞いて、ときにはぼくの要望を受け入れてくれた。

線を引いて鋸《のこ》を入れるところまでは博士の担当。ぼくはノミを担当してひたすら穴を開けたり、接《つ》ぎ手《て》のはまり具合の調整をする。

静かな谷に槌《つち》音がこだました。休憩《きゅうけい》の時は二人で目にしみるような新緑を眺《なが》め、鳥のさえずりに耳を傾《かたむ》けた。

「長老のタネリさんは、たしか三十六歳《さい》だってきのう言っていたけれど、もっと年齢《ねんれい》は上かと思いました」

丸太に腰掛《こしか》けて水を飲みながらぼくが言うと、博士もうなずいた。

「そうそう。おやって思ったよね。四十の半ばは過ぎているかと思ったんだけど、ちょっと意外だったね」

「年齢《ねんれい》の数え方がちがうんでしょうか?」

「いや、それはないだろうな。一年は一年だし、まあ数え年ってことはあるかもしれないけれど、それだって二歳《さい》以上はちがわないはずだよ。彼《かれ》がとくべつに老《ふ》けているのかなあ」

「まあ、世の中には歳《とし》のわりに落ち着いている人っていますよね」

「もしかすると、彼《かれ》らは寿命《じゅみょう》が短いのかもしれないね。一般的《いっぱんてき》に体の小さな動物は寿命《じゅみょう》が短くなる傾向《けいこう》があるんだよ」

「どうしてなんですか?」

「動物の寿命《じゅみょう》に関しては正直まだわからないことが多くてね。新陳代謝《しんちんたいしゃ》がゆるやかで体温が低い方が長生きするとか。心臓の鼓動《こどう》が遅《おそ》い方が長生きするとか、細胞分裂《さいぼうぶんれつ》の回数で寿命《じゅみょう》が決まるとか、まあいろんな説があるよ。DNAに寿命《じゅみょう》がプログラムされているという研究もある」

「はあ」

「体が小さいと体温が逃《に》げやすいから、新陳代謝《しんちんたいしゃ》を活発にするために体温を高く維持《いじ》する必要が出てくるし、そのために心臓を速く打って血をたくさん送り出さなくてはいけなくなる。そのぶん心臓の老化は早くなるっていうことかな。こびとたちに当てはまるかどうかはわからないけどね」

「過酷《かこく》な自然の中で生きていると、やはり寿命《じゅみょう》は短くなるんでしょうか?」

ぼくの脳裏《のうり》には、結婚《けっこん》をひかえているというスムレラの顔が思い浮《おも》《う》かんだ。短い生を精いっぱい生ききるために、こびとたちは時を無駄《むだ》にしないように若くして結婚《けっこん》をし、子育てをするのだろうか。

「たしかに野生動物は飼われている同じ動物よりたいてい寿命《じゅみょう》が短いよ。それは過酷《かこく》な気候の中を生きるからというのもあるし、餌《えさ》が少ないとか、天敵にやられる確率が高いとか、いろいろな危険があるからだろうね。ただ、こびとたちは火を使えるし、服もすみかもある。天敵だって多くない。生き物の寿命《じゅみょう》は、環境《かんきょう》をどれだけ自分たちに有利なように安全で快適なものに変えられるかで違《ちが》ってくる。こびとたちの寿命《じゅみょう》が短くなる理由はあまり見当たらないと思うけどね」

「あの人たちは、ほとんど環境《かんきょう》を変えるということをしていませんね」

「そう。たしかにそうだ。昨日話していて、そのことを強く考えさせられたよ」

「彼《かれ》らは飛行機を見て不思議がっていましたね。たしかにここ三十年くらいでこびとたちが飛行機やヘリコプターを目にする機会は増えたでしょうけど。あらためてああ言われると、飛行機なんかなくても生きていけるんじゃないかっていう気になりますね」

「そうだよなあ。科学技術の進歩とか文明とかっていうのは、恩恵《おんけい》も害も両方あって、どちらかというと私は恩恵《おんけい》の方が多いと思うんだけどね。彼《かれ》らのことを考えると、進歩はそんなに必要だったのかって疑問がわいてくるよね」

「恩恵《おんけい》ってそんなにありますか？」

「そりゃあ、あると思うよ。今は環境《かんきょう》問題とか、温暖化とか、解決すべき課題の方が強調されるから、若い人はマイナス面に目が行きがちかもしれないけど、現代の文明が改善してきたものは大きいよ。まずなんといっても医学の進歩があるだろ。人間の平均寿命《じゅみょう》はきっとここ数百年で倍にはなったんじゃないか？　それは悪いことじゃないだろう？」

「それはそうです。若死にするより長生きする方がずっといいです。でも、死亡率が下がった結果、人口が爆発的《ばくはってき》に増えたのもたしかですよ」

「それはそうだ。人口が増えて環境《かんきょう》への負荷《ふか》も大きくなったしね。けれど、動物界と同じで、生き残る子の数が増えれば、たくさん産む必要がなくなって、少子化していくという法則もある。実際、先進国で平均寿命《じゅみょう》の長い国はたいてい少子化が進んでいる。ただ、同時に先進国では食料や物資やエネルギーの一人あたりの消費量は急激に増えている。もちろん、それだけ快適な生活になっているということさ。でも、もう日本人の目には自然破壊《はかい》の現場が遠くなってしまったから気づきにくいけれど、世界ではまだ広大な森林が伐採《ばっさい》されて生き物たちは生活圏《せいかつけん》を追い出されているし、空気も水も土も汚《よご》される一方だ。ひっそりと絶滅《ぜつめつ》していく生き物たちはもう永遠に取り戻すことができないのに。そら、…どっこいしょ」

汗《あせ》が引いて来たのでぼくたちは作業に戻《もど》った。山の木々を見ると、新しい葉が透《す》き通ってくる光を緑に染めて、森林破壊《はかい》など別の世界の話のような気がする。ぼくたちは手を動かしながらも話し続けた。

「医学の進歩はわかりますけど、ほかの恩恵《おんけい》ってなんですか？」

「何だろうね。そう、たとえば機械の発達で、農作業もずいぶん楽になったし、農薬とか品種改良とか、作物が安定してできるから、現代人は餓《う》えずにすむ。機械が布を織ってくれるから、服を着るのに困らない。暖房《だんぼう》があるから凍《こご》えずにすむ」

「まあ、たしかにそうです。道路とトラックがあるから、食べ物がスーパーですぐ手に入る」

「天気予報は台風からの避難《ひなん》のタイミングを教えてくれる」

「人工衛星のおかげですね」

「印刷技術はぼくたちの知識を飛躍的《ひやくてき》に増大させたし、最近ではコンピューターが今まで出来なかった多くのことを可能にしている」

「文明って大きな機械みたいですね。自分をどんどん作り替《か》えていく機械」

「そう。一つの大きなエンジンみたいだ。でっかい音を立てながら高速回転している」

「ぼくたちはみんなその機械の小さな歯車でしょうか？」

「歯車というのは産業革命のころのイメージかもね。現代のイメージでいうと、むしろぼくらは、エンジンに消費される燃料のように感じるよ」

「…これ、こんなもんでいいですか？」ぼくは削《けず》り終わった梁《はり》のほぞ穴に柱のほぞを通してみて博士に示した。

「いいじゃない。うまくなったね」

「最初のはこれですよ。見てください、これ。自分で見てもひどいですね」たしかに最初に削《けず》ったほぞ穴は、いびつだし、周りは傷だらけだ。

「形はいい加減でもいいけれど、怪我《けが》だけしないようにね。自分の指を切り落としたら、ここではどうしようも出来ないよ」

「ええ。そういえば博士、こびとたちは家というものをいっさい建てないんでしょうか？」

「さあね。彼《かれ》らの冬越《ご》しする場所に行ってみないとわからないね」

「あの江戸《えど》時代の猟師《りょうし》の目撃談《もくげきだん》からすると、洞窟《どうくつ》に住んでいる感じでしたけど」

「そうだね。でも洞窟《どうくつ》の中に家を建てている可能性もあるよ」

「ああ、そうか。たしかにそれなら他の動物に襲《おそ》われる心配もなくて安全ですね。でもなんとなく、そうではないような感じがぼくはします。なぜかわからないけれど」

「木の上での生活が主体になっていたら、家はいらないだろうね」

「こびとたちは身の回りの道具は作るけれど、あまり周辺の環境《かんきょう》を変えない生活をしている気がするんです。むしろなんて言うか、周囲の環境《かんきょう》の中から利用できるものはすべて利用しながら、自然自体は変えないようにしているんではないでしょうか？」

「なるほど。彼《かれ》らの生き残り戦略は、ぼくらのやり方とはずいぶん違《ちが》うみたいだ。ぼくらは自分たちの安全や快適を追求するためにどんどん環境《かんきょう》を変えていってしまうけど、こびとたちは逆に変わらない環境《かんきょう》に合わせて自分たちをどんどん変えていってしまった。きっかけは小さくなる方法を発見したことだったんだろうけど、自分たちの必要を小さくしていくことで、変わらない環境《かんきょう》と共存できる道を見つけたのではないだろうか。興味深い例だね。文明のあり方が基本からまるで違《ちが》う」

「基本は食糧問題《しょくりょう》でしょうか？」

「うん。農業も牧畜《ぼくちく》もやらずに大きな社会を作るのはおそらく不可能だ。でも、大きな社会そのものが必要なのか。いや、大きな社会がそもそも本当にぼくらを幸せにしているのかって考えさせられてしまう」

「ぼくたちの社会をこびとたちの社会のように変えられるでしょうか？」

「いや、それは無理だろう。ずっと昔にぼくらとこびとたちは別々の道に進んだんだ。ぼくらはもう最初に戻《もど》ってやり直すことはできない。この道で社会をよりよくしていくしかないだろう」

「では、ぼくたちはこびとたちから何を学べばいいんですか？」

「それは学んでみなければわからないけれど、たとえば植物の知識だけだってそうとうのものじゃないか？」

「昆虫《こんちゅう》や鳥のことだってもうすごいですよ」

「そうらしいね。南くんも助かっているみたいだね。生物学の知識もたいしたものだけれど、言語学的にも貴重な資料になるだろうね。彼《かれ》らの言語は、そうとう昔に他の人類から別れて独自に継承《けいしょう》されたわけだから、ある意味では、古代の人間の言語を知る上でまたとないチャンスじゃないか」

「そうですね」

「よし、中心になる柱と梁《はり》はこれでそろったかな」

「そのようですね」

「どうしよう。今日四本だけ柱を立ててしまおうか？」

「はい。まだ時間はありそうですから。やってしまいましょう」

ぼくと博士はいよいよ柱を立てることにした。四本の柱を立てて上を梁《はり》でつなぎ、四角いさいころのような空間さえ作ってしまえば、残りの柱や梁《はり》を追加していくのは楽になる。今日はそこまでやってしまおうということになった。まず二本の柱の頭と腰《こし》に横の梁《はり》をはめ込《こ》み、カタカナの口の字形に組んで地面に横たえる。柱の足をロープで縛《しば》って地面に打《う》ち込《こ》んだ杭《くい》につなぎ、固定する。二本の柱の頭にロープを結び、近くの大きなブナの枝を滑車《かっしゃ》代わりにして、少しずつ立てていく。柱は一人で持ち上げるのもけっこうたいへんな太さなので、ぼくが持ち上げて、博士がロープで引っ張る。右の柱を五十センチ持ち上げると固定して今度は左の柱を五十センチ。この繰《く》り返《かえ》しを根気よく続けて、ほぼ垂直に立ったら、テントのポールの張り綱《づな》のように両側から二本のロープで仮固定する。三本目の柱にとりかかり、前の二本と梁《はり》を渡《わた》してつなぐと、とりあえず構造は自立する。そして四本目を立てて二本の梁《はり》を他《ほか》の二本の柱に渡《わた》すと、サイコロの空間ができあがったが、あれこれ考えながらやっていたら三時間近くかかった。

ぼく一人ではとうてい出来なかっただろう。組み上がった柱を眺《なが》めて、ぼくと博士は誇《ほこ》らしい気持ちでいっぱいだった。汗《あせ》を大量にかいたけれどもすがすがしかった。第一の小屋に戻《もど》って河原の露天風呂《ろてんぶろ》に入るのが楽しみだ。

今日はここまで、ということにして道具を片付けにかかった。

「この小屋は、調査が終わったら、やっぱり取《と》り壊《こわ》すんでしょうか？」

ぼくは気になっていたことを聞いてみた。

「そうだね。いつになるか見当もつかないんだけれど、やっぱり元に戻《もど》して終わりにした方がいいだろうね」

「博士の計画では、いつ頃《ごろ》まで調査を続けるつもりですか？」

「ああ、それが、まだ全然決めていないんだ。正直、迷ってる。どこでぼくらはやめるべきなんだろう。どこまで彼《かれ》らのことを知ることが許されるんだろう。それに、調査の結果はいっさい秘密にしようということなら、どういう形で記録を残せばいいのか。どう思う？」

「そうですね。難しいですね。貴重な調査には違《ちが》いないのに、完全に秘密にしなければいけないんですから、そもそも何のために調査するんでしょう？」

ぼくが心の底に持ち続けていた疑問だ。こびとのことは南さんと博士とぼくの三人の秘密にする。それは絶対にそうしなければいけないと思う。これから先何世紀にもわたってこびとたちはここでの生活を続けていくだろう。ぼくたちの文明から絶縁《ぜつえん》したまま彼《かれ》らの歴史は続いていかなければいけない。ぼくたちには彼《かれ》らの存在を明かす権利はない。知ってしまった以上、その秘密を守る重い責任がある。

「そう。そこなんだよ。ぼくらは純粋《じゅんすい》に知りたい気持ちから調査をしているんだけれど、知れば知るほど、彼《かれ》らの存在を危《あや》うくしてしまっている気がするんだ。いっそもうここですべてやめて、いっさいを忘れてしまった方がいいんじゃないか、そう思うこともある」

「この小屋は建てない方がいいんでしょうか？」

「いや、建てるとすでに決めたからには、建ててしまおう。けれど、どこで調査をやめるべきかは、三人で相談しながら慎重《しんちょう》に考えよう」

「そうですね」

ぼくは自分の中にある好奇心《こうきしん》がもしかしたら罪深いことなのではないかとかすかに感じる。

「彼《かれ》らの言語の研究と、彼《かれ》らの持っている動植物に関する知識。さしあたって、ぼくらの調査の内容はそこに限定しておきたいと思う。彼《かれ》らの歴史とか、文化とかにどこまで立ち入ってよいのか、そこはまた考えよう。彼《かれ》らの越冬《えっとう》場所がどこにあるのかも、ぼくらは知らない方がきっといいんだろう」

ぼくは、南さんといっしょに遠くから眺《なが》めたあの神秘的な山頂を思い出した。

博士と二人で組み上げた小屋の骨組みを見ながら複雑な気持ちになった。

5

ぼくが山に入ってもう一か月を超《こ》えた。ここ北国でも遅《おそ》い梅雨入《つゆい》りが近づいていた。博士といっしょの小屋作りは予想以上にはかどった。やっぱり一人より二人だ。

中心の四本の柱が立った後は楽だった。すでに立った柱の頭を滑車《かっしゃ》の支点にして新しい柱を立て、梁《はり》でつないでいく。間口が二間、奥行《おくゆ》きが三間の骨組みが出来ると、梁《はり》の上に束《つか》をのせていよいよ屋根のてっぺんに当たる棟《むね》が上がった。屋根は細い丸太を五十センチ間隔《かんかく》ぐらいで並べ、竹を割って十センチ間隔《かんかく》ぐらいに編んだものを乗せ、ビニールのゴミ袋《ぶくろ》を鱗《うろこ》状に重ねて防水した上に、蕗《ふき》や茅《かや》のような草を葺《ふ》いた。台風が来たら飛びそうだけれど、いちおう何とか雨はしのげるだろう。壁《かべ》は同じように割り竹を組んで藤《ふじ》づるを巻き付け、内側は土塗《ぬ》りの壁《かべ》にして、外側は杉《すぎ》の皮で覆《おお》った。ちゃんとした建材ではないので隙間《すきま》だらけだし、乗るとギイギイ言う。大工仕事ばかりを一週間やったので、自分の体の節々が痛かった。

あとは床《ゆか》だが、板が手に入らないので、後日完成させることにして、ぼくと博士は山を下りることにした。博士の仕事の都合ももちろんあったのだけれど、博士はそれ以上にぼくの健康状態を心配したらしい。ぼくは一か月を超《こ》える山暮らしですっかり菜食に慣れ、体調はすごくいいつもりなんだけれど、たしかに脂肪《しぼう》と筋肉は落ちて体重が減っていた。

「梅雨《つゆ》になれば雨が続いて、調査もはかどらないだろうし、夏になって暑さも応《こた》えるだろうから、いったん下界に下りて体力を付けた方がいいよ。秋風が吹《ふ》き始めたらまた再開することにしないか。小屋に必要な資材もまだ持ってこないと足りないだろう」そう博士は言った。

「わかりました。屋根と壁《かべ》が出来たから、小屋も腐《くさ》らないで秋までもってくれるでしょう」

「そうだね。立派な基地が出来たじゃないか」

ぼくは少し誇《ほこ》らしかった。きれいな山の空気と水に別れを告げるのは名残惜《なごりお》しいけれど、町のステーキやラーメンもたしかに魅力《みりょく》だ。

第一の小屋も片付けて荷物をまとめ、引き上げる準備を終えた。帰る前の日の夕暮れ時に博士と二人で河原の露天《ろてん》湯につかっていると、トゥニソルがやってきた。

長老との会見のあと全然姿を見せなかったので、どうしたのかと思っていたところだ。長老にぼくたちと会うのを止められたのでなければいいがと、すこし不安でもあった。

「トゥニソル、ぼくたちは明日帰るよ」

「こんどはいつ来るの？」

「夏が終わる頃《ころ》にまた来るつもりだよ。君、しばらく来なかったね。何かあったの？」

「三つ隣《となり》の谷に行っていたんだ。今、苔《こけ》の花が咲《さ》いているんだよ。その苔《こけ》は珍《めずら》しい種類の苔《こけ》で、その谷にしかないんだ。花は薬になるんだよ」

そうだった。トゥニソルは苔《こけ》の研究者なんだった。博士に通訳すると博士は興味を持った。

「そのコケはどんな病気に効くんだい？」

トゥニソルは答えた。

「年をとった人のめまいによく効くよ」

「コケだけではなくてカビも使うのかい？」

「うん。青いカビは傷口を腐《くさ》らせない力があるよ」

博士はうなった。

「すごい。彼《かれ》らはペニシリンを知っているんだ」

「抗生物質《こうせいぶっしつ》のですか？」

「ああ。彼《かれ》らの生物に関する知識のなかには、きっとぼくらの知らないすごいものがあるんだろうな。これだけでも彼《かれ》らに学ぶ意義は大きいんじゃないか」

「秋に来たときには、その辺も詳《くわ》しく教えてもらいましょうよ。こびとたちから聞いたってことを隠《かく》しておけば、医学的に彼《かれ》らの知識を役立てられるかも知れませんよ。ねえ、トゥニソル、今度ぼくたちが来たときに、コケや薬のことを詳《くわ》しく教えてくれないか？」

「もちろんいいよ。ぼくの師匠《ししょう》を紹介《しょうかい》してもいいよ」

「ああ、頼《たの》むよ」

トゥニソルはその晩、ぼくたちとの別れを惜《お》しんで小屋に泊《と》まった。たくさんのコケの名前と、いくつかの薬の作り方を教えてくれたので、ぼくはくわしくメモを取った。

「博士、トゥニソルだけでなくて、こびとたちはみんな、自分の専門分野のようなものをもっていて、それぞれその道に詳《くわ》しい先輩《せんぱい》について学んでいるようなんです」

「研究熱心な人たちだな。厳しい自然を生き抜《ぬ》くために自然をとことん知ろうとするんだな」

「彼《かれ》らは立派な家や財産をもつような習慣にはまったく興味がなくて、自然を研究して得た知識をとても尊重するんです。その知識でもって部族の仲間に貢献《こうけん》することを誇《ほこ》りに思うんだと、以前スムレラが言っていました」

「われわれとは価値観がずいぶん違《ちが》うんだな。ものを所有するという欲望に縁《えん》がない」

「そうなんです。もちろん自分の服とか歌い棒とか、持ち物はあるんですが、食料なんかはみんなで分け合うという意識が強いようですね。ぼくたち日本人も大昔はそうだったんじゃないのかな。それから、彼《かれ》らと話していて気づいたんですが、彼《かれ》らは迷信《めいしん》とか宗教とかにあまり熱心じゃないみたいです。そのへんはまだ深く突《つ》っ込《こ》んで聞いていないんですけど、トゥニソルやスムレラは、かなり合理的なものの考え方をしているような気がします」

「ほう」

「最初ぼくはこびとたちに対して、自然の中の未開の部族というイメージを持っていて、迷信《めいしん》とか霊魂崇拝《れいこんすうはい》とか、そういうのに凝《こ》り固まっているんじゃないかと思《おも》い込《こ》んでいたんです。でも、トゥニソルやスムレラと話していくうちに、それがまったくの誤解だったことがわかってきたんです」

「彼《かれ》らには宗教はないの？」

「いや、あります。神様に当たる言葉もあるし、あらゆる生物や自然に対する畏《おそ》れや敬《うやま》う気持ちをもっています。でも、何というか自然への探究心みたいなものは、とても合理的です。彼らが占《うらな》いやまじないのようなことについて話すのを聞いたことがありません」

「なるほど。興味深いね。トゥニソルにどんな神様を信じているのか、聞いてみてくれないか」

ぼくは通訳した。トゥニソルは説明してくれた。

「神様たちは見えないけれどもどこにでも居て、はたらいているんだよ。水には水の神様がいて生き物に命を分《わ》け与《あた》えてくれるし、樹木の神様は葉っぱを勢いよく茂《しげ》らせるし、火の神様は周りを暖かくしてくれる。神様が働いているのははっきりわかるじゃないか」

「その神様は名前はなんて言うんだい？」

「神様は神様だよ。人間じゃないんだから名前はないさ」

「それは一人の神様なの？　それとも水の神様と木の神様は違《ちが》うの？」

「そんなことわからないよ。神様の世界のことは人間にはわからないんだよ」

「そうか。ありがとう。それで、神様はトゥニソルのお願いを聞いてくれるの？」

「神様には人の言葉は通じないよ。神様には言葉はないし」

「そうだよね。じゃあ君たちはこれから起こることを神様に聞いたりはしないの？」占《うらな》いという言葉はどう訳すのかわからなかった。

「雨や空の変化は、雲や風をよく見ていればわかるって長老は教えてくれたよ」

「いや、そうではなくて、たとえば、誰《だれ》か病気になった人が治るか治らないかわかるとか、今年は雪が多いか少ないか知る方法とかはないの？」

トゥニソルは理解できないらしく、怪訝《けげん》な顔をしていた。

「そんなことどうしてわかるのさ。君たちはわかるの？」

「いや、…わからないよ」なんだか自分でも馬鹿《ばか》なことを聞いている気がしてきた。

通訳すると、博士は言った。

「トゥニソルのいう通りかもしれない。ぼくたちの文化が生み出してきた神様は、宗教や国によっていろいろあって複雑だけど、けっきょく人が勝手に自分の必要に応じて作りあげてきたものなのかもしれないね。そのために何度も戦争までしたりしてね。自然の恵《めぐ》みに純粋《じゅんすい》に畏敬《いけい》の念を感じている彼《かれ》らのほうが、単純だけど正しいのかもね」

トゥニソルがその夜に話してくれたことは、その後もずっとぼくの中に大きな宿題のように残り続けた。

次の日、ぼくたちはトゥニソルに見送られながら、大きな荷物を背負って小屋を後にした。建てかけの第二の小屋は夏のあいだ好きなように使っていいよとトゥニソルに言ったけれど、トゥニソルは、ぼくらには大きすぎる、カモシカたちの雨宿り場にはなるかもと言って笑っていた。

こうして春の第一次調査を終えた。


町に帰ってぼくは、郵便配達のアルバイトにまた雇《やと》ってもらった。小さな郵便局の局長さんはぼくがすっかり山男のようになってしまっていたので、すこし驚《おどろ》いたみたいだったけれど、こころよく受け入れてくれた。

母さんと妹はぼくのやることに口を出すのをあきらめたようだ。

夏のあいだ、ぼくは週に四日郵便配達のアルバイトをして、残りの三日は図書館通いをした。このとについての調査を自分に課すことにしたのだ。交通費とお昼代ぐらいだけれど、わずかなお金を博士は手当として出してくれた。県立図書館だけでなく、博士に教えてもらって大学図書館にも入れるようにしてもらった。最近の大学図書館は市民にも施設《しせつ》を開放してくれる。仕事が休みの日は朝から電車に乗って、大学のある町に行き、午後四時ごろまで資料をあさる生活になった。

大学図書館の司書のおばさんと顔見知りになった。おばさんはぼくのことを、蝶《ちょう》マニアの男の子と思《おも》い込《こ》んだ。ぼくがそう思われるように仕向けたのだけれど、蝶《ちょう》のことを調べるという名目はこびとの調査をするには絶好の隠《かく》れ蓑《みの》だった。博士もこの企《たくら》みには一枚噛《か》んでくれた。

探す資料に特に目当てがあるわけではなかった。博士が見つけ出した猟師《りょうし》辰三《たつぞう》の証言のようなものがあればすごいけれど、そういう幸運がそう簡単に転がっているわけはない。ぼくはまず地理的なところから調べることにして、こびとたちの言う聖なる場所、南さんと見たあのなだらかな山の頂きについて調べた。地図で場所を特定することはすぐに出来た。地図の上では何の変哲《へんてつ》もない小さなピークに過ぎない。登山ガイドや山行記録のたぐいも調べてみたけれど、一般《いっぱん》の登山ルートからはずれているし、山道の表示もない。登山客はよっぽど道に迷わなければ入りこむ可能性のほとんどない場所だった。これはこびとたちの将来にとってはいいことだ。このさき何百年と、彼《かれ》らのすみかは、役に立たない無用の場所として放置され続けるだろう。いや、そうであってほしい。

そして、次に彼《かれ》らの住域の動植物や地質についての資料を調べた。トゥニソルの専門の苔《こけ》については、次の調査に入るときのためにコピーをとったり、図鑑《ずかん》を買ったりした。

植物については、特に一番興味があった笹《ささ》については、かなり時間をかけて探した。こびとたちの体を小さくした笹《ささ》の種類を特定できればと思ったのだけれど、残念ながら収穫《しゅうかく》はなかった。笹《ささ》は古くから日本に土着している植物なので、地方ごとに変種がたくさんあって、ぼくのような素人《しろうと》にはほとんど見分けがつかない。博士はチシマ笹《ざさ》の亜種《あしゅ》ではないかというけれど、実物を見ないと何とも言えない。亜種《あしゅ》がたくさんあるので、まだ発見されていない種類の可能性もある。種類を特定するのは次回の調査の課題にするしかなさそうだ。笹《ささ》の葉をお茶にすると長老は言っていたが、笹《ささ》茶の習慣は日本人にも昔からあるらしく、熊笹《くまざさ》の葉を乾燥《かんそう》させて煮出《にだ》したりするらしい。長老は発酵《はっこう》させるのだと言っていたが、そこに何か秘密があるのかもしれない。最近の研究によると、笹《ささ》や竹を細かく粉砕《ふんさい》した粉は牛や豚《ぶた》の飼料に使うと肉質がよくなったり、水田に使うと稲《いね》の成長がよくなったりするらしい。笹《ささ》の葉に防腐《ぼうふ》作用があるのは古くから知られていて、笹《ささ》の葉寿司《ずし》とかちまきとかに使われている。昔から猟師《りょうし》たちは山で怪我《けが》をすると、包帯の代わりに洗った笹《ささ》の葉を傷口に当てていたという話もある。笹《ささ》は身近な植物なのに、まだ知らない可能性がきっとあるのだろう。

地質関係の資料を見ると、あのへんは火山ではないけれど、ところどころ温泉が湧《わ》き出《で》ているという記載《きさい》もあった。ぼくは河原に掘《ほ》ったあの露天風呂《ろてんぶろ》を懐《なつ》かしく思い出した。今ごろはきっと、大雨が何回か来て砂利《じゃり》に埋《う》まってしまっているだろう。今度行ったらまた掘《ほ》りなおさなくては。

地質の話はよくわからなかったけれど、あの山地は、花崗岩《かこうがん》を基盤《きばん》としてそこに泥岩《でいがん》や砂岩などの堆積岩《たいせきがん》が上に積もり、ところどころにマグマが上がってきた跡《あと》である貫入岩《かんにゅうがん》や変成岩があると書いてあった。江戸《えど》時代には、銅や鉛《なまり》、それに銀の鉱山も周辺部にはあったらしい。

鳥に関してもいろいろな資料があった。珍《めずら》しい種類のキツツキや猛禽《もうきん》類、フクロウなどが生息している貴重な地域だ。鳥の写真を見ながら、ぼくは鷹《たか》にのって悠々《ゆうゆう》と飛び去ったトゥニソルの姿を思い出した。彼《かれ》らの鳥との深い関《かか》わり方を知ってしまうと、こういう図鑑《ずかん》にいかにも観察の対象として冷たく写真を載《の》せることしかできないぼくたちの世界が、なんとも貧しく寂《さび》しい世界に感じられてくる。

そういえば南さんはどうしているだろう。大学の図書館に行くたびにぼくは、南さんとばったり出会わないかと心の隅《すみ》で期待していたけれど、論文にかかりきりだと聞いていたので邪魔《じゃま》をしないようにしていた。博士は学会で出張してしまっていたし、助手の東さんとは、もし会うと、ついこびとたちのことを隠《かく》し通《とお》せなくなるような気がして、わざと会いに行かないようにしていた。だから時々話す相手は、司書のおばさんしかいなかったというわけだ。

ある日、おばさんはぼくを見ると、「あら、いい本が入っているからちょっと待って」といって奥《おく》の山積みになった本の中から、一冊の大型本をひっぱりだしてきてくれた。それは昆虫《こんちゅう》の顕微鏡《けんびきょう》写真を集めたきれいな本で、蝶《ちょう》の翅《はね》の鱗粉《りんぷん》の拡大写真とか、カナブンの触角《しょっかく》の図解なんかが載《の》っていた。ぼくのことを蝶《ちょう》のマニアだと思っているからわざわざとっておいてくれたんだ。「ありがとうございます。おもしろそうですね」とお礼を言ってぼくはいつもの席に座《すわ》り、しばらくその本を眺《なが》めた。

ぺらぺらとめくりながらきれいな写真を眺《なが》めていたら、あるページの内容に目がとまった。蝶《ちょう》の翅《はね》の鱗粉《りんぷん》を絵の具みたいにして塗料《とりょう》にする技術が成功したという記事とその写真だった。青っぽい光のなかに様々な色合いが混ざってとても神秘的な輝《かがや》きだった。その写真を眺《なが》めながらぼくの脳裏《のうり》にひらめくものがあった。そうだ、トゥニソルの歌い棒の色に似ている。近くではっきりと見た記《き》憶《おく》はないけれど、ぼくのタワーによく遊びに来たトゥニソルが時々歌い棒をもって来ていた。話しながらそれを横に置いていたんだけれども、たしかこんなふうに光を反射していろいろな色彩《しきさい》に見えていた。なんとなくきれいだなって思っていたけれど、手にとってじっくり見たことはなかった。ああ、よく見せてもらっておくんだった。でも、ぼくの直観はあの歌い棒の塗料《とりょう》は鱗粉《りんぷん》を使っているに違《ちが》いないと告げていた。小さいけれどこれは収穫《しゅうかく》だ。今度トゥニソルに会ったら聞いてみようと思って記憶《きおく》にとどめた。

地質や動植物についての資料をひととおり調べた後は、歴史の資料とか、民話とかを調べた。思いのほかこびとに関する神話や伝説は数多くあって、これは世界共通らしい。人間の想像力は別々の場所でも同じようなものを生み出すものらしい。

日本で一番古いのは「古事記」にある。スクナヒコナノカミという小さな神が「あめのかがみのふね」に乗って海の向こうからやってきて、オホナムチ（大国主《おおくにぬし》の神）とともに国を作る。このスクナヒコナノカミが蛾《が》の皮の衣《ころも》を着ていたというのもおもしろい。古事記にはじまって、室町《むろまち》から江戸《えど》時代にかけてのおとぎ草子に含《ふく》まれる一寸法師の話まで、小さな人間や妖怪《ようかい》の登場する神話や伝説のたぐいはたくさんある。もちろんアイヌの語《かた》り継《つ》ぐコロポックル伝説もある。ぼくは手に入る限りを読んでみたけれど、どうも妖怪《ようかい》じみた話が多くて、現実のこびとたちと共通する点はないようだった。

博士が見つけてきた猟師《りょうし》辰三《たつぞう》の証言のようなものがあればいいのだけれど、もともと目撃《もくげき》された例が少ないのか、目撃《もくげき》されても記録されなかったのかわからないけれど、こびとたちの痕跡《こんせき》は文献《ぶんけん》には発見できそうもなかった。こびとたちの隠《かく》れ方《かた》は徹底《てってい》していたということだろうか。

フィールドワーク向きのぼくが図書館通いを三か月近く続けたのは、奇跡《きせき》に近いと自分でも思う。まあ週に四日郵便配達で小型バイクを駆《か》って町中走り回っているからこそ、できたのかもしれない。ぼくには文字ばかりを相手にする学問はとうてい無理だとあらためて思った。さすがにそろそろ図書館の本の棚《たな》を見ると嫌気《いやけ》が差し始めたと感じていたある日、博士と南さんが来てくれた。前の日に電話があって博士が、明日大学図書館に来てる？　と聞くので、行きますよと答えると、昼ご飯をいっしょに食べようと言ってくれた。翌日、博士が一人で来るんだと思っていたら南さんもいっしょに図書館に現れた。ぼくの血圧が上がったのは言うまでもない。

博士が車で近くの静かなレストランに連れて行ってくれた。周りを気にせずに話せる隅《すみ》のテーブルが予約してあった。

白いテーブルクロスがかかったレストランなんかふだん入らないので少し緊張《きんちょう》しているぼくに、南さんは調査の進捗状況《しんちょくじょうきょう》を聞いてくれた。

「あまりこれといったことは見つかりませんでした」

ぼくは調べた限りの詳細《しょうさい》を話した。こびとたちの謎《なぞ》の核心《かくしん》にある笹《ささ》の種類が特定できないこと、笹《ささ》に成長抑制《よくせい》の効果があるという記述もみつからないということ、蝶《ちょう》の鱗粉《りんぷん》の塗料《とりょう》のこと、民話に手がかりとなるようなものは見つからないということ、などなど。

「それは、お疲《つか》れ様《さま》。ずいぶん頑張《がんば》って調べたねえ」と南さんは労をねぎらってくれた。

「彼《かれ》らがほとんど目撃《もくげき》されていないらしいっていうのは、彼《かれ》らにとってはいいことなのかもな」と博士は言う。「だからきっと民話や伝説に彼《かれ》らのことが残っているのはあまり期待しない方がいいんだろうね。長老の話だと、かなり徹底《てってい》して自分たちの存在を悟《さと》られないように気をつけてきたみたいだからね」

「昔はああいう山の奥《おく》に入るのは、本当に猟師《りょうし》さんたちだけだったんでしょうね」

「そうだねえ。他《ほか》に考えられるとしたら、山岳《さんがく》修行に入る行者《ぎょうじゃ》さんたちか、鉱山を探す山師たちぐらいかな」

「その行者さんたちの記録って残っているでしょうか？」

「まあ、お坊《ぼう》さんたちは字が書ける人たちだろうから、可能性はなくはないかもしれないね」

それはまるで砂浜《すなはま》で落とした百円玉を探すぐらい見込《みこ》みがうすいじゃないかと、ぼくは心の中で暗澹《あんたん》たる気持ちになった。

「私も笹《ささ》についても調べてみたんです」と南さんが言った。「笹《ささ》のお茶についてはさっきの話どおりですけど、なんか、秘密は発酵《はっこう》の方にあるような気がします」

南さんもぼくと同じ考えだとわかってうれしかった。

「私たちの知らない酵母《こうぼ》が働いて、笹《ささ》の中の未知の成分を引き出すんじゃないでしょうか？」

「あり得ると思うよ。今度の調査の一つの焦点《しょうてん》はそこだな」と博士も前向きだ。「とにかく笹《ささ》の現物が見られて種類が特定できないと始まらないね。それと、どうやって発酵《はっこう》をさせるのか、そのお茶の製法だね」

「ええ。そうですね。博士、こないだトゥニソルが最後に教えてくれたコケの薬のことはどうしました？」

「ああ、あれね。自然薬材を研究している専門家に、情報提供として渡《わた》してあるよ。知り合いの苔《こけ》マニアから聞いた話だってことにしてね。興味は持ってくれたけれど、まだ、結果は何も言って来ないな」

そんな会話を続けて、ぼくたちはおいしい料理を食べ、第二次調査に入る日取りと準備するもののリストを考えて別れた。

別《わか》れ際《ぎわ》に南さんが、自分で作ったというチーズケーキをくれた。

山に入るのが待ち遠しい。自分の家と呼べる場所は町ではなく、あの小川のそばの粗末《そまつ》な仮小屋だという気がしてならなかった。

6

八月の下旬《げじゅん》。暑い日々が続いていたけれども、ようやく朝晩だけは過ごしやすくなってきた。調査に必要な資材を満載《まんさい》した西博士の車に南さんとぼくも乗《の》り込《こ》み、三人でふたたび山に向かった。車の中は天井《てんじょう》に届くぐらいにいろんなものが積み上げられていて、ぼくと南さんの座《すわ》る場所をどうにかこうにかやっと作れたぐらいだった。三人がかりでも一度には小屋に運びきれないので、ぼくと博士は二回運ぶ予定だ。

春の一か月あまりの滞在《たいざい》で、ぼくは長期の調査に必要なものがほぼわかった。小型カメラ、小型録音機。太陽光発電キット、充電池《じゅうでんち》、短波ラジオ。大量の紙とインク、地図、図鑑《ずかん》などなど。第二の小屋を完成させるために必要な最小限の建材も積《つ》み込《こ》んだ。食料についても山の中で採れるものはわざわざ持って行く必要がないことはもうわかっている。どうしても欲《ほ》しいのは調味料と品質の良いフライパンと鍋《なべ》。そのほかの消耗品《しょうもうひん》。とりわけビニール袋《ぶくろ》は、いかに便利なものか前回の山で思い知ったので大量に。そして、今回は雪が降り始めるまでいようと思っているので防寒着も積《つ》み込《こ》んだ。

朝早く町を出て、途中《とちゅう》いくつか買い物もして、一〇時頃《ごろ》林道の終点に着き、歩き始めた。もし誰《だれ》かに見られたら、登山客よりも夜逃《よに》げする一家と思われそうなほど、生活用具をたくさんぶら下げて歩いた。そのせいで歩みは遅《おそ》く、汗《あせ》でぐっしょりになった。

長い尾根《おね》を登るにつれて空気はひんやりとしてくる。夏から秋に向かって季節の中を進んでいるみたいだ。

峠《とうげ》に着くと、風はすでに秋の気配が感じられた。休みながら、以前に南さんを見送りに来たとき熊《くま》に足止めされたことなどを思い出した。

第一の小屋は無事に建っていた。周りの藪《やぶ》がずいぶん成長して小屋を隠《かく》してしまいそうだった。

草刈《くさか》りをし、小屋に風を通し、テントを張った。小屋周りの片付けが終わると南さんは炊事《すいじ》をし、博士はタワーを修繕《しゅうぜん》に行き、ぼくは露天風呂《ろてんぶろ》を掘《ほ》りに行った。河原の風呂《ふろ》は案の定ほとんど石で埋《う》まっていたけれど、湧《わ》き出《で》るお湯の量はむしろ増えたようで、湯気が立ちのぼっていた。掘《ほ》り終わると、まだ砂っぽいぬるま湯で今日の汗《あせ》を流した。青い空が気持ちいい。ぼうっとしていると博士が来た。まだ一人がやっと入れる広さしかないので、ぼくは外に出て頭を洗った。蟬《せみ》の声がにぎやかだ。聞き慣れない声もあった。ミンミンゼミの声のンの部分がなくて、ミーーーと連続して鳴くのはコエゾゼミだと博士が教えてくれた。ときおりヒグラシのカナカナカナカナという声が混ざって夏の終わりのもの悲しさをかき立てる。

その日は三人とも疲《つか》れていて、夕飯を食べるとあっという間に寝《ね》てしまった。

翌日、ぼくと博士は残りの資材の荷揚《にあ》げのために、昨日歩いた山道を車まで往復した。一度でもきつい峠《とうげ》に二度登るのはさすがにこたえる。ぼくは若いのに体力がないから、たくましい博士について行くのがやっとだった。今回南さんは三日しかいられないが、博士は一週間ぐらいいると言う。大きな荷物が肩《かた》に食《く》い込《こ》むのをこらえてもうろうとしながら歩いた。夕方になってやっとの思いで小屋にたどり着くと、南さんの横にスムレラがいた。シラルという若者もいた。トゥニソルに鷹《たか》の乗り方を教えていたあの若者だ。

「こんにちは。スムレラ。来ていたんだね。元気だった?」

「ええ。また会えたわね。元気よ」とスムレラ。

「スムレラたちはね、結婚《けっこん》したばかりなんだって」と南さんが目を輝《かがや》かせて言った。「シラルとふたりで三日前に式を挙げたんですって」

「へえ、それはそれはおめでとう」と博士。

「彼《かれ》らも結婚式《けっこんしき》をするんですね」とぼく。

「そうなのよ。なんでも年寄りや子供たちが一緒《いっしょ》に暮らしているところがあって、満月の日にそこでみんなで結婚披露《けっこんひろう》のお祝いをやるらしいの。でも、こびとの大人たちはたいていは、ふだんばらばらに木の上で移動しながら暮らしているでしょ。だから、結婚《けっこん》した後しばらくは、二人であちこちに散らばっている人のところを渡《わた》り歩《ある》いてね、挨拶《あいさつ》回りみたいなことをするらしいの。それで、昨日たまたま私たちが戻《もど》ってきたことを知ってわざわざ来てくれたっていうわけ。ついさっき来たばかりだけど」

「それはそれは。じゃあちょうどいい。今夜はみんなでお祝いのパーティーをしようよ」

博士のすてきな提案で、ぼくたちはごちそうを作ることになった。

さいわいにも、来たばかりで食材は豊富にある。南さんが貴重な小麦粉でホットケーキを焼き、ぼくはプリンの粉でフルーツ入りのプリンを作ってホットケーキの上にのせた。生クリームはさすがに持ってきていないが、即席《そくせき》のウエディングケーキだ。博士はスパゲッティをゆでて、スープも作った。ワインはないけれど、貴重なウイスキーの封《ふう》を切った。

十八夜の月が明るく照らしてくれるなか、灯油ランプでムードを演出したら、なかなかいい雰囲《ふんい》気《き》になった。

スムレラは三つ編み一本に結《ゆ》っていた髪《かみ》をほどいて、くつろいだ表情で幸せそうだった。ふわっとした毛糸のようなベストを着て、グレーのマントに身をくるんでいる。すねまである高いブーツも脱《ぬ》いで、かわいい靴下《くつした》で座《すわ》っていた。

シラルはスムレラと比べると背の高い青年だった。ポケットのたくさんついている活動的な服装だった。背中には鳥の羽がびっしりと縫《ぬ》い付《つ》けてあるようだった。かれは鷹《たか》使いとして尊敬されているらしい。左のほおに幾何学《きかがく》模様の小さな入《い》れ墨《ずみ》があるが、よく見ると鳥の羽のようにも見える。鳥の飼い慣らし方、乗り方をマスターした印だという。シラルは博士と会うのが初めてだったので最初は少し緊張《きんちょう》していたが、博士もこびとの言葉が少し話せると知って、しだいに打ち解けた。スムレラを大事に思っていることが動作のはしばしから伝わってくる。

博士はシラルに、鷹《たか》の扱《あつか》い方《かた》についてさかんに質問していた。

「それで雛《ひな》が生まれたときに親鳥は君のことを警戒《けいかい》しないの？」

「雄《おす》も雌《めす》も昔からいっしょに遊んでいる仲だから、なにも気にしません。特に雄《おす》は力があって、ぼくたちを乗せて飛ぶのが好きなんです。それに彼《かれ》らがえさを探しに行っているあいだ、ぼくたちは雛《ひな》が巣から落ちないように世話をしたり、蛇《へび》や他《ほか》の鳥が近づいて来るのを追《お》い払《はら》ってあげたりするし、時々小魚を持って行ってあげたりする。だから感謝しているんですよ」

「彼《かれ》らと飛ぶときに、君がどこに向かいたいか、知らせる方法はあるの？」

「たいていは鷹《たか》たちの気分まかせで飛んでいるけれど、そういう時は、右の足をたたいてから行きたい方向を手で指し示せばいいんです」

「どれくらい高くまで飛べるの？」

「風にもよるけど、一番高い峰《みね》の上を越《こ》えることもできますよ」

「あなたもよく鷹《たか》に乗るの？」と南さんがスムレラに聞いた。

「私はあまり乗らないの。乗っても低いところだけ。私は小鳥たちと歌っている方が好きだから」

「小鳥たちの雛《ひな》の世話もするの？」

「仲のいい子が雛《ひな》を孵《かえ》すと、手伝ってあげることもあるわ。雛《ひな》がよく食べるようになってくると、親は餌《えさ》を探しに行くのがたいへんなのよ。それに母鳥が死んでしまった雛《ひな》とか、巣から落ちた雛《ひな》とか、手伝ってあげれば助かる雛《ひな》もいるの」

スムレラの説明にシラルが加えて言う。

「それだけではなくて、鳥たちの病気を診《み》てあげられる大人もいる」

「鳥の病気がわかるの？」

「すべての病気を治せるわけではもちろんないけど」とシラルは続ける。「風邪《かぜ》を引いたり、卵がうまく産めなかったりしたときに手伝ってあげます。トゥニソルは薬草のことに詳《くわ》しくなってきているから、きっと良い鳥飼いになると思いますよ」

「すてきね。トゥニソルはとても良い子」南さんは言った。ぼくもそう思う。トゥニソルにはやく会いたい。

「君たちは結婚《けっこん》してどこに住むの？」と博士が聞く。

「隣《となり》の谷の西の斜面《しゃめん》に大きなブナの木があるの。その下から六番目の枝に中くらいの穴がある。午前中は日が当たってとても気持ちのいいところよ。しばらくはそこにいるつもり」

それから南さんと二人は鳥の話になった。クマゲラとかフクロウとか。でもぼくと博士は山道を往復して歩いたので、ウエディングケーキを食べてしばらくすると猛烈《もうれつ》に眠《ねむ》くなってしまった。そこで、失礼して先に寝《ね》かせてもらうことにした。新婚《しんこん》の二人にはタワーを寝場所《ねばしょ》に提供した。

ぼくが歯磨《はみが》きをしてテントに入ろうとしたら、南さんとスムレラが二人で河原に座《すわ》っているのが見えた。十八夜の月が、ときどき薄雲《うすぐも》に隠《かく》れながら、淡《あわ》い光を二人の上に注いでいた。スムレラの姿は目をよく凝《こ》らさないと見えない。沢《さわ》の流れはちろちろと穏《おだ》やかな音を響《ひび》かせている。月の光を銀色に反射する沢《さわ》の水を背景にして、二人のシルエットが影絵《かげえ》のようだ。とても心惹《ひ》かれる光景で、しばらく目が離《はな》せなかった。

ほんとうにふたりはとても気が合うようだ。スムレラは南さんよりは少し若そうだけど、結婚《けっこん》のこととか家庭のこととか共通の話題も多いのだろう。お父さんがいなくなって寂《さび》しい境遇《きょうぐう》の南さんは、心を打ち明けて話せる友達も少ないのかもしれない。二人とも幸せになってくれると良いなとぼくは願った。

月光のもとで話《はな》し込《こ》んでいる二人の姿は、その後もずっとぼくの心に焼き付いている。

翌朝。

「昨日は遅《おそ》くまでスムレラと話していたんですか?」朝食のときにぼくは聞いてみた。

「うん。いろいろとね」

「あれ、二人はもう帰って行ったの?」と博士も起きてきた。

「はい。たぶん。今日は遠い親戚《しんせき》のところに行くって言ってましたから、もう出たんじゃないかな」

「そうやって挨拶《あいさつ》回りをするなんて、なかなか良い習慣ですね。それが新婚《しんこん》旅行みたいなものなのかな」とぼくが言うと、南さんは黙《だま》ってほほえんだ。

「今日は第二の小屋を直しに行こうよ。どうなっているかな」と博士。

「ええ、倒《たお》れていないと良いですけどね」

「私も行きたいです。大工仕事なんてやったことないけど、何か手伝います」と南さんも興味があるみたいだ。

「食べたら出発しよう。あれ、だれか来たぞ。ほら、あれトゥニソルじゃないか」

博士に言われた方をみると、トゥニソルが一人で歩いてきた。

「やあ」

「戻《もど》ってきたんだね」

「ああ、またしばらくの間いるよ。よろしく」ぼくは久しぶりにトゥニソルにあえて、本当の弟のようななつかしい気がした。

「昨日の夜、スムレラとシラルが来ていたんだよ。結婚《けっこん》したんだね」ぼくが言うとトゥニソルはうれしそうにした。トゥニソルにとってスムレラは実の姉ではないけれど、ほとんど姉と弟のようにして育ってきたのだから、当然だ。

「シラルも幸せそうだったね」

「もちろんさ。シラルは二年も前からスムレラと結婚《けっこん》したかったんだ」

「スムレラが結婚《けっこん》する気がなかったのかい?」

「いや、そんなことはないと思うよ。でも十七歳《さい》になるまではふつう結婚《けっこん》しないんだ」

「そういう決まりなのかい?」

「いや、決まりなんかないけれど、みんなそうするのさ」

「トゥニソルは結婚《けっこん》しないのかい?」

ぼくは半分冗談《じょうだん》でさぐりを入れてみた。トゥニソルははにかんだような顔をして、「まだまだしないよ」と小さな声で言った。

「今から上の小屋に行くんだ。まだ壊《こわ》れていないかな?」

「大丈夫《だいじょうぶ》だよ。何度か強い風が吹《ふ》いたけれど、しっかり建っている。カモシカがときどき小屋のそばで休んでいるよ。それに最近リスが巣を作った」

「じゃあ、いっしょに行こう」

　ぼくたちは大工道具やらロープやら釘《くぎ》の缶《かん》やらを大量に担《かつ》いで出発した。空は秋晴れ。ほうきで掃《は》いたような薄《うす》い雲。さわさわと風に鳴る葉音が心地《ここち》よい。

　ぼくと博士は重い荷を背負い、トゥニソルは南さんのリュックのうえにちゃっかり座《すわ》った。南さんとトゥニソルは聞こえてくる鳥の鳴き声を当てながら歩いていた。ぼくには三つか四つしかわからない。鳥の名のこびと語辞典は南さんに任せている。そのうち南さんのリュックの上でトゥニソルが歌い棒を鳴らし始めた。トゥニソルが鳴らして、南さんが何の鳥か当てる。トゥニソルは歌い棒を笛のように吹《ふ》いたり、バードコールのようにひねったりして、何種類もの音を器用に鳴らした。ぼくは図書館で調べたことを思い出してたずねた。

「ねえ、トゥニソル。前にも見せてもらって疑問に思っていたんだけれど、その歌い棒の色はどうやって着けているの？　もしかして蝶《ちょう》の羽を使っているんじゃないの？」

「そうだよ。よくわかったね」

「その青はルリタテハなの？　それともカラスアゲハ？　それともムラサキシジミかな？」

「これはルリタテハを松ヤニで塗《ぬ》ったものだよ。きれいでしょう」

「ああ、とってもきれいだ。それは自分で作ったの？」

「うん。歌い棒は大人に教わって自分で作るものなんだ。うまく作れるようになるまでには、何本も失敗するんだ。この作り方はシラルが教えてくれた。シラルは誰《だれ》よりも鳥のことをよく知っている鳥飼いだからね。色の塗《ぬ》り方《かた》はお父さんから教わった。お父さんは蝶《ちょう》にも詳《くわ》しいよ」

「ぼくにも作り方を教えてくれないか？」

「ああ。いいよ」

「私も欲《ほ》しいな」と南さん。

「わかった。南さんには前に作ったやつをあげるよ」

トゥニソルは南さんに歌い棒をあげる約束をした。そして休憩《きゅうけい》中に歌い棒を見せてくれた。近くで見ると本当につやつやとしていて美しい。青い色は本物の蝶《ちょう》の羽のように、見る角度によってさまざまに彩《いろど》りを変えた。トゥニソルの話だと、使う鱗粉《りんぷん》をかえながら、何十回も塗《ぬ》りを重ねてこの深みのある色が出るのだという。

途中《とちゅう》で休憩《きゅうけい》してからは、歩きながらトゥニソルの苔《こけ》学の話になった。

「トゥニソルは薬になる苔《こけ》と食べられない苔《こけ》をどうやって見分けるの？」ぼくが聞くと、トゥニソルは説明してくれた。

「いろいろな食べ物が薬になる。それは師匠《ししょう》から教わったのもあるけれど、鳥たちや動物たちを見ていればわかってくるよ。鳥や動物たちは毒のあるものは食べない。鳥たちが何を食べて、何を食べないかをよく観察するんだ。鳥たちは木の実や葉っぱをふつうは食べるけれど、時々、苔《こけ》をつつきに来たりする。だから、どういう状態の時に苔《こけ》をつつきに来るか考えれば、その苔《こけ》にどんな働きがありそうか見当がつくだろう？　鳥たちが食べられるものはたいていぼくたちも食べられるから、実際にすこし食べてみるんだ。苔《こけ》にもいろいろな種類があるけれど、仲間の種類の苔《こけ》はみんな同じような働きを持っている。その中でも一番働きの強いやつは、自然にわかってくるよ。あとは、その食べ方だね、乾《かわ》かしてから煎《せん》じて飲むのもあるし、生のまますりつぶして他《ほか》のものと練り合わせて肌《はだ》に塗《ぬ》るものもある。乾《かわ》かしてから細かく砕《くだ》いて食べるのもあるよ」

「食べてみてお腹《なか》をこわしたり、死んじゃったりしないの？」

「少しだけ試《ため》してみるんだから死ぬことはないよ。お腹《なか》が変になったことは何度かあるよ」

「勇気があるんだなあ」

「勇気があるのは動物たちさ。よく見ていると、子供の頃《ころ》から動物たちは親のまねをして親とおなじものを食べるようになる。そして、それだけではなくて、親が食べないものでも、はじめになんでもすこしかじってみるんだ。まずいものはすぐにはき出すけどね。でもそうやって少しずつ覚えながら、最後には、自分たちの体にいいものをたくさん知るようになる。すごいよね。鳥たちには教わることがたくさんあるよ」

「鳥以外の動物からもおそわるの？」

「うん。リスや鹿《しか》みたいなおとなしい動物たちからね」

「今回、ぼくたちは苔《こけ》の図鑑《ずかん》…つまり、苔《こけ》の絵と説明を集めた本を持ってきているんだ。ここにいるあいだにそれを見ながら詳《くわ》しいことを教えてほしいよ」

「わかった。珍《めずら》しい苔《こけ》がとれるところに案内するよ」

「君の師匠《ししょう》って、どんな人なの？」

「鳥のことはシラルが教えてくれるけれど、苔《こけ》のことはラヨチュクおばさんが詳《くわ》しいんだ。ぼくの母さんの姉さんだよ」

「そのラヨチュクおばさんにいつごろから教わっているの？」

「うん。小さいころはいっしょに暮らしていたんだ。おばさんは料理も上手なんだ。ラヨチュクおばさんは種《たね》のことにもくわしいよ。種も薬になるからね」

「君たちは本当に生き物のことをよく知っているね」

「そうかな。君たちはぼくたちが見たこともないような機械を作れるじゃないか」

「ああ、それはそうかもしれない。良いことか悪いことかわからないけどね。それにしても、トゥニソルはどうして苔《こけ》のことにそんなに興味を持つようになったのさ？」

「ぼくは小さい頃《ころ》に熱病にかかって死にそうになったことがあるんだ。あまり覚えていないくらいまだ小さかったんだけれど、ラヨチュクおばさんがつきっきりで看病をしてくれて、熱に効く薬を飲ませてくれたそうなんだ。おかげでぼくは生きられたんだ。そのことをおばさんからよく聞かされているうちに、ぼくも苔《こけ》にくわしくなったんだ。また、いつかぼくが死にそうになるかもしれないし、他《ほか》の人の病気を治せるかもしれないからね」

そうこう話しているうちに第二の小屋に着いた。

たしかに、トゥニソルの言うとおり、小屋は無事に建っていた。とりあえずひと安心だ。南さんは前回の調査では先に帰ってしまったから、小屋が建っているところを見るのは初めてだ。

「すごい。よくここまで建てられましたね」

「素人《しろうと》仕事にしては、なかなかだろう？」と誇《ほこ》らしげな博士。

ぼくたちはさっそく周辺の掃除《そうじ》にかかった。明日からの本格的な建設作業再開に向けて資材を備《び》蓄《ちく》し、食料も動物にとられないように隠《かく》した。近くの湧《わ》き水《みず》の水場にもポリタンクを設置した。ピクニックのようにしゃべりながら昼食をとり、小屋のあれこれについてアイデアを出し合った。

トゥニソルが近くに大雨で倒《たお》れた楢《なら》の木があると教えてくれたので、ぼくたちは鋸《のこ》と鉈《なた》を持って出かけた。二十分ほど歩いたところの斜面《しゃめん》が崩《くず》れて、大きな木が横倒《よこだお》しになっていた。健康で立派な樹木が倒《たお》れるのは痛ましいけれど、自然林は死と生の絶え間ない交代だ。死を利用させてもらうためにぼくたちは黙祷《もくとう》をした。

今回、二人がかりで引く大型の鋸《のこぎり》を持ってきたので、床材《ゆかざい》をとらせてもらうことにして二時間ほど作業したら、へろへろになってしまった。トゥニソルにお礼を言って別れて、ぼくたちは第一の小屋に戻《もど》った。明日から三、四日は小屋作りだ。

7

翌朝、朝食の後で南さんは帰って行った。一か月ぐらいしたらまた来ると言った。論文も山場なのだとか。こんど来るときはシラルにじっくり鳥の話を聞きたいと言って帰った。ぼくは伝えておきますと言った。

博士とぼくは小屋作りだ。そろそろ台風シーズンに入っているから急ぎたい。二日間で床板《ゆかいた》を張り終わり、いよいよ第二の小屋で寝《ね》られるようになった。細かい建具は住みながら作っていけば良い。第一の仮小屋とテントに比べると、その広さと快適さはまるで王宮のようだ。二人で木の香《かお》りのする床《ゆか》に寝袋《ねぶくろ》で横になり、高い天井《てんじょう》を眺《なが》めながらぼくが「贅沢《ぜいたく》ですね」と言うと、博士も満足そうだった。

それからは小屋作りが半分、調査が半分のような数日が続いた。ぼくがトイレの壁《かべ》を塗《ぬ》っているあいだ、博士がフィールドワークに出かけたり、ぼくが食料集めをかねて笹《ささ》を調べに行っているあいだに博士がかまどを作ったりという具合で、着々と暮らしやすさも向上していった。何にもせずに一日中露天風呂《ろてんぶろ》に浸《つ》かって昼寝《ひるね》をした日もあった。

スムレラは家庭生活が忙《いそが》しいのか、なかなか来なくなったが、トゥニソルは相変わらず頻繁《ひんぱん》にやってきた。妹のレタラムもいっしょに来ることが多くなった。

レタラムは春に一度会って以来だったけれど、ずいぶん大きくなった感じがする。あの時はまだ子供っぽくてお兄ちゃんに反抗《はんこう》したりしていたのに、だいぶ落ち着いてしまった。好きな男の子でもできたんだろうか。でもまだトゥニソルにくっついて歩くのは大好きらしい。トゥニソルは優《やさ》しいから、妹につきまとわれても我慢《がまん》している。そして、苔《こけ》のこととかいろいろ教えてやっている。彼《かれ》に言わせると、レタラムは苔《こけ》や薬にはあまり興味がないそうで、花の蜜《みつ》を集めることとお菓子《かし》作りが目下《もっか》の研究課題らしい。

ぼくは蝶《ちょう》のことを調べていたから、花のことにも多少関心はある。蝶《ちょう》が好む花の蜜《みつ》を吸ってみたりする。ぼくたちにとっては花の蜜《みつ》なんて少量すぎて集める気にはなれないし、だからこそミツバチを飼育して集めてもらうのだろうけど、こびとたちにとっては糖分の貴重な入手先なのだろう。

今回は植物図鑑《ずかん》を持ってきていたので、ある日、トゥニソルに通訳してもらいながら、レタラムに蜜《みつ》のとれる植物を教えてもらった。

「これはシナノキでしょう。花は白くて細いの。濃《こ》い味のとても良い蜜《みつ》がとれるのよ。私たちはニペシナという名前でも呼んでいる」

ぼくは図鑑《ずかん》にこびと語の名前と、レタラムの言った蜜《みつ》の特徴《とくちょう》を書《か》き込《こ》んでいく。

「木の幹から皮をはぐと、強い糸がとれるよ。お兄ちゃんのあの腰《こし》の帯はシナの糸を編んだものなの。ニペシナというのは『縛《しば》るもの』という意味」

「へえ、今度ぼくも作ってみるよ」

「トチの花もいい蜜《みつ》が採れる。隣《となり》の谷に大木があって、その実は冬中食べられる」

「トチの実は知ってたけど、蜜《みつ》が採れるなんてはじめてきいたよ」

「ミツバチたちは蜜《みつ》の場所をよく知っている。それから、さっきの絵はカラス山椒《ざんしょう》でしょう。ちょっと変わった涼《すず》しい香《かお》りの蜜《みつ》が採れて、貴重なの」

「ああ、これは知ってるよ。アゲハ蝶《ちょう》が好んで寄ってくる木だね」

「そう。蝶《ちょう》たちのこと、よく知っているのね」

「そのうち蝶《ちょう》のことも教えてよ。蝶《ちょう》のことも詳《くわ》しいんだろう？　他《ほか》にどんな木から蜜《みつ》が採れる？」

「これ、キハダ。木の皮も使うけど蜜《みつ》もおいしい」

「ああ。これもアゲハ蝶《ちょう》が好きな木だね」

「そう。このナツハゼは実もおいしいけれど、蜜《みつ》も採れる」

レタラムは、エゴノキ、リョウブ、スイカズラ、ツバキ…と次々に蜜《みつ》の採れる木を教えてくれた。

もちろんレンゲやオドリコソウなどの草の花も蜜《みつ》が豊富だ。

「そんなに蜜《みつ》ばかり集めていて、蜂《はち》に刺《さ》されたりしないの？　蜜《みつ》の取り合いにならない？」ぼくが聞くと、スムレラは笑って答えた。

「スズメバチは怒《おこ》らせると怖《こわ》いけど、ふつうに蜜《みつ》を集めているだけなら襲《おそ》っては来ない」

「そういえば、以前にスムレラが歌い棒で蜂《はち》の羽音を出したら、蜂《はち》が静かになったことがあるよ」

「ミツバチやマルハナバチはそれで通じる。スズメバチやアシナガたちが怒《おこ》ったときは、こっちの方がいいのよ」

レタラムは腰《こし》のあたりからひものようなものを引っ張り出し、片腕《かたうで》の長さぐらいにのばした。先《せん》端《たん》に木片《もくへん》のようなものがついている。それを勢いよくぐるぐる回した。勢いがつくにつれて鋭《するど》い羽音が響《ひび》き、回転を速めると、蜂《はち》の攻撃《こうげき》音のように鳴った。木片《もくへん》のようなものは震動《しんどう》するリードのようなものが付いているらしい。

「これはオオスズメバチの羽音に聞こえるから、たいていの蜂《はち》は逃《に》げていくのよ」

「へえ、そうやって君たちは身を守るのか。ねえ、スズメバチはミツバチも襲《おそ》うんだろう？　君たちはミツバチも守ってあげるのかい？」

「いいや、スズメバチが集団でミツバチの巣を襲《おそ》うようなときは、わたしたちにもどうしようもない。でも、ミツバチたちは襲《おそ》われて殺されることも多いけれど、やられてばかりではないの。何百匹《ぴき》のミツバチが、みんなで寄ってたかって一匹《ぴき》のスズメバチを取り囲んで、蜂《はち》の玉のようなものを作ると、中のスズメバチは熱で蒸《む》し殺されてしまうのよ。弱いものには弱いものなりの戦い方があるっていうわけ」

こんなふうにレタラムは蜜《みつ》や蜂《はち》のことをたくさん教えてくれた。

「ねえ、君たちがお茶にして飲む笹《ささ》の葉について調べているんだけど、聞いてもいい？」

「トリコ笹《ざさ》のこと？　いいよ」

「トリコ笹《ざさ》っていうの？　ぼくも飲んでみたいな。どこに行けば見つけられる？」

「前にわたしたち倒《たお》れた女神《めがみ》の木で会ったでしょう」

「ああ、春にトゥニソルが苔《こけ》を採っていた場所？　君もいたね」

「あの尾根《おね》には一番多く生えている。他《ほか》にもいくつか群生地があるけど、あそこが一番だと思う」

「もう一度そこに行って見たいんだけど、行ってもいいだろうか？」

「もちろん。お兄ちゃんもよく行っているから案内するよ」

「こっちの図鑑《ずかん》には笹《ささ》の葉の絵がたくさんあるけど、トリコ笹《ざさ》はどれだかわかる？」

レタラムはおかっぱみたいな髪《かみ》を頬《ほお》に垂らしてしばらくページをめくっていた。

「こんなにたくさんあると、よくわからない。でも、この中にはないような気がする」

「やっぱり実物を見ないとだめだね」隣《となり》で聞いていた博士が言った。

こんな具合で、トゥニソルたちがやってくる時には、貴重な知識を得ることができた。トゥニソルやスムレラたち以外のこびとに会うことはなかった。向こうはきっとこちらのことを見ているのだろうけれど、こちらからはその存在の片鱗《へんりん》さえ感じ取ることはできなかった。

秋の長雨が二日降り続けたときは、トゥニソルたちも来なかったし、このままでは第二次調査はトゥニソルたちからできる限りのことを教えてもらって終わりになるだろうとぼくたちは思った。しょせんこびとたちの世界とは交わることはあってはならない運命なのだろうから、それで仕方ないんだとぼくは思おうとした。もっと聞きたいことはたくさんあるけれど、欲ばってはいけない。

ある日トゥニソルが、「長老が会いたがっている」と言ったので、次の日、春以来二回目の首脳会談が行われた。こんどはレタラムも横にいた。

「とても大きな家だ」長老はやってくるなり、ぼくたちの第二の小屋を見上げて言った。「あなたたちの家を作る技《わざ》は信じられないくらい優《すぐ》れている」

ほめられて素直《すなお》にうれしかったけど、この人たちを東京に連れて行ったら、きっと息が止まるぐらい驚《おどろ》くんだろうなと心の中では思った。

「皆《みな》さんは変わらずにお元気ですか？　スムレラの結婚《けっこん》おめでとうございます」博士は長老がわざわざ訪ねてきた理由を推《お》しはかりかねていた。

「ああ。若者が子供を育てる姿を見るのは喜ばしいものだ。あなたは子供がいるのか？」

「ええ。女の子が一人いますよ。もう大人ですがね」

「それはいい。ところで、今日ここに話をしに来たのは、以前のあなたの質問に答えるためだ」

「というと？」ぼくも博士もきょとんとした。

「石の穴を作ったのはだれかとあなたは聞いた」

そうだった。前回、ぼくたちの見つけた通称《つうしょう》「遺跡《いせき》」や奇妙《きみょう》な石の道具について尋《たず》ねたとき、長老は自分たちではないと言いながら、別の機会に話そうと言ったのだった。長老は何か月も前の約束を律儀《りちぎ》に果たしに来たらしい。

「たしかに、そうでした。あれを作ったのはあなた方ではないとか」

「そう。我々ではない。すでにいなくなった人々のものだ。私もその人たちを見たことはない。ただ、年寄りから聞いたことがあるだけだ」

「どこへ行ってしまったんですか？」ぼくは思わず身を乗り出して聞いた。

長老は例のごとくゆっくりと、まるで雨だれがぽつりぽつり落ちるように、考えをまとめながらとぎれとぎれに語ってくれた。

「彼《かれ》らははるかな昔、我々の仲間だった。我々は知ってのとおり、ひとつところに固まって住んではいない。食べ物を広く分け合えるように、離《はな》れていろいろな谷や島に暮らしている。もちろん、お互《たが》いに行き来したり結婚《けっこん》したりしながら、お互《たが》いのことはよく知っている。暮らし方はそれぞれで大差はない。

ところが、なんでも言い伝えられている話によると、ある谷を中心に暮らしていた人々が、少しずつ他《ほか》とは違《ちが》った暮らし方をするようになった。実は我々は前にも言ったように笹《ささ》の葉のお茶で少しずつ小さくなってきたのだが、ある時点からは、それ以上小さくならないようにしている。というのも、これ以上小さくなると、かえって危険だということがわかっているからだ。虫に襲《おそ》われたり、蛇《へび》やイタチに襲《おそ》われたり、山には危険が多いんだ。しかし、彼《かれ》らはあえてもっともっと小さくなる道を選んだのだ。お茶の効果を高め、何百年も飲み続けた。そして、私たちの半分くらいの大きさになり、そのまた半分の大きさになっていった。そして、いつからか、危険を避《さ》けて石の穴に住むようになっていったのだ。我々も冬の間は石の隙間《すきま》の洞窟《どうくつ》のようなところに住むが、彼らは石に自分たちで穴をあけたそうだ」

「いったい、どうやって硬《かた》い石に穴を開けたのでしょう?」博士はぼくが聞きたいのと同じことを聞いた。

「私も詳《くわ》しくは知らないのだが、彼《かれ》らは石を溶《と》かす方法を知っていたのだよ。私たちも花や木から採った薬を使うし、時には虫たちの出す甘《あま》い汁《しる》や薬を使うこともある。だが、彼《かれ》ら石の住人たちは、薬を我々のように体を守るためではなく、道具を作るために使い始めたのだ。温泉からでる臭《くさ》い水や黄色い粉を使う技《わざ》に長《た》けていた。彼《かれ》らはそれを混ぜ合わせ、石の中の光る金属を取り出すことができたんだ。金属を含《ふく》んだ石を溶《と》かし、溶《と》かした水の中から金属の塊《かたまり》をとり出すことができた。それをたたいて自由に延《の》ばしたり、固めたりできたんだ、だからちょうどあなた方がやっているように、細かい機械を作ることができたんだ」

「今でもその機械を見ることができるんですか?」ぼくはつい口をはさんだ。

「いや。私も見たことはないよ。この前石の道具を見せてくれたね。あれに似たものはいくつか見たことはある。しかし、彼《かれ》らは何しろほとんどを石の中で暮らしていたから、私たちには見ることができない。今でも彼《かれ》らのすみかだった石の中には残っているのかもしれないが、見るすべはない」

「それはどんな機械だったのですか？」

「わからない。なにしろ古い言い伝えでしかないんだから。確かなことは何も。ただ、暗い穴の中を昼間のように明るくすることができたとか、風を起こすことができたとか、カナブンを意のままにあやつることができたとか言われている。本当かどうかは確かめようもない」

「私たちはこの前見せた石を、今私たちがいるこの谷ともうひとつ、川を下った別の谷で見つけたのですが、彼《かれ》らはそこに住んでいたのですね？」

「そう。他《ほか》にもいくつか彼《かれ》らの住んだ場所はわかっている。だが、我々の祖先とはいつ頃《ごろ》からか交流もなくなってしまったし、言葉も通じなくなったから正確な場所はわからない」

「それがどうしていなくなってしまったのですか？」

「これはやはり言い伝えでしかないのだけれども、彼《かれ》らは二つの集団にわかれたらしいのだ。一つは去り、一つは残った」

「どこへ去ったのですか？」

「北へ行ったとしかわからない。なぜ二つにわかれたかについては言い伝えがある」

「なぜです？」

「彼《かれ》らは薬を作ることに長《た》けていたと言ったが、それは道具を作るためだけに使われたわけではなかったらしい。彼《かれ》らは、なんというか、幻《まぼろし》を見るためにもそれを使ったというのだ」

「麻薬《まやく》のようなものでしょうか？」ぼくは博士にささやいた。

「そうかもしれない」

「私たちが蜜《みつ》を集める花にも、幻《まぼろし》が見えておかしくなる毒があるってラヨチュクおばさんが教えてくれた」レタラムが横から言った。

「そう。植物やキノコには我々の心にいろいろな効果を及《およ》ぼすものがある。でも、彼《かれ》らはもっと強い薬を自分たちの手で作り出すことができたんだ。強い作用が人の心をとりこにしてしまってやめられなくなるのだ。それを飲んだ人々は幸せな幻《まぼろし》を見ながら一日じゅう目を開けて横たわっているようになる。そして食べることも忘れてやせ細っていくのだ」

「不思議な機械を作るほど優《すぐ》れた人たちがどうしてそんなことになるんでしょうか？」トゥニソルは心底驚《おどろ》いたように聞いた。

「優《すぐ》れた人たちではあったが、自分たちが作り出したものに振《ふ》り回《まわ》されるぐらいにはおろかだったのだろうよ」

「わかってきました」と博士。「その薬の魅力《みりょく》に負けた人たちが残って、それではいけないと思った人たちが北へ去ったのですね？」

「そのとおり。そう言い伝えられている」

「では、残った人たちはそのまま石の中で滅《ほろ》びてしまったんでしょうか？」

「もう彼《かれ》らに会ったという人は長い間いないらしい」

「そうなんですね」と博士は悲しげに言った。

「これが我々の知っていることだ。春にあなたに聞かれてから、いろいろな年寄りに知っていることを教えてくれとたずねて回ってみた。年寄りたちの話をまとめるとだいたい今のとおりになる。トゥニソル、レタラム。おまえたちもいま聞いたことを覚えておいてくれ」

「ありがとうございます。ていねいに調べてくださって感謝いたします。お茶でも入れましょう」と言って博士は立ち上がった。

「なぜ、その話をよそ者の私たちに教えてくれたのですか？」ぼくはふと疑問に思って言った。

「ああ。あなた方はトリコ笹《ざさ》のことを知りたがっているだろう。知るのはかまわないが、そこに含《ふく》まれる危険性については警告しておかねばならないと思ったのだ。我々は自分で知った知識を惜《お》しまずに人に教える。それがみんなの生きることに役立つからね。子供にも教える。しかし、キノコの毒のこととか、魚の取り方とか、誤った使い方をするとかえって危険になる知識もあるからね。そういう場合は、どういう危険があるかも知識といっしょに伝えるのが義務だろう」

「まったくそのとおりですね」ぼくは感心していった。さすが長老と呼ばれて敬《うやま》われるだけのことはある。

「どうぞ、熱いので気をつけてください。これはコーヒーというものです。豆の一種を煎《い》った後、粉にしてお湯で煮出《にだ》したものです。トゥニソルたちにはちょっと苦《にが》いかな」博士はペーパーフィルターで落としたコーヒーを小さなコップにいれて渡《わた》した。

「うわっ苦い。なにこれ」レタラムは一口飲むと顔をしかめた。みんな笑った。

コーヒーを飲みながら、あとは談笑《だんしょう》が続いた。こびとの子供たちがどんな遊びをしているかとか、どんなお菓子《かし》をレタラムは作るのかとか、大人たちの酒とのつきあい方とか、たのしい時間を過ごしてみんな帰って行った。長老はほんとうに気さくで優《やさ》しい人だった。

そしてその日の夜のことだ。

地震《じしん》は突然《とつぜん》に来た。

長老たちが帰って行って、ぼくは夕飯を作り博士は彼《かれ》らの話をメモした。夕飯を食べ終わって寝《ね》袋《ぶくろ》に入り、うとうとしかけた時だった。第二の小屋の一番奥《おく》が二段ベッドの二組ある寝室《しんしつ》になっている。ぼくと博士はふたりとも二段ベッドの下の段に寝《ね》ていたが、ベッドがミシミシときしみ出した。やっぱり素人《しろうと》大工は立て付けが悪いなと思った瞬間《しゅんかん》、どんと下から突《つ》きあげがきた。すぐに地《じ》震《しん》だとわかって飛び起きた拍子《ひょうし》に、ぼくは上の段に頭をしたたかに打ち付けた。博士が、

「地震《じしん》だ。大きいぞ。そのまま、そのまま。ベッドからでるな」

と叫《さけ》んだ。激しい横揺《よこゆ》れがすぐに始まり、天井《てんじょう》からぱらぱらと木くずやら何やらが落ちてきた。小屋のどこかで木材が割れるような乾《かわ》いた音が二度した。揺《ゆ》れはずいぶん長く感じた。ぼくたちは上から落ちてくるものを避《さ》けるためにベッドから出なかったが、たとえ立ち上がろうとしても何かにつかまらなくては立っていられなかっただろう。揺《ゆ》れているあいだ、ぼくはひたすら小屋が倒《たお》れませんようにと願い続けていた。

一分以上揺《ゆ》れただろうか、すくなくともそれくらいには感じた。

揺《ゆ》れが収まったあと、とりあえずランプを点《つ》けた。奇跡的《きせきてき》に小屋は倒《たお》れなかった。屋根が軽かったのが幸いしたのだろう。

少し落ち着いてから、ぼくたちは懐中電灯《かいちゅう》を手に、小屋の周りをぐるりと回って点検した。大きな音がしたから、どこかの継《つ》ぎ手《て》が割れたのだろうとは思うけれど、暗い中でよく見えない。入り口の上の柱と梁《はり》の角度がすこしゆがんでいるようにも見えたけれど、もともとぼくたちの接《つ》ぎ方がへただったのかもしれない。とりあえずまだ中で寝《ね》られそうだということになって、ぼくたちは小屋に入り、下界のようすが気になってきた。ぼくの母と妹は、博士の家族は、そして南さんは無事だろうか。どれくらいの被害《ひがい》が出ているのだろう。ＡＭラジオは電波の入りが悪いので短波放送で情報をあつめた。近くの中堅《ちゅうけん》都市では数か所で火災が起こっているらしい。震源《しんげん》はぼくたちのいる山地にきわめて近く、震源《しんげん》の深さは浅い方で、揺《ゆ》れが大きかった地域は比較的狭《ひかくてきせま》いらしい。町も夜なので被害《ひがい》の全容がなかなかつかめないらしく、どこそこで橋がおちたとか、民家が崖崩《がけくず》れでつぶされたとか、たまに断片的《だんぺんてき》な情報がはいってきた。

ぼくの母の家がある地区は震度《しんど》五弱ぐらいだったみたいだ。博士の家はもっと遠いからたぶん無事だろう。大学や南さんのアパートのある街はそれなりに揺《ゆ》れが強かったみたいだけれど、壊滅的《かいめつてき》な被害《ひがい》ではなさそうだ。たぶん大丈夫《だいじょうぶ》そうだ、というところまで聞いてぼくたちは寝《ね》ることにした。

「明日の朝一番に、二人で尾根《おね》に上って外と連絡《れんらく》をとろう。下でも心配しているだろうからね」と博士は言った。ぼくの母は心配性《しんぱいしょう》だからやきもきしているかもしれないなと思った。幼い頃《ころ》から、ぼくの帰りが遅くなると、心配して家の外でぼくの帰りを待っていてくれたことが何度かあったのを思い出した。山の中の方が安全だってわかっているだろうか、いや、やっぱり心配しているだろうと思った。

真夜中になるまえにぼくたちは寝《ね》てしまった。

そして、かさこそという音で最初に眼《め》が覚めたのは博士のほうだった。ぼくは博士に肩《かた》を揺《ゆ》すられてはじめてもうろうとしながら眼《め》が覚めた。

「おい、何か聞こえなかったか？」

夢の続きのような心地《ここち》のなかで耳を澄《す》ますと、窓の外でなにやらかさこそという音がして、誰《だれ》かが話しているような声もする。こびとたちがこんな時間に来たのだろうかと思ってぼくはしっかり眼《め》が覚めてきた。ベッドのある部屋の窓はガラスではなく、上辺にちょうつがいを付けた板戸だ。他《ほか》の部屋も全部そうだが、ガラス板を持ってくることはできなかったので、平安時代のお屋敷《やしき》のように、板の下の方を中から押《お》し開《あ》けてつっかい棒で支えるようになっている。ぼくたちが開けてみると窓の下にスムレラがいた。どうもそうとう走って来て疲《つか》れているようで、息があがってうまくしゃべることができない。

「どうしたのスムレラ？　こんな時間に」と言いながら空を見ると、東の空がようやく紫色《むらさきいろ》に薄明《うすあか》るくなり始めたころだった。

「とにかく、入って。さあ水を飲んで」博士が水筒《すいとう》の水を小さなカップに入れて差し出した。スムレラはごくごくと一気に飲み干した。

「助けて」

切れ切れの息の間から出た最初の言葉は意外だった。

「どうしたの？　何があったの？」ぼくの問いかけに、スムレラは話し始めたが、勢《いきお》い込《こ》んで早口で話すのでなかなか理解が追いつかない。ちょっと待ってと言いながら、何度もぼくは言葉の意味を聞き直さなくてはならなかった。いつも落ち着いているスムレラがこんなに取り乱しているのはただ事ではない。

「私たちの、洞窟《どうくつ》が、崩《くず》れた。大きな岩が、動いて…」

「それはさっき地面が大きく揺《ゆ》れたからだね？」と博士。

「そう。冬の住みかになっている洞窟《どうくつ》の、岩が崩《くず》れて、入り口を、ふさいでしまったの」

「中の人たちは無事なの？」

「それがわからない。中に入っていくことも、話すこともできない」

「中にはどれくらい人がいたの？」

「お年寄りと子供たちが、たぶん十五人くらい。それに子供たちのお母さんたち」

「君はよく無事だったね」

「ええ。たまたま外にいたから。でもシラルが中にいる」ぼくは胸を衝《つ》かれた。新婚《しんこん》の夫が生き埋《う》めになっているかもしれないというのだ。

「洞窟《どうくつ》の外には、君ひとり？」

「いいえ。他《ほか》のところにいた大人たちが何人か集まっている。でも私たちの力ではどうしようもない」

「トゥニソルは？」

「きのう、妹といっしょに洞窟《どうくつ》に泊《と》まりに行くって言っていたから、中かもしれない」

「わかったよ。わかった。すぐに助けに行くよ」

「ありがとう。お願い。あの人たちを助けて」

「ああ。急いで準備をしよう」

ぼくと博士は何を持って行けばいいか相談し始めた。詳《くわ》しい状況《じょうきょう》がわからないけれど、大きな岩を動かすには何があればいいのか。そもそもぼくたちふたりでできるくらいなのか。

「スムレラ。それ、どれくらい大きな岩なの？」

「崩《くず》れたのはあなたたちの背の高さくらい。それが外側にある。その中でどれだけ岩が崩《くず》れているかはわからない」

「うーん、手ごわそうだな。おれたちの人力ではむりかもしれないぞ」と博士がうなる。

「テコかジャッキがほしいけど…。この小屋の梁《はり》を抜《ぬ》いて持って行きましょうか？」

「いや、それじゃあ重すぎて行くまでに時間を食ってしまうだろう。途中《とちゅう》でめぼしい枝を見つけて伐《き》るしかないよ。鋸《のこ》がいるぞ」

「ロープもあった方が良さそうですね」

「ああ。本当はかなりの太さのスチールワイヤーがあればいいんだけどな」

「途中《とちゅう》で南さんに連絡《れんらく》を取って、下から持ってきてもらいましょうか？」

「ああ、それがいいかもな。間に合えば良いんだが」

「今朝うまく連絡《れんらく》が取れたとしても、来られるのは明日の夕方ですね。どんなに急いでも」

「ああ。それまでに救出できていればいいけれど、おれたちだけではだめな場合も想定した方がいいだろうな」

「南さん以外の手も借りますか？　それはだめですね」

「そうだな。だめだな」

ぼくたちは必要になりそうなものをとりあえず、部屋の真ん中にぼんぼん投げて積み上げていった。現地に行ってから必要なものを思い出しても、取りに戻《もど》る余裕《よゆう》はない。まずぼくたちの食料。とりあえず二日分。水筒《すいとう》。そして懐中電灯《かいちゅうでんとう》。スコップ。工具類は特に鋸《のこぎり》、ノミ、木槌《きづち》、鉈《なた》。八ミリのナイロンロープが一巻き、第二のタワー建設用に持ってきたのが使えそうだ。

「車のジャッキがあればいいんだが、ないよね」

「南さんに頼《たの》みましょう」

「洞窟《どうくつ》まで歩いてどれくらいかかるんだ？」

ぼくは南さんと二人で聖なる山の近くまで行ったときの記憶《きおく》をたどった。

「ここから第一の小屋まで五十分。本流に出るまで四十分。本流を少し下って尾根《おね》に入り、倒《たお》れた女神《めがみ》の木まで、ええとたぶん三時間。そこからテントを張った鞍部《あんぶ》までたぶん二時間半。プラス山頂まで二時間くらい」

「九時間か。着いたら夕方だぞ」博士はまたうなった。

ぼくはふと疑問に思った。

「スムレラ。君はどうやって来たの?」

「走ってきた。ずっと」

ぼくは想像した。そうか、夜中だったから鳥は飛べないんだ。鳥に乗って飛んでくるわけにはいかなかったんだ。おまけに懐中電灯《かいちゅう》もなく、真っ暗な中を飛ぶように駆《か》け下《お》りてきたに違《ちが》いない。一晩中。あの地震《じしん》からずっと。朝まで…。あらためて見てみるとスムレラの服も靴《くつ》も泥《どろ》だらけで、腕《うで》にはかすり傷やひっかき傷がある。みんなを救いたい一心で一晩中駆《か》けてきたんだ。シラルを救いたい気持ちのままに必死で駆《か》けてきたんだ。夜行性の獣《けもの》に襲《おそ》われる危険もかえりみずに闇《やみ》の中を走り続けたんだ。ぼくはスムレラを抱《だ》きしめてあげたかった。

「よくがんばったね。たいへんだったね」と言うのがやっとだった。

何とか彼女《かのじょ》の想《おも》いにこたえなければ。

ぼくたちは準備を整えると、朝飯を食うひまも惜《お》しんで出発した。スムレラはぼくのリュックのサイドポケットに入ると、すぐにぐったり寝《ね》てしまった。

トゥニソル。待ってろよ。必ず生きて待っていてくれ。

東の空に陽《ひ》がのぼり始めた。

聖《せい》なる山に登る

1

急ぎすぎてはいけないと思いながらも、どうしても急ぎ足になってしまう。まだ九時間の道のりが待っているのに、途中《とちゅう》でバテてしまっては、元も子もない。そう自分に言い聞かせるのだけれども、人の命がかかっていると思うと、つい早足になってしまう。博士にストップをかけられたり、逆にぼくが博士にブレーキをかけたりしながら、第一の小屋に着いた。そこでぼくたちは簡易テントを荷物に加えた。それから、怪我《けが》をしているこびとがいるかもしれないので、ストックしていた薬品類と絆創膏《ばんそうこう》も入れた。他《ほか》にも役立ちそうなものをいくつか拾うと、休む間もなくまた歩き始めた。

ぼくたちの調査基地がある枝沢《えださわ》を下って本流へ。そして本流を下って倒《たお》れた女神《めがみ》の木に向かう尾《お》根《ね》の取り付きへ。足を滑《すべ》らさないように気をつけながら、急いで黙々《もくもく》と沢《さわ》を歩く。

尾根《おね》の取り付きまで一時間ほど歩き、水を汲《く》んで一休みしていたら、スムレラが目を覚ました。

「ここじゃない」と言う。「ここからもう少し下ったところに別の尾根《おね》があって、それを登るともっと早く着けるの」

「わかった。スムレラはそこを下ってきたんだね。案内たのむよ」

「ええ。しばらく小さな枝沢《えださわ》を歩いて急な尾根《おね》を登ると、最初は急だけれども、やがてなだらかな尾根《おね》になって直接頂上につながるから」

朝食代わりの非常食を水で胃袋《いぶくろ》に流《なが》し込《こ》み、またあわただしく出発する。晴れていた空はいつの間にか陽《ひ》が隠《かく》れて雲が出てきている。天気予報を確認《かくにん》してこなかった。雨にならないといいけど。

スムレラの案内にしたがって、言われなければ気づかないような小さな枝沢《えださわ》に入り、沢《さわ》を登って目立たない尾根《おね》に取り付いた。人がまったく歩くことのない尾根《おね》は、落ち葉が積もっていて歩きにくい。うっかりすると落ち葉の積もった下にぬれた岩があって、つるんと足を滑《すべ》らせる危険がある。慎重《しんちょう》にならざるをえない。博士は二回すべった。ぼくは四回。汗《あせ》みどろになりながら登る。息が上がって肺が爆発《ばくはつ》しそうだ。曇《くも》って湿気《しっけ》が出てきたので、空気が蒸《む》して汗《あせ》が止まらない。

二時間ほどつらい苦行《くぎょう》が続いて、やっと尾根《おね》が平坦《へいたん》になった。ぐったりと座《すわ》り込《こ》む。

「携帯《けいたい》を試《ため》してみようか」

博士が言うので、ぼくは南さんにかけてみた。電波は通じて呼び出し音が鳴っているが、南さんは出ない。

「電波は通っています。…出ませんね」

「下も混乱しているのかな?」

「きっと大学に行っているでしょうね。また後でかけてみましょう」

息が落ち着いて汗《あせ》も止まったので出発しようとしたところに、南さんから折り返しかかってきた。

「もしもし、あ、ぼくです。そちらは地震《じしん》、大変でしたか?」

「ごめん、今研究室の片付けをしていて、鳴ってるのに気づかなかった。そっちは大丈夫《だいじょうぶ》?」と元気そうな声。

「ええ、ぼくたちは無事です。小屋も倒《たお》れませんでした。いま博士に代わりますね」

「ああ、もしもし。大丈夫《だいじょうぶ》だった？」

しばらく博士と南さんが話すあいだ、ぼくとスムレラは博士の顔を見ていた。とりあえず南さんは無事でよかった。二人の話の様子だと、大学の研究室の本棚《ほんだな》から本が全部落ちて床《ゆか》に散らばってしまったらしい。化学棟《とう》では薬品がこぼれて発火したとか。震度《しんど》五はあったらしい。みんな片付けに追われているのだろう。町ではブロック塀《べい》が倒《たお》れたり、崖崩《がけくず》れがあったりで死者も何人か出てしまったようだ。

「それでね。実はこっちも大変なことになっていて、助けて欲《ほ》しいんだ。いや、おれたちは何ともないんだけれど、こびとたちの住んでいる洞窟《どうくつ》が岩で塞《ふさ》がってしまって、中に何人も閉《と》じ込《こ》められてしまっているらしいんだ。ああ、スムレラが知らせに来てくれてね。うん、今現場に急いで向かっているところだ。…ああ、そうだよ、そこだよ。場所はわかるね？　それでね、おれたちで何とかなれば良いんだけれど、とにかくおれたちの力だけでだめな場合を考えて、いくつか救助に必要なものをできれば持ってきてもらいたいんだ。できるかな。…ああ、そう。すまないね。…まあ、そうすぐには来られないだろう。可能な範囲《はんい》でいいよ。車はこないだ乗って帰ったおれのを使って来てくれればいいよ。…いい？　じゃあ持ってきて欲《ほ》しいものを今から言うよ。持ってきてもらいたいのはね、まず車のトランクに入っているジャッキ。…そう、それ。誰《だれ》かからもう一つ借りて二つ欲《ほ》しい。あっ、まてよ。やっぱり一つでいいや。その代わりハンドウインチというのを買ってきてくれ。巻き上げ機ってやつだ。…それから、五ミリ以上の太さの鋼鉄のワイヤー。七ミリ以上は重くなるから無理だ。ああ、カー用品の店が来る途中《とちゅう》にあったろう。たぶんあそこにハンドウインチもある。長さ？　うーん、十メートルは欲《ほ》しいかな。それとカラビナを七、八個。車のどこかに入っているよ。あと、そうね、ワイヤーカッターとワイヤークリップ。そうワイヤーの端《はし》を輪っかにして留《と》めるあれね。それとバールのでっかいやつが車に入っているから、それも。相当重くなるけど大丈夫《だいじょうぶ》かな？」

「連絡《れんらく》をくれれば、ぼくが途中《とちゅう》まで迎《むか》えにいけるかもしれません」とぼくは言ってみた。

「ああ、途中《とちゅう》で何度か連絡《れんらく》くれる？　状況《じょうきょう》によっては、途中《とちゅう》まで迎《むか》えに行くから。おれたちは電波の拾えるところにたぶんいると思うよ。…いや、もちろん。早く来られても明日の夕方だろうよ。むりはしなくて良いよ。それまでに救出が終わっている可能性もある。無駄足《むだあし》になってしまうかもしれないんだけど。…えっ、それはまだよくわからないけれど、トゥニソルとシラルは閉《と》じ込《こ》められたらしい。…ああ。助かるよ。…それは、もちろんだけど。うん、仕方ない。おれたちだけでやるしかないだろうね」

「それから薬品類ももうすこしお願いします」

「あっ、あと薬もね。包帯、消毒液、傷用の抗生物質《こうせいぶっしつ》ぐらいかな。そのへんは任せるよ。ああ、ありがとう。とりあえず、そちらを出るときにまた、連絡《れんらく》くれる？　ありがとう、途中道《とちゅう》が崩《くず》れているかもしれないから気をつけてね。ん？　…えっ、そうなの？　そりゃあまいるなあ。わかった。じゃあ、また」

博士は携帯《けいたい》をぼくに戻《もど》した。

「なんか天気が崩《くず》れるらしい。けっこう降りそうだってさ。きついなあ」

「洞窟《どうくつ》に閉《と》じ込《こ》められている人たちが心配ですね」

「ああ、時間的な猶予《ゆうよ》がないからね。とにかく時間との勝負だ。とりあえず、ぼくらも家族に連絡《れんらく》を取ろう」

ぼくも博士もそれぞれの家族に連絡《れんらく》を入れ、無事を伝えた。家の方もたいした被害《ひがい》はなかったようだ。


先を急ぐことにしてぼくたちはまた歩き始めた。薄《うす》い霧《きり》がときおり流れてきて視界が悪くなる。標高を上げてぼくたちは雲の中に入りつつあった。樹林が少なくなって笹《ささ》が増えて来た。この笹《ささ》がトリコ笹《ざさ》なのか気になったけれど、いまはそれどころではない。

なだらかな小さいピークを越《こ》えて、笹原《ささはら》の下りにかかったとき、前を歩いていた博士が突然《とつぜん》ぴたりと足をとめた。あまりにも突然《とつぜん》だったのでぼくはそのまま博士にぶつかりそうになったけれど、博士はぼくを止めるように手を伸《の》ばすと、同時に人差し指を口にあてて静かにするように身振《みぶ》りで示した。なんだろうと思って博士の視線をたどったぼくは、前方の笹原《ささはら》の中の黒い塊《かたまり》をすぐに見つけた。

「熊《くま》だ！」ぼくは思わず小さな声でつぶやいてしまった。

「静かに」博士は自分も腰《こし》をかがめながら、頭を低くするように合図した。

「えー。けっこう大きいですよ」

「ああ。困ったな」

幸いなことに気づくのが早かったので、まだ二百メートル以上の距離《きょり》がある。黒い獣《けもの》は、樹林混じりの笹原《ささはら》に悠然《ゆうぜん》と腰《こし》を下ろし、毛づくろいをしている。よく博士が気づいたなあと思うぐらい、言われなければ岩にしか見えない。

まだ、こちらの姿には気づいていないし、この距離《きょり》ならこちらの声もまず届かないだろう。さらに風は横から吹《ふ》いている感じなので、においで気づかれる心配もまだなさそうだ。

「こっちに向かってきたらどうします？」

「大きな音を出して、向こうへ行ってくれることを期待するしかなさそうだよ」

「でなきゃあ逃《に》げますか？」

「山の中じゃあ、向こうが本気になったら逃《に》げ切《き》れないだろうね」

「雌《めす》ですか？」

「どうだろう。子熊《こぐま》はいないみたいだし、雄《おす》のように見えるけどな。まあこの時期は冬眠《とうみん》前ではないし、子連れの熊《くま》でなければそんなに気が立ってはいないと思うけど」

「何か叩《たた》いて大きな音で追《お》い払《はら》いましょうか？」

「いやあ、それで気付いて向かって来られると、かえってまずいんじゃないか？」

「どくのを待ちますか？」

「うーん」博士はうなるしかない。

ぼくたちはしばらく腰《こし》を下ろして遠くの様子をうかがった。けれど、五分たっても十分たっても、岩のような熊《くま》は移動する気配がない。朝の食事が終わって休憩《きゅうけい》中なのだろうか。のんびり毛繕《けづくろ》いを続けて今にも昼寝《ひるね》が始まりそうだ。こうしているあいだにも貴重な時間が刻々と過ぎていく。じれて来たとき、ぼくのリュックに腰掛《こしか》けていたスムレラが言った。

「わたしが見てくる。このまま動かないで待っていて」

「いやいや、危険なことはしなくていいよ」と博士は止めようとする。

「大丈夫《だいじょうぶ》。危険なことはしないから」

「でも獣《けもの》には言葉が通じないんだろう？」とぼくも心配でならない。

「いろいろやり方はあるから」と言うなり、走って行ってしまった。すぐにその姿は笹《ささ》に隠《かく》れて見えなくなった。

「どうする気でしょう？」

「わからないね。無茶《むちゃ》をしないでくれるといいけど」

「怒《おこ》った熊《くま》に襲《おそ》われたら、あんなに小さい体で、ひとたまりもないでしょう」

「うん。何か音の出るものはあるかな。いざとなったらこっちで大きい音を出して熊《くま》の気をそらそう。それぐらいしかできることはなさそうだ」

ぼくは荷物をがさごそ探《さぐ》って、笛と携帯鍋《けいたいなべ》セットをひっぱり出した。笛を思いっきり鳴らして、鍋《なべ》を二つ打ち鳴らせば、一瞬《いっしゅん》くらいは熊《くま》の気をこっちにそらすことができるかもしれない。でも、それでこっちに向かってきたらどうしよう。ぼくと博士は走って逃《に》げる覚悟《かくご》を決め、振《ふ》り回《まわ》せる木の棒を探した。

しばらく見ていると、鳶《とび》のような大きな鳥が飛んできて、熊《くま》の近くの枝に止まった。あいつに気をとられて熊《くま》が移動してくれればいいのにと願ったが、熊《くま》はすぐに興味を失って、また自分の体をなめ始めた。

そして、どれくらいたったろう、熊《くま》はきょろきょろと周囲を見回し始めた。と思うと、何かを見つめて腰《こし》を浮《う》かしかける。スムレラはいったい何をやっているのだろう。何かで熊《くま》の気を引きつけているようなんだけれど、遠くからではわからない。熊《くま》は最初はくるくると周囲を見回していた。そのうち、傍《かたわ》らのダケカンバの枝からなんか白いものが斜《なな》めに落ちたと思ったら、熊《くま》はそれが落ちた方を見つめ始めた。スムレラがあそこにいるんだな。とにかく、捕《つか》まらないようにうまく逃《に》げてくれと念じながら見ていると、心臓がバクバクしてくる。

熊《くま》がとうとう腰《こし》を上げて、笹原《ささはら》の中を見つめながら、ゆっくり歩きはじめた。いいぞいいぞ、そのまま歩いてどこかへ行ってくれ。そう思うと、とたんに立ち止まる。しばらく周りを見回して、また何かに気をとられ、動きはじめる。何度かそれを繰《く》り返《かえ》していると、いきなり熊《くま》が走りはじめた。まずい、スムレラ、逃《に》げろ。

熊《くま》は笹《ささ》の中の何かにわっと押《お》しかけ、立ち止まり、周りを見回す。またわっと走って今度は二本足で立ち上がる。だんだん稜線《りょうせん》からはなれて、じりじりと谷の方に向かっていく。

見ていると、熊《くま》が走った先から何かが飛び上がり、いつの間にか来ていた鳶《とび》が急降下してそれをつかんでまた急上昇《きゅうじょうしょう》した。熊《くま》は走った勢いでそのまま早足で谷の方に下りていった。

鳶《とび》は上昇《じょうしょう》気流にのって輪を描《えが》いて飛びながらこっちに向かって来る。ぼくたちの頭上を通過しようとした時、白っぽいものが落下して、ぼくたちの方に斜《なな》めに落ちてきた。もちろんスムレラだ。スムレラはマントを広げて柔《やわ》らかい地面に優雅《ゆうが》に着地した。博士は初めて見る彼《かれ》らの滑空《かっくう》に驚《おどろ》いていた。

「スムレラ、ありがとう。どうなることかと思って心配したよ」とぼくが声をかけると、スムレラはお安いご用という顔をして、はあはあ息を弾《はず》ませていた。今日は彼女《かのじょ》にとってよく走る一日のようだ。

「どう、熊《くま》は。行ってしまった？」

「ああ、見る限り、熊《くま》は谷に下りて行ったよ。どうやって熊《くま》をおびき寄せたの？」

「熊《くま》はミツバチが好きでしょう。ミツバチの羽音をまねてあちこちで鳴らしたの。うまい具合に興味を持ったでしょう。そして木の上から、熊《くま》の目の前を飛んで誘《さそ》いをかけてみたら、追いかけてきたのよ。リスかなんかだと思ったのかも」

「捕《つか》まるんじゃないかと思ってひやひやしたよ」

「大丈夫《だいじょうぶ》、近くまで来たら笹《ささ》の下に逃《に》げ込《こ》めば、なかなか入っては来られない。上からのしかかられたら危険だけど」

「あの鳶《とび》は君が呼んだの？」

「ええ。歌い棒の音、聞こえなかった？」ぼくたちはこびとたちほど耳がよくないということをあらためて思い出させられた。

「とにかく、君のおかげで進めるよ。もう行っても大丈夫《だいじょうぶ》だろうか？」と博士。

「ええ、急ぎましょう。あとはこのゆるやかな尾根《おね》をたどるだけ。頂上の近くで少し急坂《きゅうざか》になる」

スムレラに言われて、ぼくたちは荷物を背負って出発した。なるべく音を立てないように。そして、さっき熊《くま》のいたあたりはなるべく素早《すばや》く通り過ぎるように。

2

ゆるやかだが長い尾根《おね》を、登ったり下ったり。重い荷物と道のない笹原《ささはら》に苦しめられる。急坂《きゅうざか》のように息が上がることはないが、人間の通ったことのない道なき笹原《ささはら》を歩くのは、想像以上に難儀《なんぎ》だ。おまけに霧《きり》の中にはいって視界が全くなくなった。でも、もう少しだ。もう少しで、彼《かれ》らの聖域、入ってはいけないと言われた領域に踏《ふ》み込《こ》むことになる。ぼくたちを導き入れたスムレラが、あとで仲間から非難されないだろうかと少し気にはなるが、もし首尾《しゅび》よく閉《と》じ込《こ》められた人たちを救出することができたら、まさか非難はされないだろうと思う。彼《かれ》らがもし、ぼくたちを歓迎《かんげい》しないようなら、小屋に戻《もど》ればいい。トゥニソルやシラルたちの無事な顔を見られれば、ぼくはそれで満足だ。

スムレラに、あとどれくらい？　と聞くと、もう一息だと言う。

いくつめかの小さなピークを回《まわ》り込《こ》むようにトラバースして、広い窪地《くぼち》のような空間に出たとき、目の前に巨大《きょだい》な黒い影《かげ》が霧《きり》の中から浮《う》かび上《あ》がってきた。

近づくにつれてすぐにそれが巨木《きょぼく》だとわかったけれど、その時、最初に霧《きり》の中から浮《う》かび上《あ》がったそれの印象は、とにかく圧倒《あっとう》される巨大《きょだい》さとしかぼくには言い表せない。しいて言えば、むかし見た一枚の絵の印象が近いかもしれない。ゴヤという人の絵だったと思うけど、上半身が雲の上に突《つ》き出《で》るくらい大きな巨人《きょじん》が、山をまたいで歩いていて、地表では蟻《あり》のような人間たちが逃《に》げ惑《まど》っていた。あの巨人《きょじん》が大木に化して山の中にうずくまっているような威圧《いあつ》感をひしひしと感じる。

ぼくも博士も、神秘の感に打たれて言葉も出ないまま、ぐるりと周囲を回ってみた。大人が七、八人両手を伸《の》ばしても、幹の周囲をぐるりと囲めるかどうかわからない。樹齢《れい》はいったいどれくらいだろうか。想像もつかない。ごつごつと膨《ふく》らんだこぶや、地面に突《つ》き刺《さ》さっている巨大《きょだい》な根っこ、そして大昔に折れたらしい古い枝の張りだし。見上げると錯綜《さくそう》した太い枝が八方に伸《の》びて、どこが幹だかどこが枝だかわからなくなって頭上の霧《きり》の中に隠《かく》れていく。樹肌《きはだ》はもう泥岩《でいがん》か何かのように堅《かた》くなってしまっていて、とても生きているとは思えないくらいだけれど、樹全体からなにか強烈《きょうれつ》な生命力が発しているようなのだ。

圧倒《あっとう》されて上を見上げたまま立《た》ち尽《つ》くしているぼくと博士に、スムレラが、

「これが男の神様の木よ」

と言った。春に見た女神《めがみ》の木は倒《たお》れてしまっていたけれど、こちらはしっかりと大地に足を踏《ふ》ん張《ば》ってこびとたちの世界を支えている。

「神々《こうごう》しいですね」

「うん」

二人ともなかなか言葉が出てこない。

「これは何の木でしょう。ブナですか？」

「いや、ケヤキじゃないかな」

「…」

「樹齢《れい》はどれくらいなんだろうね」

「五百年はくだらないんじゃないでしょうか？」

「七、八百年はいっているんじゃないだろうか。いや、千年いっているかもよ」

「ケヤキはそんなに生きられるものなんですか？」

「条件次第《しだい》ではね。樹齢《れい》の長いのは、たいてい杉《すぎ》とかクスノキなんかが多いけどね。ケヤキで千年越《こ》えるのもあったんじゃないかな」

「ここ、窪地《くぼち》みたいになっているから、強い風から守られたんですかね」

「南向きで陽当《ひあ》たりも良さそうだし、稜線《りょうせん》は雲が湧《わ》きやすいから、水分も豊富なんだろう」

「ねえ、スムレラ。この樹《き》はどれくらい昔からあるの？」ぼくは聞いてみた。

「世界の始まりからずっとあるって、おばあちゃんたちは言っている。正確なことは誰《だれ》も知らない」

「そうだろうね」

「この樹にも、誰《だれ》か住んでいるの？」

「いいえ。この樹は住んではいけないことになっているの。みんなの樹だから。嵐《あらし》が来るときには、ここに多くの人が集まってくる。上の方に大きな洞《ほら》があるの。わたしたちみんなが入れるくらい大きな洞《ほら》。そこは特別な時だけみんなが集まる場所になっている」

「なるほど。集会所みたいな感じですかね」ぼくは博士に言った。そのみんなが集まる空間も見てみたかったけれど、休憩《きゅうけい》を切り上げて先を急いだ。

男の神様の木はすぐに霧《きり》に隠《かく》れて見えなくなった。自分が今見た巨木《きょぼく》は本当に存在したのだろうか、夢を見たのじゃないだろうか、次にここを通ったとき何もないのを見て自分は呆然《ぼうぜん》とするのではないだろうかというような奇妙《きみょう》な感覚に襲《おそ》われた。

歩きながら、スムレラが男の神様の木について、話してくれた。

「あの樹は、嵐《あらし》のような大変な時にみんなが逃《に》げてくる場所でもあるし、私たちが大事なことを決めるときの神聖な場所でもあるの。わたしとシラルがこのあいだ結婚《けっこん》したときも、二人でここに来て誓《ちか》いを立てた」

そのシラルがいま洞窟《どうくつ》の中でどうなっているのかわからないのだ。男の神様よ。誓《ちか》いを聞いたなら、この二人をなんとか再び会わせてやってほしい。

彼女《かのじょ》の説明では、ここはこびとたちにとっては一種の神社や教会のような役割もあるらしい。

「ずっと昔だけれど、寒い夏と暖かい冬が来たことがあったの。夏の間は長いあいだ雨が降らなかった。冬もほとんど雪が積もらなかった。木の実が生《な》らなくて、食べられるものが少なくなった。次の年も同じように雨が降らなかったから、山の土は乾《かわ》いて沢《さわ》の水も少なくなってしまった。そして、暖かく乾《かわ》いた南風が吹《ふ》き続けた三日めに、とうとう山が燃えだしたの。山の火はまたたく間にあちこちに広がって、動物たちも私たちも逃《に》げまどった。鳥といっしょに飛んで逃《に》げられたのは少しの仲間だけ。小さい子や年寄りは鳥に助けてもらえないし、ほとんどの大人も火に追われて逃《に》げそこなった。じりじりと火は周りから迫《せま》ってくるし、いつの間にかみんなはこの窪地《くぼち》に集まってしまった。その頃《ころ》はこの樹もまだ、ここまで大きくはなかったけれども、周りの樹よりはずっと大きかったので、みんなこの上に逃《に》げたの。そうして火が周りからせまって、煙《けむり》で何も見えなくなって、みんなは樹の洞《ほら》の中で死を覚悟《かくご》したらしいわ。でもその夜、さいわい雨が降り始めて、火は自然に消えたの。この樹は大きな枝が一つ燃えてしまったけれど、なんとか生き残った。きっと大きな樹だから、水を吸い上げる力が強かったんだと思う。みんなが洞《ほら》から外に出てみると、周りの若い木は全部燃えてしまっていた。でも、私たちの祖先は一人も死ななかった。鳥といっしょに逃《に》げた仲間も戻《もど》ってきて、喜び合ったのよ。そのときみんなは、この樹が自分たちを守ってくれたことに感謝をして、神様として大事にすることになったの。それから私たちはずっとこの樹を大事にしてきた。風で折れた枝をきれいにしたり、幹の中に悪い虫が住み着かないようにしたり、この樹の世話をしてきた。そして、ここには誰《だれ》も住まないことにして、みんなの場所としてつかうことになったのよ」

「なるほど、それで長い間、この樹は元気に生き続けているんだね」

雪も雨も多いこの地方で、山火事はかなり珍《めずら》しいのではないかとぼくは思った。もし、昔の文献《ぶんけん》に大きな山火事の記事があれば、こびとたちを襲《おそ》った厄災《やくさい》の時期が推定できるかもしれない。次に町に帰ったときに、調べてみようとぼくは心に留《とど》めた。

「もうすぐ登りが急になる。それを登り切ったら頂上よ」スムレラが教えてくれる。

あたりの笹原《ささはら》は心なしか背が低くなった気がする。もう樹木が混ざることが少なくなって、ほぼ笹《ささ》だけになってきた。そのかわり大きな岩が目立つようになってきた。そういえば、南さんといっしょに遠くから眺《なが》めたときに、大きな白い岩がたくさん笹原《ささはら》の中に転がっていた。かなり遠くからでも大きく見えたから、実際に間近で見るとどれくらい大きいのだろうかという疑問が湧《わ》いてきた。時々ぼくたちの歩くかたわらに現れる岩でも、大きい物はぼくたちの背丈《せたけ》以上ある。もしも何十トンもありそうな岩がこびとたちの洞窟《どうくつ》をふさいでいたら、ぼくと博士だけでは手に負えないのではないか。心配になってきた。

たしかにスムレラの言ったとおり、笹《ささ》の斜面《しゃめん》は少しずつ急になり、頂上が近づいた雰囲気《ふんいき》になってきた。

霧《きり》が流れ始めた。稜線《りょうせん》を乗《の》り越《こ》える風は、霧《きり》を吹《ふ》き動かす。ときどき霧《きり》が薄《うす》くなって先が見通せるようになった。ぼくたちは雲の上に出かかっていた。

そして、一陣《じん》の風が吹《ふ》き、とうとう山頂が見えた。

3

急だった斜面《しゃめん》はなだらかな登りに変わり、山頂はゆるやかな丘《おか》のようだった。むしろ小さな平原と言ってもいいぐらいだった。

ぼくたちは雲の上に出たので、ちょうど雲海に浮《う》かぶ小島の上に乗っているみたいだ。見渡《みわた》すと、離《はな》れた山々が雲の海の上に群島のようにならんでいる。

ぼくたちのいる小島は、一面の笹原《ささはら》の中に、ところどころ白っぽい岩が庭園の置き石のように転がっている。山頂らしきやや高い場所は、ごろごろした大きな岩が積み重なっている。

スムレラが近道を教えてくれたおかげで、ぼくたちは一時間ぐらい早く着いた。まだ二時頃《ごろ》だ。暗くなる前に作業する時間がだいぶとれそうだ。

スムレラの誘導《ゆうどう》でぼくたちは山頂より少し下のゆるやかな南斜面《しゃめん》に向かった。何か所か、昨日の地震《じしん》で岩が倒《たお》れたり、転がったりした跡《あと》が見える。直下型のそうとう大きな衝撃《しょうげき》だったことがあらためてわかる。笹《ささ》を膝《ひざ》でかき分け、岩の上をつたって急いだ。

「ここなの」スムレラが止まった。

ところどころに白っぽい岩の積み重なった笹原《ささはら》が、少し小さな谷に落《お》ち込《こ》むような一角だった。

ぼくと博士は、スムレラが指さしたあたりを見て、胸が締《し》め付《つ》けられるような気持ちになった。洞窟《どうくつ》の入り口があるはずのあたりなのだが、人の背丈《せたけ》より大きい岩が重なり合っている。クレーン車のような重機がなければびくともしそうにない。

とりあえず、二人で岩のそばに下りて状態を確認《かくにん》する。やはり、そうとうな重量の岩が重なり合っている。仮に手前の一つを動かせても、その奥《おく》がどうなっているのかわからない。いくつもの大きな岩を動かすことになりそうだ。地面はほとんど笹《ささ》におおわれていて、土が見えるのは岩のまわりのわずかな部分だけだ。岩の根元の土を掘《ほ》り崩《くず》して岩を転がそうとしても、笹《ささ》の根が張り拡《ひろ》がった地面を掘《ほ》るのは、そうとうな重労働だろう。

途方《とほう》に暮れてスムレラの方を振《ふ》り返《かえ》ったぼくは驚《おどろ》いた。

スムレラの後ろのあちこちに、十数人のこびとたちがいたのだ。

考えてみると、ぼくが今まで会ったことがあるこびとは、スムレラとスムレラのお母さん、それにトゥニソルと妹、そしてシラルと長老の六人しかいない。他《ほか》のこびとたちは決してぼくたちの前に姿を見せなかったし、おそらく姿を見せるつもりもなかっただろう。スムレラたち以外と会うことはないだろうと、いつのまにかぼくは思《おも》い込《こ》んでいた。今、こびとたちがみんなぼくたちの前に姿を見せたのは、なんとか仲間を救いたい一心からなのだ。

彼《かれ》らは臆《おく》する風もなく、ぼくたちを眺《なが》めていた。トゥニソルぐらいの子供も数人いたが、ほとんどは大人だった。女性もいるようだ。彼《かれ》らは一様に泥《どろ》だらけだった。きっと昨夜の地震《じしん》から後、寝《ね》ないで救出作業をしていたに違《ちが》いない。みんなで穴を掘《ほ》っていたのだろう。言葉も出ないくらいくたくたに疲《つか》れているように見えた。

中の一人がスムレラに近づいて話し始めた。長老ではないが、背の高い中年の男性だ。きっと作業の進み具合を話しているのだろう。しばらく話してから二人はぼくたちのほうにやってきた。

「この方《かた》は、名前はムカリ。シラルのお父さんよ」

「はい、こんにちは」「よろしくお願いします」博士とぼくは挨拶《あいさつ》した。スムレラの義理のお父さんだ。きっと閉《と》じ込《こ》められた息子《むすこ》を心配して、つらいだろうなと思う。すらりと背が高く、シラルによく似ている。日に焼けたたくましい男性だった。

「ムカリが様子を説明してくれる」スムレラの通訳で、シラルのお父さんは洞窟《どうくつ》の様子を説明してくれた。

彼《かれ》らの冬の居住地の洞窟《どうくつ》は、この石の下に長くつながっている。地下には大きな会堂のような空間が一つ、そして中くらいの部屋が三つ。ほかに小さな部屋が十数個、複数の通路でつながっているらしい。

出口は三つ。正確には四つだが、一つは縦にあいている通気口で人は通れない。出口は三つともすべて塞《ふさ》がってしまっている。一つは正面入り口で、いまぼくたちがいるところ。これは大きな岩で閉ざされてしまった。裏口の一つは谷に下りて行く出口で、洞窟内《どうくつない》でわき出している温泉と泉の水が流れ出す小川の源流でもある。ここは岩ではなく、土が崩《くず》れてふさがっているそうだ。もう一つの裏口は、谷をはさんで正面とは反対側にあり、笹原《ささはら》のあいだの小さな岩のかげに出られる。こちらは、出口は無事だが、中の方で地崩《じくず》れが起きているということだ。

こびとたちは昨夜から、正面の岩はあきらめて、二つの裏口を掘《ほ》り進《すす》めてきたそうだ。ただ、笹《ささ》原《はら》に出る方の三つめの出口は天井《てんじょう》がもろく、崩《くず》れそうでかなり危険なのだという。

中の人たちの様子はわからないが、ほとんどのこびとたちは地震《じしん》の時、いちばん大きな会堂にいたのではないかとムカリは言う。中の人たちもきっと出口を求めて掘《ほ》っているに違《ちが》いない。ただ、無理をして天井《てんじょう》が崩《くず》れては元も子もない。今のところ連絡《れんらく》は取れていないが、中の人たちは谷に出る方の裏口を掘《ほ》っているのではないかとムカリたちは考えているという。外のみんなもそこに力を集中しているのだという。

「行ってみましょう」とぼくは博士に言った。

「ああ、岩を動かすより、土を掘《ほ》る方が早そうだ」

他《ほか》のこびとたちは黙《だま》ってぼくたちの様子を見ていた。ムカリは彼《かれ》らにしばらく食事をとって休むように言った。女性と子供は連れだって笹原《ささはら》の中に消えて行ったが、男たちはほとんどがぼくたちについてきた。

谷の方に二、三十メートルほど下りていく。彼《かれ》らの洞窟《どうくつ》はこの地下に拡《ひろ》がっているのだが、そうとう長いということがわかった。

谷側の出口は、縦長の岩が二つ、互《たが》いにもたれるように逆さV字のアーチを作っている形だった。二つの岩は地震《じしん》で少し動いたけれど安定していた。だが、中が崩《くず》れていた。ぼくや博士が体を入れるには小さすぎた。ぼくたちが入って掘《ほ》るわけにはいかないだろう。

「いちおう、もう一つの裏口も見てみよう」博士に促《うなが》されてぼくたちはさらに進んだ。

三つめの出口は、笹原《ささはら》の中だった。五十センチくらいの石がごろごろ重なって、笹原《ささはら》に埋《う》もれている。その石の間を通路が通って地中に抜《ぬ》けているらしい。このくらいの石なら何とか道具を使って動かせそうだけれど、問題は、通路が石の下の土の中に潜《もぐ》り込《こ》んでいる点だ。どれくらいの長さにわたって崩《くず》れているかわからない。たしかにムカリの言うとおり、掘《ほ》っていくうちに崩《くず》れる危険がありそうだ。救出にあたるこびとたちを生《い》き埋《う》めにしないためには、掘《ほ》った穴の天井《てんじょう》を支える工《く》夫《ふう》が必要になるだろう。

ぼくたちは谷側の裏口に戻《もど》って作戦を話し合った。

さっき笹原《ささはら》に消えていった女性たちが、食料を持ってきて男たちに配った。笹《ささ》の葉でくるんだ練り物のようだった。男たちは黙々《もくもく》と食べた。女性たちはぼくと博士にもくれようとしたが、ぼくたちは丁寧《ていねい》に辞退して、自分たちの食料を出した。彼《かれ》らの気持ちはありがたいが、なにせ分量が足りない。それに、貴重な食料は穴から無事に救出できたときに、トゥニソルたちにあげて欲《ほ》しかった。

博士と相談した結果、二人で手分けしてぼくがこの谷側の穴掘《あなほ》りを手伝い、博士は正面入り口の大岩を動かす方法を考えようということになった。こびとたちは、ここの谷側の穴掘《あなほ》りにみんな集中する。日没《にちぼつ》までにできるだけのことはしようということになった。

「トンネルの壁《かべ》が崩《くず》れてこないようにする板のようなものが、近くで手に入らないでしょうか？」

博士に聞いて見た。

「そうだな。小屋まで戻《もど》る時間的余裕《よゆう》はないしな。どこかに竹林でもあればね、竹を割って板状にできると思うんだが」

「ねえ、スムレラ。この近くに太い竹の林はない？」ぼくはスムレラとムカリに何が欲《ほ》しいかを説明した。二人はしばらく考えていたが、ムカリが言った。

「竹はずいぶん下の谷にあるが、そこまで下りてまた運び上げるにはそうとう時間がかかると思う」

「そうか、残念だ。それじゃ薄《うす》い板のように剥《は》がれる石はこの近くにないだろうか？」と博士が尋《たず》ねると、ムカリの表情がぱっと明るくなった。

「それならこの谷を少し下ったところの左側に、赤黒く錆《さ》びた石の露出《ろしゅつ》した崖《がけ》があって、そこの石は板のようにぽろぽろ剥《は》がれる」と言う。

「ぼくが、そこまで往復して、荷上《にあ》げをしましょう。そのあいだにこびとたちがトンネルを掘《ほ》ればいい。さっそくムカリに案内してもらって行ってきます」

博士は、こびとの男たちの半数に、今から睡眠《すいみん》をとるように提案した。今寝《ね》ておけば後で交代して、夜じゅう掘《ほ》り続けられる。ムカリはその提案に賛成して、他《ほか》のこびとたちに伝えた。男たちの半数が立ち上がった。中に取り残されている人たちが気がかりで、眠《ねむ》れるかどうかわからないと言いながら去って行った。残った男たちに博士が作業の計画を説明した。

気がつくと、さっきまで下にあった雲が上がってきている。もうすぐぼくたちのいる場所も霧《きり》に包まれるだろう。南さんは雨になると言っていた。急がなければ。

博士は正面入り口に回った。ぼくは背負ってきたリュックの中身をほとんどぶちまけ、ビニールと雨具と水筒《すいとう》だけをリュックに入れて、ムカリの案内で谷を下った。

急な笹原《ささはら》に滑《すべ》りそうになりながら、細い小さな谷筋を下る。このあたりはまだほとんどが伏流《ふくりゅう》で、ところどころに水がちょろちょろと流れているだけだ。二十分ほど下ると、ムカリの言うとおり板状節理《ばんじょうせつり》の赤い岩肌《いわはだ》が地表に現れた場所があった。厚さ一、二センチくらいの平らな瓦《かわら》のような石が下にも落ちていた。これをトンネルの壁《かべ》に使えば、割れることもないし、崩《くず》れてくる土を押《お》さえられる。三枚を万華鏡《まんげきょう》の鏡のように組み合わせて三角のトンネルを作れば、頑丈《がんじょう》なトンネルになるはずだ。ただし、形が不揃《ふぞろ》いなので、組み合わせ方が難しそうだ。なるべく長方形に近い形を探してリュックに入れる。一枚一枚がけっこう重い。あまり多くの枚数を持てそうもない。何度か往復しなければならないだろう。ただ、この一枚一枚はこびとたちには持てない重さだから、ぼくがいて良かったと思う。ぼくがいることも意味があると思うと、リュックの石の重さにも耐《た》えられそうだ。けっきょく一度に運べるのは、六、七枚がやっとだった。

ずっしりと肩《かた》に食《く》い込《こ》むリュックを背負うと、腰《こし》が曲がったおじいさんのような姿勢になる。息がしづらい。生まれてから今までこんな重いものを持ったことがあっただろうかと思う。昔の人はきっと何をやるにも人力で、こんな思いをしながらやっていたんだなと感心したりする。

滑《すべ》りやすい笹原《ささはら》を、気をつかいながら登っていると、パラパラと音がしてきた。雨だ。くそっ。もう少し待ってくれればいいのに。ただでさえ滑《すべ》りやすい笹原《ささはら》が、雨に濡《ぬ》れてますます歩きにくくなった。雨は急に強くなったり、短い時間止《や》んだり、雲の濃淡《のうたん》に従って変化するらしい。まだ強くはないが風も出てきた。今夜はつらい夜になりそうだ。

登りは三十分以上かかった。これはつまり、一時間に一往復が限度だということだ。暗くなる前にもう一往復しかできそうもない。ついでに水もくんで上がろう。雨をしのぐテントも張らなくては。

運んできた石の板を下ろして、ぼくは休憩《きゅうけい》がてら博士を見に行った。

博士は正面入り口からちょっと離《はな》れた平らな場所に、すでにテントを張っていてくれた。まだ眠《ねむ》るつもりはないけれど、荷物をぬれないようにしまうことができて助かる。

「そっちはどんなだい？」

博士に聞かれてぼくは板状節理のことを説明した。

「それはたいへんだな。こっちの目途《めど》がたったら、運ぶのを手伝いに行くよ」

「いえ、たぶん大丈夫《だいじょうぶ》です。ぼく一人でもこびとたちの穴掘《あなほ》りのスピードには間に合わせられると思います。こっちはどうですか?」

「これを見てよ。この一番手前の岩はうまく方向を決めてロープで引《ひ》き倒《たお》せば、他《ほか》の岩に影響《えいきょう》を与《あた》えないで手前に倒《たお》せると思うんだ。一番怖《こわ》いのは、失敗してよけい崩《くず》してしまうことだから、慎重《しんちょう》にやらないとね」

「なんだか将棋崩《しょうぎくず》しみたいですね」

将棋崩《しょうぎくず》しというのは、将棋《しょうぎ》の駒《こま》を適当に山にして、ひとり一駒《こま》ずつそこから抜《ぬ》いていく遊びだ。山を崩《くず》した方が負けになるんだけれど、これは遊びじゃない。へたに岩を崩《くず》せば中にいるこびとたちを殺してしまうかもしれない。

「どうやってロープを引っ張るんですか?」

「原始的な巻き上げ機を作ろうと思う。エジプトのピラミッドの石を運んだのも、巻き上げ機を使ったと思われている」

「どういうものですか?」

「簡単さ」博士は近くにあった小枝を拾い、それをミニチュア代わりにして説明してくれた。「短い丸太の両端《りょうたん》を、引っ張られないように岩か何かで止めておいて、それにロープを巻き取って行くんだ。丸太には穴を貫通《かんつう》させておいて、長い棒をそのあなに突《つ》っ込《こ》んで、レバーのように倒《たお》すと丸太が回転する。テコの原理が働くのでロープを引く力は信じられないほど強くなる。難しいのは丸太の両端《りょうたん》を引っ張られないように固定することと、逆回転で戻《もど》ってしまうのを止める工夫《くふう》だね」

なるほど、構造は単純だけれど、力は発揮できそうだ。エジプト人はすごい。

「その丸太は手に入りそうですか?」

「うん。暗くなる前に少し谷に下って、適当な木を伐《き》ってくるよ」

「ぼく、戻《もど》ります」

「ああ。さっき南くんから連絡《れんらく》が入ってね。もう車で林道の終点まで来ているそうだ。今夜は車で寝《ね》て、明日の朝早くにこっちに向かうってさ」

「わかりました。そうすると到着《とうちゃく》はきっと昼過ぎですね。道具がくれば、作業もはかどるでしょうね」

「それまで中のこびとたちが持ちこたえてくれればいいけどね」

「ムカリが言ってましたけど、洞窟《どうくつ》には冬用の食料を貯蔵する倉庫があるそうです」

「そこが崩《くず》れていなければ、食料は心配ないか」

「もともと洞窟内《どうくつない》には水も湧《わ》いているそうですからね」

ぼくは谷側の裏口に戻《もど》り、進み具合を見た。

入り口は前にも言ったように縦長の岩が二つ、V字を逆さにしたような形で互《たが》いにもたれるように支え合っているので頑丈《がんじょう》だ。その間隔《かんかく》が狭《せま》いのでぼくは頭が入らない。腕《うで》を伸《の》ばせば肩《かた》まではなんとか入る。入り口の岩より奥《おく》は、もっと小さな岩が積み合わさっている。このあたりの土は風化した花崗岩《かこうがん》らしく、米粒大《こめつぶだい》の目の粗《あら》い砂のようでざらざらくずれやすい。その砂が岩の隙間《すきま》から流《なが》れ込《こ》んで、通路を埋《う》めてしまっているのだった。砂は取り除いても次から次へとまた上からぽろぽろ落ちてくる。粘土質《ねんどしつ》なら叩《たた》いて固められるのだろうが、それができないのでやっかいなのだ。ぼくが運んできた板状の石で三角形のトンネルを作り、隙間《すきま》には外から粘《ねば》り気《け》のある土を入れて詰《つ》める。そうして少しずつ進むしかない。いまはちょうどぼくの腕《うで》の長さくらいに掘《ほ》り進《すす》んだところだ。あとどれくらい掘《ほ》れば突《つ》き抜《ぬ》けるのかわからない。

ぼくはリュックから小さなサイドポケットを取り外し、ひもを付けて中に入れた。こびとたちが掘《ほ》った土砂《どしゃ》をそこに入れ、ぼくがひもを引いてトロッコのように運び出す。そしてかわりに石の板を押《お》し込《こ》む。中の作業はこびとたちに任せるしかないので、ぼくはペンライトだけトンネル内の照明のために貸してあげて、もう一度石の板を運びに下りることにした。こびとたちは疲《つか》れているはずなのに休もうともせず、必死に掘《ほ》っている。彼らのその真剣《しんけん》さにぼくも突《つ》き動《うご》かされる。いま自分にできることをやろう。

4

雨はやむ間がなくなった。降り続く雨でぐっしょり濡《ぬ》れながら、ぼくが二度目の石運びから戻《もど》ると、博士が暖かいスパゲッティを食べさせてくれた。博士は持ってきたブルーシートで、谷側のトンネルの出口を覆《おお》うように屋根を作ってくれていた。これでこびとたちも濡《ぬ》れずに作業ができる。

スパゲッティを、こびとたちにも食べやすいように細かくきざんで小さな食器にいれてあげると、みんなで囲んで珍《めずら》しそうに食べていた。たかがレトルトのミートソースなのに、今まで食べたことがないくらいおいしいといって感動してくれた。こびとの男たちは疲《つか》れていて寡黙《かもく》だ。

日暮れが間近だった。博士と相談し、ぼくがそのあと十時ぐらいまで仕事を続け、博士はその間テントで睡眠《すいみん》をとることにした。博士は十時に交代して朝まで続ける。こびとたちも交代制にして作業はとぎれさせないようにする。

お腹《なか》が満たされると疲《つか》れがどっと出てきたけれど、あと四時間ぐらいなんとかがんばることにする。トゥニソルの顔が目の前から離《はな》れない。なんとしても生きて救い出さなければ。彼《かれ》らは暗い穴の中できっと恐怖《きょうふ》に押《お》しつぶされそうになっているだろう。

雨はあたり一面の笹原《ささはら》に落ちて、ザアーと音を立てている。時々風が強く吹《ふ》くと、雨音は海岸に打ち寄せる波の音のように強くなる。霧《きり》は濃《こ》くなったり薄《うす》くなったり、絶えず流れ続けている。

日が落ちてからの作業は、寒さもこたえた。まだ八月の終わりだというのに、北国では夜になると夏らしい熱気がすっと消えてしまう。おまけに山の頂上で風が吹《ふ》き抜《ぬ》けるときている。雨に濡《ぬ》れた体はさすがに冷えてくる。寒さと眠気《ねむけ》で気持ちが萎《な》えそうになりながら、こびとたちのトンネル掘《ほ》りを手伝う。ぼくたちが持ってきた充電池《じゅうでんち》式の懐中《かいちゅう》電灯はほんとうに役に立った。手回し充電器《じゅうでんき》も持っていたので、電池の切れる心配もない。

ぼくは裏口の石の外に座《すわ》り、掘《ほ》った砂を捨てる係をする。

こびとたちが掘《ほ》った砂がリュックのポケットいっぱいにたまると、ヒモでトンネルの外に引っ張り出し、砂を捨てるとまた石の間に押《お》し込《こ》んだ。こびとたちがポケットいっぱい掘《ほ》るまでの間は、充電器《じゅうでんき》のハンドルを回して充電《じゅうでん》し続けた。ときどき眠《ねむ》くて手が止まってしまう。ブルーシートに絶え間なく雨粒《あまつぶ》の打ちつける音。その音がいっそう眠気《ねむけ》を誘《さそ》う。一度などは休憩《きゅうけい》しているこびとたちもみんな居眠《いねむ》りをしてしまって、しばらくみんなで船をこいでいた。

黙々《もくもく》と作業をするこびとたちを眺《なが》めているうちに、ぼくは悲しくなってきた。おそらく、朝からずっと動きつづけてきた疲《つか》れと、靴下《くつした》まで濡《ぬ》らしてしまった雨と、それに体にしみこんでくる寒さのせいで、ぼくの神経はだいぶまいっていたんだろう。いろんなイメージや感情がわき上がってくる。現実感覚がなくなってくる。そして、なぜだか無性《むしょう》に悲しさがこみあげてきて、涙《なみだ》があふれてくる。

今日登ってくる途中《とちゅう》に男の神様の木で聞いたスムレラの話が思い出される。

山火事に追われて神様の木の中に逃《に》げ込《こ》み、迫《せま》ってくる火におびえているこびとたち。ぼくはその一人になったような気がして、こびとたちの恐怖《きょうふ》をまざまざと感じることができる。泣《な》き叫《さけ》ぶ子供たち、必死に祈《いの》る老婆《ろうば》たち、助かる道を考え続ける男たち。男たちはいよいよ火に焼かれることになったら、最後は子供たちを苦しませないように自分の手で殺す決意をひそかにしている。自分たちの受《う》け継《つ》いできた知識や文化がこの瞬間《しゅんかん》にすべて滅《ほろ》びていく様を、目《ま》の当《あ》たりに観《かん》じつつある年老いた男たち。何とか鳥に乗って逃《に》げた者たちが無事に逃《に》げのびて、また生き続けていけることを願う女たちの気持ちも、今は手に取るように想像することができる。

何千年の間にいくたび、こびとたちはそうやって絶滅《ぜつめつ》の危機を乗《の》り越《こ》えてきたのだろうか。冬の寒さに次々と人が死んだときもあっただろう。火山灰が降り積もって木々がみんな枯《か》れてしまったこともあったかもしれない。害虫の異常繁殖《はんしょく》に悩《なや》まされたことも、謎《なぞ》の病気でばたばたと人が倒《たお》れていって途方《とほう》に暮れるような危機もあっただろう。自然の中で生きるということはそういうことだ。もちろんそれを言うなら、ぼくたち外の人間たちだって、いくつもの大きな災厄《さいやく》で絶滅《ぜつめつ》しそうになったにちがいない。実際絶滅《ぜつめつ》した文明も数多くあっただろう。

ぼくたちは巨大《きょだい》な農地を作って食糧《しょくりょう》を安定させ、木を伐《き》って頑丈《がんじょう》な家を建て、都市に集まって文明を築いてきた。大地震《おおじしん》や大火災は今でもなくなりはしないけれども、大量の人間たちが集まって、まるで蜂《はち》が壊《こわ》れた巣をすぐに修復してしまうように、大勢で乗り越《のこ》えてきた。船を作り、飛行機を作り、鉄道や自動車を作ってネットワークをつくり、一つの災害が起これば、国全体、いや国を超《こ》えて協力が差し出される。たしかにぼくたちは生き延びるために文明を進歩させ、社会を巨大《きょだい》化《か》して来たし、その戦略は成功したといえるのかもしれない。たとえ一方で愚《おろ》かな戦争を性懲《しょうこ》りもなくくりかえそうとも、たとえ富裕《ふゆう》階級が底辺の人々を搾取《さくしゅ》しつづけていようとも、また、偏見《へんけん》や差別で同じ人間同士が色分けされて理由もなくいがみ合い続けていようとも、金を儲《もう》けるために他《た》人《にん》の生活を破壊《はかい》し続けてなんとも思わない奴《やつ》らがはびこり続けていようとも、ぼくたちの全体として生き残り続けるという戦略は成功していると言わなければならないはずだ。

なのに、なぜかぼくは悲しい。

時には山火事に巻かれて絶滅《ぜつめつ》に直面したりするこびとたちは、ぼくたちのように巨大化《きょだいか》の道を選ばずに、無力なまま、むしろ逆に、自然の恩恵《おんけい》を最大化するために自分たちを最小化しながら生きる道を選んだ。その代償《だいしょう》として彼《かれ》らはいつも絶滅《ぜつめつ》の危機に襲《おそ》われる可能性を受け入れなければならない。ひとりひとりも無力な死の可能性を受け入れて生きなければならない。

その彼らの姿をぼくは崇高《すうこう》と感じるのだ。この世から消えさせてはならないと思うのだ。たとえ、ぼくたちの巨大化《きょだいか》した文明が地球上から滅《ほろ》びることがあるとしても、こびとたちには生き残ってほしい。

今この瞬間《しゅんかん》にも、中に閉《と》じ込《こ》められているこびとたちはどんな思いでいるのだろう。トゥニソルもレタラムもシラルも、暗闇《くらやみ》の中で絶望していないだろうか。怪我《けが》はしていないだろうか。脱出《だっしゅつ》の希望を捨てないでがんばれているのだろうか。空気は十分にあるのだろうか。寒さで凍《こご》えていないだろうか。空腹のために力が抜《ぬ》けて立ち上がることもできないのではないだろうか。頭上の岩の分厚さに、押《お》しつぶされる恐怖《きょうふ》を感じて気が狂《くる》いそうになっていないだろうか。外にいる家族に思いを届ける方法がないことに絶望していないだろうか…。これまでの長い彼《かれ》らの歴史の中で、何度も絶滅《ぜつめつ》の危機を乗《の》り越《こ》えさせてきた彼《かれ》らの中の何かが、今度もまたトゥニソルたちの中で彼らを守ってくれると信じたい。周囲の自然を知り尽《つ》くした彼《かれ》らの知識と知恵《ちえ》が、なんらかの道を今度も切り開いてくれると信じたい。彼《かれ》らこそ、この地上に生きる資格のある人類なのだから。

「大丈夫《だいじょうぶ》ですか？」

横から小さな声が聞こえた。振《ふ》り向《む》くとシラルのお父さんだった。そういえばムカリは昼間に会ってからずっと寝《ね》ていないはずだ。

「ええ。すみません。すこし眠《ねむ》くて」

「寝たらいいじゃないですか」

「ええ、十時になったら、博士と交代して寝させてもらいますから」

「はは、あなたたちは夜まで細かく区切ってしまうのですね」

なんのことかとぼくは一瞬とまどったけれど、すぐに時計のことだとわかった。ぼくはヘッドライトで腕時計《うでどけい》を照らしてみた。あと三十分ぐらいで十時になる。

「こんなものは、あなたたちには必要ないですよね。これは時計って言うんですが、ぼくも山の中に来てから、あまり見なくなりました。必要を感じないんです」

「その機械の話はトゥニソルから聞きましたよ。失礼かもしれないけれど、その時はみんなで笑いましたよ。何のために一日をそんなに細かく切り刻むんだろうって言ってね。いや、怒《おこ》らないでください。私たちは野蛮《やばん》なんです」

「いえ、そんなことありません。ぼくたちがおかしなものばかり作っているんです」

「あなたたちの力を借りることができて、今回はとても感謝しているんです。話はシラルやトゥニソルから聞いていましたが、私たち大人は正直言って、あなたたちと会うことを警戒《けいかい》していたのです。失礼なことでした」

「いえ、そんなことはありません。当然ですよ。ぼくたちはいつまでもここにいるつもりはありません。あなたたちの暮らしを邪魔《じゃま》する資格はないんです」

「シラルや他《ほか》のものたちが助かるかどうかはわかりませんが、もし助からなくても、あなたたちには感謝の念でいっぱいです。わざわざ山上まで駆《か》けつけてくれて、こうして寝《ね》る時間も惜《お》しんでシラルたちのために働いてくださる。なんとお礼を言ってよいかわかりません」

「かならず助かりますよ。トゥニソルは友達です。彼《かれ》を死なせはしません」

「ありがとう」

ムカリは疲《つか》れた横顔で、暗闇《くらやみ》を見つめていた。ぼくも疲《つか》れていて口が重かった。ムカリの心中は察するにあまりある。ぼくには子供がいないから、息子《むすこ》の死の可能性に直面している父の気持ちは正確にはわからないかもしれないけれど、ぼくの父が亡《な》くなる前の時期、ぼくも似たような経験はしたことがある。身内の死に向き合うのは誰《だれ》にとっても重い経験だ。あの時期、ぼくの父はどんな気持ちでいたのだろう。子供を残して自分が先に死ぬのは、順当だと言えばそうだけれど、まだ成人していないぼくと妹を残していく父の気持ちは、想像してみようとしてもやはりうまくいかない。ふと長老の顔が浮《う》かんだ。

「そういえば、ここではあなたが他《ほか》の皆《みな》さんに頼《たよ》られているみたいですが、長老はいまどこにいるんですか？」

「洞窟《どうくつ》の中です」

そうだったのか。ぼくも博士も、いろいろなことを考えなければならなかったので、すっかり長老のことを忘れていた。本来、ここにいて陣頭《じんとう》指揮を執《と》っているはずの長老は、不運にも中に閉《と》じ込《こ》められてしまっているんだ。

「そうだったんですね。無事でいるといいけど」

「穴の中できっとみんなの心の支えになってくれているでしょう」

「暗い中で、みんな不安な気持ちでしょうね」

「ええ、明かりはあるでしょうし、食料や水もたぶんあるでしょう。希望は捨てていませんよ」

「明かり取りの火は、何を燃やすのですか？」

「多くは椿《つばき》などの植物の種をしぼった油です。貯蔵庫にまだ大量にあるはずです。もし貯蔵庫が土で埋《う》まっていても、ヒカリゴケもたくさんあるから、真っ暗にはなりません」

「ヒカリゴケは、そんなに明るいものなんですか？」

「ええ。トゥニソルが去年から、すべての通路にヒカリゴケを植え付けていました。おかげでずいぶん明るくなったとみんなトゥニソルに感謝していたんですよ」

トゥニソルやるじゃないかと、心の中で思った。長老みたいに、皆《みな》の役に立ったあかしの入《い》れ墨《ずみ》を入れてもらえるんじゃないか。

「トゥニソルはいい子ですね」

「ええ。あの子は新しいことを学ぶのにとても熱心です。あなたたちのところに行って知ったことをみんなに話してくれるんです。うちのシラルは弟のようにかわいがっていますよ」

合図があったので、ぼくはひもを引っ張って土をトンネルの外に捨てた。ムカリは空になったポケットを引っ張ってトンネルに入って行った。

トンネルの中はどんな具合だろう、ぼくは入れないので確認《かくにん》ができない。掘《ほ》り出《だ》した土の量からして、夕方からもう五十センチは進んだのではないだろうか。壁《かべ》を補強するための石の板がもっと必要になってきている。夜が明けて足もとが見えるようになったらすぐ、板を運びに谷に下りよう。

あとどれくらい掘《ほ》れば、中のこびとたちのいる空間につながるのか、まったく見当がつかない。博士が明日の朝、正面入り口の岩に挑戦《ちょうせん》しはじめれば、そっちの方が先に貫通《かんつう》するかもしれない。二つの可能性を追求していけるのはいいことだ。こっちのトンネルがまた崩《くず》れてしまう可能性だってある。

そんなことを考えていたら、いきなり大きい揺《ゆ》れがきた。小さな余震《よしん》は昼から何度かあったのだけれど、今度のは少し大きかった。

トンネルの中のこびとたちがあわてて飛び出してきた。みんな口々に大声で叫《さけ》びあいながら。

ぼくは彼《かれ》らに落ち着いてもらって、みんな無事かどうか尋《たず》ねた。

ムカリが言う。「大丈夫《だいじょうぶ》。けが人はいない。でも一か所、土でふさいでいた石の隙間《すきま》が崩《くず》れて砂が流《なが》れ込《こ》んで来た」

「みんな無事でよかった」

「あなたが運んできてくれた石の板で三角形を作っていなかったら、トンネルは崩《くず》れて何人か土に埋《う》まってしまっていたでしょう。ほんとに助かった。また感謝することが増えましたよ」

こびとたちは作業を再開するかどうか話し合っているようだった。けっきょく、またトンネルの中に戻《もど》っていった。ほんとうに勇気のある人たちだ。

それから少し作業が進んで、そろそろ博士と交代だなと思っていたら、なんだか外のこびとたちが騒《さわ》がしくなった。

5

二人のこびとが笹原《ささはら》の暗闇《くらやみ》の中から現れた。なにやら大きな声で叫《さけ》びながらやって来て、トンネルの外にいた数人のこびとたちに報告している。二人のうちの一人はトンネルの中に入っていった。何があったのだろう。喜んで笑っている人もいるので悪い知らせではなさそうだ。こびとたちが落ち着くのを待って事情を聞きたいけれど、なかなか口を挟《はさ》める感じにならない。洞窟《どうくつ》の中で穴《あな》掘《ほ》りをしていた人たちも外に出てきた。何なのだろう。

様子をうかがっていると、笹原《ささはら》からスムレラが現れた。左手に小さな男の子の手を引いている。男の子は泥《どろ》だらけというかむしろ、煤《すす》だらけと言った方がいいくらい全身が黒く汚《よご》れている。その子が姿を現すと、トンネルの外にいたこびとの男たちの中から大きな叫《さけ》び声《ごえ》が一つあがり、一人がその子に駆《か》け寄《よ》って強く抱《だ》きしめた。抱《だ》きしめながら男の子の頭をくしゃくしゃになでている。どうやら洞窟《どうくつ》に閉《と》じ込《こ》められていた子の父親らしいが、ぼくには何がどうなっているのかさっぱりわからない。どこか別の場所に脱出口《だっしゅつこう》が開いたのだろうか。他《ほか》に脱出《だっしゅつ》してきた人たちはいるのだろうか。どうなっているんだ。

疑問に思っていると、スムレラが近づいてきて説明してくれた。

「あの子は一人で、換気口《かんきこう》を通って脱出《だっしゅつ》してきたの。中の人たちの様子も教えてくれた」

「換気口《かんきこう》？　人は通れないって言っていたやつ？　よく通れたね」

「あの子、いたずらっ子だから時々換気口《かんきこう》に入って遊んでいたのよ。小さな体だから通れたんだと思う」

「他《ほか》の人もそこを通って出てこられないの？」

「大人は大きすぎて無理だと言っている。逆にあの子より小さな子は力がないからはい上がれないだろうって」

「でも上からヒモで引っ張れば、どう？　小さな子たちだけでも先に脱出《だっしゅつ》させられればいいんじゃない？」

スムレラは、大人たちと話しているその子にむかって大きな声で何か尋《たず》ねた。その子は振《ふ》り返《かえ》ってスムレラに答えた。その拍子《ひょうし》に巨人《きょじん》のぼくを見て目を丸くした。

「それはうまくやればできるかもしれないって。狭《せま》くて怖《こわ》いけれど、自分がいっしょに上がれば何人かは上がれるんじゃないかって」

「やろう。それはぜひやろう。危険がないなら少しでも早く出してあげよう」

「そうね。トンネル掘《ほ》りと同時にそっちも進めた方がいいかもしれない。ただ、本当に安全なのか確かめないと。途中《とちゅう》で穴が崩《くず》れたり、体が詰《つ》まって動けなくなったりしたらたいへん」

「そうだね。それで、中の人たちはみんな無事なの？」

「いま、あの子が話している様子だと、ほとんどの人は無事みたい。怪我《けが》をしている人が何人かと、具合の悪い老人がいるらしい。それに、いくつかふさがった通路があって、連絡《れんらく》が取れない人がいるみたい」その子が洞窟《どうくつ》の中に無事でいる人たちの名前を言うたびに、どよめきが起こった。トゥニソルとシラルの名前もあがった。スムレラがほっとしたのがわかった。ムカリも安心したことだろう。

「ぼく、博士を呼んでくるよ。ヒモでつり上げる作戦は、準備ができたらすぐにでも始めるべきだよ」

ぼくは博士を起こしにいった。テントの外から呼ぶと、博士はあわてて起きて顔を出した。

「ごめんごめん。あれ。もう十時半だ。しまった。寝坊《ねぼう》したよ。悪い悪い。さっきの地震《じしん》で一回、目が覚めたのにまた意識を失ってしまった」

「いいんですよ。それより、うれしい知らせがあるんです」

ぼくは脱出《だっしゅつ》してきた少年のことを話した。

「それはすごい。その換気口《かんきこう》は拡《ひろ》げることはできないのかな。拡《ひろ》げられればみんなそこからひっぱりだせばいい。とにかく、すぐに行くよ」

ぼくは自分のリュックから使えそうな細いヒモやロープを何種類か持って、みんなのところに先に戻《もど》った。博士もすぐ後から、雨具のボタンを閉めながらやってきた。

スムレラに通訳してもらいながら、こびとたちと救出作戦を練った。

脱出《だっしゅつ》してきた小さな子はカルーシ、真っ先に駆《か》けつけて抱《だ》きしめていたのはお父さんのポロニセというのだそうだ。換気口《かんきこう》の様子を聞くと、長さがこびとの大人の背丈《せたけ》十五人から二十人分ぐらいだという。四、五メートルと言ったところか。結構長い。ふだんは換気口《かんきこう》で、火を焚《た》くときは煙突《えんとつ》として使われているそうだ。途中《とちゅう》は広くなったり狭《せま》くなったり、垂直になったり斜《なな》めになったりだそうで、広いところは大人が三人立てるほど、狭《せま》いところはカルーシが何とかすり抜《ぬ》けられるぐらいしかないという。一部分は砂でふさがりかけていたのを手で掘《ほ》って進んで来たのだという。真っ暗な中でよくそんなところを通《とお》り抜《ぬ》けてきたものだ。ぼくは閉所恐怖症《きょうふしょう》だから、想像するだけでぞっとする。

みんなで相談して、もう一度、ヒモをもってカルーシに下りてもらうしかないということになった。父親のポロニセは心配そうだったが、カルーシはしっかり前を見すえて、「やる」とひとことと言った。強い子だ。

誰《だれ》か大人がいっしょに下りて、行けるところまで行き、中継《ちゅうけい》することになった。背の低い小柄《こがら》なこびとが二人申し出た。一度ヒモが通ったら、まず、いくつかの物資をヒモに結びつけて送《おく》り込《こ》む。ぼくの持ってきたペンライトや絆創膏《ばんそうこう》が役に立ちそうだ。そしてヒモの先に輪っかを作り、カルーシを確保する。その少し上にもう一つ輪っかを作り、小さい子の胸に回す。そうして小さい子を先にし、カルーシがそれを下から支えながらゆっくり引っ張り上げるのだ。

まずはそこまでやろうということになり、今やっているトンネル掘《ほ》りを続けるのに必要な最少人数を残して、みんな換気口《かんきこう》に向かった。

トンネルを掘《ほ》っている谷側の裏口から、博士が岩に取り組んでいた正面入り口に向かって七、八メートルも行っただろうか。岩の隙間《すきま》に換気口《かんきこう》の出口があった。ライトで照らすと、ススで真っ黒だった。出口は穴というより丸い岩と岩の隙間《すきま》で、その隙間《すきま》を一メートルくらい下までこびとの大人が三人ぐらい下りられそうだった。まずぼくの懐中電灯《かいちゅう》を下ろして入り口を照らし、博士の持っていた麻《あさ》の荷造りヒモの先端《せんたん》を、カルーシの胸に回して結んだ。これで彼《かれ》が足を滑《すべ》らせても怪我《けが》はしないだろう。いろいろ持たせると危ないので、最初は何も持たせず、下にいる人への最小限の伝言だけを頼《たの》んだ。カルーシの小さな体が暗い穴の中に消え、サポートする二人の大人も続いた。十五分ほどして下に着いたと連絡《れんらく》があった。中継《ちゅうけい》のサポート係が叫《さけ》ぶと、声は穴を通ってなんとか下まで届くらしい。下にいる人たちも喜んでいる様子だ。

それから一番年齢《ねんれい》の高い子から順に救出が始まった。

博士がこびとたちの合図にしたがってヒモをゆっくり引っ張りあげる。途中《とちゅう》止まって休んでいるらしい時間もある。入り口に立っているこびとは奥《おく》の中継《ちゅうけい》のこびととしきりに連絡《れんらく》を取り合っている。三十分以上もたったころ、ようやく子供がひとり出てきた。歓声《かんせい》があがる。カルーシがまた下りて行く。

二人目の救出にかかったときに博士が言った。

「今のうちに寝《ね》ておきなよ。もう真夜中だ。明るくなったらまたやることが山ほどあるぞ」

ぼくは興奮していたので、救出の瞬間《しゅんかん》にずっと立ち会いたかったけれど、博士の言うとおり、まだ先がある。

「わかりました。じゃあテントに行かせてもらいます」

にぎやかな現場をあとにして、ぼくはテントに行き、すこしビスケットをかじって横になった。自分では寝《ね》られないほど興奮していたつもりだったが、服が温かくなると疲《つか》れがどっと出て、すぐに寝入《ねい》ってしまった。

目が覚めるまえ、夢の中でぼくはトゥニソルの声を聴《き》いた気がした。二人で穏《おだ》やかに話をしていた。苔《こけ》についてだっただろうか。こびとたちの未来についてだっただろうか。内容は忘れてしまった。どちらについても彼《かれ》は同じような口調で話す。明るい場所だった。ぼくたちで作ったタワーの上だったかもしれない。

目が覚めると、雨の音が聞こえなかった。テントから顔を出すと外は霧雨《きりさめ》になっていた。もうすっかり明るくなっている。博士はきっとまだ換気口《かんきこう》からの救助をしているのだろう。ぼくはすぐにお湯を沸《わ》かして、アルファ米で簡単なお茶漬《ちゃづ》けを作り、かき込《こ》んだ。今日中に何とかトンネルを貫通《かんつう》させなければ。穴の中には体調の悪い高齢者《こうれいしゃ》もいると言っていた。

ぼくは自分の分を食べ終わると、博士の分を持って換気口《かんきこう》に向かった。もう救出作戦は終わったらしくて、こびとが二人座《すわ》って居眠《いねむ》りしているだけだった。谷側の裏口に行くと、こびとたちが何人か入り口の横で寝《ね》ていた。博士の姿はなかった。

少し待っていると、谷の下から博士が荷物を背負ってあがってきた。石の板を拾いに行っていたらしい。

「おはようございます」

「おはよう。石はやっぱり重いなあ」

ドサッとリュックを下ろす。

「お茶漬《ちゃづ》けが冷《さ》めてしまいました」

「おお、ちょうど腹が減っていたところだ。いただくよ。ありがとう」

「救出は終わったんですか？」

「ああ。全部で五人。助け出すことができたよ。男の子が三人と女の子がふたり。一番小さな女の子はカルーシが抱《だ》きかかえるようにして上がってきたよ。たいした子だな、あいつは。みんな女の人たちのところに行った」

「無事でよかった。まだ中に残っている人たちはどうですか？」

「年配の女の人が持病を持っていて、具合が悪いらしい。いつも飲んでいる薬を届けたんだけれど、やっぱり緊張《きんちょう》や不安からくるストレスが大きいんだろうな」

「トゥニソルは元気でしょうか。さっき夢に出てきたんです」

「ああ、下ではなかなか活躍《かつやく》しているらしいよ。中にいるのは子供や年寄りが多いんだ」

「トンネルはどんな具合ですか？」

「順調に進んでいると思うよ。さっき換気口《かんきこう》からヒモを中に渡《わた》して、ふさがっているところまでの距離《きょり》を測ってもらったんだ。そのヒモを上げてもらって地上に伸《の》ばしてみた。こびとたちが中の通路の形を覚えているから、その形に沿ってトンネルの方に測ったヒモを置いてみたんだ。だいたいの見当しかわからないけれど、あと一メートルあまり。長くても、二メートルはないと思う」

「今日中には貫通《かんつう》するでしょうか？」

「いまのペースなら、大丈夫《だいじょうぶ》じゃないか」

「よかった。中の人たちの食料は大丈夫《だいじょうぶ》なんですよね？」

「ああ。足りなければ換気口《かんきこう》から差し入れられる。あの子が換気口《かんきこう》を開けてくれたのはすごく大きいよ」

「ぼくも石を運びに行きます」

「いや、石はとうぶん足りそうだ。トンネルは岩の積み重なったところに差しかかっているらしくて、崩《くず》れる心配がない場所を掘《ほ》り進《すす》んでいるらしい。それより、正面入り口の岩を動かすのを手伝って欲しい。なんでも、洞窟《どうくつ》の真ん中あたりで通路が一か所ふさがっていて、正面入り口側にも何人か閉《と》じ込《こ》められているらしいんだ。そちらは食料もないし、換気口《かんきこう》もないから、急がなければいけない」

「何人ぐらいいるんですか？」

「トゥニソルたちにも正確にはわからないらしいが、この前会ったあの長老がそっちにいるはずだというんだ」

「わかりました」

「トンネルはこびとたちに任せて、そっちに集中しよう」

「南さんから連絡《れんらく》はありましたか？」

「ああ、一時間ほど前に峠《とうげ》に着いたと連絡《れんらく》してきたよ。まだずいぶん暗いうちに出発したんだな」

「道はわかるでしょうか？」

「大丈夫《だいじょうぶ》。スムレラが鳶《とび》に乗って迎《むか》えに行ったよ」

「それなら昼頃《ひるごろ》には着きますね」

「ああ。それまでになんとかしたいけれどね。どら、やろうか」

ぼくたちは腰《こし》を上げて正面の入り口に回った。


博士は昨日のうちに、巻き上げ機の芯《しん》棒になる長さ一メートルぐらいの丸太を切り出してあった。中心を通るようにノミで三センチほどの穴を貫通《かんつう》させ、少し離《はな》れたところに六十度ずらして同じような穴をあける。さらに少し離《はな》れてもうひとつ。その穴に堅《かた》い棒を入れて回しながらロープを芯《しん》棒に巻き取っていくわけだ。六十度回したら穴を換《か》えてまた回す。両端《りょうたん》さえしっかり止まっていれば相当な力で巻き取っていける。棒を二本用意して二人で交代に力を入れていけば逆回転も止められる。芯《しん》棒の両端《りょうたん》を止めるのに適した二つの岩もきのう見つけてある。ぼくたちは八ミリ径のナイロンロープを持ってきた。それ以上太いのはない。入り口をふさいでしまっている大きな岩の頭に二重に巻き付け、七、八メートル離《はな》れたところの巻き上げ機の芯《しん》棒に巻き付けて固定した。これで博士とぼくが二人で巻き上げ機の棒を交互《こうご》に倒《たお》していけば、岩は手前に引《ひ》き倒《たお》されるはずだ、岩全体を持ち上げるわけではなく倒《たお》せばいいだけだから、これでなんとかうまくいくだろう。

「さあ、用意はいい？」博士がぼくの顔を見る。

「ちょっと待ってください。途中《とちゅう》でどうしても疲《つか》れて休みたくなった時は、どうすればいいんですか？」

「棒を倒《たお》しきって地面に付けて、自分がその上に乗っかっていれば止まるんじゃないか」

「じゃないか、ですか？」

「まあ、ゆっくりやってみよう。せーの」

博士がまず渾身《こんしん》の力をこめて回した。芯《しん》の丸太はまわった。ロープはわずかだが巻き取られる。

いいぞ。次はぼくの番。同じようにやると意外と楽に回る。道具の力はすごいと思いながらも何か違和感《いわかん》がある。

「博士、これ、なんかロープが伸《の》びているだけじゃないでしょうか？」

「ああ。ナイロンロープはかなり伸《の》びるからね。しばらく伸《の》びてから伸《の》びきったところで岩を引っ張りはじめるはずだ」

ぼくが回している間に博士は棒を次の穴に差《さ》し込《こ》む。ぼくが地面近くまで引き下ろしたところで博士が力を入れはじめる。

「いいぞ」

コツがわかってきた。いい調子だ。だんだん腕《うで》にかかる抵抗《ていこう》が強くなってきた。ロープが伸《の》びきって岩を引っ張りはじめたのだ。待ってろよ、こびとたち。もうすぐだ。

ぼくの番。博士の番。そして、交代のタイミングも息が合ってきて、またぼくの番。ぼくが体重をかけて棒を押《お》し下《さ》げるタイミングで博士は垂直の棒を倒《たお》しはじめる。そして、二人の力がかかっているとき、突然《とつぜん》何かが起こってぼくたち二人はふっ飛ばされた。

何が何だかわからないまま、濡《ぬ》れた笹原《ささはら》から起き上がったぼくと博士は顔を見合わせた。

「切れたか？」

岩の方を見ると、岩の頭に巻き付けたところからぼくたちの方にまっすぐ伸《の》びてくる、その付け根のところでロープは切れていた。

「くそっ。八ミリじゃだめか」

「今度は二重にしてやってみましょう」

「長さが半分になるぞ。届くかな？」

一本で引っ張っていたところを二本にして切れたところに結びつけ、巻き上げ機まで伸《の》ばしてみると、もう少しというところで長さが足りなかった。

博士は頭をかきむしった。

「ああ、もう。…他《ほか》のロープはない…よな」

「あとは細いヒモばっかりです」

ぼくたちはがっかりしてしばらく立《た》ち尽《つ》くしていた。でも、いくら立《た》ち尽《つ》くしても何のアイデアも浮《う》かばない。

「巻き上げ機をもっと近くに設置できませんか？」

「適当な岩がないから、地面に杭《くい》でも打たなければならない」

「杭《くい》じゃあ石の重さに対抗《たいこう》できませんね」

「だめそうだね」

ぼくたちはどうすることもできず、とぼとぼと谷側の裏口に歩いて行った。こびとたちはなにやらみんなで話している。

「すまない。ロープが切れてしまってうまくいかなかった」

　ぼくが言うと、こびとの一人がこたえた。

「こっちもトンネルが硬《かた》い岩にぶち当たってしまった。あんな岩は通路になかったはずだ。地震《じしん》で落ちてきたのだろうと思う。その岩を迂回《うかい》して掘《ほ》らなければいけなくなった。右に迂回《うかい》するか左に迂回《うかい》するか話し合っていたところだ」

「結論は？」

「下。下をくぐるのが確実に一番近い」

「なるほど。昼ぐらいになったら、仲間がもっと強いロープを持ってくる。そうしたらもう一度正面入り口にチャレンジするよ」と博士。

「気にしないでください。あなたたちのせいではない。少し休んだらいかがですか？」

　こびとたちは慰《なぐさ》めてくれた。

「そうしましょう。博士。真夜中からずっと働きっぱなしでしょう」

「うん。少しテントで休もうか」

　ぼくたちはテントでお茶を沸《わ》かして、おやつにしようということになった。

　インスタントの熱いコーヒーをいれて、甘《あま》いものを食べるとすこしほっとした。二人で横になって体を伸《の》ばした。ロープの失敗で落《お》ち込《こ》んでいた気持ちもすこし落ち着いた。こんなことで落《お》ち込《こ》んでいてはいけない。南さんの機材が届いたらすぐに作業にかかれるように、二人で段取りを話し合った。

もう雨はすっかり上がったけれど、濃《こ》い霧《きり》は晴れない。スムレラが道案内に行っていなかったら南さんはいまごろ霧《きり》の中で道に迷っているかもしれない。南さんはどこまで来ただろう。今ごろはあの熊《くま》が座《すわ》っていた場所を通り過ぎただろうか。男の神様の木でスムレラの話を聞いているだろうか。どんな服でくるかな。髪《かみ》は後ろで束ねているんだろうな。そんな甘美《かんび》な想像にひたっているうちに、ぼくはうっかり眠《ねむ》りに落ちてしまった。

6

女の人の声で目を覚ました。

「すみません。遅《おそ》くなりました」

南さんの声だ。しまった、寝《ね》てしまったと、あわてて起き上がると、隣《となり》で博士は大いびきをかいている。博士も寝《ね》ていたのか。まったく頼《たよ》りにならない助《すけ》っ人《と》たちだ。

「博士。中にいますか?」南さんの声で冷水を浴びたようにぼくの頭は一瞬《いっしゅん》で目覚めた。

「います。います。二人ともいます。いま出ます」

ぼくはテントのジッパーを開けて顔を出した。

「ふたりとも寝《ね》ていたの? 疲《つか》れてたんですね。お疲《つか》れ様《さま》」

たいした仕事もまだしていないのに、労をねぎらってもらうと恥《は》ずかしい。時計を見ると十一時近い。小一時間寝《ね》ていたことになる。

「早かったんですね。着くのはお昼過ぎかと思いました」

「事故のことが気になって寝《ね》ていられなくて。四時前に起きてしまったの。来る途中《とちゅう》、だいたいの話はスムレラに聞いたけど。子供たちだけでもとにかく脱出《だっしゅつ》できたのはほんとうに良かった」

「ええ。ぼくはその時間、寝《ね》かせてもらっていました。博士がずっと付いていて…」

隣《となり》で博士のいびきが止まって、目が覚めた。

「ん…しまった。いま何時?」

「もうすぐ十一時です」

「お疲《つか》れ様《さま》でした。遅《おそ》くなってすみません」と南さん。

「ああ、迷わずに来られたんだ」

「ええ。スムレラが峠《とうげ》からの下りで、見つけてくれました。彼女《かのじょ》がいなかったら、この濃《こ》い霧《きり》じゃあきっと迷ったでしょうね」

「スムレラは?」

「みんなの方にいったと思うけど」

「シラルは無事らしいから、よかったよ」と博士は、起き上がってテントを出た。

ぼくたちは南さんを正面入り口と換気口《かんきこう》と谷側の入り口に案内して、状況《じょうきょう》を説明した。トンネル掘《ほ》りは石の下を迂回《うかい》して順調に進んでいるという。

「お昼を食べてしまいなよ」博士が南さんに言う。

「はい。そうさせてもらいます」

「ぼくらは岩を動かす準備をしよう」

「なんだか天の岩戸を動かすみたいですね」

「長老は天照大神《あまてらすおおみかみ》だな。道具類を借りるよ」

「五ミリのワイヤーがなくて、六ミリのを買ってきてしまったんですけど」

「その方がいいや。さっき八ミリのナイロンロープは切れてしまったんだ。六ミリじゃ重かったろう?」

「ええまあ。巻き上げ機はこれです」

ぼくと博士は、巻き上げ機を地面に埋《う》まっているとがった岩に固定し、ワイヤーを入り口の岩に巻き付けた。さっき失敗したナイロンロープも一本にして再びセットした。ナイロンロープだけでは切れてしまうが、両方を同時に使えば、少しは足しになるだろう。

ワイヤーをセットしている時に、スムレラが来て言った。

「もうすぐ、トンネルが通じるわ」

「やったか。見に行こう」

「行きましょう」


お昼を作っていた南さんにも声をかけて、ぼくたち三人は谷側のトンネルに向かった。

トンネルの入り口では、男たちが全員で忙《いそが》しく土を運び出していた。なんでも、小さな穴が中の空間につながって、中にいる人たちと話ができるようになったのだとか。いま、その穴を人が通れるまでに拡《ひろ》げているところだ。すぐに中の人たちが出てこられるようになるだろう。さっきまで寝《ね》ていた男たちも希望に満ちてめいっぱい働いている。やがて女たちも集まってきた。みんなさすがに明るい表情をしている。白い歯が見える。

やがて最初の一人が出てきた。歓声《かんせい》が上がった。

体調の悪そうな高齢《こうれい》の女性が、男たちに腕《うで》を抱《かか》えられて出てきた。さすがに疲《つか》れた様子だが、抱《かか》えられながらも、自分の足でしっかり歩いていた。みんなに迎《むか》えられて、トンネル掘《ほ》りの男たちひとりひとりに感謝を示しながら、女性たちの一群に入っていった。その後五、六人、高齢者《こうれいしゃ》が続いた。そして、幼い子供たちや赤ちゃんを抱《だ》いた女の人。昨晩、通気口から引き上げるには幼すぎた子供たちだ。

そしてレタラムと、そのあとに続いてトゥニソルが現れた。

「ああ。トゥニソル。よかったあ」

南さんがうれしそうな声をあげる。

トゥニソルは男たちに肩《かた》をたたかれながら、こっちを見て手を上げた。体じゅう土で汚《よご》れていたけれど、誇《ほこ》らしげな笑顔《えがお》だ。暗闇《くらやみ》の洞窟《どうくつ》の中でトゥニソルは、みんなのためにかいがいしく働いていたと聞いた。ふだんは照れ屋で口数の少ない彼《かれ》だが、この時はりっぱに見えた。ぼくも友達として誇《ほこ》らしかった。一人の女性と小さな女の子が、駆《か》け寄《よ》ってトゥニソルとレタラムを両手で抱《だ》きしめた。お母さんと下の妹なのだろう。

おとなの女たちは、何人かが軽い怪我《けが》をしているようだったが、ほとんどの人は元気そうだった。

そして、最後に男性が一人とシラルが出てきた。シラルはトンネル掘《ほ》りの男たちと肩《かた》を抱《だ》き合《あ》ってひとしきり喜びあっていたが、一人になったところで、そっとスムレラが横から近づき、シラルは彼女《かのじょ》の肩《かた》をしっかり抱《だ》いた。スムレラはシラルの腰《こし》に手を回して、もうけっして離《はな》すまいとするかのように体を寄せた。ぼくは胸が熱くなった。その光景を見ていた南さんも、ぼくの方をふり返ってにっこり笑った。

にぎやかに喜び合っている彼《かれ》らのもとを離《はな》れて、ぼくたちはテントに戻《もど》ってお昼を食べてしまうことにした。

「さあ、飯をくったら、今度はおれたちの番だ」と博士。

南さんが湧《わ》かしていた紅茶を温め直し、南さんが買ってきてくれたフランスパンをかじっていると、トゥニソルがやってきた。

「助けに来てくれてありがとう」

トゥニソルはお母さんに顔だけ拭《ふ》いてもらったらしく、土まみれの服に顔だけさっぱりして、ていねいにお礼を言った。

「トゥニソル。ほんとうに無事で良かったよ。よくがんばったね」

それからしばらくのあいだ、トゥニソルはぼくたちの質問攻《ぜ》めにあった。

「地震《じしん》があったとき、ぼくとレタラムはたまたまおばあちゃんに会いに来ていたんだ。おばあちゃんが、ぼくたちにくれる刺繍《ししゅう》のバッグを作ってくれたって聞いたから、それをもらいにきて、ついでに夜も泊《と》まって行くことにしたんだ」

「時々、そうやって洞窟《どうくつ》に来るの？」と南さん。

「うん。ぼくたちは小さい子供のうちは冬のすみかで暮らすけど、大きくなったら食べ物とかいろいろなものを集めに、あちこちに散らばって暮らすでしょ。だから夏のあいだは、冬のすみかには年寄りと小さな子供たちしかいないんだけど、誰《だれ》でも好きなときに時々戻《もど》ってきて泊《と》まっていくんだよ。地震《じしん》の時、ぼくたちは大広間で寝《ね》ようとしていたんだ。大広間の天井《てんじょう》は大きな硬《かた》い岩だから崩《くず》れる心配はないけれど、怖《こわ》かったよ」

「他《ほか》の人もみんなそこにいたの？」とこれは博士。

「みんなじゃないけど、ほとんどの人はいた。シラルは先月お姉さんに赤ちゃんが生まれたから、その子に会い来ていたんだ。プレゼントに鷹《たか》の羽毛《うもう》で作った布団《ふとん》を持ってきたんだ。ほかに薬草も持ってきていて、それを貯蔵庫に置きに行ったときに大きな揺《ゆ》れが来た。貯蔵庫の入り口が崩《くず》れなくて良かったよ」

「じゃあ、その貯蔵庫があったから君たちは食べるものには困らなかったんだね？」これはぼくの質問。

「そう。まだこの季節には貯蔵庫はいっぱいになってはいないけど、一か月は暮らせるくらいの食料はある。秋になると、ひと冬みんなで暮らせるくらいの大量の食べ物が積み上げられるんだ。あそこが埋《う》まっていたら、ちょっと困ったね」

「水もあったんでしょ？」

「大広間から谷側の出口の方に少し行くと、水の湧《わ》き出《だ》している部屋があってね、ふだんは洗濯《せんたく》したり食べ物を洗ったりする場所なんだ。そこも無事だった。その部屋の先に中くらいの広間があって老人たちがふだん寝《ね》る場所になっている。崩《くず》れたのはその先の通路だったんだ。それで誰《だれ》も土に埋《う》まらなくて助かったのさ。何人かは落ちてきた石でけがをしたけれどね」

「よかった。でも寒くはなかったの？」と南さんが聞く。

「冬のすみかはとても暖かいよ。夏は涼《すず》しくて冬は暖かい」

「明かりはあったの？　シラルのお父さんが言っていたけれど、君がヒカリゴケをあちこちに植えたんだって？」

「ああ。あれが意外と役に立ったよ。いつも大広間は火をたいているんだけど、通路はやっぱり暗いからね。壁《かべ》にヒカリゴケを貼《は》り付《つ》けておくと、足もとはうっすら見えるから便利なんだ。大広間の火は地震《じしん》のあとで、空気が汚《よご》れるから消してしまったけれど、ヒカリゴケのおかげで少しはものが見えたよ」

「煙突《えんとつ》からカルーシが出てきたのには、みんなびっくりしたんだ。たいした子だね」と博士。

「ぼくたちはちょっと心配したんだよ。崩《くず》れているところや地震《じしん》で緩《ゆる》んでいるところがあったら怖《こわ》いからね。でもカルーシが言うには、いつもあそこで遊んでいて、何度か外まで行ったことがあるって言うんだ。だから、危ないと思ったら無理しないで戻《もど》るように何度も言って聞かせて、登ってもらったんだ。ぼくも途中《とちゅう》までいったけれど、穴が細くなって通れなかった」

「中にいるあいだ、どうしていたの？」

「男の人たちは、谷側の出口を掘《ほ》ろうって言って、掘《ほ》りはじめたけれど、ちゃんとした道具がなかったから、なかなか掘《ほ》れなかった。道具は正面出口の近くにおいてあったからね。手で石をどかすのはできるけれど、砂を掘《ほ》っているとすぐに手が痛くなるんだ」

トゥニソルは手を広げて見せた。爪《つめ》がガさがさになっていて、手の甲《こう》もところどころ血がにじんでいて痛々しかった。

「シラルたちは何とか出口を作ろうとがんばったけれど、なかなか進まなかったよ。でも、外からも掘《ほ》ってくれているはずだし、絶対にあきらめないってみんなを励《はげ》まし続けてくれた」

「君もずいぶん活躍《かつやく》したってカルーシが言っていたよ」

「まあね。できるだけのことはやってみたよ」

トゥニソルは照れながら言った。

「正面出口側はどうなっているの?」

「大広間から少し行ったところで土が崩《くず》れて、通路をふさいでしまっている。その先には中くらいのホールがあって、そこに長老や何人か男の人がいたと思う。ホールは崩《くず》れていないだろうけど、長老は出てきていないの?」

ぼくは正面入り口の状態を説明した。トゥニソルは暗い表情になった。

「たぶんホールは崩《くず》れていないはずだと思うよ。天井《てんじょう》は岩だからね。でも、大丈夫《だいじょうぶ》だろうか。心配だな。道具があれば、ぼくたちのいた大広間の方から掘《ほ》っていくことができるけど」

「そうだね」と博士が言った。「そっちからも掘《ほ》ってもらって、ぼくたちは岩を動かすようにやってみるつもりだ」

「大きな岩を？　どうやって動かすの？」

「ほら、ぼくたちの作ったタワーに滑車《かっしゃ》があっただろう？　あれに似た道具を使うんだ。お昼を食べたらやるから、見せてあげるよ」

　ぼくたちは地震《じしん》があったときのことや、スムレラが走って呼びに来てくれたこと、この山に登ってくる道で熊《くま》に遭《あ》ったことなどをトゥニソルに話した。

「それじゃあ、男の神様の木も通ってきたんだね」

「ああ。とても大きな木だったね。山火事の話も聞いたよ」

「ぼくはあそこが大好きなんだ。なぜって、ぼくはあの木の中で生まれたんだよ。大風が吹《ふ》いた日にお母さんがあの木にお祈《いの》りに行ったら、風が強くなって戻《もど》れなくなって、それであの木の中でぼくを産んだんだ」

「そうなの。さっき向こうにいた人がお母さんでしょ」

「うん。ぼくを産んだあとで外を見たら白い雲が二つ、すごい早さで流れていったんだって。まるで追いかけっこしているみたいにね。それでぼくの名前はトゥニソルになった。二つの雲っていう意味さ」

「とてもすてきな名前だと思う」と南さんがほほえみながら言った。「お母さんは二人の子供が無事に帰ってきて喜んでいたでしょうね」

「あなたたちにお礼を言ってくれって言ってたよ」

「ぼくたちはあんまり役に立っていなかったよ。体が大きすぎてトンネルに入れなかったからね」

「そんなことないよ。みんなとても感謝しているよ」

「そうか。じゃあ飯も食ったし、天の岩戸を動かすことにするか」と博士が言って立ちあがった。

「それ何？」とトゥニソルが聞くので、ぼくは天照大神の神話を説明してあげた。

「おもしろいね」トゥニソルは感心した。「似た話がぼくたちにもあるよ。あるとき人間が欲を出して、必要のないほど魚たちを殺してしまったんだ。それで神様は怒《おこ》って大きな光を天の穴に隠《かく》してしまったんだ。みんなは反省して、光を戻《もど》してくれるように祈《いの》った。そしたら、神様は大雨を降らして魚をみんな流してしまった後で、光を穴から出してくれた。それから魚は少しずつ川に戻《もど》ってきて、人間たちは魚を無駄《むだ》に殺してはいけないって子供に言い聞かせるようになったんだ」

「おもしろいわね」南さんが言った。「きっと世界にたくさんある日蝕《にっしょく》神話の一つじゃないかな」

「君たちの神話を一度ゆっくり聞かせて欲《ほ》しいな」博士が言った。「さあ。長老を何とか救い出さなくては」

ぼくたちはテントを出た。雨はもうすっかりあがり、霧《きり》は流れているがときどき晴れ間が見えてきた。

7

ぼくたちは巻き上げ機のセッティングを念入りに確認《かくにん》した。六ミリの鋼鉄ワイヤーは入り口をふさいでいる岩の頭を二周巻いて巻き上げ機に伸《の》ばす。引っ張る力がかかる方向と、岩の形状を慎重《しんちょう》に検討して、倒《たお》れ方《かた》を想定し、他《ほか》の岩を崩《くず》してしまう可能性がまずないということを確認《かくにん》した。博士がワイヤーを巻き上げながら、ぼくと南さんは交代でロープを巻き上げるための丸太を回していくことにする。両方の力が同時に最大限働くように、双方《そうほう》の巻き上げるペースをそろえるのが大事だ。

さあ始めようかという時に、こびとたちが集まってきた。シラルとスムレラもいる。トンネルを掘《ほ》っていたこびとたちも見物に集まってきていた。巻き上げ機のセッティングを見て何をやろうとしているのかすぐわかったようだ。しきりに感心している。博士はこびとたちに少し離《はな》れるように言った。ワイヤーが万一外れたり切れたりした時に、跳《は》ね返《かえ》って、鞭《むち》のようにこびとたちをなぎ払《はら》ってしまうのを恐《おそ》れたからだ。こびとたちはぞろぞろと離《はな》れて、笹原《ささはら》から突《つ》き出《で》た岩の上にならんで見物した。博士はさらにこびとたちに伝えて、裏口からのトンネルにだれも残っていないか確《かく》認《にん》しに行ってもらい、全員が完全に洞窟《どうくつ》から出たとわかるまで待った。

やがて博士が合図をした。

「いくぞ。今度は失敗しないぞ」

「準備オーケーです」

博士はワイヤー巻き上げ機のハンドルをゆっくり回し始める。ぼくも丸太に刺《さ》した棒を倒《たお》しはじめる。たるんでいたワイヤーとロープが張《は》り詰《つ》められていき、地面からゆっくり持ち上がりはじめる。

さらに巻き上げていく。ワイヤーがキシキシと音を立てはじめる。ロープはさっき切れたときの感覚を思い出して、そこまで強い力がかからないように手加減をしなければならない。ロープがもし切れたら、重みが一気にワイヤーにかかって、弾《はず》みでワイヤーも切れてしまうかもしれない。

「南さん、お願いします」

今度は南さんが丸太に棒を差《さ》し込《こ》んで回しはじめる。ぼくはそのすきに岩まで行って、ワイヤーが岩から外《はず》れそうになっていないか点検して、すぐ戻《もど》る。博士はワイヤーを巻き付けるとき、引っ張れば引っ張るほどワイヤーが岩を締《し》め付《つ》けていくように巻き付けてあるので、外れる心配はなさそうだ。

だんだんワイヤーのたるみがなくなって、力が岩にかかりはじめる。

「博士、ちょっとストップしてください」

と言っておいてぼくは南さんに代わって丸太を回す。鋼鉄ワイヤーは引っ張ってもほとんど伸《の》びないけれど、ナイロンロープはすこし伸《の》びるので、力が岩にかかるまでよけいに巻き上げなければいけない。

「いいですよ。力がかかりはじめました」

ナイロンロープもギターの弦《げん》のように張《は》り詰《つ》めた状態になってきた。両方の力が岩にかかりはじめる。

博士と息を合わせながら力を入れ続けると、こびとたちがざわついた。岩が少し動いたのだ。

「動きはじめました」と南さんが言う。

「よし、このペースでゆっくり引っぱり続けよう」

「博士、まずいです。こっちの棒が折れそうな気がします」

ぼくが丸太に差《さ》し込《こ》んで、レバーのように使っている生木《なまき》の棒がかなりたわんでいる。

「ちょっと待って、バールを持ってくる」

南さんは急いで自分のリュックからバールを出してくる。バールは長さがないので力がよけいに必要だが、折れる心配がない。

南さんに交代してもらっているあいだに、さっきより太い木の棒にかえ、またすぐにぼくが交代する。南さんも短いバールで同時に回す。

ロープが切れないように、限界ぎりぎりを感触《かんしょく》で確かめながら、少しずつ巻き取って行く。博士の方もハンドルを回すのがかなり重くなってきているようすだ。じりじりと少しずつ回していると、岩がだんだん立ち上がってきているのが見えた。

「ゆっくり。ゆっくり」

と博士が自分に言い聞かせるように言う。

「もうちょっとですね」

そして十分も回し続けただろうか。ふっと手の中の力が軽くなった。そして、ロープとワイヤーがたるみ始め、岩はゆっくりとぼくたちの方に倒《たお》れた。

こびとたちがにぎやかになって、いっせいに岩に駆《か》けよっていく。ぼくたちも近寄ってみる。

岩はほぼ想定通りに倒《たお》れたが、奥《おく》はまだ岩と土でふさがっていた。

ひざぐらいまでの石から腰《こし》ぐらいある岩まで、大小さまざまな岩石と崩《くず》れた土が重なり合っていた。一つずつ崩《くず》していくしかないが、どれも最初の岩よりは小さい。

「どうしましょう？」ぼくは博士の顔を見た。

「上の石から一つずつ、ワイヤーをかけて崩《くず》していくしかないね。すぐやろう」

博士はこびとたちに、これからやる作業を説明した。こびとたちはまた下がって少し離《はな》れたところから取り巻いて見ることにした。

ぼくたちは倒《たお》れた大岩からワイヤーとロープを外した。今度はワイヤーの巻き上げ機をぼくが回し、博士は入り口のそばでワイヤーをかけたり、ぼくに指示を送ったりすることにした。小さな石はワイヤーよりナイロンロープの方が勝手が良さそうだ。上の方の石から慎重《しんちょう》に取り去っていかなければいけない。こんどこそまさに将棋《しょうぎ》の駒崩《こまくず》しだ。

博士が崩《くず》す手順を決め、手際《てぎわ》よくワイヤーを巻き付けていく。ぼくは巻き上げ機のハンドルを博士の合図で回していく。止めてという時は博士は手を上げる。引っ張れと言うときは腕《うで》をぐるぐる回す。南さんはこびとたちのそばに立って、何かが飛んでいって怪我《けが》をさせたりしないように気をつけている。中に閉《と》じ込《こ》められている長老たちがどういう状態でいるかまったくわからないけれど、入り口近くにいると危険だから、奥《おく》の方で待機してくれていることを願うばかりだ。

一つめの石はそれほど大きくなかったのですぐ落ちた。入り口の作業がしやすいように、地面に落ちた後も少しずるずると引きずって、三、四メートル離《はな》しておく。ひとつやってみて、すぐにこつを飲《の》み込《こ》んだ。

そうやっていくつか石を取り除いては、大きなスコップで土を取りのけていく。途中《とちゅう》、シラルやムカリが何度か博士にアドバイスをする。彼《かれ》らは洞窟《どうくつ》のもとの形の記憶《きおく》をたよりに、どこをどう掘《ほ》っていくのがいいか、適切な指示をくれた。

それから二時間近く、ぼくたちは夢中で作業を続けた。そして、やや大きめの岩を引っぱり倒《たお》したとき、奥《おく》の岩のすき間に黒い空洞《くうどう》が見えた。

こびとたちが博士に何か言って、空洞《くうどう》に入っていった。

そしてまもなく、とうとう長老のなつかしい顔が入り口に現れた。

外で取り囲んでいたこびとたちが歓声《かんせい》をあげた。飛び上がったり、抱《だ》き合《あ》ったり、涙《なみだ》ぐんだり、喜びを分け合っていた。

ぼくと博士と南さんも誇《ほこ》らしい気持ちでいっぱいだった。ぼくは博士が差しだした手をしっかり握《にぎ》って、無言で握手《あくしゅ》をした。南さんも胸の前で祈《いの》るように手を組んで、うれしそうに笑っていた。

ぼくはそのとき空をあおぎ見てはじめて、いつの間にかすっかり霧《きり》が晴れ、きれいな青空になっていることに気づいた。

後で聞いたのだけれど、長老と二人の男の人は地震《じしん》が来たとき、たまたま冬のすみかで会合を持っていた。正面入り口に近い方の中広間で話をしている時に揺《ゆ》れが来た。中広間の天井《てんじょう》も硬《かた》い岩なのだけれど、奥《おく》の壁《かべ》に近い方が一部崩落《ほうらく》し、男の人の一人が石に足をはさまれた。長老ともう一人の男の人でなんとか掘《ほ》り出《だ》したが、足を骨折していた。今回の地震《じしん》による重傷者は、奇跡《きせき》的《てき》に彼《かれ》一人だった。三人は生《い》き埋《う》めにはならなかったが、運の悪いことに正面出口は大岩にふさがれ、シラルたちがいた大広間に通じる通路も土砂《どしゃ》で埋《う》まってしまった。食料も飲料も手持ちの少量しかなかった。その点、大広間で閉じ込《とこ》められたシラルやトゥニソルたちはまだ幸運だったのだ。

長老たちは、はじめに正面入り口から出ようとしたが、大きな石にふさがれているらしいことがわかってあきらめ、大広間に続く通路を掘《ほ》ろうとした。大広間は構造から考えて崩《くず》れていないと踏《ふ》んだのだ。ただ、一人は骨折して動けず、二人も土を掘《ほ》れる道具などなかった。体を動かせば、腹も減るし、のども乾《かわ》く。少量の飲み水を少しずつ飲みながら、少しずつ掘《ほ》っていたのだという。とうてい貫通《かんつう》する見込《みこ》みはなかったけれど、そうしていないと絶望してしまいそうだったからだという。そうして二晩と二日がたったとき、岩が倒《たお》れるような地響《じひび》きがしたので中広間の安全な空間に戻《もど》り、救助を待っていたのだそうだ。

足の骨を折った男の人は、みんなに担《かつ》がれてすぐに洞窟《どうくつ》の外に運び出された。こびとたちは傷口を洗ってやり、治療《ちりょう》をした。南さんが消毒液とガーゼを出し、念入りに傷の処理と止血をした後、木を削《けず》ってギプスを作り、テープで固定した。こびとたちは南さんの治療《ちりょう》に感心していた。

そして、彼《かれ》らは自分たちの仮のねぐらに引き上げて行った。入《い》れ替《か》わり立《た》ち替《か》わりお礼を言いに来た後で。

「なんとお礼を言ってよいか。とてもふさわしい言葉が見つからない」長老は博士に言った。「あなたたちが来てくれるとは思っていなかった。仲間たちはきっと土を掘《ほ》って私たちを救い出そうとしているはずだと思っていたけれど、何日もかかるのだろうし、間に合わないかもしれないと思って、半分死を覚悟《かくご》していたのだ」

「スムレラが必死に私たちを呼びに来てくれたのです。彼女《かのじょ》をどうか叱《しか》らないでやって欲《ほ》しい。私たちをこの山に招き入れるのは、あなたたちの掟《おきて》に反することだったかもしれないが、多くの命を救いたかっただけなのです、彼女《かのじょ》は」

「もちろんだ。命を救うことは掟《おきて》よりも大事なことだ。いずれまたお礼を言いにあなたたちに会いに行こう。今日はとりあえず失礼する。さすがに腹が減ったのでね。あなたたちもゆっくり寝《ね》てくれ」

　そう言って長老は去って行った。博士はビスケットを彼《かれ》に持たせた。


　ぼくたちも夕飯を作ることにした。

　もうすでに陽《ひ》は山《やま》の端《は》に近づいている。雨の後のさわやかな風が笹原《ささはら》を渡《わた》ってきた。

　夕飯といっても乾燥《かんそう》米と鰯《いわし》の缶詰《かんづめ》と粉末みそ汁《しる》くらいしかなかったのだけれど、ぼくたちにはそれで十分だった。美しい景色と救出の成功で心が満たされていたから。

「うまくいって良かったですね」ぼくはお湯を沸《わ》かしながら言った。

「いやあ。お疲《つか》れ様《さま》。ほんとうに。一人も犠牲者《ぎせいしゃ》が出なかったのは奇跡的《きせきてき》だよな」と博士も満足そうだ。

「すみません。食料をもっと持ってくれば良かったですね。ここにふりかけがありますけど、使います?」と南さん。

「いやいや、ワイヤーとかバールとか、重い物ばかり頼《たの》んだからなあ。でも、おかげで長老たちを助け出せたんだ。あれがなければお手上げのところだった」

「そうですよ。ロープが切れたときは、ほんとに情けなかったですよ」

「見たかったなあ。その場面」南さんは笑っている。

「それにしても南さん、ずいぶん早かったですね」

「連絡《れんらく》をもらったとき、大学にいたでしょう？　向こうも地震《じしん》の後片付けでバタバタしていたし、いろんな物を持ち出しても全然、怪《あや》しまれなかった」

「被害《ひがい》は大きかったの？」博士は気になっているらしい。ぼくもすっかり忘れていた町の被害《ひがい》が気になった。

「化学棟《とう》で薬品が棚《たな》から落ちて、発火しました。ボヤですんだけど。それから研究室のあちこちで本棚《ほんだな》から本が飛び出しました。博士の部屋もかなり大変ですよ」

「ああー。帰ったら片付けか。憂鬱《ゆううつ》だなあ。町には被害《ひがい》が出ていないの？」

「ブロック塀《べい》が倒《たお》れて下敷《したじ》きになった方が亡《な》くなったそうです。崖崩《がけくず》れも何か所かで起こっていて、つぶされた家の救助作業をしているって言っていたかな。大学のそばの川にかかっていた古い石の橋が落ちたそうですよ」

「ちょっとニュースを聞いてみようか。ラジオあったよね。下も大変なことになっていそうだな」

ぼくたちはラジオをつけてみた。

「ご飯、もうできたんじゃないですか？」

ぼくたちは鰯《いわし》の缶詰《かんづめ》をつつきながら、ニュースで町の被害状況《ひがいじょうきょう》を聞いた。土砂崩《どしゃくず》れの捜索《そうさく》は大部分で終わっていたけれど、まだ、一組の老夫婦《ろうふうふ》が見つかっていないという悲しいニュースもあった。肥料工場で起こった火災はなんとか鎮火《ちんか》したらしい。昨夜の雨も重なって、被災地《ひさいち》はたいへんなようだ。不幸中の幸いなのは今回の強い揺《ゆ》れの範囲《はんい》が狭《せま》かったことだろうか。絶対にニュースにはなることのないここでも、救出活動が行われたことを知る人たちはぼくたち以外いない。でも、きっとこびとたちの記憶《きおく》の中で伝承されていくことだろう。

「陽《ひ》が沈《しず》みますね」南さんが言った。

ぼくたちは食べ終わってラジオを消し、お茶をすすりながら、三人で山の夕暮れを眺《なが》めた。日没《にちぼつ》の空の色の変化は、美しい光のショーのようだ。いつ見ても飽《あ》きない。赤くなる夕陽《ゆうひ》と、青みを増していく東の空。緑だった山々が、くっきりとした山肌《やまはだ》のコントラストを見せて、最後には黒い平面的なシルエットに変わっていく。ぼくたちは今こびとたちの聖地にいるのだと、あらためて思った。ここから見る光景を彼《かれ》らは、何百年、何千年と見続けてきたんだ。そう思うと、彼《かれ》らの心持ちに少し近づけるような気がする。この豊かな山々以外に何を望むことがあるだろう。時々、災害で死が襲《おそ》い来ることがあるとしても、それは秋になって枯《か》れ葉《は》が落ちるように自然なことではないのか。大雨で斜面《しゃめん》が崩《くず》れて木が根こそぎ倒《たお》れるように、当然のこととして受け入れるべきことではないのか。そんな風に思えてくる。

「そろそろ寝《ね》ますか。今日はぐっすり気持ちよく寝《ね》られそう」と南さん。そういえばぼくたちもあまり満足に寝《ね》ていないけれど、南さんも昨夜は車の中でちょっと仮眠《かみん》しただけだったのだと思い出した。

小さなテントに三人は寝《ね》られないので、テントは南さんにゆずって、ぼくと博士は外でブルーシートにくるまって寝《ね》ることにした。南さんはしきりにそれでは申し訳ないと言って、自分が外で寝《ね》ると言ったが、ぼくたちは聞かなかった。

笹原《ささはら》をタタミ二畳《じょう》ほど踏《ふ》みつぶしてその上にブルーシートを敷《し》くと、ふかふかで快適だった。寝《ね》袋《ぶくろ》にくるまって首までシートを掛《か》けると、寝《ね》ながら星空が見える。今夜は雨の心配もない。朝露《あさつゆ》もシートでだいたい防げるから問題はない。

博士と二人で寝袋《ねぶくろ》にくるまりながら星を眺《なが》めた。陽《ひ》が完全に沈《しず》みきって、夜の闇《やみ》が下りると、銀河が輝《かがや》きだした。いつも寝《ね》ている谷底の小屋では、こんなに広い星空は見えない。

「ほんとうにきれいですね。宝石をばらまいたみたいだっていうたとえを聞いたことがあるけれど、まさにそれですね」ぼくが大きな声を出すと、テントの方からも応《こた》える声がした。南さんもテントから首だけ出しているらしい。

「博士、あれ、夏の大三角ですかあ。三つの星って何でしたっけえ?」と南さんの声が言う。

「何だったっけねえ。あれ、はくちょう座だろう。わかる? あの大きな十字」と博士。

「はくちょう座はデネブじゃなかったですか? あの右の方の平行四辺形は琴座《ことざ》じゃないですか?」ぼくは小学校で覚えたことをなんとか思い出そうとした。

「おお。琴座《ことざ》は確かベガだよな?」

「もう一つは、何でしたっけ?」ぼくは思い出せない。

「何だったっけ?」

来ない。

三人ともいっしょうけんめい思い出そうとするんだけれど、三つ目の星の名前がどうしても出

「何だったっけえ。わからなーい」

「南さーん。もう一つは何でしたっけえ?」

「まったく。ふだん星空に縁《えん》のない生活をしてるもんなあ」博士がぼそっと言った。

「博士ー。明日はどうするんですかあ?」テントの方から南さんが聞く。

「小屋に戻《もど》ろーよ。洞窟《どうくつ》の修理で手伝えることがあったら、やってからねー」

「わかりましたー。おやすみなさーい」

「おやすみー」

「おやすみなさーい」ぼくは南さんに言った後で博士に聞いた。

「こびとたちは、この冬のすみかを修理してまた住むんでしょうか?」

「きっとそうなんじゃないの? もう長いあいだ住み続けてきたのだろうし、かわりの安全な場所なんてそう簡単には見つからないだろうしね」

「そうですね。どれだけ長くここに住んできたんでしょうね?」

「どうなんだろうね。きっと千年近くはいるんじゃない?」

「あの男の神様の木がまだ若かったころから、この辺に住んでいたんですもんね」ぼくはスムレラの話を思い出した。「例の大きな山火事の時にもここはあったんでしょうか?」

「そうだなあ。もしあったとしても、笹原《ささはら》が焼けたぐらいなら、あの洞窟《どうくつ》の中は無事だっただろう

ね」

「そうですよね」ぼくは昨日の夜に考えていたことを思い出して、さらに博士に言ってみた。

「ぼく思うんですけど、今までの長い間に、こびとたちは地震《じしん》も含《ふく》めて何度も絶滅《ぜつめつ》しかかったんじゃないでしょうか。大きな地震《じしん》で洞窟《どうくつ》が崩《くず》れるのだって初めてじゃないかもしれませんよ」

「そうだなあ、何度かあったかもしれないね」

「それに地震《じしん》や山火事だけじゃなくて、飢饉《ききん》があったり、疫病《えきびょう》があったり、異常気象があったりもしたでしょうし」

「うん」

「そういう大きな危機をよく乗《の》り越《こ》えられたなあって思うんです。奇跡的《きせきてき》だと思うんです」

「もしかしたら、絶滅《ぜつめつ》したこともあったかもしれないよ」

「え、どういうことですか？」

「前に彼《かれ》らは言っていただろう。彼《かれ》らの仲間は、島にもいるし、他《ほか》の地域にもいるって。ならば、そうやって離《はな》れた仲間のうちの一つのグループが全滅《ぜんめつ》するようなできごとも、あったかもしれないよ」

「あ、そうか。そうですね。それは考えなかったなあ。じゃあ、そうやっていくつかのグループにわかれているのは、絶滅《ぜつめつ》するのをふせぐためなんですかね？」

「どうかな。基本的には少ない食料で生きていくためには分散して暮らす方が有利だろうし、その結果として危機を乗《の》り越《こ》える確率が高まっているだけなのかもしれないよ」

「なるほど。そうですね」

彼《かれ》らの長い歴史をぼくは想像してみようとした。でも、彼《かれ》らの歴史がどういうふうに流れてきたのか、それがぼくの想像力でわかる範囲《はんい》のものなのか、よくわからなかった。

ぼくは降るような星空を眺《なが》めてしばらくいろいろと考えた。一つ一つの星が生まれては消えていくように、文明も輝《かがや》いては消えるのだと思った。永遠に輝《かがや》く星などない。それは、ぼくたち人間の文明もおなじだという気がした。ならば、永遠を望むよりも、今どう輝《かがや》いているかのほうが大事なのではないかと思った。

「最近地震《じしん》が多いですね。やっぱり日本列島は活動期に入っているんですかね？」

ぼくが聞くと、博士はもう答えないで寝息《ねいき》を立てていた。

しばらくしてぼくも星を眺《なが》めながら眠《ねむ》りに落ちた。落ちる前にトゥニソルが死ななくて本当に良かったと考えていた。

世界で一番小さな本

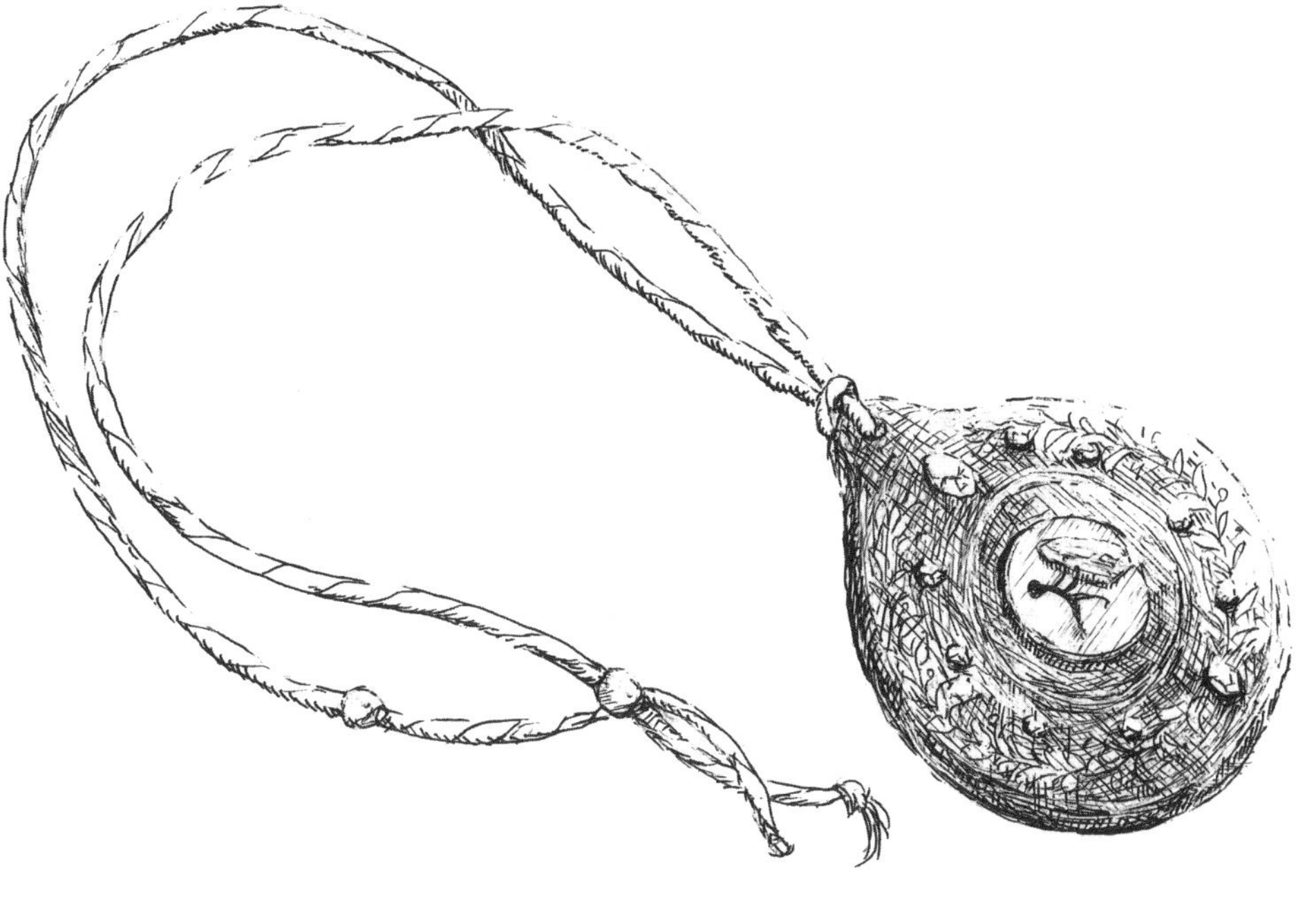

1

テントの外で寝《ね》ると、明るくなっても寝《ね》ているということはむずかしい。太陽が昇《のぼ》って光が顔に当たるとまぶしくて眼《め》が覚めてしまう。笹原《ささはら》を渡《わた》る風の音もざわざわと耳元で大きく聞こえる。

ぼくはサナギから羽化《うか》する蝶《ちょう》みたいに寝袋《ねぶくろ》から這《は》い出して、岩の上に一人で腰掛《こしか》け、水筒《すいとう》の水を飲みながら朝の涼《すず》しい風にしばらく吹《ふ》かれた。山並みはどこまでも続き、薄《うす》い靄《もや》に遠くがかすんでいる。昨日の出来事が夢のように感じられる。でも、振《ふ》り返《かえ》ると洞窟《どうくつ》の入り口にはたしかに三人で力をあわせて倒《たお》した岩が転がっている。

さいわいにもここでこびとたちはひとりも死なずにすんだ。町では崖崩《がけくず》れや塀《へい》の倒壊《とうかい》で何人か亡《な》くなったらしい。人の命はこんな小さな偶然《ぐうぜん》で助かったり失われたりするものなのかと思う。少し間違《まちが》えばトゥニソルもシラルもほかのみんなも、地震《じしん》と同時につぶされていたかもしれない。ぼくたちがたまたま小屋に来ていたから、長老たちを閉《と》じ込《こ》めた岩を動かせたけれど、こびとたちだけでは間に合わなかったかもしれない。幸運がいくつも重なったのだと思う。

ぼくたち現代人はこびとたちと違《ちが》って、何十年先まで自分が生きているのが当たり前だと思っている。来年の桜を生きてみられるかどうかわからないなどと平安時代の歌人みたいなことは考えない。いや、考えないような文化を一生懸命《いっしょうけんめい》に作っている。テレビもショッピングモールも死を封印《ふういん》することに巧《たく》みだ。その封印《ふういん》が解けてしまわないようにありとあらゆることに気をつけながら、びくびくと楽しんでいる。それはある意味不自由なのではないかと思う。何かから目をそらし続けようとすれば、自分の視野を自分で制限しなければならない。死を考えないようにしようとすれば、自分の思考の範囲《はんい》を自ら狭《せば》め続けなければならない道理だ。こびとたちはぼくたちよりずっと死の可能性を身近に感じているし、それだからこそ生き生きと自由に生きているように見える。ぼくはこびとたちから、何かほんとうに大事なことを学べそうな気がする。

体が冷えたので、笹原《ささはら》を少し離《はな》れたところに下りて立ちションをしていたら、テントの入り口のジッパーを開ける音が聞こえてぼくはあわてた。と同時に、今の今まで人の生き死にの大きさなんかを考えていたくせに、こんな小さなことが気になってしまうのがおかしかった。

目の前の笹《ささ》の葉を見ながら考えた。ぼくたちひとりひとりの人間は、たとえて言えば、川を流れる笹舟《ささぶね》の上で、笹舟《ささぶね》の中しか見ずに砂糖の山を積み上げている幸せな蟻《あり》のようなものじゃないかと思った。渦巻《うずま》く川の流れの上をくるくる翻弄《ほんろう》されて下っているにもかかわらず、自分は安定した葉っぱの上にいると思って、目の前に砂糖つぶを後生大事に積み上げ続けている。次の一瞬《いっしゅん》には小さな波が笹舟《ささぶね》をひっくり返して、投げ出された蟻《あり》はあっけなく水に呑《の》まれてしまうかもしれないのに。積み上げた砂糖は水に溶《と》けて消えてしまうかもしれないのに。

でもひるがえって考えてみれば、しょせんぼくのような凡人《ぼんじん》には、幸せの砂糖つぶを積み上げる以外になにができよう。そばに南さんがいることを感じる幸せは、たとえ次の瞬間《しゅんかん》には水に落ちて溶《と》けてしまう砂糖のようにはかないものでも、甘《あま》い幸せには違《ちが》いない。これがあるからこそ生きていることに意味があると言えるような幸せには違《ちが》いない。幸せの大きさはどうにも測りがたい。

笹原《ささはら》を踏《ふ》む音がした。南さんに続いて博士も起き出してきた。

「おはよう、いい天気だなあ」

「おはようございます」

「おはようございます。お湯を沸《わ》かしてありますよ」と南さんは言って、顔を洗いに沢《さわ》に下りていった。ぼくはその後ろ姿を見送りながら、三人でおはようの挨拶《あいさつ》を交《か》わすだけのこの瞬間《しゅんかん》を限りなくいとおしいと感じた。

「さあ。朝飯を食ったら、小屋に帰るか」

「ええ」

博士の言葉でぼくは現実に還《かえ》った。やがて南さんも戻《もど》り、朝の景色を眺《なが》めながら三人で静かにご飯を食べた。

食べ終えてテントを畳《たた》んでいると、トゥニソルがやって来た。ムカリからの伝言で、トンネルの補強に使った石の板をもう少し運んでくれないかという。もちろんおやすいご用だ。

ぼくたちは三人で、一回に運べるだけの石を運び、トンネルの入り口に置いた。入り口にはこびとの男たちが集まって、もう冬の住みかの再建が始まっていた。体の大きすぎるぼくたちにできることはもうない。

ぼくたちが出発するころには女の人たちも集まってきて、何度も何度も感謝をされた。そしてこびとたちのほとんど全員が、下山するぼくたちに手を振《ふ》って見送ってくれた。ぼくは自分が英雄《えいゆう》になったような気持ちが少ししたけれど、それよりも、こびとたちが、自分たちの聖域にぼくたちをこころよく受け入れてくれたことの方がうれしかった。

トゥニソルが道案内のために途中《とちゅう》まで付いてきてくれた。


第一の小屋には二時過ぎに着いた。南さんはもう一日か二日泊《と》まっていくという。天気は秋晴れ。さわやかな青空が広がっている。

その日の午後は、三人とも思い思いのことをして過ごした。博士は荷物が重くて疲《つか》れたのか、露天風呂《ろてんぶろ》に汗《あせ》を流しに行って、そのまま河原で気持ちよさそうに寝《ね》ていた。南さんは、スケッチブックに野草の絵を描《か》いていた。ぼくはタワーに登って三段目に寝《ね》っころがり、ときどきうたた寝《ね》をしながら、静かに過ぎる山の時間を楽しんだ。三人ともこびとたちが無事に助かったことで心は充実《じゅうじつ》していたけれど、下山してあの山頂の笹原《ささはら》から遠くはなれ、自分たちの世界に戻《もど》ったことで寂《さび》しさも同時に感じていた。そういう時は、思い思いに黙《だま》って好きなことをやるのが一番だ。

夕方にはカナカナが鳴き始めた。もう八月も終わりで、陽《ひ》が落ちるのもはやくなった。蟬《せみ》しぐれを聞きながら、ぼくはタワーから下りて山菜を摘《つ》み、フキのあく抜《ぬ》きをした。南さんもミズの皮むきを手伝ってくれる。

陽《ひ》が落ちたのでたき火をした。山菜をゆでてワインと塩とニンニクとオリーブオイルでソースを作り、マカロニを食べた。おいしい。春の調査と違《ちが》って、時には食事もぜいたくをした方がいいとわかって、今回は文明的な食材をかなりの量持ってきた。

「これから冬に向かって、こびとたちは食材のたくわえに忙《いそが》しくなるんでしょうね」ぼくは南さんに言ってみた。

「洞窟《どうくつ》の修理もしなくちゃいけないから、たいへんでしょうね」

それからぼくたちは、マカロニを食べながらこびとたちの冬の住みかの構造について話し合った。

「洞窟《どうくつ》というと横穴式住居っていうイメージですけど、こびとたちのあの住居は、もっともっと文明的な感じがします」ぼくは博士に言ってみた。「電気がないことを除けば、ぼくたちの家の快適さとそう大差ないような気がするんです。洞窟内《どうくつない》には水が湧《わ》いているし、温泉だってあるとトゥニソルは言っていました。温泉が湧《わ》いているということは地熱でそれなりに暖かいということですし、火は植物性の油でいつも焚《た》かれているらしいですしね」

「食糧《しょくりょう》の貯蔵もじゅうぶんにあるみたいだね」と博士もうなずく。

「そうです。あの人たちの生活技術はぼくたちとは違《ちが》いますが、すごいレベルですよ。ぼくたちが全く知らないような素材を自然の中から見つけ出してきて、うまく利用しているんです。トゥニソルの苔《こけ》の知識やレタラムの花と蜜《みつ》の知識だけでも本当にすごいものです」ぼくはレタラムから聞いた蜜《みつ》のことを、南さんに話した。

「彼《かれ》らの人数や体の大きさが、山の幸《さち》で生きていくのにちょうどいい範囲《はんい》でおさまっているということなんでしょうか。彼らは何人ぐらいいたんですか?」と南さんが聞く。

「何人ぐらいだったかなあ」博士とぼくはいっしょうけんめい記憶《きおく》をたどりながら、人数を数えていった。

「トンネル掘《ほ》りに当たっていたのは、何人だった?」

「うーん、交代も入れてですよね」ぼくは雨の中でトンネル掘《ほ》りを手伝っていたおとといの夜の記《き》憶《おく》をよび起こした。

「博士が寝《ね》ているとき、トンネルの中には五人。それに外で寝《ね》ていた人が六人、いやもうひとりいたかもしれません。それにあと四人か五人は、きっと女性たちのところに行って寝《ね》ていたと思います」

「そうだね。最初から外にいた女性と子供は併《あわ》せて八人から十人ってところかな」

「そうだと思います」

「通気口から出てきたこどもは五人だった」

「最初に出てきたあの男の子をいれると、六人じゃないですか?」

「ああそうだ」

「それから中に閉《と》じ込《こ》められていた人は、最初に出てきた高齢《こうれい》の人たちがえーと、五人ぐらいかな」

「いや確か、おばあさんが四人におじいさんが二人いたと思うけど」ここからは南さんも見ている。

「そうでした。そのあと小さな子や赤《あか》ん坊《ぼう》が三人にそのお母さんたち。母さんたちは七人いたかな。そしてトゥニソルとレタラムとシラル、それからもう一人の男の人」

「そうだね。最後に長老たちが三人。これで合計何人になった?」博士の言葉で三人それぞれが指を折って数えた。

「五十一人?」南さんが一番早い。

「そうだね。五十一人プラス二、三人」

「もしかしたらあの場にこなかったけど、グループの仲間がいるかもしれませんね」とぼくは思いついて博士に言ってみる。

「うん。そうすると五、六十人の集団ってわけか」

「それって、多いんでしょうか少ないんでしょうか？」と南さん。

「どうなんだろうね。彼《かれ》らが言うには、同じようなグループが他《ほか》にもあるらしいんだけれど、仮に他《ほか》に三つか四つの同じ規模のグループがあるとしたら、人数としては全部で二百人から三百人になるだろう？　野生動物なら絶滅危惧種《ぜつめつきぐしゅ》になるくらいだよね」

「絶滅危惧種《ぜつめつきぐしゅ》ですか」

「いや、もちろん彼《かれ》らもぼくら人類と同じ種だろうし、つまり、彼《かれ》らだけで独立したひとつの種になっているわけではないから、正確には絶滅危惧種《ぜつめつきぐしゅ》とは言えないだろうけどね」

ぼくは頭に浮《う》かんだ疑問を博士に投げかけてみた。「遺伝的にはぼくたち人類と同じ種になりますか？」

「調べてみないとわからないけれど、体が小さくなっただけで、遺伝子的にはほとんど違《ちが》いがないと思うけどね。ぼくらの世界から離《はな》れて独自の文化を持つようになったのも、生物の進化のスケールで見ればごくごく最近のことだろう？」

「小さくなっていく段階で遺伝子変化は起こらないんでしょうか？」南さんも聞いた。

「まあ、起こったとしても、人種の違《ちが》い程度のマイナーな変化だろうね。彼《かれ》らの肌《はだ》の色も顔立ちも日本人に似ているだろう？」

「ちょっと彫《ほ》りが深いような気がしますけど」とぼく。

「レタラムやトゥニソルはどっちかっていうと朝鮮《ちょうせん》系か漢民族系の顔立ちをしているような気もしますね」と南さん。

「まあ、もともとが日本人は雑種だからね。いや、日本人どころか、すべての人種が雑種なんだろうけど」

「こびとたちのグループがどこにどれだけ住んでいるのか、調べる方法はあるでしょうか？」ぼくがそう言うと、南さんが答えた。

「あの人たち、他《ほか》のグループのことをどれだけ知っているのかな」

「多少、交流はあるって言っていたよね」これは博士。

「グループを越《こ》えて結婚《けっこん》することもあって、親戚《しんせき》が他《ほか》のグループにいることもあるって言うし」とぼくは誰《だれ》のことだったか思い出そうとしながら言った。

「そうだね。でも、近くのグループの情報は入ることはあっても、こびと全体となるとどうかな。彼《かれ》ら自身も正確に把握《はあく》していないんじゃないだろうか。戸籍《こせき》や住民票で社会全体が掌握《しょうあく》されているぼくらの世界とはまったく違《ちが》うからね」

「そういえば、トリコ笹《ざさ》はみつかったんですか？」と南さんに聞かれて、博士とぼくは顔を見合わせた。

「彼《かれ》らの冬の住みかの周りに生えていたのは、トリコ笹《ざさ》じゃなかったのかな？」

「完全に忘れていましたね」

ぼくも博士もこびとたちの救出のことばかり考えていて、笹《ささ》に囲まれていながら笹《ささ》のことをまったく意識していなかったことに気づいた。

「登る途中《とちゅう》、スムレラが何か言いましたっけ？」

「なにか話したかな。ぜんぜん覚えてないぞ」

博士も頭をぽりぽりかいている。

「もしもトリコ笹《ざさ》が細胞《さいぼう》のサイズを縮小化させる効果があるとしても、それは遺伝子を変化させるでしょうか？」と南さんが聞く。

「獲得《かくとく》形質の遺伝という問題か。ダーウィンは否定したけれど、現在の研究では肯定的《こうていてき》な事例も報告されている。メカニズムはまだ解明されていないけれど、まったく否定してかからないほうがいいだろうね。こびとたちの遺伝子を研究できれば、ダーウィンへの強力な反例になるかもしれないよ」

博士は獲得形質の遺伝について、ぼくにわかるように説明してくれた。要するにトリコ笹《ざさ》のお茶を飲んだ小型化の効果は、遺伝子を変化させることで子供に受《う》け継《つ》がれるのかどうかという問題らしい。もし受《う》け継《つ》がれないのなら、子供がトリコ笹《ざさ》のお茶を飲まなかったら普通《ふつう》の大きさの人間になるということだ。もし変化した遺伝子を受《う》け継《つ》ぐのなら、お茶を飲まなくても子供はこびとになる。

「こびとたちのことを世間に隠《かく》しておきながら、彼《かれ》らの遺伝子を分析《ぶんせき》することはできるでしょうか？」ぼくは聞いてみた。博士は頭をかきながらしばらく考えていた。

「できないことはないかもしれないが、そこまでやるべきだろうか。やっていいんだろうか……。どう思う？」

そうだ、話はいつもここに戻《もど》ってくる。ぼくたちはこびとたちのことをどこまで知っていいのだろう。これがもし絶滅危惧種《ぜつめつきぐしゅ》の動物だったら、悩《なや》むことはない。絶滅《ぜつめつ》させないためにその動物の生態や性質を知る必要がある。でも、ぼくたちの置かれている状況《じょうきょう》は違《ちが》う。こびとたちについて知ればば知るほど、その秘密が漏《も》れたときに、彼《かれ》らを絶滅《ぜつめつ》に追いやる原因になってしまうかもしれないのだ。そして、この世の中で秘密にしておけることはほとんどないということもぼくたちは知っている。彼《かれ》らの聖地である冬の住みかだって、地震《じしん》がなければぼくたちは一生足を踏《ふ》み入《い》れることはなかっただろう。場所を知ってしまった今、ぼくたちは危険な秘密を重い責任とともに抱《かか》えることになってしまったのだ。

「わたしはやめた方がいいと思います」南さんがめずらしく思いつめたような厳しい声で言った。「科学者としては知りたい気持ちがあるけれど、その立場を離《はな》れてみると、私たちには彼《かれ》らの存在を公《おおやけ》にする資格はないと思うし、何よりあの子たちを実験材料みたいにあつかいたくはないです」

「ぼくもそう思います。彼《かれ》らから学ぶことは多いけれど、ある程度学びおわったら、ある時点でぼくたちはさよならするべきでしょう」

いま思うと、たぶんぼくがそう言った時点で、調査の打ち切りが三人の心の中で合意されたのだ。冬になって今回の調査を終えたら、それで調査は完全終了《しゅうりょう》にする。スムレラやトゥニソルには二度と会わない。さびしい気もするけれど、それが正しいのだとみんな感じていた。

2

翌日、朝食を終えて第二の小屋に三人で向かった。

さわやかな朝で、沢《さわ》沿いに登っていくと、足もとで冷たい水がちろちろと心地《ここち》よい音を立てている。見上げると、谷から仰《あお》ぎ見《み》る狭《せま》い青空にも、箒《ほうき》で掃《は》いたような秋の雲が浮《う》かんでいた。尾根《おね》にとりつく手前の広い河原を歩いていると、大きな鳥が四羽《わ》、行く手の河原に悠然《ゆうぜん》と舞《ま》い降《お》りた。こんなところに何だろうと思って見ていると、翼《つばさ》の下から小さな影《かげ》が出てきた。鳥たちは飛び去り、四人のこびとが歩いてきた。近づくとそれはトゥニソルに長老、そしてシラルとその父ムカリだった。

「おはようございます。お元気ですか」博士が長老に言った。

ひとしきりの挨拶《あいさつ》のあと、彼《かれ》らが言うには、他《ほか》のこびとたちも大勢これからお礼をしにやって来《く》るらしい。博士はしきりに恐縮《きょうしゅく》しながら言った。

「それなら第二の小屋に行きましょう。みんなもそちらに来てもらえばいい」

そこで、一行はいっしょに小屋への尾根《おね》を登ることになった。

小屋までは三十分ほどの登りなのだけれど、トゥニソルはちゃっかりとぼくの荷物の上に乗った。長老たちにもどうぞと言ったのだけれど、彼《かれ》ら大人たちは大丈夫《だいじょうぶ》といって辞退し、自分たちで歩いた。あの小さな足で登るのはさぞ大変だろうと思ったけれど、彼《かれ》らは歩くというより、跳《は》ねながらじつに素早《すばや》く登っていく。こびとたちは靴《くつ》のかかとにバネのような反発力のある特殊《とくしゅ》な素材を使っているので、まるでトランポリンで跳《は》ねているように、軽い力でらくらくと、ぼくたちの頭を飛《と》び越《こ》えるくらい跳《は》ね上《あ》がるのだ。軟《やわ》らかい土の上では反発力が効かないらしく、だから石から石へと義経《よしつね》の八艘《そう》飛びよろしく飛び移っていくのだ。土を踏《ふ》みしめて歩くぼくたちは、彼《かれ》らの後ろからゆっくり登っていき、彼《かれ》らは少し先でぼくたちが追いつくのをたびたび待つことになった。スムレラやトゥニソルたちはぼくたちのリュックに乗るのが好きだから、こびとたちがこんなふうに山道を素早《すばや》く登れるとは知らなかった。逆に坂をくだるときには、同じように跳《は》ねながら下りるか、急な坂ならムササビのようにマントを広げて滑空《かっくう》するのだろう。ぼくたちには歩きにくい山の中を、こびとたちはそうやって軽々と移動しているのだ。

　小屋に着くと、すでに数人のこびとたちが入り口のところに座《すわ》っていた。スムレラとレタラムや子供たちだ。換気口《かんきこう》から脱出《だっしゅつ》してきたあの勇敢《ゆうかん》な少年、カルーシもいる。

「おはよう、スムレラ。どうして私たちがこっちに向かっているってわかったの？」南さんが聞いた。

「途中《とちゅう》あなたたちの歩く音が聞こえたし、シラルが笛で居場所を知らせてくれていたでしょう」

「そうか、登りながら時々高い音で何か聞こえていた気がしたけれど、あれは鳥の声ではなくて、長老やシラルが歌い棒を鳴らしていたんだね」とぼくが感心して言った。そういえばさっき、ゆっくり登るぼくたちの前で、先に行ったシラルたちの方からかすかな高い音が聞こえていたっけ。まるで鳥たちが鋭《するど》く鳴いてたがいの居場所を確認《かくにん》し合うように、彼《かれ》らは山の中でも歌い棒を使って簡単な遠隔《えんかく》コミュニケーションを行っているわけだ。

「みんなで何かおいしいものを作りましょうよ。たいした材料はなさそうだけど」南さんが言った。

「みんないろいろな食べ物を持ってくると思うよ」トゥニソルが言った。「お母さんたちが昨日からみんなで何か作っていたよ」どうやら一種のもちよりパーティーが始まるらしい。

トゥニソルはそこにいる子供たちに何か早口で言った。子供たちは、うれしそうに何かいいながら思い思いに林の中に消えていった。何かを集めに行ったらしい。

「おれたちは何を作ろうか？」博士が言った。

「このあいだ、こびとたちがスパゲッティをおいしそうに食べていましたよね。スパゲッティならまだたくさんあるはずです。フルーツや魚の缶詰《かんづめ》もありますよ」

「わかった。それならできる」

「あの人たちには食べられないものはあるのかなあ。肉はタブーだったりしないよね」南さんは気づかっている。南さんとぼくはトゥニソルを食料庫に連れて行ってこっそり聞いてみた。

「君たちには、食べてはいけないものもあるんだろう？」

「木の実や果物は何でも食べるよ。魚も平気。この大きな魚は何？」トゥニソルはツナ缶《かん》のマグロの絵を見ながら聞いた。

「これは海にいる大きな魚で、マグロって言うんだ」とぼくはマグロの説明をする。

「これはいのしし？」豚肉《ぶたにく》の味噌《みそ》漬《づ》けの缶詰《かんづめ》を見てまた聞いた。

「これはブタって言うんだ。人に飼われているイノシシの仲間だね」

「ぼくたちは四本足の獣《けもの》の肉は食べないよ」トゥニソルが気味悪そうに言った。コンビーフの牛の絵を見て、「こんな動物は見たことがないな」と言った。

「わかった。わかったよ。肉を出すのはやめておこう」ぼくはスパゲッティのミートソースに入っている挽《ひ》き肉《にく》の正体を尋《たず》ねられたらどうしようと思いながら、肉の缶詰《かんづめ》は隠《かく》しておくことにした。

「あなたたちはきっと鳥の肉も食べないでしょうね?」南さんが聞くと、トゥニソルはとんでもないことを聞いたという風に頭を横に振《ふ》りながら、

「鳥は食べるものじゃないよ。卵はもらってもいいけれど、鳥は殺してはいけないものだよ」と言った。

「そうよ。そうだよね。ごめんなさい」南さんはあわてて言った。

「君たちは何でも食べてしまうんだなあ」トゥニソルはあきれた顔をしている。

ぼくらはスパゲッティにミートソースを乗せるのはやめにして、バジルソースとモッツァレラチーズにすることにした。

フルーツには黄桃《おうとう》とパイナップルを選んだ。パイナップルはさすがにこびとたちは食べたことがないだろう。杏仁豆腐《あんにんどうふ》の粉があったのでデザートもできる。ツナ缶《かん》は山菜にとり合わせて、出せばいい。楽しいランチパーティーになりそうだ。

「お酒も出していいのかな?」南さんが言う。

「禁酒主義ではないですよ。大丈夫《だいじょうぶ》。長老はお酒好きだってトゥニソルが前に言っていましたから」

料理の準備をしていると、続々とこびとたちがやって来た。大きな鳥に乗ってやって来た人たち

もいる。高い枝から滑空《かっくう》して小屋の前に下りてきた人たちもいる。林の中からゆっくり歩いて現れた人たちもいる。彼《かれ》らはやって来ると、必ずぼくたちのそばに来てまず挨拶《あいさつ》をし、持ってきたものをプレゼントしてくれた。ほとんどは食べ物だったが、南さんに渡《わた》された中にはアクセサリーもあった。

博士がブルーシートを広げ、小屋の床材《ゆかざい》に使った板の残りを並べてテーブルにした。こびとたちはやって来た順に座《すわ》って楽しげにおしゃべりをしている。山頂で見た中で、高齢《こうれい》だった何人かと幼児をのぞくと、ほとんどのこびとは来ているようだった。さっきトゥニソルに言われて何かを探しに行った子供たちは、手に手に笹《ささ》の葉やフキの葉をもって戻《もど》ってきた。それをお皿にして、こびとたちが持ってきてくれたものや、ぼくたちが開けた缶詰《かんづめ》を並べた。

子供たちは最初、ぼくたちを怖《こわ》がって遠巻きに見ていたけれど、トゥニソルがぼくたちといっしょにいるのを見て安心したらしく、南さんに近づいてひざに乗ったりしはじめた。

大人たちも、ゆっくり短い言葉で話しかけてくれた。

「トゥニソルがいつもあなたたちの話ばかりしているんです」とぼくに話しかけてくれたのは、トンネルの出口でトゥニソルを抱《だ》きしめていた女の人だった。

「トゥニソルのお母さんですね。はじめまして。お会いできてよかったです。トゥニソルはとても賢《かしこ》い子です。ぼくはたくさんのことを教えてもらいましたよ」

「あの子は小さい頃《ころ》からよくひとりで遊ぶ子で、目を離《はな》すとすぐにどこかに行ってしまうんですよ」

「苔《こけ》のことをほんとうによく知っていますね」

「ええ。あれは私の姉の影響《えいきょう》で、小さいころからなぜか夢中になってしまったんです。変わっているでしょ？」

「そんなことないです。今はシラルといっしょに空を飛ぶのがおもしろいそうですよ」

「ほんとに男の子は困ったもんです。私は危ないからまだやらないでって、いつも言っているんですけどね」

「彼《かれ》が飛んでいるところを見たことがありますけど、とても上手でした。それに、シラルがいっしょについているから大丈夫《だいじょうぶ》ですよ」

「そうだといいんですけどね。時々突風《とっぷう》に吹《ふ》かれたり、着地に失敗して大ケガをすることがあるんですよ。シラルはしっかりしているから、いっしょにいてくれてありがたいと思っているんですけどね」

「トゥニソルはおばさんから苔《こけ》のことを教わったと言っていましたね。その方も今ここに来ていますか？」

「ラヨチュクですか。私の姉ですが、足が悪くてあまり出歩くのが好きではないので、今日は来ていないんです。でも、トゥニソルを助けていただいて、あなたがたにとても感謝をしていましたよ。トゥニソルを自分の子のようにかわいがってくれていますから」

「そうなんですね」

「夫もきっと感謝すると思います」

「今日はいらっしゃっていないんですか？」

「ええ。今は用事で遠くに行っているものですから」

「みなさんは、この谷から出て遠くに行くこともあるのですか?」

「そう頻繁《ひんぱん》には出ませんけれど、別の谷に用事で行ったり、遠くの仲間に会いに行ったりしますよ。夫は今、島に住んでいる仲間のところにちょっと大事な用で行っているんです」

「そうなんですか。もちろん鳥に乗っていくんですね」

横で聞いていた妹のレタラムが言う。「お父さんは長老の使者として行ったのよ。ほかのところに住んでいる仲間との連絡《れんらく》を取り合うのが仕事なの」なるほど、トゥニソルのお父さんは外交官のような役回りらしい。

「どんな用事なんですか。いや、これは聞かない方がいいんでしょうね」

「いえ、大丈夫《だいじょうぶ》です。秘密ではありません。みんな知っています。一つには薬品の交換《こうかん》と、もう一つは結婚《けっこん》の話です。ここで採《と》れる薬の中には、ほかの地域では採れないものもあるんです。反対に海で採れる塩や薬は、私たちには手に入らないものなんです」

「そうやって必要なものどうしを交換《こうかん》するんですね。ずっと昔からそうしているんですか?」

「さあ、それは私にはわかりません。島に住んでいる仲間は、もともと私たちからわかれた仲間だと言われていますから、そのころからずっとこうしているんではないでしょうか」

「結婚《けっこん》って誰《だれ》の結婚《けっこん》?」レタラムは興味しんしんらしい。

「それはまだ秘密ね」とお母さんは言って、レタラムの頭をなでた。「そう。スムレラとシラルのように、この谷のもの同士が結婚《けっこん》するのがふつうですけれど、ときどき相手がいないと外から人を迎《むか》えることもあるんです。今回は島から女の子が来《く》る話が進んでいます」

「島の仲間以外とも、そうやって物を交換《こうかん》したり結婚《けっこん》したりするのですか?」横で聞いていた博士が興味をもってたずねた。

「ええ、島の仲間ほど親しくはありませんが、いくつか夫が行くところがあります」

「全部でいくつくらい、そういう仲間の住む場所があるのですか?」と博士はさらに聞く。

「それは誰《だれ》も知りません。夫の話によると、海の向こうの雪の大地にも仲間はいるそうです」

「それは北の方の大地ですね」博士が北海道のことを言っているのが、ぼくにはわかった。

「そうです。とても寒くて冬は木が凍《こお》って割れるそうですよ。よくそんなところに住めますね。ここは暖かくて、木の実も豊富で暮らしやすいです」

ここだって雪が二メートルも積もるのに、こびとたちには苦ではないらしい。


ぼくたちが話しているうちに、宴会《えんかい》のほうはどんどんにぎやかになって、歌が始まった。

こびとたちが歌うのは初めて聞いたけれど、旋律《せんりつ》は日本的ではなかった。日本の民謡《みんよう》の陰音階《いんおんかい》でも陽音階《ようおんかい》でもなく、どこか中央アジアの草原の遊牧民族の音楽のように、吹《ふ》き抜《ぬ》けていく風のようなおもむきがある。小さな太鼓《たいこ》のような楽器もあったけれど、それは小さいので拍子抜《ひょうしぬ》けするような高い音で、ケン、ケンというように聞こえる。よく聴《き》くと、誰《だれ》かが打ち鳴らす金属の澄《す》んだ響《ひび》きも聞こえた。

打楽器はさえないけれど、こびとたちが持っている歌い棒は圧巻だった。それぞれが鳥の鳴き声をまねることができるし、音程が近ければ何種類もの音が出せる。あちらこちらで吹《ふ》く歌い棒の音が重なると、まるで森の中にたたずんで、何種類もの鳥のさえずりが、近くから、遠くから聞こえているような気がしてくる。そして、何人もが同時に吹《ふ》くと、何種類もの音が実はたがいに呼応しあっているのがわかってくる。ぼくたちが聞き慣れている西洋音楽は、分業と調和の構造物だけれど、彼《かれ》らの音楽は、偶然性《ぐうぜんせい》と衝動《しょうどう》の自然で自由な流れなのだという気がする。音楽の概念《がいねん》が根底から違《ちが》う。

ぼくは携帯《けいたい》で録音しようかと思ってポケットに手をやったけれど、思い直してやめた。南さんも不思議の感にうたれたような顔で聴《き》き入《い》っている。

「まったく、不思議な音楽だな」ひとつの歌が終わって、博士がぼそりと言った。

「ほんとうに。でも、とても自由に歌っている気がしますね。聴《き》いていてとても楽しい」と南さんも夢見るように言った。

歌のない楽器演奏だけの曲が始まった。リズムをとりながら、一人が歌い棒を笛のように吹《ふ》いていると、別の人がその上にメロディーを重ねていく。次々と別の人がそれにアドリブを重ねていく。太鼓《たいこ》も重なってだんだんにぎやかになる。そして、クライマックスがしばらく続くと、別々だった笛がしだいに同じ旋律《せんりつ》に合わせていき、一つの旋律《せんりつ》が雪だるま式に大きなユニゾンになって、合奏で終わった。

すると、今度は歌い棒を吹《ふ》き鳴《な》らしながら一人の若い男が立ち上がって、席から離《はな》れた。もう一人が別の席から立ち上がって、そのそばに行き、タイミングを見て掛《か》け合《あ》いに入った。席の方にすわったままもう一人も膝《ひざ》にはさんだ太鼓《たいこ》をならし始めた。まるでジャズのアドリブを見ているようで、三人は自由にその時のこころの動くままに音を紡《つむ》いでいる。一曲終えると全員から喝采《かっさい》とかけ声が上がった。拍手《はくしゅ》をしているものもいれば、ものを叩《たた》いているもの、鋭《するど》く指笛を鳴らすものもいて愉快《ゆかい》だ。

こびとの大人たちにはお酒も入り始めたらしい。話し声が大きくなって赤い顔をしている人もいる。博士は長老に日本酒を勧《すす》めている。

「これは米から作ったお酒です。どうぞ」

「ありがとう。あなたたちの村の米を作る水田は見に行ったことがある。あんなにたくさんの米を作って誰《だれ》が食べるのかと思ったが、酒も造っていたのか」

「ええ。とても古くから伝えられている造り方です。あなた方もお酒は造るのですか？」

「もちろん。いろいろなものから酒はできる。山葡萄《ぶどう》の酒が何と言ってもうまい。他《ほか》にも発酵《はっこう》させれば酒になるものはたくさんある。コケモモ、ヤマナシ、木イチゴ、何でも酒になる」

「そういえば、いま思い出したのですが、私たちに伝わる話で、猿《さる》の酒というのがあります。猿《さる》たちが果実や木の実などを木のうろに溜《た》めて発酵《はっこう》させ、それを飲むというのです。あなた方は猿《さる》の酒を見たことがありますか？」

「いや。ないな。猿《さる》たちはめったに食べ残しを出さない。彼《かれ》らはそもそも食べられる分だけしか採らないからね。まあ時々食べこぼしが木の穴に落ちることはあるだろうし、それが発酵《はっこう》することもあるかもしれない。でも私はほとんど見たことがない」

「そうですか。ただの伝説なんですね」

「いや。そうとも言えないかもしれない。われわれは木のうろに山葡萄《やまぶどう》をたくさん投《な》げ込《こ》んでつぶし、一次発酵《はっこう》をさせる。しばらく放っておいてから、発酵《はっこう》の始まった果汁《かじゅう》をこし取って木の容器に移《うつ》し替《か》え、あとは洞窟《どうくつ》で酒に仕上げるんだ。あなたたちの世界の猟師《りょうし》がたぶん我々の一次発酵《はっこう》のうろを見つけて、猿《さる》のしわざだと思ったのだろう」

「それは、たしかに十分可能性のある話ですね。われわれの世界の猟師《りょうし》に会うことはよくあるのですか？」

「私が子供の頃《ころ》にはときどき見かけたものだが、もうだいぶ長いあいだ見ていないな」

「そうでしょうね。たぶんここ二、三十年で猟師《りょうし》はほとんどいなくなったと思います」

「なぜかね？」

「熊《くま》の肉や毛皮はもう必要とされないんです」

「それは他《ほか》に食べるものがたくさんあるということなのかな？」

「そうです。毛皮の代わりにもっと柔《やわ》らかくて暖かいものを作ることができるのです」博士はちょうどフリース素材のベストを着ていたので、それを長老に見せ、人工のものだと説明した。長老は手で感触《かんしょく》を確かめながら、感心して言った。

「これが動物の毛でないとは驚《おどろ》きだ」

「ところで、猟師《りょうし》で思い出したのですが、二百年くらい前のわれわれの猟師《りょうし》が、このあたりでこびとたちに会った記録があるんです」

「そうかね」

「ええ、雪で迷って死にそうなところを、こびとたちに助けられたそうです。たまたま入《はい》り込《こ》んだ洞窟《どうくつ》にこびとたちがいて、火と食べ物をもらったそうです」

「私はその話は聞いたことがないが、その記録はあなたたちの世界でみんなに知られているのだろうか？」長老は心配しているようだ。博士はあわてて否定した。

「いえいえ、ホラ話だと思われてまったく忘れられています」

「それなら安心だが…」

「ええ、だれにも見せませんから安心してください」

「感謝する」

宴会《えんかい》のほうがにぎやかになって、どっと歓声《かんせい》が上がった。見ると子供たちが踊《おど》り始めている。

「かわいい！」南さんの明るい声が飛んだので、見ると女の子たちが両腕《りょううで》を翼《つばさ》のように開いて踊《おど》っている。向き合ってお辞儀《じぎ》をしたり、お互《たが》いのまわりを回ったり、手をつないで走ったり、とてもかわいらしい。

「あれ、きっと鳥の求愛ダンスじゃない？」南さんが言う。

「たしかに、そんな感じですね」

両手をぱたぱたさせる動作など、たしかに鳥の動きをまねているらしい。

見ているうちに男の子たちもまわりを飛びはねはじめた。靴底《くつぞこ》の反発力を使ってかなり高くまで飛び上がる。まるでトランポリンを使っているようで、大きな子の中には空中でくるりと宙返りするものさえいる。嬉嬉《きき》として飛び回っている。

「すごい、すごい」

「あの男の子たちは飛ぶ鳥のまわりの風を表現しているんじゃないかな？」とぼくが言うと、南さんは「そうかもね」と言って盛んに拍手《はくしゅ》をする。やがて男の子たちは飛《と》び跳《は》ねるのをやめて、ぐるりとみんなで手をつなぎ、フォークダンスのようになった。

子どもたちが終わると女の人たちが出てきて、踊《おど》り始める。しばらくするとその中に数人の男性も入って、フラメンコのように女性と一対一で踊《おど》り始める。みんな本当に楽しそうだ。楽しいから体が勝手に動き始めるというように見える。これがダンスと人間の一番大本《おおもと》にある自然な関係なのだという気がする。

見ていると自分までいっしょに体を動かしたくなってくる。

3

踊《おど》りがひとしきり続き、みんながすこし疲《つか》れて席に戻《もど》った時に、長老が立ち上がって話し始めた。みんなは水を打ったように静かになった。話しべたな長老はすこし赤くなりながら、ゆっくり言葉を選びつつ話し始めた。

「やあ、みんな。聞いてくれ。今日はとてもいい日だ。みんな楽しんでいるか。私はとても楽しい。二日前に地面の下の暗い闇《やみ》の中に閉《と》じ込《こ》められたとき、二度とこうやってみんなと食べたり踊《おど》ったりできないのかもしれないと、私は希望を失いかけた。とても恐《おそ》ろしい経験だった。ここにいる多くの者も同じ思いをしたことだろう。

闇《やみ》の中から我らを救い出すために、勇敢《ゆうかん》に働き続けてくれた仲間にあらためて感謝したい。ムカリ、そしてウサギのように穴を掘《ほ》り続けてくれた仲間たち、ほんとうにありがとう。私は力強い仲間をもって幸せだ。それから忘れてはいけない。カルーシ、どこだ。顔を見せておくれ」

カルーシは、隅《すみ》の方で恥《は》ずかしそうにみんなの視線を受けた。

「あの狭《せま》い煙突《えんとつ》をくぐり抜《ぬ》けるのにどれだけの勇気が必要だっただろう。考えるだに恐《おそ》ろしいが、彼《かれ》はみんなの命を救うために命を賭《か》けて行動してくれた。ありがとう。ほんとうに勇気のある行動だった」

まわりの大人たちから肩《かた》や背中を叩《たた》かれて、カルーシは真っ赤になった。

「なあ、みんな。カルーシが十六歳《さい》になったら、栄誉《えいよ》の入《い》れ墨《ずみ》をしてやってもいいんじゃないか」

長老が提案すると、一座からいっせいに賛意を示す声が上がった。

「そして、今日ここにみんなが集まっているのは、三人の客人に感謝するためだ。我らの災難の時に幸運にも近くにいてくれた。そして、一族でもないのに、われわれのために山を登って駆《か》けつけてくれた」大きな歓声《かんせい》があがった。

「まるで、神々のような力と技《わざ》をもち、命を守る優《やさ》しい心を持った三人だ。その体は山のように大きいが、兄弟のように我らに接してくれる三人だ。その三人がはるばる山を登って我らの困難に手を貸しに来てくれた。そして、その神のような力と技《わざ》で、山のように大きい岩を動かし、石の板を持ち上げ、深い穴を掘《ほ》って我らを救い出してくれた。もし彼《かれ》らが来てくれなかったら、我らは暗闇《くらやみ》の中で死を待つしかなかっただろう。もし彼《かれ》らが来てくれなかったら、私と何人かの仲間たちはここにこうしていられなかっただろう。それを思うと、ほんとうに神々が、この三人を我らのところに遣《つか》わしてくれたのではないかという気さえする」

みんなはうなずきながら長老の話を聞いている。長老は静かに、とつとつと話し続ける。

「我らは今まで、彼《かれ》ら三人のやって来た世界とはかかわらないように暮らしてきた。それはもうずっとずっと昔からだ。我らの存在を知られないように慎重《しんちょう》に離《はな》れて暮らしてきた。そうする必要があったのだ。これからもまたそうし続けることだろう。われわれと彼《かれ》らは永遠に交わらない二本の線のようなものだ。ここにいるみんなの中にも、彼《かれ》ら三人がやってきた世界を遠くから眺《なが》めたことのある者がいるだろう。彼《かれ》らは固《かた》い道を作り、川には大きな石の橋を架《か》け、背の高い家を作る。稲妻《いなずま》のように早く走る乗り物に乗り、鳥が飛ぶよりもずっと高い空を飛ぶ。その技《わざ》は我らの想像を絶している。その人数も、我らの知る数では表せないくらい多い。しかし、木を切り倒《たお》し、草を抜《ぬ》き、獣《けもの》たちの棲《す》む場所を奪《うば》って、獣《けもの》たちを山に追いやっている。彼《かれ》らの暮らし方は、我らとは違《ちが》うのだ。我らはあのように暮らすことを望まない。多くの生き物たちや草木とともに生きる方を先祖たちは選んだのだし、我らもその道を進み続けるしかあるまい。この暮らしを貧しいと見るか豊かと見るかは考え方の違《ちが》いだ。我らと彼《かれ》らは永遠に交わらないのだろう。

ところが、不思議な縁《えん》から三人は我らの暮らし方に興味を持ち、我らの存在については秘密を守ると誓《ちか》ってくれた。そのことにも感謝したい。そして、今回の災難にあたっては、まるで自分の親や兄弟を救うように、真剣《しんけん》になって我らを心配し、助けてくれた。

そのことによって、私は知った。彼《かれ》ら三人も我らも、ふだんは暮らす世界こそ違《ちが》うが、同じように仲間を大切に思い、優《やさ》しい心を持っていると。ものの見方も、考え方も、暮らし方も、きっと大きく違《ちが》うのだろうが、我らの命を我《わ》がことのように気づかってくれた。

暮らす世界の違《ちが》いはあっても、同じように命を気遣《きづか》う人間たちが同じ地上にいると知ることは、どれだけ我らに安心を与《あた》えてくれることだろう。決して越《こ》えることのない大きな川の向こうにも信《しん》頼《らい》できる仲間の世界があると、私は教えられた気がするのだ。そのことに何よりも感謝したいと思う」

みんなはまた長老の言葉に静かにうなずいた。

「さて、そこでだ。我らは、仲間の命を救うのに大いなる貢献《こうけん》をした者に栄誉《えいよ》の入《い》れ墨《ずみ》を与《あた》えることにしているが、見たところ彼《かれ》らには入《い》れ墨《ずみ》をする習慣はないようだから、かわりにこのターマを与《あた》えようと思う」

わっといっせいに歓声《かんせい》があがった。みんな手近な物をたたいたり、拍手《はくしゅ》をしたり、大きな声をあげたりしている。見ていると長老は袋《ふくろ》から大きなコインのようなものを三枚取り出した。そして一枚一枚をみんなに掲《かか》げて見せたあとで、ぼくたちに順に手渡《てわた》してくれた。

ぼくにくれた一枚を見ると、赤銅《しゃくどう》色《いろ》の少し厚みのある水滴《すいてき》形の円盤《えんばん》で、周囲をふちどるように装《そう》飾《しょく》がほどこしてあり、中央には絵が描《えが》かれていた。一か所にヒモを通す穴が開いている。トゥニソルがぼくの横に来て首のまわりに何かを巻くようなしぐさをしてみせた。なるほど、この穴にヒモを通して首にぶら下げるペンダントなんだ。彼《かれ》らの言葉でターマというのは首飾《くびかざ》りのことらしい。

こびとたちがみんなじっとこっちを見ているので、ぼくはにっこり笑ってそれを掲《かか》げてみせた。

博士がえへんと咳払《せきばら》いをして、こびと語と日本語のごちゃ混ぜでお礼の言葉を述べた。

「ありがとうございます。何とお礼を言っていいかわかりませんが、私たちはお役に立てたことがとてもうれしいのです。

二年前に初めてスムレラとトゥニソルに会って以来、多くのことをみなさんから学んできました。はじめはあなた方の姿を見てとても驚《おどろ》きました。私たちの近くにみなさんのような人々が住んでいることを私たちはまったく知りませんでした。今でも私たち三人以外は知らないし、これからも知ることはないでしょう。それはさっき長老が言ったとおり、しかたのないことなのかもしれません。私たちの国では大きな町を作り、たくさんの機械を作って、豊かな生活をしていますが、そのことであなたたちやいろいろな動物が暮らす世界をせまくしてしまっているのかもしれません。そのことは申しわけなく思っています。スムレラとトゥニソルはあなたたちが鳥や木や草とどういうふうにつながり合って暮らしているかを教えてくれました。それはとても貴重な知恵《ちえ》です。私たちの世界がいま捨ててしまおうとしている知恵《ちえ》なのです。私たち三人はあなたたちがこの先ずっとここで今までどおりのすばらしい暮らし方を続けてほしいと思っています。

今回はたまたまいくつかの幸運が重なって、すこしお役に立つことができました。これが大事な知恵《ちえ》を教えていただいた恩返しに少しでもなったのならば、私たちもうれしいのです。ほんとうにどうもありがとう」

トゥニソルが時々日本語の部分を通訳したが、博士が話し終わると、こびとたちはまた歓声《かんせい》をあげた。ぼくも南さんもこびと語でありがとうを言った。

そしてこびとたちはまたにぎやかに歌や踊《おど》りを始めたので、ぼくたちはおたがいにもらったペンダントを見せ合ってじっくり眺《なが》めた。

ぼくの赤銅色《しゃくどういろ》のペンダントは、よく見るといくつか小さな光る石をはめ込《こ》んだ装飾《そうしょく》模様の中に何やら絵が刻まれている。白っぽい地に絵が彫《ほ》られ、黒と赤の二色の絵の具が塗《ぬ》り込《こ》んである。どうやらその線刻は人の形のようだ。まわりの装飾《そうしょく》模様は青だけれども、その人型だけ黒い。その黒い人型が横にある細長い楕円形《だえんけい》をつかんで体をねじっているように見える。その楕円《だえん》は赤だ。

どんな意味があるのだろうと考えていると、のぞきこんでいたトゥニソルが身振《みぶ》りで何かを引っ張るような動作をした。縦になった重いものを引っ張っている。そうか、ぼくと博士が洞窟《どうくつ》の入り口をふさいだ岩を倒《たお》そうとしているところなんだ。そう気づいて見てみると、腕《うで》が太く強調されていて力持ちであることを示しているように見える。背も高くひょろ長くて、彼《かれ》らから見た巨人《きょじん》を描《えが》いているようにも見える。ぼくたちが岩を動かして長老たちを救った偉業《いぎょう》をたたえる絵なんだ。そうわかるととても誇らしくなった。

博士のペンダントを見せてもらうと、ぼくのに似ているけれども、細かいところが違《ちが》っている。一番大きな違《ちが》いは、岩の位置だ。ぼくのは縦になった岩を倒《たお》そうとしているのだけれど、博士のは頭の上に岩を持ち上げていた。そして目を凝《こ》らしてよく見ると、その岩の上に三人のこびとが描《えが》かれているように見える。

「ほう。岩を持ち上げているところかな。三人のこびとみたいなのが見えないか？　これ長老たちじゃないかな」博士も誕生日のプレゼントをもらった子どものようにうれしそうだ。

「その博士の頭のへんは何でしょう？　巨人《きょじん》の髪《かみ》の毛《け》にかんざしみたいに鳥の羽のようなものが刺《さ》さってませんか？」ぼくが言うと、

「その羽は知恵《ちえ》のある人をあらわすしるしだよ」とトゥニソルが教えてくれた。

「こうやって見ると、なんだか誇《ほこ》らしいね」

「こびとの世界の通行手形をもらったような気がしますね」

「南くん。見せてよ」

「私のは絵がないかわりに大きな宝石があります」南さんは赤っぽいペンダントを見せてくれた。

「真ん中にあるの、それ何ですか？　大きいですね」

「なんだろう？　黒っぽい石みたいなんだけど」

「ん？　どれ」博士は南さんから受け取って目を近づけて見た。「これはガーネットだよ。別名ザクロ石とも言うけど、これ、そうとう大きいぞ。まわりにきらきら光る螺鈿《らでん》みたいなのもあるね」

ぼくも見せてもらうと、南さんのペンダントはクルミの種くらいの大きさがあって、暗い赤みを帯びた茶褐色《ちゃかっしょく》の曲面の板に、いくつかの石が塗《ぬ》り込《こ》んである。塗料《とりょう》はニスのようなツヤがある。真ん中に干しブドウくらいある巨大《きょだい》なガーネットが鎮座《ちんざ》している。その石の背面には螺鈿《らでん》が埋《う》め込《こ》んであるようで、もともと黒っぽい色のガーネットが明るくさまざまな色合いの光を発するように工《く》夫《ふう》されている。とても美しい。そのまわりには、小さいが瑪瑙《めのう》のような赤っぽい石もある。緑色のは翡翠《ひすい》だろうか。それに小さな短冊《たんざく》形の螺鈿《らでん》が放射状に配置されてみごとだ。

「螺鈿《らでん》は貝の殻《から》だろう？　どこから持ってくるんだろう？　やっぱり離島《りとう》にいる仲間から交換《こうかん》で手に入れるのかな」と博士が言う。

「そうなんじゃないでしょうか。意外と彼《かれ》らの交流範囲《はんい》は広いのかもしれませんよ。それにしても美しい宝石ですね。すごく手の込《こ》んだ細工だし」ぼくは正直言うと少しうらやましい。

「わたしがこんなもの、もらってしまっていいのかな」南さんはそう言いながらも、絶対に手放したくないという顔をしている。

「その表面に塗《ぬ》ってあるのはニスでしょうか。彼《かれ》らの使う歌い棒にも同じような塗料《とりょう》を使っている物があった気がします」ぼくは思い出して博士に聞いた。

「たぶん。ウルシを使っているかもしれないけどね。ニスっていうのは松ヤニなんかの樹脂《じゅし》を油に溶《と》かした物なんだよ。いろんな種類の油が使える。だいたいは植物の種からとる油が多いんだろうけど」

「自然のものに詳《くわ》しいあの人たちなら、優《すぐ》れた塗料《とりょう》も作れるでしょうね」

「聞いてみようか」南さんがメモ帳を取り出してスムレラに聞きに行った。

スムレラは長老と話し、長老は酔《よ》って眠《ねむ》っている一人の初老のこびとを起こした。たぶんターマを作る職人なのだろう。南さんはもらったペンダントを見せながらいろいろと質問し、聞いたことを手帳に書きとめていた。

気づくと陽《ひ》が雲に隠《かく》れ、少し霧《きり》も出てきた。宴会《えんかい》はまだまだにぎやかだけれど、一人、二人と帰って行く人もいる。小さな子どもの手を引いた女の人たちが何人か、ぼくたちにあいさつしたり、長老にあいさつしたりして帰って行った。大人の男性たちはとことん呑《の》むつもりなのか、腰《こし》をすえて楽しそうに話している。

ぼくと博士はもらった「ターマ」をたいせつに胸ポケットに入れて、また宴会《えんかい》を楽しみはじめたが、女の人がふたり白いヒモをもってやって来て、ペンダントにヒモを通し、ぼくたちの首にかけて長さを調節してくれた。ありがとうと言ってそのヒモを見てみると、白くて光沢《こうたく》のある絹糸のような繊維《せんい》をしっかりと編《あ》み込《こ》んだ美しい組みヒモだった。

南さんはそのままスムレラと話《はな》し込《こ》んで、こびとたちに料理を出したり、食べたりしてる。話題は食べ物のこととか、服のことのようだ。スムレラが時どき通訳している。こびとたちが持ってきてくれた食べ物をちょっとずつ味見をしては、その素材や作り方を聞いてまた手帳に書《か》き込《こ》んでいる。

彼《かれ》らが持ってきてくれた料理は木の実や山菜が中心だった。せっかくパーティー用に作ってきてくれたから、あまりぼくたちが食べてしまわないように気をつけなければならなかった。なにしろおいしいと思ってぼくたちがぱくぱく食べると三口、四口ですぐになくなってしまうくらいなのだから。

こびとたちの料理はたしかに興味深かった。ふだんトゥニソルやスムレラが遊びに来るときには、木の実や山菜の場所を教えてくれたりするけれど、料理を作ってくれたことはない。彼《かれ》らの食生活を知る貴重な機会だと思って南さんはいろいろたずねているのだ。

彼《かれ》らの味付けは全体としてあっさりしているけれど、塩気とスパイスがきいていた。山椒味噌《さんしょうみそ》のようなものがあった。柑橘類《かんきつるい》を使ったドレッシングのようなものもあった。ゴマのように香《こう》ばしい何かをすりつぶした練り物もあった。発酵《はっこう》食品の技術はとても進んでいるらしかった。ただ全体的に薄味《うすあじ》のものが多い気がする。いや、逆にぼくたちが刺激的《しげきてき》な味に慣れすぎているのかもしれない。よく味わうと、自然の植物の素材の味が生かされているので、ひとつひとつの料理に深みがあることに気付かされる。

彼《かれ》らが飲んでいる酒は、量が少なすぎて、味わうほどは飲めなかったが、ほんの数滴《すうてき》を舌にのせてみた感じでは、強い果実酒のようだった。ぼくたちが備蓄《びちく》のウイスキーと梅酒を提供すると、彼《かれ》らは興味深そうに味わっていた。梅酒はすんなり飲めるようだったけれど、ウイスキーには驚《おどろ》いたり、感心したりした。シラルは煙《けむり》の匂《にお》いがするといって笑った。シラルのお父さんに聞くと、こびとたちの世界にはどうやら蒸留酒というものがないらしい。醸造酒《じょうぞうしゅ》だけだからアルコールもさほど強くないし、アルコール依存症《いそんしょう》になる人がほとんどいないのだという。

ぼくはウイスキーが回ってきたせいか、猛烈《もうれつ》に眠《ねむ》くなってきた。南さんと博士の姿を見ながら、頭がだんだん重くなって、いつのまにかうとうと居眠《いねむ》りをしてしまった。

どれくらい寝《ね》ていたのだろう、南さんに起こされたとき、まわりではバタバタと片付けが始まっていた。

「雨が降ってきたよ」と南さん。

「えっ。あっ、ほんとだ」大つぶの雨が音をたて始めている。

ぼくはあわてて持てるだけの物を持って、小屋の中に入った。そして、入り口のそばに立てかけてあった傘《かさ》を開き、水汲《みずく》み用のビニールバケツを持って出て、広げたビニールシートの上にある物を全部、バケツに突《つ》っ込《こ》んでもどり、それを置いてからまた外に出て、ビニールシートを裏返して小屋の横の灌木《かんぼく》にかけておいた。雨が泥《どろ》を洗い流してくれるだろう。風で飛ばないように一か所だけヒモで止めておいて小屋に戻《もど》った。

傘《かさ》は乾《かわ》かすために、広げたまま入り口の脇《わき》の床《ゆか》に置いた。タオルで頭をふいていると、こびとたちが、さかんに話しながら、傘《かさ》の下に入っていく。傘《かさ》の骨組みを見て、ああだこうだと言っている。

「あの人たち、傘《かさ》を初めて見たんだね」南さんが言った。

「そうですね。山の中じゃあ、傘《かさ》なんて邪魔《じゃま》でしかないですもんね」

「ずいぶん気に入ったみたいじゃない」

まるでテントに入って遊ぶ子どもたちみたいに、楽しそうだ。中に寝《ね》っ転《ころ》がって見上げてみたり、ナイロンの布地をさわってみたりしている。最後にはとうとう何人かがそこを寝場所《ねばしょ》に決めたらしくて、布団《ふとん》がわりになる物を敷《し》いて、寝床《ねどこ》を作ってしまった。

「なんか布団《ふとん》になるものがないかな」南さんはそう言って、自分のリュックから毛糸のセーターとジャージを引っ張り出して、こびとたちに提供した。数人が笑いながら、セーターのふとんにもぐり込《こ》んだ。

けっきょく十四、五人が小屋に泊《と》まることにしたようだ。

ぼくたちはお湯を沸《わ》かして、簡単な夕飯を作って食べた。こびとたちは、さっきから飲み食いしていたので満腹らしい。

　コーヒーを淹《い》れてくつろいでいると、もうあちこちの暗がりで思い思いに寝《ね》てしまっている。酔《よ》っ払《ぱら》って小さないびきをかく音も聞こえてくる。

「彼《かれ》らは夜が早いんだね」と博士が感心して言った。

「日の出といっしょに起きて、日が沈《しず》むと寝《ね》るという生活リズムみたいですね」

「健康的でいいね。ちょっと俺《おれ》たちには想像できないけどね」

　外では雨が強くなっている。寝室《しんしつ》の二つある二段ベッドの下の段にぼくと博士が寝《ね》て、上の段には南さんが寝《ね》ることにする。上の段のもう片方には、何人かのこびとたちがもうちゃっかり寝《ね》ている。

「なんか、夢みたいな一日でしたね」南さんがベッドのカーテン越《ご》しに言った。

　ぼくは寝袋《ねぶくろ》の中でごそごそ向きを変えながら、寝心地《ねごこち》のいい姿勢を探した。木の板の上に乾《かわ》いた草を寝藁《ねわら》のように敷《し》いてあるので、背中は痛くない。おまけに草むらの中にいるようないいにおいがする。

「ほんとに、こんなふうにこびとたちの一族と親しくなれるなんて、思ってもいなかったです」ぼくも南さんの気持ちに同感だった。

「このあいだの地震《じしん》の晩に、そこの窓の外にスムレラが来てから、いろんなことがあったなあ」博士も寝袋《ねぶくろ》の中からくぐもった声で言った。

「あの地震《じしん》がなかったら、こんなにこびとたちに近づくことは永遠になかったかもしれませんね」

「そうだなあ」

「ぼくはこのペンダントを見るたびに、今日のことを思い出すと思うんです。いつかぼくたちは、こびとたちの神話になって語《かた》り継《つ》がれるかもしれませんね。一生忘れられないと思いますよ。

「そんなに役に立ってはいなかったんだけどなあ。トンネルはそもそも彼《かれ》らが自分たちで掘《ほ》ったんだし、南君がワイヤーをもって来てくれなかったら、あの岩だって動かせなかったしね。あのロープが切れた時はどうしようかと思ったよ」

「あの人たち本当に楽しそうでしたね。みんなで歌ったり踊《おど》ったり。いつもあんな風に宴会《えんかい》をやっているんでしょうね。私こんな楽しいパーティーは初めてです」上から南さんが言う。

「ぼくが小さいころは、おじいちゃんの家に親戚《しんせき》が集まって、よくあんな風にみんなで楽しく飲んだり食べたりしていましたよ。いつからそういうのがなくなってしまったんでしょうね」ぼくは昔を思い出して言った。

「日本もずいぶんかわったよなあ」と博士も感慨深《かんがいぶか》そうに言う。

「本当に平和そうだけど、博士、あの人たちには争いごとってないんでしょうか?」と南さんが聞いた。

「そりゃあ、まったくないことはないだろう。個人的なことではね。でも、部族同士の戦闘《せんとう》とか大きな戦争とかはないんじゃないの」

「彼《かれ》らは武器をいっさい持たないってトゥニソルが言ってましたよ」とぼくが思い出して言うと、博士が説明してくれた。

「戦争が起こる理由はいろいろだろうけれど、いちばん多いのは食糧《しょくりょう》とか土地とかエネルギーとかいった資源の奪《うば》い合《あ》いだろうからね。彼《かれ》らみたいに自然の恵《めぐ》みが生きるのにじゅうぶんなだけあって、それとバランスのとれた規模の社会があれば、戦う必要なんか基本的にないんじゃないかな」

「そうですね、戦うひまがあるんだったら、むしろそれだけのエネルギーをトゥニソルみたいに自然の探求についやすほうが賢《かしこ》いって、彼《かれ》らは考えているかもしれませんね」

「おれたちの社会は次から次へとたくさんのものを欲《ほ》しがりすぎているんだろうな。大きな欲望と大きな充足《じゅうそく》が大きな幸福をもたらすと信《しん》じ込《こ》んでいるんだよ」

「それはわかりますけど、戦争の理由には宗教対立や民族対立もありますよ」

「そっちのほうがやっかいだよな。考え方や文化が違《ちが》うっていうだけで、たがいに仲間だとか敵だとか色分けして争うなんてばかばかしいと思うけど、人間ってやつはそうかんたんにいかないんだよな」

「こびとたちにも離《はな》れて暮らすいくつかのグループがあるって、トゥニソルのお母さんが言っていましたけど、そういうグループ間で争うことってないんでしょうか?」

「どうなんだろうね。似た環境《かんきょう》で暮らしていたらあまり違《ちが》った考え方にならないような気もするけれど、前に長老が言っていたように、まったく他のグループとは違《ちが》う方向に変化していった一族もあったかもしれないね。ただ、彼《かれ》らはお互《たが》いに支配したり、支配されたりという関係がないから、干渉《かんしょう》しあわないで大きな対立にならなかったのかも」

「もしぼくたちの世界が将来、こびとたちのこの谷にまで進出して、彼《かれ》らの住む場所を奪《うば》いそうになったら彼《かれ》らはどうするでしょう。戦うでしょうか？」

「さあ、どうかな。戦うという発想はなさそうだな」

「そうですね、きっとまたどこか住める場所を探して、さまよっていくんでしょうね」

「強い風を吹《ふ》き流す柳《やなぎ》の枝みたいにね」と博士は言った。

どんな遠い未来になっても、そんなことは絶対に起こって欲《ほ》しくないとぼくはその時思った。それからしばらくあれこれと話していたけれど、いつの間にかぼくたちは寝《ね》てしまった。

ぽつぽつと屋根を叩《たた》く雨の音が、夢の入り口で聞こえていた。

4

翌朝、雨は上がっていた。こびとたちは三々五々、山に帰って行った。最後まで残ったのは、長老とムカリだった。昨日いったん山に帰ったトゥニソルが、早くから遊びに来た。

その三人をまじえてみんなで遅《おそ》い朝食をとっていた時、長老が言った。

「ひとつ見てもらいたい物がある」

そう言ってずだ袋《ぶくろ》のようなものから平たい物を取り出し、テーブルに置いた。

驚《おどろ》いたことに、それは一冊の本らしかった。

「それは本ですか？」博士が聞いたが、本という単語が通じなかったらしい。ぼくは植物図鑑《ずかん》と鳥の図鑑《ずかん》を示して、ぺらぺらめくりながら「本」と言ってみた。

「そうだ。本だ」

長老もその小さな本をめくってみせた。

「見せてもらっていいですか？」

ぼくたちは頭を寄せ合ってその小さな本をのぞき込《こ》んだ。

それは四、五センチの大きさで、ちょうど大きめの切手ぐらいだった。表紙は凝《こ》った作りだ。素材は何だろう。なめし革《がわ》か羊皮紙のようにも見えるけれど、塗料《とりょう》がぬられているのでよくわからない。薄《うす》い木の皮を何かで包んであるようにも見える。文字は何もないけれど、きれいな絵の具で装《そう》飾《しょく》がほどこしてある。唐草《からくさ》模様みたいなもので縁取《ふちど》られ、図案化された花や葉っぱの文様が色とりどりに組み合わされている。とても美しい。昨日もらったペンダントといい、彼《かれ》らの装飾《そうしょく》感覚はとても洗練されている。模様や図案といったものは、一つの文化の中で脈々と受《う》け継《つ》がれていくものだから、歴史の蓄積《ちくせき》の結果と言ってもいいんだろうけど、こびとたちのデザイン感覚をみると、彼らがいかに高い文化を維持《いじ》してきたかわかる。自然の中で暮らしているから野蛮《やばん》だろうと思ったら大間違《おおまちが》いだ。

傷つけないようにつま楊枝《ようじ》をつかってそっとめくってみると、びっしりと文字が書《か》き込《こ》まれている。博士は大きなレンズのついたスタンドルーペを持ってきて、拡大して見せてくれた。見たこともない文字が並んでいる。

「どこの文字でしょうね？」

「まったく見たことがないね」

博士は紙にも興味を持った。繊維《せんい》をすいて作ったぼくたちの世界の紙ではなくて、何かの皮を薄《うす》くしたようにも見える。紙よりも硬《かた》めだけれど、丈夫《じょうぶ》そうだ。長老に素材を聞いてみたけれど、長老はわからないという。顕微鏡《けんびきょう》で見てみたいと博士は言ったけれど、ここには顕微鏡《けんびきょう》がない。

文字がびっしり書《か》き込《こ》まれたページの縁《ふち》は、色とりどりの絵の具で装飾《そうしょく》されている。中には金箔《きんぱく》を貼《は》りつけたように見えるところもある。

「そこの、右下の光っている部分は金箔《きんぱく》でしょうか?」

「そうみたいだね」

「金箔《きんぱく》の技術を彼《かれ》らは持っているんですね。どこから金をとってくるんでしょう?」

「金鉱脈があるのかな。砂金かもしれないよ」

「わあ、美しい本ですね。こんなに美しい本は見たことがない」と南さんもルーペをのぞいて、感《かん》嘆《たん》の声をあげる。

「何が書いてあるんですか?」博士が長老に聞いた。

そこから長老が語った言葉は、まったく驚《おどろ》きだった。

その文字は、長老にも読めないのだという。それは自分たちの文字とは違《ちが》うと長老は言った。では、その本はどんな人たちが書いたのかと聞いても、それも知らないと言う。長老とムカリはしばらく何か相談していたが、長老は心を決めたように話しはじめた。

「これから話すことは、あなたたち三人の秘密にしてもらえるだろうか?」

そう言って長老は、その本を発見した経緯《けいい》を話し始めた。

先日の地震《じしん》で長老とほかの二人が閉じ込《とこ》められたのは、中広間のようなところだった。そこは一部の壁《かべ》が崩《くず》れて、そのせいで一人が足に怪我《けが》をしたわけだ。ぼくたちが岩をどかして救出するまで、長老たちは暗い中でなるべく動かないようにしていたので、どの程度崩《くず》れたのかはよくわからなかった。けれども、無事に外に出られてぼくたちが帰った後、壁《かべ》を修復するためにその部屋に入ったこびとたちは、明かりに照らされた崩壊箇所《ほうかいかしょ》の奥《おく》に、別の部屋があることを発見したのだった。

いままで誰《だれ》も存在を知らなかったその部屋は、岩を大きくくりぬいたような部屋で、岩と岩の隙《すき》間《ま》は漆喰《しっくい》のような物で固められ、水が染《し》み入《い》らないような構造になっていた。そしてくり抜《ぬ》かれたひとつひとつの壁《かべ》の穴には、びっしりと本が並べられていた。つまり、書庫だったのだ。誰《だれ》が作ったのかわからない。そんな部屋があるというのは、こびとたちの伝承の中でもまったく伝えられていなかった。おそらく何百年も使われてきたこびとたちの冬の住まいは、未知の人々の遺跡《いせき》のすぐ隣《となり》にあったわけだ。いやそれどころか、こびとたちが使っている空間は、もともとはその遺跡《いせき》の一部だったのかもしれない。こびとたちにも読めない別の文字を使う高度な文化が存在していたことになる。ぼくたちの目の前にある世界一小さな本がそれを証明している。

「前に話を聞いた小さな人たちとは違《ちが》うんでしょうか?」ぼくはたずねてみた。

ぼくたちが見つけた石の穴や石の道具を作った人たち。化学に通じ、薬品に通じていたけれど、麻薬《まやく》を作って今は滅《ほろ》びてしまった人たち。一部は分かれて北の土地に行ってしまったという、あの人たちではないのだろうか。

「そうかもしれないし、そうでないかもしれない。わからないのだ」長老は言った。

こびとたちにも全くの謎《なぞ》らしい。

「何か、そういう人たちのことを言い伝えている話とかないんですか?」ぼくはさらに突《つ》っ込《こ》んで聞いてみないではいられなかった。

こびとたちの世界に多くの言い伝えや伝説、神話があるのは、トゥニソルに聞いて知っている。そこに手がかりを求めたい。そう考えたのはこびとたちも同じだったらしいけれど、彼《かれ》らにも思い当たるような話がないのだという。

「もしかしたら、あなたたちにはこれが読めるかもしれないと思って持ってきたのだが、この文字はあなたたちの世界にもない文字なのだろうか?」ムカリが言った。

博士は、じっと考《かんが》え込《こ》んだ。

「調べてみないと、はっきりしたことは言えませんが、少なくとも私は初めて見ました」そう言って南さんとぼくの顔を見たけれど、二人とも黙《だま》って首を横に振《ふ》るだけだった。

「これを調べるために写真に撮《と》ってもいいでしょうか?」博士は長老にたずねた。長老はかまわないと言った。

ぼくたちはスタンドルーペの手前に三脚《さんきゃく》とカメラをセットし、照明も工夫《くふう》して撮影《さつえい》の準備をした。長老もムカリも写真の撮影《さつえい》が初めてらしく、興味しんしんだった。ぼくがテスト撮影《さつえい》をしてデジタルカメラのモニター画面を見せてあげると、目を丸くした。「絵を描《えが》く機械」と彼《かれ》らの言葉で呼んだ。

光線の当たり具合を調整し、カメラの解像度を最大に上げて撮影《さつえい》をした。メモリーがすぐにいっぱいになるので、時々博士のパソコンに転送してメモリーを空にしなければならなかった。慎重《しんちょう》に手でピントを合わせて撮《と》るのだけれど、ルーペ越《ご》しなのでこれがなかなか難しかった。撮《と》るにしたがって、手順や要領がわかってスピードが上がったけれど、全部のページを撮《と》り終えるのに二時間以上かかった。博士は表紙も背表紙も念入りに様々な角度から撮《と》った。撮《と》り終えてページ数を数えると、文字だけのページで三十七ページあった。そのうえ、ところどころ美しい絵だけのページもあって、素材が紙とは違《ちが》うようだった。

「このページは、絵が描《えが》いてあるけど、透《す》きとおっている紙でビニールみたい」南さんが言う。

「ちょっと見せてもらっていいですか」ルーペをのぞくとぼくには思い当たるものがあった。

「これは昆虫《こんちゅう》の翅《はね》ですよ。何だろう。蝉《せみ》かなあ。いや、もっと薄《うす》いですね。カゲロウはこんなに大きくないし、カブトムシなんかの、あの、硬《かた》い翅《はね》の下にたたまれている薄《うす》いやつ。あれかもしれませんね。何か塗料《とりょう》で加工してあるように見えます。ちょっと光っていますからね」

少し茶色がかった透明《とうめい》なシートに色とりどりの絵の具が塗《ぬ》られ、背後から通ってくる光が虹色《にじいろ》に輝《かがや》いて、ちょうどステンドグラスのように美しい。

博士ものぞいてみて、「いやあ。きれいだね。この筋の入り方で調べれば、どんな昆虫《こんちゅう》の翅《はね》か、調べられるんじゃない？」と言う。

「その絵は何を描《えが》いているんでしょう。わかりますか？」

「うーん、何だろう。抽象画《ちゅうしょうが》のようでもあるし……」

「それ、地図じゃないでしょうか？」南さんが後ろから言った。

「なるほど、言われてみれば、そうかもしれない」博士もルーペをのぞきながら言う。

ぼくは長老とムカリに地図という言葉の意味を説明し、ルーペをのぞいてもらった。

「この絵のような場所がありますか？」

長老とムカリは顔をくっつけるようにして二人でルーペをのぞき込《こ》みながら何かを話している。

「いくつか考えられる場所があるが、文字の意味がわからないので、どことははっきり言えない」

とムカリが言った。

「文字が読めれば、地図の場所がわかるかもしれませんね」とぼくが言うと、「たぶん」と答えた。

撮影《さつえい》が終わったので、本は長老に返した。長老は袋《ふくろ》にしまいながら、

「この文字が読めそうか？」とたずねた。

博士は首を横に振《ふ》りながら、

「難しいと思います」と言った。なぜかと問う長老に博士は説明した。

「文字は言葉を表わすものです。その言葉を知らなければ、解読するのはとても難しいです。やはり、このあたりの言葉を知っているあなた方のほうが、解読できる可能性は高いと思います。あなた方の文字とは違《ちが》っても、同じところに住んでいたのですから、共通の物の呼び名や言葉があるのではないかと思います。それに、何を書いているのか、内容を推測しなければ読むこともできません。あなた方の方が、暮らし方やものの考え方が近いはずだから、内容の推測もしやすいはずです」

博士の説明を聞きながら、ぼくは高校の時、歴史の時間に聞いたエジプトのヒエログリフの話を思い出した。ピラミッドやエジプトの遺跡《いせき》に描《えが》かれているあの絵文字のことだけれど、長い間解読

できなかったのに、ロゼッタストーンが発見されて、同じ内容がヒエログリフとギリシャ語で書かれていることに気づき、それが糸口になって解読できたっていう話だ。まったくわからない内容がわからない言葉で書かれていたら、解読のしようがない。それはよくわかる。

「でも、お許しをいただけるなら、ほかの本も見てみたいものです」博士は言った。

それからしばらく、みんなで相談をした。こびとたちが解読のための努力を続けるのは当然として、ぼくたちがそれと並行して解読に挑《いど》んでみるのも、意味の無いことではないということになった。なぜなら、すでにいなくなってしまった本の作り手たちも、地上のどこか別の場所からやって来たのだろうし、どれくらい昔にやって来たのかはわからないけれど、そのもともといた場所に同じ文字が保存されている可能性があるからだ。たとえば、ヒマラヤ山脈あたりの辺境の集落や、中東のどこかの洞窟《どうくつ》に似た文字が残されていないとも限らない。たとえ、そのままの形で残っていなくても、彼《かれ》らの子孫がその文字の一部を今も受《う》け継《つ》いでいる可能性、あるいはある時点まで受《う》け継《つ》いでいた可能性はある。ていねいに世界中の遺跡《いせき》の記録を探《さぐ》っていけば、この本の文字とルーツを解明する手がかりが得られるかもしれない。

こびとたちが本をここまで全部運んでくるのは無理なので、もう一度ぼくたちが山に登って写真に記録を収めようということになった。聖なる山への立ち入り許可をもらえたぼくたちは、準備を整えしだい、自分たちで行くということにした。いちど登っているから道はわかる。

長老とムカリは、本を持って帰って行った。トゥニソルは残った。

「わたしは帰らなくっちゃ」南さんは言った。「いっしょに行って調査を手伝いたいけれど、論文をこれ以上遅《おく》らせるわけにはいかないから」

「そうですね。がんばってくださいね」ぼくは平気を装って言ったけれど、さびしい気持ちは声に出てしまっていたかもしれない。

「ありがとう。急に呼び出してしまって悪かったね。おかげでおれたちもこびとたちも助かったよ」博士は言った。

南さんは明日の朝に帰ると言うので、今夜は少しリッチな食事にしようと決めた。と言っても、缶詰《かんづめ》をいくつか開けるだけなんだけれど。

午後は穏《おだ》やかな日差しがふりそそいで、昼寝《ひるね》がしたくなるような陽気になった。まだ夕飯のことを考えるには時間があったので、ぼくとトゥニソルと南さんは、作りかけのタワーにあがった。博士は写真に撮《と》ったこびとの文字をさっきからにらみ続けている。

タワーは第一の小屋に作った五層のタワーに比べると、まだ、作りかけの貧弱なものだった。雪が降ったらもう調査を打ち切ることに決まったので、今からそんなにりっぱな物を作ってもしょうがない。でも木の上で昼寝《ひるね》をする快適さはあきらめがたいので、簡単でもいいから完成はさせるつもりだった。南さんが持ってきてくれたワイヤーと巻き上げ機は、材料を木の上に引き上げるのに威力《いりょく》を発揮してくれるはずだ。もう作り方はわかっているから、二層ぐらい作るのは、三、四日もぼちぼちやればできるだろう。

巻き上げ機を太い枝にセットし、小屋を建てるのに使った丸太の残りから手頃《てごろ》なのを選んでつるしあげる。ぼくが地上で丸太にワイヤーを結びつけ、南さんが巻き上げ機のハンドルを回す。トゥニソルはちゃっかり丸太に乗っていっしょにあがって行く。そしてムササビのように舞《ま》い降《お》りて遊んでいる。

「トゥニソル、怪我《けが》しないでよ」南さんが心配して言うけど、トゥニソルはまったく耳を傾《かたむ》けない。

ふだんはおとなしいけれど、こういうところはやっぱり子どもだ。

あっという間に一層目の骨組みが地上四メートルくらいに完成した。藤蔓《ふじづる》と細いロープでネットを作ると、狭《せま》いけれど快適なハンモックになった。

「ゴリラは木の上に寝場所《ねばしょ》を作るって言うけれど、こんな気持ちなのかなあ」南さんは寝転《ねころ》んでみて言っている。

「ぼくはゴリラですかあ」ぼくは猿顔《さる》をして、ちょっとむくれてみせた。

「あ、ごめん。そういう意味じゃないよ」南さんはあわてて言う。

南さんが明日帰ってしまっても寂《さび》しくないように、ぼくはその声と姿を心に焼き付けようとしている。

「ねえ、トゥニソルは、あの本を見てどう思ったの？」横に寝転《ねころ》んでいるトゥニソルに南さんが聞いた。

「本？　最初に見たときは、それは驚《おどろ》いたよ。ぼくたちも字は書くけれど、あんなふうに紙をたばねて本にしたりはしない。それにあんなにきれいな色をつけて絵を描《か》いたりするのは驚《おどろ》きだね。でも何が書いてあるのか、すごく気になるよ。もしあれが読めれば、ぼくたちがどうしてここで暮らすようになったのか、わかるかもしれない。おかあさんたちの中には、あの本を怖《こわ》がっている人もいるみたいだけど、ぼくは知りたい気持ちの方が強いよ」

「あなたたちの文字は見たことがないけれど、どんな字を書くの？」

スムレラもトゥニソルもずいぶんぼくたちのところに遊びに来ているけれど、字を書くところを見た記憶《きおく》がない。

トゥニソルはベルトから、ワインのコルク抜《ぬ》きのようなものを抜《ぬ》いた。全体はT字型をしていて、T字の横棒に当たる部分が太くなっていて、そこを握《にぎ》って使うらしい。T字のタテ棒、つまりコルク抜《ぬ》きでらせん状になっているところは、まっすぐになっている。その先端《せんたん》はナイフのように硬《かた》くなっているようだった。トゥニソルは、鉈《なた》で削《けず》った丸太の白い部分に、その先端《せんたん》を当て、小さくひっかいた。黒褐色《こっかっしょく》のような鋭《するど》い線が残った。どうやらその先端《せんたん》は万年筆のようにインクが出てくるらしい。きっとT字の横棒にあたる握《にぎ》りの部分に、インクが入っているのだろう。

トゥニソルは何度か引《ひ》っ掻《か》いて、短い直線から構成された文字を三つ書いた。いや、書いたというより、木に彫《ほ》ったという感じだ。

「ぼくの名前だよ」

「へえ、これでトゥニソルって読むの」

続いて南さんとぼくの名前を彫《ほ》ってくれた。どの文字も短い直線が主体で、曲線的な部分はかまぼこ形のような半円や、丸括弧《がっこ》の片側みたいなのしかなかった。

「なんかちょっとくさび形文字みたい」南さんが言った。古代オリエント世界で粘土板《ねんどばん》に刻まれているあれだ。

「木を削《けず》るようにして書くから、曲線や円は書きにくいんでしょうね」ぼくが言うと、南さんはうなずいた。

「さっき見た本の文字とは、あきらかに違《ちが》いますね」

「うん。さっき見たのは、もっと複雑で、曲線もいっぱいあったと思う」

「別の文字なんだろうけど、どこかつながりがあるかもしれないから、トゥニソルたちの文字も教えてもらう必要がありますね」

「教えてくれるかな?」

「大丈夫《だいじょうぶ》じゃないですか?」

トゥニソルに頼《たの》むと、快く引き受けてくれた。明日から毎日来て教えてくれると言う。

「でもあの本の文字、解読できると思う?」南さんが言った。

「どうでしょう。ぼくたちはみんな言語学者じゃないし、どっちかって言うと生き物の研究者でしょう?　無理なんじゃないですか?　ヒントも何にもないんじゃあ」

「そうだよね。言語学の専門家に相談するわけにもいかないしね」

「ちょっと考えてみたけれど、それってやっぱりだめですよね。こびとたちのことを秘密にしておいて、誰《だれ》かに解読を頼《たの》むってわけには行きませんよね」

「それは無理でしょう。解読を頼《たの》むなら、どうしたってこびとたちのことを知らせなければならなくなると思うけどな」

たしかに南さんの言うとおり、こびとたちの生存をおびやかすわけにはいかない。本の謎《なぞ》は、いつかこびとたちが自分たちで解くだろう。ぼくたちはここにいる間にできる限りのことはしてみるけれど、出過ぎた真似《まね》はしない方がいいのかもしれない。しょせんこれはこびとたち自身の問題なのだ。解きたい謎《なぞ》ではあるけれど、こびとたちの生存自体を危《あや》うくしてしまっては意味がない。

「それにしても、いったいどんな人たちが、なぜ、何を書き残したんでしょう？　こんな山奥《やまおく》で暮らしていて、どんなふうにして高度な文化を築いたんでしょう？」

「山奥《やまおく》だから文化が発達しにくいっていうことはないんじゃない？　たしかに海のそばの平らな土地には人が密集しやすいし、人口が集中している方が文化が発展しやすいのかもしれないけど、古代の歴史を見ても内陸の地にそれなりの文化が発達した例もあると思う」

「そうなんでしょうか？」

「もちろん今の東京みたいな大都会は海沿いで広大な平地が必要だけど、そんなに大きくなくて貿易で栄えた場所も昔はあるじゃない。敦煌《とんこう》とか、マチュピチュとか。それに縄文《じょうもん》時代みたいに海水面が上がって海沿いに平地がなくなってしまったら、案外こういう谷沿いが、交通に便利だったのかもしれないよ」

「そうかもしれませんね。でも、それだけ栄えたのなら、なぜ滅《ほろ》びてしまったんでしょう？」

「わからないけれど、一つの文明が衰退《すいたい》していく要因はいろいろなんじゃないの？　たとえば、疫《えき》病《びょう》が流行するとか、気候が変わって食物が育たなくなるとか、そうでなくても、ほかの場所から来た外敵に追い出されるとか。それ以外でも噴火《ふんか》や干ばつのような自然災害だって、致命的《ちめいてき》な環境《かんきょう》破壊《かい》になることもあるんじゃない？」

「なるほど、そうやって滅亡《めつぼう》しそうになった人々が、自分たちの知識を残そうとして書庫を作ったとも考えられますね。もしあの文字が解読できたら、こびとたちにとって飛躍的《ひやくてき》に文明を進化させるチャンスかもしれませんね」

「でも、どうかなあ。私たちの世界を見ると、別に滅亡《めつぼう》なんかしそうにないけれど、本はあふれているじゃない」

「それはそうですけど。印刷技術が発達したから、そんなに大事じゃないものもどんどん本になってしまうけど、さっき見た本は明らかに手書きだったし、そうまでして書き残そうとするのには、何か強い動機があったんじゃないかって思うんですよ」

「たしかに、動機は必要かもね」

「そうでしょう？　トゥニソルたちは文字を持っているし、紙だって作れると思うけど、あまり本は作らないみたいじゃないですか。それはつまり、自分たちの中で知識は確実に仲間に伝えられる状況《じょうきょう》で、それが途絶《とだ》える不安ももっていないからじゃないでしょうか。何しろ狭《せま》い地域の中だけで、お互《たが》いがお互《たが》いをよく知っている関係の中でずっと生活しているんですから」

「じゃあ、私たちの世界が本やネットの情報であふれているのは、何かの不安の現れ？」

「いや、どうかな。もしかしたらそうかもしれないけど、むしろそれは、きっと出版が簡単になったとか、コンピューターが普及《ふきゅう》したとか、つまり発信が手軽にできるようになったからそうなっているだけで、不安とかそういうのとは関係ないような気がします」

「何か強い動機があったとしたら、何だったんだろう。やっぱり絶滅《ぜつめつ》の危機？　あの本の大きさからして、著者たちは今のトゥニソルと同じくらいの身長だったんじゃない？　そうだとしたら、トゥニソルたちの前にこのあたりにこびとの別の民族がいたのかな。それともトゥニソルたちは文字を引《ひ》き継《つ》がなかっただけの直系の子孫なのかな？」

「直系の子孫って考える方が自然だと思うんですけど、ひとつの民族がそれまで使っていた文字を捨てて別の文字を作るなんてことがあるでしょうか？」

「うーん。漢字からひらがなを作ったみたいに文字を簡略化することはあるかもしれないけれど、まったく別の文字に替《か》わるっていうのはどうかな。新しい体系が入ってきても、古い文字は何らかの形で残りそうなもんじゃない？　むしろ、こびとたちにも複数の民族、複数の文字があったと考える方が自然な気がするな」南さんの言うとおりかもしれない。


そうやってああだこうだと話しているうちに、博士が呼びに来た。ぼくらは木から下りて夕飯を作ることにした。南さんとはしばらく会えなくなると知って、トゥニソルは泊《と》まっていくと言った。

「なかなか良い展望台ができたね」と博士はぼくらを見上げて言った。

「鳥の観察にはぴったりですよ。こういうのをあちこちに作ってもらって樹上生活をしたら、新しい発見がたくさんできるかも。論文が終わったらそうするのもいいかな」南さんがほめてくれると、ぼくはいつもうれしくて舞《ま》い上《あ》がってしまう。

「いつでも言ってください。もうタワーを作るノウハウはわかりましたから、いつでもご要望におこたえします」ぼくは請《う》け合《あ》った。

夕飯は、木の実やキノコを入れて炊《た》き込《こ》みご飯にし、貴重なツナ缶《かん》を開けることにした。トゥニソルがさっそく木の実を集めに出かけていき、またたく間に山栗《ぐり》を袋《ふくろ》いっぱい集めて戻《もど》ってきた。

「おおっ。もう山栗《ぐり》が生《な》っているのか。早いなあ」と博士はにんまりとした。「これは、味が濃厚《のうこう》でうまいんだよ」という。

「普通《ふつう》の栗《くり》より小さいんですね」

「トゥニソル、こっちの実は何なの？」とみんなでわいわい言いながら、夕飯を作った。南さんが帰ってしまうと、また粗食《そしょく》の毎日に戻《もど》る。博士もあと三、四日もすれば帰ると言っている。これから雪が降り始めるまで、ぼく一人の生活が待っていると思うと、嫌《いや》ではないけれど寂《さび》しかった。

この日は夕焼けが真っ赤だった。

「博士、文字の方は何かわかりましたか？」

あつあつの栗《くり》ご飯をほおばりながら、ぼくは聞いてみた。

「だめだね。まだまだ時間がかかるよ。未知の言語の未知の文字なんて、一生かかっても解けるかどうか」

「そうですよね」

「とりあえず、同じ文字がどれくらい出てくるか、分類をしてみているんだけれど、さっき三十六種類までは抽出《ちゅうしゅつ》できた。でもまだまだたくさんあって、数百には行くんじゃないかと思うね」

「ていうことは、漢字みたいな表意文字って考えていいんですか？」と南さんが聞く。「表音文字なら多くてもせいぜい数十個のレベルでしょう」

「まあそのようだけど、結論を出すのはまだまだ早いな」

「表意文字なら、その形から何を指しているか推測できるものもあるんじゃないですか？」ぼくも聞いてみた。

「地図みたいなページがあったろう？　あれを見ると山の名前を記したらしいものがいくつかあってね、どうやら山を表す文字だけは特定できそうな気がするんだ。でも、文字の形はぜんぜん山らしくない。それと、谷、あるいは川を指す字らしいのもある」

「それも川らしくないんですか？」

「うん。どう見ても川や水のイメージとは見えない」

「さっき、木の上で、トゥニソルが自分の使っている文字を書いて見せてくれたんです。明日から教えてもらうことにしたんですけど、何か手がかりになるかもしれませんね」

「ああ、それはいい。まずは、あの地図の地形がどこを指しているのか、それが特定できれば、そこをトゥニソルたちがどう呼んでいるか聞いてみるのが良いだろうね。地名というのはなかなか変わらないものなんだ。もしかすると、あの本を書いた人たちもトゥニソルたちと同じ言葉で呼んでいたかもしれないし、それが突破口《とっぱこう》になるかもしれない」

「地図がロゼッタストーンになるんですね」

「まあ、そんなにうまくいくかどうか。息の長い作業になるのは覚悟《かくご》しておかないとね」

そんなことを話しながら、ミズのおひたしとツナ缶《かん》をつついた。

「ねえ、トゥニソル。ここに「山」って書いてみてくれない？」南さんがメモ帳と鉛筆《えんぴつ》を差し出すと、トゥニソルはひとつの文字を書いた。

「全然違《ちが》うな。これを見てくれよ」博士は自分のノートを取りに行って、あるページを開いて見せてくれた。「この五つは、地図の中で山らしいところに書いてあった文字だよ。ほら、最後の一文字がみんな同じだろう」

「はい。みんな同じに見えます。でもトゥニソルの書いたのとはまったく違《ちが》いますね」

「トゥニソル。君にもこの字は読めないんだよね？」

「うん。見たことがない字だよ」トゥニソルも首をかしげている。

「やれやれ。気の長い作業になりそうだよ。とにかくもう一度山に登って、できるだけ多くの資料を記録して、どこかに糸口があるのを期待するしかないな」博士は頭をかきむしってため息をついた。

5

翌朝、調査に必要な道具を荷造りして第二の小屋をみんなで出発した。途中《とちゅう》、町に帰る南さんを見送ったあと、前回スムレラに教えてもらったルートを上がった。

稜線《りょうせん》へのきつい登りを終えて、笹原《ささはら》の続く見晴らしのいい場所に出た。

「ここは、前に来たときに、熊《くま》がいた場所ですね」

ぼくが言うと、博士は息を整えながら、

「ああ、そうだね。あそこの、木の下、あたりだったね」

ととぎれとぎれに言った。

風が強く、天気は曇《くも》りぎみだった。北の山地では夏が終わるとすぐに冬の気配が迫《せま》ってくる。秋の穏《おだ》やかな気候を楽しむ暇《ひま》があまりない。稜線《りょうせん》にでると、山々を渡《わた》ってくる風の冷たさで冬がすぐそばまで近づいているのがわかる。笹原《ささはら》が強い風に波打っていた。

「トゥニソル、これがトリコ笹《ざさ》なのかい？」ぼくは背中のトゥニソルに聞いた。

「これは違《ちが》うよ。トリコ笹《ざさ》はもっと葉っぱが小さくて、縁《ふち》に白い線が入っているから」

今回山に登る主な目的は、もちろんこびとたちの見つけた本の文字を画像資料にすることだけれど、トリコ笹《ざさ》を調査することも忘れてはいけない目的なのだ。なにしろ前回はこびとたちの救助で頭がいっぱいで、笹《ささ》のことをまったく忘れてしまっていたのだから。

「君たちの冬のすみかのそばに、トリコ笹《ざさ》はあるの？」

ぼくが聞くと、リュックの上に載《の》っているトゥニソルが答えた。

「洞窟《どうくつ》から少し下った水場のそばにたくさんあるよ。トリコ笹《ざさ》は山頂より、中腹の水の多い場所を好むんだ」

「見てみたいんだけど、あとで教えてくれる？」

「うん。もちろん。お茶の作り方は母さんに聞くといいよ」

「頼《たの》むよ。この前ここを通ったとき、大きな熊《くま》がいてね。あの木の下にいたのを、スムレラがうまく誘《さそ》い出《だ》して、谷の方へ連れ出してくれたんだ。今日は大丈夫《だいじょうぶ》だろうか？」

「大丈夫《だいじょうぶ》。この時期は餌《えさ》の木の実が下の方にあるから、谷に降りていることが多いよ。冬眠《とうみん》の前で気が荒《あら》くなっているけどね」

ぼくたちは順調に歩き、男の神様の木も通り過ぎた。

「そういえば、トゥニソルはここで生まれたんだったね」博士が言う。

「そうだけど、ぼくはぜんぜん覚えていないんだ」

「大風が吹《ふ》いた日に産まれたんだろう？ってことは今ごろの季節なのかな。ぼくたちの言葉では、夏の終わりから秋にかけて来《く》る嵐《あらし》のことをタイフウって言うんだ」ぼくが言うと、トゥニソルはうなずいた。

「そう、秋だよ。ちょっと上を見てくるね」そう言うとトゥニソルは、枝から枝へ器用にジャンプしながら、木の上に登っていった。スムレラの話だと、上には大きなうろがあるということだった。トゥニソルはしばらくすると戻《もど》ってきたけれど、後ろで数人のこびとたちが大きな枝に出てきて、こっちに手を振《ふ》ってくれた。このあいだの宴会《えんかい》の時に来てくれた見覚えのある顔だった。ぼくたちはこの山で歓迎《かんげい》してもらえるんだと、あらためてうれしくなった。

「あの人たちは、半年前に産まれた子どものお祝いに、家族そろって来たんだよ」トゥニソルが教えてくれた。

「お祈《いの》りに来たっていうこと？」

「そう。無事に夏を越《こ》したことを感謝するために来たんだよ」

彼《かれ》らにとって神聖なこの木が、将来もずっと酸性雨やなんかで倒《たお》れないでいてくれることを、ぼくは心の中で願った。女神《めがみ》の木はすでに倒《たお》れてしまった。こびとたちの聖域にも、ぼくたちの文明はこっそりと魔《ま》の手を伸《の》ばしているのではないだろうか。そんなことを考えながら先を急いだ。

日が傾《かたむ》きはじめたころに、洞窟《どうくつ》に着いた。

博士とぼくとで動かした大きな岩はもちろんそのままだったけれど、入り口はきれいに整備されていた。トゥニソルによると、今、洞窟《どうくつ》の中は冬じたくで忙《いそが》しいらしい。食料の運《はこ》び込《こ》みやら何やらで、人々は出たり入ったりしている。大人たちは大半が食料集めに行っているそうだ。長老も留守だった。

ぼくたちは前と同じ場所にテントを張った。トゥニソルもお母さんのところに帰って行った。

暗くなると本の撮影《さつえい》もできないので、調査は明日から始めようということになった。日が暮れる頃《ころ》、長老がやって来た。博士は言った。

「ここまで入ることを許していただいて、ありがとうございます。本を見せていただけることにも感謝いたします。それについて、ひとつお願いがあるのですが、よろしいでしょうか?」

「何なりと」

「本を一冊ずつ出して来ていただいて、このテントのまわり、またはテントの中で撮影《さつえい》させてください。ついては、撮影《さつえい》する前にやらねばならないことなのですが」

「というと?」

「まず、どの本が洞窟内《どうくつない》のどの位置にあったのかを記録していただきたいのです」

「なぜ？」

「これは、あくまで想像なのですが、あの本を作った人たちが部屋の中に本を並べたとき、たぶんその並べ方には何か意味を持たせたのかもしれないのです」

「意味とは？」

　博士はしばらく説明をしなければならなかった。ぼくたちの世界にある図書館というものがどういうものか。そこでは本が内容ごとに分類され、すべて番号が付けられているということ。もし洞《どう》窟《くつ》の本もそれと同じように意味を持って並べられているとしたら、それぞれの本に書かれている内容を推測する重要なヒントが、その並べ方から得られるかもしれないということなどを、ていねいに説明した。

「わかった。私たちは昨日見せた本以外、一冊も持ち出していない。本は発見した時のままの場所にある。今は入り口を封鎖《ふうさ》してあるから、他《ほか》の者もさわっていないと思う。明日、本のある部屋の図面作りからはじめよう」と長老は言った。

「そうしましょう、私たちは入れないから、そこはおまかせをします。場所を記録し終わったものから持ってきていただいて、ここで拝見することにしましょう」

　長老は洞窟《どうくつ》に帰っていった。

「なるほど、考えもしませんでした。ぼくははしっこから手当たりしだいに一つずつ撮影《さつえい》していくことしか考えていませんでした。たしかに、洞窟《どうくつ》の書庫は一種の図書館なのかもしれませんね」

「何かを科学的に調査する時にはね、調査そのものが対象に変化を与《あた》えてしまう可能性を用心深く考えてから取りかかるものなんだよ」博士は教えてくれた。こういうところはやっぱり大学の先生なんだなあと、ぼくはあらためて尊敬した。

「彼《かれ》らの知識体系は、ぼくたちの図書館の配列と同じような形式なんでしょうか？」

「それはまったくわからないね。われわれのまったく知らない分野についてすごく詳《くわ》しい知識を蓄《たくわ》えているかもしれないし、逆にわれわれが一生懸命蓄《いっしょうけんめいたくわ》えた知識にまったく興味がないかもしれない。もし全部が解読できたなら、その本の作者たちがどういうふうに世界を見ていたかを推測する手がかりが、本全体の分類や配列の仕方からわかるかも知れないと思うよ」

「なるほど。楽しみですね」

「まあ、解読できたらの話で、それは気の遠くなるような先のことだけどね」

はやく本を見たいとはやる気持ちが強かったけれど、博士とぼくは山を登った疲《つか》れのせいで、その夜は食事をするとすぐに寝《ね》てしまった。


翌朝、スープを作っていると、シラルのお父さんのムカリがトゥニソルといっしょにやって来た。トゥニソルは通訳に欠かせないので来てもらうと助かる。長老は冬じたくの指揮をするのに忙《いそが》しいので、ムカリがぼくたちを手伝ってくれることになったという。

「まず、本の数を数えてきてほしいのですが」博士が言うと、ムカリは困ったような顔で、

「本は数が多すぎて、私たちにはうまく数えられないのです」

と言う。こびとたちにはもちろん十進法の数を表す言葉があるのだけれど、聞いてみると、どうも五、六十以上の大きな数字の概念《がいねん》がないらしいとわかった。彼《かれ》らの生活の中でそんなに大きい数を数える必要がないのだろう。

博士はしばらく考えて、こういう提案をした。

「では、絵を描《えが》いてきてください。部屋の形を上から見たように描《えが》いて、そこにある本を表わすように小さな○印を一冊につき一つずつ書いてきてくれませんか」

博士は見本を描《えが》いて見せた。ムカリとトゥニソルは理解したようで、博士の渡《わた》した紙と鉛筆《えんぴつ》と小さなペンライトを持って出て行った。

「しばらく時間がかかるだろう。その間に朝飯を食ってしまおう」

「はい」

ぼくたちが食事を終えて、撮影《さつえい》の準備をしていると二人は戻《もど》ってきた。

図面を見ると、狭《せま》くなったり広くなったりする不規則な空間の壁《かべ》に大小さまざまなくぼみというか小部屋のようなものが十七もあって、そのそれぞれに小さな○がたくさん描《えが》いてある。中にはくぼみに入りきらないではみ出して描《えが》いてあるところもある。もっともすくない部屋で十一冊、もっとも多い部屋で三十七冊ある。ぼくと博士は電卓《でんたく》で計算をした。合計すると二百十四冊になった。

「まいったなあ。想像以上だぞ。こりゃあ終わらんぞ」

「すごい数ですね」

「一冊やるのに何時間かかる?」

「このあいだ長老が持ってきた一冊は、二時間以上かかりましたよ」

「そうだろう？　慣れればすこし速くなるだろうけど、ページ数の多い本だってあるだろう？　仮に一冊二時間だとしても、一日に四、五冊がせいぜいだよな。食料は二、三日分しか持ってきてないだろう？」

「はい。できるのはいいとこ、十五冊くらいでしょうかね」

「これはもう、全部やるのはあきらめて、作戦を立て直す必要があるな」

「十七個部屋があるから、一部屋一冊ずつにしますか？」

「うん、それが良いかもな。でもどうやってその一冊を選ぶ？」

ぼくたちは事情をムカリに説明し、どういう手順で何を撮影《さつえい》していくか話し合った。ムカリが言うには、本の中にも新しそうなのもあれば、ぼろぼろになった古そうなのもあるらしい。それはそれで難しい問題だった。新しい方を選んで撮影《さつえい》するのか、古そうなのを選んで撮影《さつえい》するのか。書かれた時代が違《ちが》えば、使われている言語は少しずつでも変化している可能性がある。どの時代の言語を解読の対象にするのか、選ばなくてはいけない。もちろん本の厚さもさまざまだろう。

ぼくたちは熱心に議論したあげく、資料にする本を選ぶ基準を決めた。

各部屋からまず一冊ずつ。なるべく新しそうなもの。そしてページ数が多そうなもの。そして、できれば文字だけでなく、図や絵がたくさん入っているものを選ぶ。最低限十七冊まではなんとかやりきる。その後は、余力がどれくらい残っているかでまた考えることにした。

新しいものを選ぶのは、物理的に言って本を傷《いた》める心配が少ないのと、内容的に言ってより進んだ知見が反映されている可能性が高いからだと博士は説明してくれた。それに、トゥニソルたちの文字に通じる共通点も見つかりやすいかもしれない。ページ数が多い物を選ぶのは、一つの同じ内容で多くの情報があればあるほど、解読がしやすくなるから。まあ、そのぶん撮影《さつえい》の手間はかかるけれど。図や絵が多いほど良いのは、書かれている内容を推測しやすいからだ。各部屋から一冊ずつ選べば、もし分類する意識をもって並べられているなら、より多くの分野のサンプルが手に入ることになる。でも、これだけでも根気のいる作業になるのは目に見えていた。

その日は、本格的な作業を始められたのが昼からになってしまった。本を固定する方法や、ピントの調整や、光の明るさなどの難しい課題がいくつかあった。ムカリとトゥニソルが本を運んで来たり戻《もど》しに行ったりしてくれる。ページをめくったり固定したりするのも小さな指の方がいい。二人は文句も言わずに黙々《もくもく》と一日中手伝ってくれた。

最初に覚悟《かくご》はしていたけれど、十七冊をすべて終えるのは、ほんとうに根気のいる作業だった。けっきょく十七冊を撮影《さつえい》し終えるのに、五日かかった。食料は節約しながら使ったけれど途中《とちゅう》でなくなって、それからはこびとたちが提供してくれたクルミやドングリや山菜でなんとか空腹をしのいだ。もっとも根を詰《つ》めて仕事をし続けたので、二人とも食欲はあまりなかったのだけど。

晴れて外で撮影《さつえい》できる日はまだ良かったが、三日目などは一日中雨に降られて、狭《せま》いテントの中に大人二人で窮屈《きゅうくつ》な格好をしながら作業をし続けたので、背中が耐《た》えがたいほど痛くなった。博士は寝《ね》ながらうんうんうめいていたくらいだ。おまけに五日間風呂《ふろ》に入っていないので、頭はかゆくなるし、テントの中は汗臭《あせくさ》くなるしで、南さんがいなくて良かったとひそかに思った。

それでもつらい作業をし続けたのは、自分たちがやっている作業がとてつもない重要な意味を持つと感じていたからだ。今はいなくなった人々が残した知識と知恵《ちえ》の遺産を復活させられるかもしれないのだし、それがこびとたちの歴史や将来を左右する可能性を秘《ひ》めているのは間違《まちが》いない。たとえぼくたちの世界でその存在が知られることは一切《いっさい》ないとしても、滅《ほろ》びかけた文化を丸ごと一つよみがえらせることができるかもしれない。そう思うと、やめるとか手を抜《ぬ》くという選択肢《せんたくし》はなかった。体のあちこちがポキポキいっても、空腹でお腹《なか》がぐうぐうなっても、ぼくたちはひたすら小さな本のページを画像ファイルに写しとり続けた。三日目からはバッテリーがなくなり、手回し発電機で充電《じゅうでん》を絶えずつづけなくてはならなくなって、ぼくは腕《うで》が棒のようになった。カメラのメモリーがいっぱいになるとファイルを圧縮してパソコンに転送しなくてはならなかった。

もっとも、肉体的にはキツかったけれど、精神的にはスリリングで、ぼくも博士もずっと高揚《こうよう》した気分の中で作業を続けた。小さな本のページを一枚ずつルーペ越《ご》しに見ながら、次々と現れる新しい世界にぼくたちは興奮した。とくに図面や絵のあるページをみると、解読の手がかりがつかめそうな気がして、ついつい見入ってしまった。知っている植物の絵なんかが出てくると、手が止まってしまう。博士は、後でいくらでも見直せるから今は撮影《さつえい》を急ごうと言うのだけれど、そういう博士自身がじっと見入って作業が頻繁《ひんぱん》にストップしてしまうのだ。とうとうぼくたちは、何か思いついたら急いでアイデアをメモに書くことにして、作業は中断させないというルールを作らなければならなかった。

本の中には文字ばかりのものもあったし、絵が多くて明らかに昆虫《こんちゅう》の本だとかシダ類の図鑑《ずかん》だとかわかるものもあった。どう読むのかはわからなくても、特定の生き物が彼《かれ》らの文字でどう書かれるのかはわかる。文字とそれが指している対象との対応関係がわかればそれは大きな前進だ。

ぼくたちはトゥニソルたち、つまり今のこびとたちが使っている文字も教わりたかったのだけれど、そこまで手は回らなかった。それは後でもできる。今は目の前にあるやるべきことに集中しなければならなかった。日が傾《かたむ》いて手元が暗くなり、作業ができなくなるとぼくたちはやっとつらい作業から解放され、体を伸《の》ばしながら食事をつくり、つかの間、その日に見た本についてああだこうだと議論するのだった。そして、横になるとくたびれてすぐ寝《ね》てしまうものだから、撮影《さつえい》作業以外のことは何もできなかった。

十七冊を全部終えたとき、博士もぼくももう今回はこれが限界だとわかった。

「どうしますか。まだ、続けますか?」ぼくが聞くと、博士は考《かんが》え込《こ》みながら言った。

「いや。これじゃあきりがないよ。五日で十七冊だろう。一週間で二十冊なら、あと二百冊を全部やるのに、十週間かかる計算だ。まあ二か月半だよ。テントの中で、食料もないのにそれは無理だ。今回はここまでがせいいっぱいじゃないか。…といって、次があるわけではないけどね」

「残念ですね」

「でもまあ、彼《かれ》らの図書館の電子ライブラリーを作るのが目的じゃなくて、解読のために必要な資料を集めているんだと考えればいいんじゃないか?」

「わかりました。じゃあ明日山を下りましょう。そろそろ米が食べたくなってきましたから」

「いや、もう一日ここにいないか?」

「いいですけど、どうして?」

「撮影《さつえい》はしないけれど、全部の本をひととおり見てみたいんだ。そして目録を作っておきたい」

「ああ、なるほど。それも解読のヒントになるかもしれないってことですね」

「うん。それだけじゃなくて、発見されたときに何がどういう状態であったか、記録しておくことは重要なことなんだよ。俺《おれ》たちが帰ったあとで彼《かれ》らが読んでいるうちにだんだん元の状態がわからなくなっていくだろうからね」

「わかりました。長老に話しに行きましょうか」

「ああそうか。たしかに、いちおうことわっておいた方がいいだろうね」

ぼくたちはムカリとトゥニソルに説明し、長老に会いに行った。長老は洞窟《どうくつ》の中で冬ごもりの準備を指揮していた。長い冬のあいだ、深い雪に閉ざされて彼《かれ》らはほとんどの時間をこの洞窟《どうくつ》の中で過ごす。だから、食料も衣類も燃料も大量に必要になるのだ。冬越《ご》しの準備に手抜《てぬ》かりがあるとみんなの命に関《かか》わる。雪が降ってもスーパーに行けば食料品を買えるぼくたちとは違《ちが》うのだ。

「おかげさまで、十七冊の本を撮影《さつえい》することができました。もう十分だと思います。撮影《さつえい》させてくださって感謝いたします」博士が長老に言った。

「あのたくさんの本をうまく読めるようになるといいが」

「ええ。努力してみます。ついては、もう一日ここにとどまって、全部の本の目録のようなものを作りたいのですが」

「一日でできるのだろうか」

「ええ、撮影《さつえい》はしません。置いてあった場所や、大きさやページ数などを記録していくだけです」

「わかった。好きなだけやるといい」

長老は博士がやろうとしていることを理解してくれた。

「冬の準備は順調に進んでいますか？」

「今年は木の実も多い方だから、蓄《たくわ》えに困ることはなさそうだ」

「何かお手伝いできることはありますか？」

「ありがとう。大丈夫《だいじょうぶ》、自分たちだけでできる。これまでもずっとそうしてきた」

ぼくは遠慮《えんりょ》しながら聞いてみた。

「あのう、トリコ笹《ざさ》というものを見てみたいのですが。この下に生えていると聞いたんですが」

「ああ、では案内しよう」

ムカリは洞窟《どうくつ》に戻《もど》っていって、長老とトゥニソルがぼくたちを案内してくれた。

洞窟《どうくつ》の裏口から小さな涸《か》れ沢《さわ》を降りていき、平らな石を拾った場所の手前でさらに枝沢《えださわ》に入った。水はほとんど流れていない明るい沢《さわ》だった。すぐに他《ほか》の笹《ささ》とは違《ちが》う小ぶりな笹《ささ》が目につきはじめ、やがてなだらかな斜面《しゃめん》に一面にトリコ笹《ざさ》がひろがる場所に出た。

トゥニソルが言った。

「これがそうだよ。トリコ笹《ざさ》は水の近くで日当たりの少ない斜面《しゃめん》を好むんだ」

秋の冷たい風が小さな笹《ささ》の葉を揺《ゆ》らしていた。遠くの山並みは北に続いてどんよりとした空に消えていく。その空の向こうには北海道の大地がすでに冬を間近にして冷たく横たわっているだろう。

このあたりの稜線《りょうせん》ですら、すでに木の葉は乾《かわ》き始めていて、色を変える準備をしている。厳しいここの気候に順化したせいか、背の小さな笹《ささ》だ。とくにどことい って特徴《とくちょう》もないが、葉っぱは小さなものは二、三センチ、大きくてもせいぜい五センチをようやくこえるくらい。背丈《せたけ》も低くて、トゥニソルの背がようやく隠《かく》れるくらいだ。葉っぱの特徴《とくちょう》と言えば、葉っぱを縁《ふち》どるように白く斑《ふ》が入っていることだろうか。

「稚児笹《ちござさ》とかカムロ笹《ざさ》という小さな笹《ささ》はあるみたいですね」ぼくは持ってきていた笹《ささ》の図鑑《ずかん》と比べてみた。「稚児笹《ちござさ》には斑《ふ》が入る種類があるみたいですけど、でもこういうふうに縁《ふち》にだけ白い斑《ふ》がはいる種類は載《の》っていません」

「これはここ以外にもけっこう生えているものなんですか?」博士は長老に聞いた。

「ああ。我々の住んでいる一帯には、あちこちで見ることができる」

「これをお茶にして飲むんですね」

「そう、冬の間は温かい物が飲みたいからね。冬中飲めるように摘《つ》んである」

「今から摘《つ》むんですか?」

「いやいや、春の新芽を摘《つ》んで、夏の間ずっと石の中で発酵《はっこう》させるのさ」

「そうなんですね」

「なんなら、あとで煎《せん》じて少し飲んでみるといい」

「いいんですか。それはぜひ」

トゥニソルが葉を一枚ちぎってくれたので、ぼくは図鑑《ずかん》のページにはさんだ。

「この笹《ささ》、少し持って帰ってぼくの小屋のそばに植えてみてもいいでしょうか？」

「ああ、好きなだけもって行きなさい」長老は言ってくれた。

「明日、帰る前にすこしもらっていこう」と博士は言った。

念願のトリコ笹《ざさ》を見ることができてぼくたちは満足だった。こびとたちが小さくなった秘密はこの植物の中に隠《かく》されている。その秘密を解いてそれが何かの役に立つのかどうかわからないけれど、あのたくさんの未知の文字を解読するのと同じくらい、困難で大きな課題だ。

翌日、ぼくたちは洞窟《どうくつ》の入り口のそばにテントを動かし、トゥニソルが次々に持ってきてくれる本を目録に整理していった。こびとたちにもその目録があった方がいいだろうと思ったので、やろうとしていることをムカリに説明し、ちびた鉛筆《えんぴつ》をさらに細く削《けず》って小さな紙といっしょに彼《かれ》にわたした。彼《かれ》は彼《かれ》でこびとたちの文字で目録を作っていくわけだ。

トゥニソルが持ってきてくれた本は、まずそれがあった場所を図面からひろって記録する。そして、大きさを物差しではかり、総ページ数を数え、文字だけのページの数、絵や図だけのページ数、両方混ざったページ数を記録し、絵や図については、わかる範囲《はんい》で何の絵なのかも書いていく。一ページ目に表題らしいものがある場合は、その文字も写し取った。根気のいる仕事だったけれど、暗くなる前に、何とかすべてを終わらせることができた。こびと図書館の総目録だ。終わった時には、大事な仕事をした達成感で、ぼくも博士も空腹をしばし忘れられた。

翌朝、ぼくたちはトリコ笹《ざさ》の株を少し掘《ほ》らせてもらい、彼《かれ》らの冬のすみかをあとにした。パソコンに入った画像データとビニールにくるんだトリコ笹《ざさ》という、二つの貴重な宝物を背負って山を下りた。この背負っている大きな謎《なぞ》は解くことができるのだろうか。もし解けたとしてそれが何をもたらすのだろうかと思うと、いろいろな想像がわいてきた。そして、たぶんここを登ってこびとたちの聖地に行くことはもう二度とないのだろうなと思うと、さびしくて黙々《もくもく》と歩いたのだった。

6

翌日、博士が帰るので、峠《とうげ》まで博士の荷上げを手伝いながら見送りをすることにした。昨日からの冷たい風もややおさまって、穏《おだ》やかに晴れていた。沢《さわ》沿いを歩くと、水が秋の冷たさだった。

「予定より下山が遅《おく》れてしまいましたね。大学の授業は大丈夫《だいじょうぶ》なんですか？」

「まあ、何とかなるさ。帰ったらフル回転で仕事をするようだけどね」

「これからぼくは何をしたら良いでしょう？」

前の晩は山歩きで疲《つか》れてふたりとも早く寝《ね》てしまったので、ぼくは博士の指示がほしかった。

「雪が降るまであと一か月ちょっとだろうね。その間《かん》、何をしたい？」

「もちろん、あの本の文字を解読できれば良いでしょうが、ぼくには自信がありません。ぼくは高校時代、英語だって苦手だったんです。未知の言語の解読なんてとてもできそうにありません。毎日眺《なが》めていれば、何か一つ二つ気がつくことはあるかもしれませんけど」

「それはそれでいいさ。ぼくは、いろいろな資料を調べられるから、世界中の文字であれに似ているものがないか、あるいは未解読の古代文字でもあれに近いのがないか、調べてみるよ」

「だれか他《ほか》の人に相談するんですか？」

「いいや。それはしないつもりだ。解読が無理ならあれは封印《ふういん》するしかないな。残念だけれど、彼《かれ》らの生存を脅《おびや》かすわけにはいかない」

「もし解読できたら？」

「もしできたら？　あまり考えていないけれど、もう一度彼《かれ》らに会いに行くべきだろうね」

「そうですよね。ぼくはトゥニソルから彼《かれ》らのいま使っている文字を教わります。そして、彼《かれ》らの言葉の辞書を少しでも増やします。まあそれも最後には封印《ふういん》することになるんでしょうけど」

「そうだね」

「もう一つ、あのトリコ笹《ざさ》について研究してみます」

ぼくたちは昨日、山から下りるとすぐ、もらってきたトリコ笹《ざさ》を小屋の裏に植えたのだった。

「トゥニソルに教わって、笹《ささ》茶の作り方をきっちりマスターしたいんです」

「マスターしてどうする？」

「ええ？　どうしましょう。博士は飲みますか？」

「はは。今さら飲んでも小さくはならないだろう。でも、もしかするとこの腹は引《ひ》っ込《こ》むかな」博士は笑って自分のお腹《なか》を叩《たた》いたが、それほど中年太りのお腹《なか》ではない。博士は気にしているらしいけれど。

「お茶の成分をこっそり、大学で分析《ぶんせき》することはできますか？」

「うん、それはなんとかできるかもしれない。こびとから聞いたなんて言っても誰《だれ》も信じないだろうから、自分たちで発見したと言えば、結果を公表することもできなくはない」

「公表したら、なにか世間の役に立つでしょうか？」

「どうかな。養殖《ようしょく》の魚を大きくするとか、家畜《かちく》を太らせるとかいうなら産業的な価値はあるだろうけれど、小さくすることのメリットがはたしてどんな分野にあるかな？」

「そうですね。でも、将来、人類が増えすぎて食料が足りなくなったら、彼《かれ》らのように人類を小型化するのに役立つかも知れませんよ」

「そりゃあ大きな話だ。ＳＦの世界だね」

「ほかにやるべきことはあるでしょうか？」

「いや、それで充分《じゅうぶん》じゃないかな。ぼくより君の方がやるべきことをよくわかっているよ。強《し》いていえば、あの地図が気になっているんだ。あれがどこを描《えが》いた地図なのか、もし調べられたら調べてくれないか。何か解読の手がかりになるかもしれない」

「はい。考えてみます。今度はいつ来ますか？　もしあの文字のことで何かわかったら知らせてもらえますか」

「うん。初雪が降ったら、撤収《てっしゅう》を手伝いに来るよ。それまで一週間に一度くらいは連絡《れんらく》くれるかな」

「わかりました。なるべく日曜日ごとに連絡《れんらく》するようにします」

峠《とうげ》までの急坂《きゅうざか》にさしかかると、秋とはいえ二人ともさすがに汗《あせ》ばんだ。息が上がる。道ばたには青いエゾリンドウやピンクのジャコウソウの花が咲《さ》いてきれいだった。

「南さんによろしく」

「ああ。ところで、君は調査が終わったら将来どうするんだ？　また郵便局に戻《もど》るの？」

「それもいいんですが、何か森林を守るような仕事ってないですか？　役所の中に自然を調査するような部署があったと思うんですが、そういうのって、募《ぼ》集《しゅう》はしないんでしょうか？」

「あるにはあるよ。ただ募《ぼ》集《しゅう》人数が少ないし、だいたいは大学で植物や環境《かんきょう》のことを研究していた人がなる専門職だね」

「ぼく、いまからでも大学に行けるでしょうか？」

「勉強してみたら？　奨学金《しょうがくきん》のことは手助けしてあげられるかもしれない」

「いいですね。考えてみます」

そうやってあれこれ話しているうちに峠《とうげ》に着いた。二人で水を飲みながら休み、美しい山並みをしばらくながめた。そして、荷物を博士に渡《わた》して別れた。ボッカのように大きな荷物を背負って降りていく博士の背中を、姿が見えなくなるまで見送った。


それからの一か月半におよぶ一人きりの生活は、長かったとも言えるし短かったとも言える。もちろん、まったく一人きりではなくて、時々トゥニソルやスムレラも遊びに来てくれた。スムレラは結婚《けっこん》して忙《いそが》しくなったし、トゥニソルも冬越《ご》しのための準備でやることはたくさんあるらしいけれど、そんな中でも、ときどき小屋を訪《おとず》れてくれた。トゥニソルは妹を連れてくることもあった。

だから寂《さび》しくはなかった。

ぼくはもともと孤独《こどく》を好む質《たち》なのかもしれないが、山の木々が日に日に姿を変えていくさまを見ていると、けっして退屈《たいくつ》することはない。この山の主役であるブナは、紅葉すると派手さはないけれど限りなく美しい。緑が徐々《じょじょ》に薄《うす》くなって黄色にかわり、黄色から赤く、茶色くなっていく。錦《にしき》のような彩《いろど》りを背景に白いぶなの幹がすっくと立つ姿は、控《ひか》えめだけれどとても頼《たの》もしい。ちょっと母さんを思い出すような優《やさ》しい強さを感じる。こびとたちの住むこの谷は樹種が豊富で、落葉のしかたもさまざまだった。それを眺《なが》めているだけで楽しい。

ぼくは町にいるときは、木の葉が落ちるようすなんか気にしたことはなかった。街路樹は気がつくといつの間にか枝だけになっていた。新緑をきれいだなと思うことはあったが、それも歩きながらほんの数秒感じるだけだったろう。何事も、気にしてよく見ないと、目に見えてはいても、ちゃんとは見ていないものなんだと思う。相手が人間だってそうなのかもしれない。ぼくはいままで自分をとりまく世界のどれだけが、ちゃんと見えていたんだろう。人は自分の傍《かたわ》らにあるものをちゃんと見ることができるようになるために、どれだけ遠回りをしなくてはならないんだろう。そんなことを小さな小屋で考える。

こびとたちの谷をよく知れば知るほど、その限りのない豊かさがわかってくる。一本の草にしがみついているバッタも、赤い木の実をつついている小鳥も、その豊かさの中で生きているのがわかってくる。博士はぼくの将来を気にしていてくれたみたいだけれど、ぼくは、この谷が人間の侵《しん》略《りゃく》を免《まぬが》れて今のままあり続けることに貢献《こうけん》できるような仕事がしたい。具体的に何をすればいいのか、それはまだわからないけれど、お金を稼《かせ》ぐことにつながらなくてもいいから、そういうことを一生続けていきたいと思う。今やトゥニソルはぼくの親友だ。トゥニソルが大人になり、結婚《けっこん》をし、仲間を支え、長老のように頼《たよ》りにされるようになっていくこの世界を、外から安心して想《おも》い続けたい。

雪が降ったらぼくは町に帰るけれど、今年の初雪が少しでも遅《おそ》ければいいのにと思う気持ちが強くなる。

ぼくは時どき、大切にしまってあるペンダントを取り出して眺《なが》めた。そして、誇《ほこ》らしく温かい気持ちになった。

「それ気に入ったの？」

ある時、ペンダントを眺《なが》めているぼくに、トゥニソルが聞いた。

「うん。とても気に入ったよ。なんていったって君たち一族からの栄誉《えいよ》を受けたのは、ぼくたちが初めてなんだからね。誇《ほこ》りに思ってもいいだろう？」

「とても名誉《めいよ》なことだと思うよ」

そのころ、ぼくはトゥニソルから文字を教わっていた。

「この絵には何か文字が入っているの？」

ぼくが聞くと、トゥニソルは近づいてもういちどペンダントをよく見た。

「ああ、岩を動かしている君の絵のまわりに模様があるだろう？　これはぼくたちの文字を形を変えて描《えが》いているんだよ」

図案化された文字だったのか。

「なんて書いてある？」

トゥニソルは机の紙にその模様を正確に写してくれた。

「葉っぱのような形に変えているけれど、もとはこの字さ」

写した図案文字の横に、読みやすいように正書体を並べて書いてくれる。

「力と知恵《ちえ》と優《やさ》しさの巨人《きょじん》って意味さ」

「へえ。なんだか…照れくさいな」

「三つの名誉《めいよ》を与《あた》えられることなんてめったにないことだよ。いくつもの命を救ったんだから、当然じゃないか」

「はいはい。で、どれが力で、どれが知恵《ちえ》なの？」

ぼくはまだこびとたちの文字を習い始めたばかりで、うまく読めなかった。トゥニソルはひとにものを教える立場になって、大人になったような誇《ほこ》らしさを感じていたんだろう。とても、熱心に教えてくれた。時々はぼくの物覚えの悪さに焦《じ》れったくなるようだったけれど、もともと優《やさ》しい子だから、我慢《がまん》してくれていた。ぼくはものを覚えるのが遅《おそ》い方だと自分でも思う。小学校の頃《ころ》から普通《ふつう》以上の成績は、理科よりほかで取ったことがない。

こびとたちの文字は複雑だった。漢字のように表意文字や表語文字だけでもなく、ひらがなやアルファベットのように単純な表音文字でもなかった。その両方が組み合わされて一つの文字になっているようなのだ。なかには単純な表音機能だけの文字もいくつかあったし、表意機能だけの文字もある。でもたいていは、意味を表す中心の大きな図柄《ずがら》に、読み方をしめす小さな記号がところどころに入る。言ってみれば、漢字とふりがながなが一体化したものに近いかもしれない。さらにときどきそこにアクセントの記号も入るのだという。字体は南さんがくさび型文字みたいといったように、直線が中心に構成されていた。

たとえば、アルファベットのEという字を右に倒《たお》して漢字のウかんむりのようにして、その下に横棒を一本書き、さらに下に「へ」のような形を描《えが》くと「トニ」と読んで、「楢《なら》」類の木を表す。この一帯に多いのはナラではなくミズナラなので、おもにミズナラやコナラを指すことが多い、ただし、「トゥニ」という似た発音の言葉、これはトゥニソルの「トゥニ」で二という数を表すのだけれど、それがあるので、区別するために「トニ」の真ん中の横棒の最後は上にはねる形になる。Eを倒《たお》したような形は樹木をあらわしているのだそうで、草をあらわす時は、上下逆さまにして「山」という漢字のようにし、字の下半分に書くのだそうだ。ということは、この字の場合漢字の形声文字のように、カテゴリーをあらわす表意的な部分と音をあらわす表音的な部分からできていることになる。考えようによっては、とても合理的な文字だとぼくは思った。

抽象的《ちゅうしょうてき》な意味の言葉を文字にするときも、漢字と同じように具象からの発展形で作られたようで、木をあらわす「E」は、「高い」とか「硬《かた》い」などの文字の中に小さく描《えが》かれているし、逆さになって草をあらわす形は「多い」とか「豊かな」などの文字の中に入っている。さらに「偉大《いだい》な」とか「優《やさ》しい」とかいうもっと抽象的《ちゅうしょうてき》な言葉の中にもその二つは使われている。

トゥニソルから文字を習いながら、ぼくは彼《かれ》らが周囲の自然と世界を理解していくやり方がおぼろげながらわかってくる気がした。ぼくは学校で英語が苦手だったけれど、別の言語を学んでいくとそれまで知らなかった世界が開けてくるということをトゥニソルに教えてもらった気がする。それはとても刺激的《しげきてき》な経験だった。

ぼくはトゥニソルに字を教えてもらいながら、頭がいっぱいになってしまってもう無理という時なんかに、逆にひらがなや漢字を彼《かれ》に説明してあげた。漢字の一覧をパソコンの画面で見せた時には、トゥニソルは目を丸くした。

「これは全部、違《ちが》う字なの？　どうしてこんなにたくさんの字が必要なんだろう？」

「たしかにそうだよね。ぼくたちだって、全部書ける人はたぶんほとんどいないと思うよ。ぼくは半分ぐらい知っているかな」

「知らない字もあるの？」

「そうさ、大人になるまでに二千ぐらいは書けるようになるけど」

「大人でも読めない字があるなんて、おかしくない？」

「そうかもね」そう言われると、ぼくも困る。たしかに言われてみると、ぼくたち日本人には一生かかっても覚えない文字がたくさんある。トゥニソルは言った。

「君たちの世界には、きっと見たこともないくらいたくさんの物があるんだね」

トゥニソルは素直《すなお》に驚《おどろ》いて興味をもったようだった。

こびとたちの洞窟《どうくつ》から発見された本の解読は、ほとんど進まなかった。トゥニソルと二人でときどき何時間も議論した。でも糸口が見つからない。現在のこびとの文字とはまったく違《ちが》う原理のようなのだ。博士が言ったように、絵の描《えが》いてあるページをよく見ていくと、いくつかの文字と対応する物との関係がすこしわかった。けれども、わかるのはそこまでで、高い壁《かべ》にぶち当たってしまうのだった。

「あーあ。やっぱり無理なのかなあ」と、ある時ぼくが言うと、トゥニソルは、

「急ぐ必要なんかないだろ。ぼくたちができなくてもいつかきっと誰《だれ》かが読めるようになるさ」

と言った。そのとおりだ。急ぐ必要なんかない。

「ねえ、その地図みたいなの、おばさんの住んでいる谷に似てない？」

その日は、トゥニソルが妹も連れてきていたので、いっしょに本の写しを眺《なが》めていたレタラムが言った。

「ラヨチュクおばさん？」とトゥニソル。

「そう。ラヨチュクおばさんの住んでいる谷は、地図のここのところにそっくり」レタラムは地図の左上の一角を指さした。

「そんな形の谷は他《ほか》にもたくさんあるよ」トゥニソルは疑っている。

「それはそうだけど、この谷のここのところが崖《がけ》みたいになってるでしょ？　おばさんの家の上流にこんなところがあったよ」

「ねえ、そのおばさんって、トゥニソルに苔《こけ》のことを教えてくれた人？」とぼくは聞いてみた。

二人の話によると、ラヨチュクおばさんは、お母さんのお姉さんに当たる人で、足が悪いのにひとりで暮らしているのだそうだ。あまり日当たりの良くない小さな谷に、一本の古いケヤキがあっ

て、その幹にあいた大きな洞《ほら》にひとりで住んでいる。その谷は少し薄暗《うすぐら》くて、苔《こけ》の種類が多いから良いのだとおばさんは言うらしい。まわりの人たちは心配して、みんなのいる冬のすみかに移るように言うけれど、その苔《こけ》の中に自分の悪い足を治す薬があると信じていて、他《ほか》の人の言うことを聞かないのだそうだ。

「暇《ひま》はあるから、行ってみようか」ぼくは言って見た。

「それはかまわないけど、おばさんは会ってくれるかな。君をみると怖《こわ》がるかもしれないよ」

「そんなことないよ。一度、トゥニソルの大きな友達を見てみたいと言ってたもん」とレタラムは賛成してくれる。ぼくと博士が地震《じしん》のあとで山に登ったときも、そのおばさんは足が悪いから、あの場にはいなかったのだった。

「もしできるなら、一度会って苔《こけ》の話を聞いてみたいな。もし会えなくても、谷のようすを見るだけでもいい」とぼくはさらに言ってみた。

「じゃあ、聞いてみるよ。ラヨチュクおばさんは、笹《ささ》茶の作り方も詳《くわ》しいから教えてもらうといい。でも会ってくれるかどうか、いちおうおばさんに聞いてみるよ。おばさんはあまり人に会うのが好きじゃないんだ」とトゥニソルも言ってくれた。

この年は台風があまり来なかった年で、日本に上陸したのは二つだけだったけれど、その一つがこの山地のすぐ近くを通った。九州をかすって北上したあと、日本海で大きく東に転針し、再上陸したのだ。下の村の農家は収穫《しゅうかく》直前のリンゴがみんな落ちてしまってさんざんだったらしい。ぼくはラジオで接近を知ると、第二の小屋で台風をやり過ごすことにした。第一の小屋は沢《さわ》に近すぎて、増水の危険があると思ったし、谷底なので崖崩《がけくず》れも心配だった。

台風が接近する前から大粒《おおつぶ》の雨が降り続いた。耳をふさぐような雨音が一日中続く。第二の小屋は建て付けはしっかりしているけれど、なにしろ素人《しろうと》の大工仕事なので隙間《すきま》だらけで、あちこちから水がしたたってくる。ぼくはブルーシートを二段ベッドの上に張ってその下で寝《ね》なくてはいけなかった。

しだいに風が強くなると、小屋が揺《ゆ》すぶられてミシミシ言った。恐怖《きょうふ》を感じた。木の組み方を教えてくれた博士は、どのくらい建築の知識があるのだろうと疑いたくなった。崩《くず》れた小屋の下敷《したじ》きになって死んだらどうしよう。博士と南さんが探しに来てくれるまで、誰《だれ》にも発見されないのは確かだ。そんなことを考えると怖《こわ》くてなかなか眠《ねむ》れない。

ふと、博士たちに最初に出会った日のことを思い出した。あの日も大雨で、ぼくは道に迷っていたのだったっけ。あれから二年間、本当にいろいろなことがあった。ぼくの人生はこびとたちとの出会いですっかり変わってしまった。ぼくの考え方も、ずいぶん以前とは変化した。多くのことをこびとたちに教わったからだ。ただの知識としてではなく、あの人たちの暮らし方、自然との関《かか》わり方そのものが大事なことを教えてくれた気がする。

そんなことを考えながら、ぼくはときどき風の吠《ほ》え声《ごえ》にびくりと起こされながらも、少しのあいだまどろんだ。

台風が去った翌朝は、一転しておだやかな青空になった。小屋は倒《たお》れなかった。博士はやっぱりたいしたものだ。小屋を出るとまわりは吹《ふ》き飛《と》ばされてきた枝葉だらけだった。それを片付けながら小屋を点検すると、屋根にふいた板が少しはがれていた。これぐらいですんだのは奇跡《きせき》だ。

7

屋根を直しているとトゥニソルとレタラムがやって来た。

「やあ、トゥニソル。ひどい風だったね。君たちは大丈夫《だいじょうぶ》だった？」

「うん。みんなで洞窟《どうくつ》に避難《ひなん》していたよ。少し水が入ってきたけれど、大きな被害《ひがい》はなかったよ」

「これ見てよ。屋根がこわれてしまった」

「あたしたち、洞窟《どうくつ》の外にいた人たちが無事だったか、見て回っているの」とレタラムが言った。

「そう、みんな無事だった？」

「うん。大丈夫《だいじょうぶ》。それでね。さっきラヨチュクおばさんの所も見てきたんだけど、君を連れてきてかまわないって言ってくれた」とトゥニソルはうれしそうに言った。「巨人《きょじん》を一度見てみたいんだってさ」

「それはうれしいね。いつ行ける？」

「もし良ければ今からでも」

「わかった。じゃあ急いで朝ご飯を食べてしまうよ」

そういうわけで、ぼくは朝食を急いですませると、メモ帳や図鑑《ずかん》をリュックに放《ほう》り込《こ》んで二人といっしょにおばさんの住む谷に出かけた。

台風の直後で沢《さわ》の水かさは多く、ごうごうと怖《こわ》いくらいの音をたてて流れている。河原は増水した水が引いたあとで泥《どろ》やら、ひっくり返った岩やら、木の枝やらで歩きにくかった。沢《さわ》を渡《わた》れないところがあるのではと、心配したけれど、トゥニソルたちが渡渉《としょう》に適した場所を教えてくれた。彼《かれ》らは本当にこの谷をすみずみまで知っている。

こびとたちの冬のすみかに向かう枝沢《えださわ》の入り口を過ぎて、さらに本流をしばらく行くと、小さな流れが右岸から流《なが》れ込《こ》んでいた。二人に言われるままに両岸が切り立った狭《せま》い入り口をはいって、小さな流れをしばらくさかのぼって行くと、やがて奥《おく》に意外なほど広くなっているところがあった。対岸は高い崖《がけ》だけれど、こちら側はなだらかな斜面《しゃめん》が尾根《おね》まで続いている、日当たりの良い坪庭《つぼにわ》みたいで、その中をちょろちょろと小川が流れている。

「静かな谷だね。小屋を建てたくなるようなところじゃないか」ぼくが言うと。トゥニソルが説明してくれる。

「ここがおばさんの仕事場みたいなところなんだ。よく見るとあちこちに珍《めずら》しい草花が植わっているよ、あそこのケヤキの木が見える?」

彼《かれ》の指さす方を見ると、なるほど斜面《しゃめん》の中腹に古いりっぱな大木があった。男の神様の木ほどではないけれど、数百年は経《へ》ていそうな太い幹には、あちこちに大きな瘤《こぶ》がある。強風で折れた枝の跡《あと》や幹が裂《さ》けて残った黒々とした傷跡《きずあと》などが、長いあいだ風雪に耐《た》えてきたことを物語っている。

「あそこにおばさんが住んで……」

トゥニソルが言い終わらないうちに、ピーッと甲高《かんだか》い音が耳元で響《ひび》いてびっくりした。ぼくの頭の後ろでリュックの上に座《すわ》っていたレタラムが、いきなり耳元で歌い棒を吹《ふ》いたのだ。あわてて首をすくめたぼくの後ろからレタラムが飛び降りて、石の上でもういちど鋭《するど》く吹《ふ》くと、それにこたえてケヤキの木の方からもかすかに高い笛の音が聞こえた。

「おばさん、いるよ」と叫《さけ》んでレタラムは斜面《しゃめん》を駆《か》け上《あ》がっていった。

ラヨチュクおばさんは、大きな木の下で出迎《でむか》えてくれた。ぼくとトゥニソルが斜面《しゃめん》を登ると、レタラムがもうおばさんにかじりついていた。

そろそろ白髪《しらが》がまじりそうな髪《かみ》を頭の上に結《ゆ》い上《あ》げている。顔にはやっぱりトゥニソルのお母さんの面影《おもかげ》がある。たいていのこびとは体にぴったりした活動的な服を着ているけれど、おばさんはゆったりとした体型にだぼだぼのモンペのようなものをはいている。歩くときは体を少し傾《かたむ》けながらゆらゆらと上体を揺《ゆ》らすのは、足が悪いからだろう。

「いらっしゃい、トゥニソル。この人が友達かい。いやあ、大きな人だねえ。こんな巨人《きょじん》は初めて見たよ。話には聞いたけれど本当にいるんだね」

「こんにちは。はじめまして。いつもトゥニソルにはお世話になっています」

ぼくがこびとの言葉で言うと、おばさんが驚《おどろ》いた。

「はい、こんにちは。はじめまして。私たちの言葉がわかるんだね」

「ええ。トゥニソルが教えてくれたんです。ここはとても静かで良いところですね」

「そうでしょう。鹿《しか》や猿《さる》たちもよくやってくるよ。みんなは山の上に来ないかって言ってくれるけれど、私はここで一人でいる方がいいんだよ。山の上は寒くてかなわないからね」

「冬の間、ずっとここで暮らすんですか？」

「いや。そうしようと思えばできなくもないだろうけど、ここらも雪は深くなるからね。やっぱり冬のすみかに行くよ。石の中で冬を過ごすのは昔からの習慣だし、大勢いて楽しいことは楽しいからね」

「いつ来《く》るの。ねえ、雪が降る前に来《く》る？」レタラムはおばさんがくるのが待ち遠しくてしょうがないようだ。

「そうだね。あまり寒くならないうちにね。このケヤキの葉が全部落ちる頃《ころ》に行こうね」

ぼくは水筒《すいとう》の水をのんで、ビスケットを食べた。みんなにもひとかけらずつおすそ分けをした。

おばさんは、初めて食べる砂糖の味に驚《おどろ》いたようだった。

「これはおいしいもんだねえ。こんなに甘《あま》い物は食べたことがない。何の粉を焼いたの？」

「小麦と砂糖がほとんどです」

ぼくは地面に麦の絵を描《えが》いた。

「似た草はあるけど、こんなに粒《つぶ》の大きなのは初めてだねえ」

「小麦は、この辺にはないでしょうかね。この谷には、珍《めずら》しい草花を植えていらっしゃるとか」

「見せてあげよう」

ラヨチュクおばさんは、それから谷の中を案内してくれた。気がつかなかったけれど、あちこちに珍《めずら》しい花が植えてあって、解説を聞いているとまるで植物園か野草園のようだ。ぼくは持ってきた図鑑《ずかん》と照らし合わせながら聞いていたけれど、すぐ頭がいっぱいになってしまった。ぼくの小さ花のことを教わってきていたんだと思うと、ぼくは自分の無知が恥《は》ずかしかった。トゥニソルは幼い頃《ころ》からこの植物学者について草な図鑑《ずかん》には載《の》っていないものがたくさんあった。

あたりをひと回り案内してもらったあと、レタラムが言った。

「ねえおばさん、この地図を見て。この地図の場所、わかる?」レタラムはぼくに地図の紙をだすように催促《さいそく》する。ぼくがポケットから地図の写しを出して見せると、おばさんはのぞき込《こ》んで額にしわを寄せた。

「うーん。たぶんここのところは、今私たちがいるこの谷を示しているようだね」

レタラムが言ったとおり、地図の左上の方は、今ぼくたちがいる谷を指しているようだ。ぼくたちはもう一枚、二万五千分の一の正確な地形図を出して比べてみた。

「ねえ見て、この印は冬のすみかがあるところだよ」

なるほど、レタラムに言われてみると、こびとたちの洞窟《どうくつ》のある場所らしきところに、何か文字がある。もちろん読めないのだけれど、謎《なぞ》の本の作者たちがあの書庫をここに記録したのは間違《まちが》いなさそうだ。ぼくは奇妙《きみょう》な石のかけらを拾った第二の遺跡《いせき》の場所も照らし合わせてみた。おなじように小さな文字があった。博士と南さんが最初に石を見つけた第一の遺跡《いせき》も同じ文字で地図に書き込《こ》まれていた。間違《まちが》いない。あの本を残した人たちは、岩に小さな穴を開けたものの正体を知っていて、しかも、今こびとたちが住んでいるあの洞窟《どうくつ》は、もともとその人たちの遺跡《いせき》なんだ。するとこの地図の印のある他《ほか》の場所にも何かがあるに違《ちが》いない。トゥニソルに説明した。

「わかった。長老に話して、ぼくたちで行ってみるよ」

その時、さっきから地図をしげしげと眺《なが》めていたおばさんが言った。

「ねえ。この汚《よご》れているみたいな黒いところは何だろうね？」

地図のところどころに細かい斜線《しゃせん》で薄《うす》く網掛《あみか》けしたような斑紋《はんもん》がある。遠くから見ると鉛筆《えんぴつ》の粉が指について、汚《よご》れたみたいに見える。ぼくはこの地図を手書きでパソコンの画面から紙に写すとき、何か意味があるのだろうかと思いながら、もとの本にあったよごれみたいなものを、いちおうハッチングで写しておいたのだ。ハッチングというのはスケッチをするときに細かい斜線《しゃせん》を密に描《えが》いて影《かげ》をつけるやつだ。

「これは何でしょう？　元の本はトゥニソルの頭ぐらいの大きさなので、小さすぎてよく見えないのです。紙の汚《よご》れだと思うんですが」

ぼくはトゥニソルに元の本から手書きで写したのだということを説明してもらった。

「考えすぎかもしれないけれど、このうす黒い印のある所は、トリコ笹《ざさ》が生えている所と重なるように思えるんだよ」とラヨチュクおばさんは自信がなさそうに言った。

「ほんとだ。ここも。こっちもそうだよ」

トゥニソルはいくつか指さした。たしかに冬のすみかの横でこないだ見せてもらったトリコ笹《ざさ》の場所も一致《いっち》するように見える。

「もしそれが本当なら、本を作った人たちもトリコ笹《ざさ》を知っていたんですね」ぼくは驚《おどろ》いて言った。

「そのようだね」

それから話はトリコ笹《ざさ》のことになった。おばさんはケヤキの家から少し斜面《しゃめん》を登ったところに生えているトリコ笹《ざさ》の群落に案内してくれた。

それからおばさんが説明してくれた笹《ささ》茶の作り方を、ぼくはていねいにノートに書き入れた。細かい質問もたくさんして、その答えも書き入れた。ラヨチュクおばさんの説明をかいつまんで記すと、こうだ。

まず新芽を摘《つ》むのだが、春の一番先に出てきた芽は採らない。これは笹《ささ》を枯《か》らさないようにするためと、まだ春の浅いときの芽には「力」がすくないからなのだそうだ。雪が完全に解けて暖かくなった頃《ころ》に出てくる二番芽と三番芽を、三センチくらいになってから摘《つ》んでいく。

摘《つ》んだ葉はお皿の上で少ない水に浸《ひた》して、ある苔《こけ》の一種を十五日間ほど乗せておく。笹《ささ》はもともと殺菌力《さっきんりょく》の強い植物だが、摘《つ》まれた葉も侵入《しんにゅう》しようとする苔《こけ》の菌糸《きんし》を殺そうとして特殊《とくしゅ》な物質を作り出すのだそうで、その工程が大事らしい。その苔《こけ》は、ぼくたちが苔寺《こけでら》や盆栽《ぼんさい》で想像するような緑のポワポワした苔《こけ》ではなく、木の幹や岩にへばりついている地衣類のようなものらしい。トリコ笹《ざさ》同様、この苔《こけ》のほうも特定の場所にしか生育しない希少な苔《こけ》なのだそうだ。こびとたちの洞窟《どうくつ》にはこの苔《こけ》が自生しているのだとトゥニソルは言う。

そして、十五日間の「浸《ひた》す」行程が終わると、湯気を当てながら低温で「蒸《む》す」行程がある。ここで重要なのは温度管理で、温度を上げすぎると風味が飛んでしまうし、低すぎると苔《こけ》の菌《きん》が死なない。菌《きん》を完全に殺してしまわないと、お茶はすべてだめになってしまうそうだ。

「蒸《む》す」のが終わると、葉っぱを「揉《も》む」作業に移る。そこは普通《ふつう》のお茶の場合と同じらしい。それはその次の発酵《はっこう》させる過程にとって大事な作業らしい。「揉《も》み」がアマいと、うまく発酵《はっこう》が進まない。そして長い時間かけて「発酵《はっこう》」と「天日干し」を繰《く》り返《かえ》していく。発酵《はっこう》と言っても、酵母《こうぼ》が作用するのではなく、一種の酸化作用なのだけれど、一定の温度と湿度《しつど》の下でないとうまくいかないらしい。夏の間の洞窟《どうくつ》の中は温度や湿度《しつど》の変化が少ないから、それに適している。そうして酸化を進ませながら、時どき天日に当てて水分を抜《ぬ》いていく。乾燥《かんそう》が進むと、酸化が止まる。このあたりの工程は、紅茶の作り方に似ているようだ。そうやって作った笹《ささ》茶の葉には、良い香《かお》りや味に加えて、トリコ笹《ざさ》が持っている成長抑制《よくせい》の物質が壊《こわ》されずに残り、煎《せん》じて飲むことでこびとたちの体内に作用するのだ。笹《ささ》には殺菌《さっきん》作用もあるので、いろいろな病気にも効果があるという。

「けがをしたときは、洗った笹《ささ》の葉を傷口に当てて巻いておくといいよ。できれば、さらに笹《ささ》茶を飲むともっといいよ」トゥニソルが言った。

「ありがとうございます。これは貴重な知恵《ちえ》です。教えてくださって、ほんとうに感謝いたします」

ぼくが言うと、おばさんは待っていなさいと言い、家から笹《ささ》の葉にくるんだ緑っぽいポテトチップのような物を持ってきた。

「これをもって行きなさい。浸《ひた》す行程に使う苔《こけ》だよ。水に一日も浸《ひた》せばもどるからね、日陰《ひかげ》の涼《すず》しいところに置いておきなさい」

「ありがとうございます。ぼくにも笹《ささ》茶が作れるでしょうか?」

「トゥニソルはやったことがあるから、大まかなことはわかるはずだよ。聞きながらやってみるといい」

ぼくたちはそれから楽しいおしゃべりを続け、暗くなる前に帰った。レタラムはおばさんの所に残り、トゥニソルはぼくの道案内についてきてくれた。

台風はすっかりどこかに行ってしまって、沢《さわ》の水も少し落ち着いてきた。台風が運んで来た温かい空気が残っていて、秋の山はとても気持ちがよかった。

「やさしいおばさんだね」

「子どもがいないから、ぼくたちのことがかわいいんだと思うよ」

「そうだろうね。トゥニソルは小さい頃《ころ》からよく遊んでもらったの？」

「レタラムは、赤ちゃんの時に体が弱くて、母さんはたいへんだったんだ。母さんはぼくの世話ができなくなって、それでぼくはずいぶん長いあいだおばさんといっしょに暮らしていた。だから、もうひとりの母さんみたいなもんなんだよ」

「そうなんだ。だからそんなに苔《こけ》や草花のことにくわしくなったんだね」

「ラヨチュクおばさんは、小さかったぼくの面倒《めんどう》をみるのと同じくらい愛情を込《こ》めて草花を育てるからね。毎日あの谷の一つ一つの草花を見て回るんだよ。枯《か》れた枝を折ったり、虫をとってやったり、植《う》え替《か》えてやったり忙《いそが》しそうにして、けっきょく一日の半分がそれで終わってしまうんだ」

「そういうの、庭師ってぼくらは言うんだ」

「そう。今日は苔《こけ》の話があんまり聞けなかったけれど、苔《こけ》の知識もすごいよ。あの沢《さわ》は狭《せま》く切り立った崖《がけ》が多いでしょう？　だから日の当たらない岩陰《いわかげ》や、木の幹に珍《めずら》しい苔《こけ》が生えるんだよ。おばさんはたぶん百種類以上の苔《こけ》を育てていると思うよ」

「だから苔《こけ》の師匠《ししょう》なのか」

「まあ、それは半分は薬の研究だけどね」

こびとたちが自然を探求する情熱には、限りがないらしい。ぼくたちの世界の大学の研究とはずいぶん違《ちが》うけれど、博士や南さんが動物の研究をするのと根っこは同じなんだろうなと思う。ぼくもそういう生き方に憧《あこが》れるようになってきた。蝶《ちょう》ばかり追いかけていたぼくは、そういうひとたちのおかげでもっと広い自然に目を向けられるようになってきたと思う。ほんとうに自然には限りがない。

「おばさんはね、若いときに旦那《だんな》さんを亡《な》くしたんだ」トゥニソルが悲しそうに言う。

「そうなの…でもまだ若いじゃないか」

「結婚《けっこん》して数年後にね、大雨が降ったとき、大きな地滑《じすべ》りがあったんだ。そのとき運悪く寝《ね》ていた木ごと、土砂《どしゃ》に埋《う》まってしまったようなんだ。けっきょく遺体は掘《ほ》り出《だ》せなかった」

「なんと…」

「だから、おばさんは心のどこかで、旦那《だんな》さんが帰ってくるのを待っているんじゃないかと思う。まわりの人が別の男の人との結婚《けっこん》をすすめても、ことわり続けていたって母さんが言ってた」

ぼくはなんとも答えようがなかった。生きるっていうことは、そうやって小さな偶然《ぐうぜん》のせいで人生全体が大きく変わってしまうこともあるってことだ。頭ではわかっても、ぼくにはそういう運命を引き受けて生きねばならない人の心の内はなかなかわからない。秋の風の中を歩きながら、哀《かな》しい話を聞いてしまった。

8

初雪の予報は十月の最後の週に出た。ラジオの天気予報を聞いてすぐに、ぼくは片付けを始めた。いよいよ調査を切り上げなければならない。

第二の小屋は人が来る可能性のほとんどないところにあるので、そのまま残すことにした。きっと壁《かべ》ぎわの日だまりは鹿《しか》たちのいい休み場所になるだろうし、屋根裏はヤマネやリスたちの冬眠《とうみん》にうってつけだろう。河原に近い第一の小屋は取《と》り壊《こわ》すことにした。万が一、また来ることがあれば第二の小屋を使えばいい。タワーは、ナイロンロープやワイヤーを使ったところは取り去ることにして、藤《ふじ》ヅルや丸太は残すことにした。何年かたてば自然に朽《く》ちていくだろう。人工物はそれ以外何も残さないようにしなければならない。燃やせる物は燃やした。

もう木々の枝もすっかり葉を落として、山は明るくなった。そして寂《さび》しくなった。ラヨチュクおばさんのケヤキも裸《はだか》になっただろう。山の上の方は先週に一度、うっすらと白くなった。

紅葉のころにはさかんに木の実をついばんでいた小鳥たちも、めっきり姿を見せなくなった。里に下りて行ったのだ。こびとたちは、きっと洞窟《どうくつ》の中で火をたき、物語を語ったり歌を歌ったりしているのだろう。ここのところトゥニソルもしばらく姿を見せていない。ぼくがもし小さくなれるものならば、彼《かれ》らの仲間に入れてもらっていっしょに冬を越《こ》したいところだけれど、ぼくは町に帰らなければならない。

博士とは連絡《れんらく》がとれた。博士は土曜にならないと来られないが、南さんがその前に来《く》るという。ぼくはトリコ笹《ざさ》を下に持ち帰るべきかどうか相談した。博士は研究用に一株持ち帰ってほしいと言う。

空はどんよりと曇《くも》りつづけている。長い冬のはじまりだ。

鉛色《なまりいろ》の空は人を思慮深《しりょぶか》くするのかもしれない。ぼくは歩き回らないで小屋でものを考えることが多くなった。トゥニソルたちがやって来なくなって、研究に進展がなくなったこともあって、このところ毎日がなんとなく過ぎている。やることがないときは、こびとたちの本の文字をぼうっと眺《なが》めた。いいアイデアが浮《う》かんでくるわけではないけれど、それしかやることがなかったのだ。

何のためにこんな山の中でひとり暮らしているのだろうと思うこともある。動物も植物もすっかり活動をやめてしまって、山全体がなんだか眠《ねむ》りについているような感じだ。よく見るとちょろちょろ流れる沢《さわ》の中でも、枯《か》れ葉《は》の積もった土の中でも生き物は静かに息づいているのだけれど、観察しようと外にいると体が冷えてくる。寒さの中では二時間ぐらいが限界だ。雪が積もったら、ほんとうに小屋から一歩も出ない冬眠《とうみん》のような生活になってしまうだろう。やはり町に帰るのが正しいのだろう。小さな小屋で何か月も雪に埋《う》もれていたら、うつ病になってしまいそうだ。

そんなどんよりした気持ちでいたところに南さんがやって来て、鬱《うつ》を吹《ふ》き飛《と》ばしてくれた。やっぱり南さんは偉大《いだい》だ。

「ずいぶんさっぱりしてしまったね」南さんは小屋の中を見回して言った。「もうあんまりやることもなさそうじゃない」

「ええ、食料も残してもしょうがないから、食べてしまいましょうよ」とぼくは言った。

「まだかなり残ってるの？」

「いや、もうほとんどないですけど」

「じゃあ、あした博士が来たら、盛大にパーティーやろうか」

「そうですね。缶詰《かんづめ》パーティー、やりましょう」

ラジオは明後日から雪になりそうだと言っている。ぼくはこの一か月半に調査でわかったことを南さんに説明した。小屋の裏に根付いたトリコ笹《ざさ》も見せた。試《ため》しに笹《ささ》の葉を煎《い》って笹《ささ》茶を淹《い》れて飲んでもらった。

「これ飲んだら小さくなるの？」

「いやいや。なりません、なりません。ただ笹《ささ》の葉を煎《い》って煮出《にだ》しただけですから。こびとたちの本当の笹《ささ》茶は、もっと作り方が違《ちが》うんです」

「でも、こうばしい香《かお》りがしてけっこうおいしいじゃない」

「よかった。これだけでも案外くせになりそうですよね」とぼくはおかわりを注《つ》ぎ足《た》した。

「文字の解読は進んだ？」

「ぜんぜん。博士の方はどうです？」

「最近会っていないからわからないけど、どうかな」

「論文の方は？」

「ほぼ終わった」

「それはおめでとうございます。たいへんだったでしょうね」煎《い》ったカヤの実をかじりながらぼくは言った。

「まあ、トゥニソルやスムレラのおかげと言ったほうがいいかなあ。あの子たちに聞いた話が核《かく》になっているわけだから、自分の手柄《てがら》みたいに言ったら罰《ばち》があたりそう」

南さんは論文の概要《がいよう》を説明してくれた。この地域に生息している主にアトリ科の小鳥たちの鳴き声とコミュニケーションについての研究だとか。

「論文が終わったらどうするんですか。博士になるんですか？」

「いや、博士の下の修士というのになるんだけれど、このまま大学に残るのも、お金の面とかいろいろあるし、悩《なや》みどころなの」

「就職するんですか？」

「動物園の鳥担当でひとつ雇《やと》ってくれそうなところがあってね。それもいいかなって思ってる」

「いいじゃないですか」ぼくは長靴《ながぐつ》をはいてバケツを持っている南さんを想像した。なぜかわからないけれど、動物園の飼育係と聞くと、ぼくは長靴《ながぐつ》とバケツというイメージが浮《う》かんでしまう。

「あなたはどうするの？」

ぼくは、博士にも聞かれて大学に行くための勉強を始めようか迷っていると答えた話をした。南さんは賛成してくれて、勉強のアドバイスをいろいろとしてくれた。

小屋の外は音ひとつしない冬の静寂《せいじゃく》だった。トイレに行くのに外に出ると、半月が白く冴《さ》えていた。

翌日、博士が昼過ぎにやってきて、片付けと荷造りはほぼ終わった。夜には残っている食材で缶《かん》詰《づめ》パーティーをした。博士が持ってきてくれたワインがとてもおいしかった。

博士は解読の進み具合を説明してくれた。本の文字を、まず構成する部品に分解していって共通の要素を見つけ出す。そしてその要素の意味を考えていく。たとえば漢字で言えばサンズイは水を表し、ニンベンは人を表すといったぐあいだ。基本要素を見つけていく作業はほぼ終わったと思うと博士は言う。ただそれぞれの要素が何を表しているかは、まださっぱりわからない。

さらに、博士は、特定の文字の組み合わせが、どのように出てくるのかを調べ始めている。たとえば三つの文字が同じ順番で何度も出てくれれば、それが単語だろうと推測できる。

そしてもう一方では、一つ一つの文字や単語がどれぐらいの頻度《ひんど》で出てくるか、統計をとるのだそうだ。そして、その数値をページごとに、あるいは本ごとに比較《ひかく》してみる。

「するとなにがわかるんですか?」

「もしも、どのページでも、どの本でもほぼ一定の高い割合で出てくる文字列があれば、それは物の名前や動作を表すのではなくて、文法的な役割を持った語ではないかと推測できる」

「文法的な役割ですか?」

「たとえば日本語で言えば、『私は』の『は』とか、文末の『です』とかね。英語で言えば前置詞の『ｉｎ』とか、冠詞《かんし》の『ｔｈｅ』とかね」

「あ、なるほど。わかります」

ただ、ぼうっと眺《なが》めていただけのぼくとは違《ちが》って、やっぱり博士はすごいと思った。

慣れないお酒を飲んだせいで、翌朝は軽い頭痛がした。

「やばいです。ぼく二日酔《ふつかよ》いらしいです」

「荷物持てない？」

「いや、がんばります」朝食の代わりに笹茶《ささ》をがぶ飲みしたら、気持ちが悪いのは少しおさまった。飲み過ぎてしまったのは、ひとつには南さんが横にいたからというのもあるけれど、もうひとつにはこれでトゥニソルたちと二度と会うことがなくなるのかと思う寂《さび》しさが心の底にあったからだと思う。

出発のしたくをしていると、スムレラとシラルがやって来た。お別れを言いに来たと言う。雪が降るころに小屋を引き上げることはトゥニソルに言ってあったし、南さんや博士が来ていることも気づいていたのだろう。スムレラは南さんの事をお姉さんのように慕《した》っている。ぼくと博士が荷物をまとめているあいだ、庭で二人は何か話をしていた。ときどき南さんの笑い声も聞こえた。ふたりは体の大きさこそ違《ちが》うが、親友のようにいつまでも話が尽《つ》きないようだ。ぼくは二人が話している光景を見るのがすきだ。

「ねえ、シラル。冬ごもりのしたくはもう完全に終わったの？」ぼくは聞いてみた。

「ええ。終わりましたよ。散らばっていた人たちも集まってきました」

「散らばっている人というのは、ラヨチュクおばさんみたいに一人で住んでいる人ということ？」

「そういう人もいるし、寝《ね》る場所を決めずにいろいろな物を探して歩いている人もいます。時には夫婦《ふうふ》が子供を連れて夏のあいだ遠くに行っているような人たちもいます」

「その人たちがみんな戻《もど》ってくるのか。賑《にぎ》やかだろうな」

「冬の谷は雪が深くて危険なんです。雪の中で身動きがとれなくなったら危ないから」

「洞窟《どうくつ》で見つかった本は、読めるようになったの？」博士が聞いた。

「いいえ。まだです。先日トゥニソルが教えてくれた地図の他《ほか》にも、いくつかの地図らしい物が見つかりました。たぶんここだろうという場所もいくつかわかりました。でも詳《くわ》しく調べるのは、雪が解ける来春になるでしょう」

「私たちのほうもいろいろ調べてはいるんだが、まだ決定的なことは何もわかっていないんだ。長老に申し訳ないと伝えてほしい」

「いえいえ。気になさらずに。あれは私たちの文字です。私たちが解くべきなんです。冬の間、みんなで研究することになるでしょう。長い退屈《たいくつ》な冬に、やることができて良かったですよ」

あれこれ話しているうちに南さんとスムレラが戻《もど》ってきたので、ぼくらは出発した。

「さようなら。いろいろとありがとう。長老によろしく。スムレラとお幸せにね」南さんがシラルに言うと、シラルも幸せそうな笑顔《えがお》になった。二人が並んでいるとすっかり息の合った夫婦《ふうふ》という雰囲気《ふんいき》がある。初めてスムレラに会った時の事をぼくはちょっと思い出した。すっかり子供っぽさがなくなって、若いお母さんの顔になってきた感じがする。

「さようなら。トゥニソルによろしく」とぼくが言うと、スムレラが言った。

「トゥニソルは昨日からお父さんを迎《むか》えに行ったの。島に行っていたお父さんが帰ってくるという知らせが入ったので、荷物を持ちに行ったのよ。みなさんがいなくなるときっとさびしがると思う。

あの子の相手をしてくれてありがとう。トゥニソルは、あなたたちと会うようになって、すごく成長したわ。しっかりしてきたと思う」

「ぼくこそ、本当にいろいろ教えてもらいました。トゥニソルと遊べなくなるのはさびしいです。元気でと、伝えてください」

二人のこびとに見送られながら、ぼくらは小屋を後にした。

見慣れた沢《さわ》を歩きながら、ぼくらは口数が少なくなった。博士も南さんも、そしてもちろんぼくも、この谷には数多くの思い出がある。それぞれの思い出をかみしめながら、ぼくらは峠《とうげ》への道を登った。空はどんよりと雲が垂《た》れ込《こ》めている。

ぼくらはこびとたちと付き合ったこの二年あまりでいったい何を知っただろうか。彼《かれ》らの存在を知ったこと自体が、人類の歴史を塗《ぬ》り替《か》えるような信じがたい出来事だし、彼《かれ》らの言葉を覚えて友達になれたのは幸運だった。それだけでなく、彼《かれ》らの冬のすみかと冬越《ご》しのしかたもわかった。彼《かれ》らの鳥とのつきあい方も知った。彼《かれ》らが孤立《こりつ》している存在ではなく、他《ほか》にも仲間の住む場所がいくつかあるらしいこともわかった。一方で、こびとたちについては、まだまだ、知らないことがたくさんある。トゥニソルに苔《こけ》のこともっと教わりたかったし、ラヨチュクおばさんの植物の知識やシラルの鳥の扱《あつか》い方《かた》も、しっかり教わればきっと驚《おどろ》くようなことがたくさんあるに違《ちが》いない。彼《かれ》らの歴史も謎《なぞ》だ。いったいどこからここにやって来て、どれほどの時間をかけて小さくなり、この地方の自然になじんできたのか。それは気の遠くなるような時が流れただろう。そのあいだにどんな出来事があっただろう。長い長い彼《かれ》らの歴史は、あの書庫の本によってどれだけ明らかにされるだろう。

この二年あまりでわかったことも、反対にわからないまま残った疑問も、すべてぼくら三人の胸に封印《ふういん》されることになる。彼《かれ》らが存在するという事実は誰《だれ》にも知られずに、やがて時とともに消えていく。でも彼《かれ》らの存在がなくなるわけではない。ぼくたち七十七億人の文明世界とはまったく違《ちが》う生き方をしている人たちが確かに存在しているというのはすばらしいことだと思う。たとえ、ぼくたちの文明が間違《まちが》った方向に進んでしまったとしても、彼らは人類のもう一つの可能性として存在し続ける。人間の愚《おろ》かさを乗《の》り越《こ》えるもう一つの試みが、ひっそりと緑の谷の中で続いていく。もしかして遠い将来に、神様か宇宙か運命か何かわからないけれども、人類を見限ってぼくたちを滅《ほろ》ぼすために二度目の大洪水《だいこうずい》をおこすことがあったとしても、こびとたちはきっと選ばれて地上を受《う》け継《つ》ぐ者になるだろう。その資格を彼《かれ》らは持っている。ぼくたちが失いつつある資格を。

「あっ。雪」

南さんの声で空を見上げると、たしかに白いものが舞《ま》いはじめている。

ぼくらは立ち止まって、蒼鉛色《そうえんいろ》の暗い雲の下に横たわる山並みを眺《なが》めた。

こびとたちの籠《こ》もる聖なる頂《いただ》きは、山並みの向こうに隠《かく》れて見えないけれど、そこにももう雪が降り積み始めているだろう。今ごろは温かい火を囲んで、ドングリのクッキーを焼き、トリコ笹《ざさ》のお茶をすすりながらおしゃべりに花を咲《さ》かせているだろうか。レタラムはラヨチュクおばさんの膝《ひざ》にかじりついているだろうか。発見された謎《なぞ》の本をみんなで眺《なが》めて、あれこれ議論しているだろうか。何百年も石の中で眠《ねむ》り続けていたあの洞窟《どうくつ》の書庫は、これからもこびとたちの冬のすみかのかたわらにひっそりと在《あ》り続けて、いつでも見ることができるんだ。いつの日か、彼《かれ》らは必ずあの文字を解読するだろう。そして彼《かれ》ら自身の知識をその上に積み重ね始める。こびとたちの新しい歴史が始まる。

「あ、わかりましたか。ふふ、さっき聞いたんですけど、スムレラに赤ちゃんができたそうですよ。春にはきっとかわいい赤ちゃんが産まれるんだろうな」

「なあ、さっきからなんか妙《みょう》に嬉《うれ》しそうじゃないか?」博士が南さんの横顔を見ながら言った。

なるほど、さっき二人で話していた女同士の話はそれだったのか。

「そりゃあよかった」博士もうれしそうな声で言って、山並みを眺《なが》めた。「この世界がずっと、あの人たちにとって暮らしやすい場所で在り続けてくれるといいんだが」

「そうですね。あの二人、幸せになってくれるといいな」南さんが空の向こうを見て言ったが、ぼくもほんとうにそう思う。

雪の気配にせかされるようにしてぼくらは峠《とうげ》への登りを急いだ。

こびとたちは命をとても大切にする。厳しい自然を生き抜《ぬ》くために知識を共有しあい、熱心に子どもたちにすべてを教える。そして子どもたちも、それぞれの興味におうじておとなといっしょに探求を続けていく。そこには争いや差別が入《はい》り込《こ》むすき間もない。きっと生まれてくるスムレラの子もトゥニソルやレタラムのように自由で、活発な子供になるだろう。トゥニソルだっていつかはすてきな彼女《かのじょ》を見つけて幸せな家庭を築くに違《ちが》いない。そこにはぼくはいないけれど、ぼくは遠くから彼《かれ》らにエールを送り続ける。ぼくはぼくで、ぼくの世界で、ぼく自身の人生を生きなければならない。トゥニソルのように、みんなの役に立つような何かを探求し続ける人生が送れれば、他《ほか》にあまり望むことはないと思う。


「峠《とうげ》だ。少し休もう」

しばらくしてぼくらは峠《とうげ》に着いて、博士のひと言ですこし長い休憩《きゅうけい》にした。博士は後ろから見ると頭も肩《かた》も見えないほど荷物を背負っているから、だいぶ息が苦しそうだ。ぼくも南さんも、山のように荷物を運んでいる。どっかりと荷を下ろして、その上に腰《こし》を下ろした。三人とも息を整えながら、今歩いてきた来た方角を静かに眺《なが》めた。

峠《とうげ》からふり返って見る山並みは、すでに雪でかすんで見えにくくなっていた。これから長い長い冬のあいだ雪に閉ざされる谷は、もううっすらと白くなり始めている。こびとたちがそこにいることを知らなかったら、生命の気配さえ感じられない死の谷のように感じるかもしれない。ぼくらは今、こびとたちがヤマネやリスのようにこの雪の中で冬ごもりしていることを知っているから、谷がただ眠《ねむ》っているだけだと知っている。豊かな生命を雪の下に抱《かか》えていることを知っている。ぼくたち町の人間がここで生きられないのは、この自然の中で生きる術《すべ》を棄《す》てて便利な生活に適応してしまったからだ。それは悪いこととは言えないけれど、不自然なことにはちがいない。どこかで誰《だれ》かが自然から奪《うば》い取《と》ってきた材料で文明という名の城を築き、何百キロも離《はな》れたところで凍りづけにされた生命をむさぼり食っている。不必要な欲望を飼い太らせて、この先どこまで行ったら満足できるものだかわからないまま、機関車のように一本道をばく進していく先にどんな運命が待っているのだろうかと考えてしまう。自分たちの望むままに環境《かんきょう》を変えてしまうぼくたちと、反対に環《かん》境《きょう》に合わせて自分たちを変えていくこびとたちは、いっしょには生きられない。それならせめて彼《かれ》らの住むこの谷は永遠にこのまま壊《こわ》されないで在《あ》り続けてほしい。そう思いながらぼくは山並みを眺《なが》めた。

「さあ、行くか」ぽつりと博士が言った。

体が冷えないうちに行こうと思って立ちあがったとき、黒い二つの点が空中を近づいてくるのが目にとまった。

「あれ、何でしょう？」ぼくの言葉につられて博士も南さんも空を見上げた。鉛色《なまりいろ》の雲を背にして海の方角から近づいてきた黒い点は、二羽《わ》の鷹《たか》だった。ぼくらの頭上を飛び過ぎたかと思うと、急に向きを変えて旋回《せんかい》した。

「あれ、こびとじゃない？」南さんが言った。

たしかに、二羽《わ》の鷹《たか》は何かを足に抱《かか》えている。二度ぼくらの頭上を旋回《せんかい》したと思ったらまっすぐ近づいて来て、ぼくらの頭上を梢《こずえ》の高さぐらいで飛んだ。そして、通り過ぎながらぼくらに向かって何か小さな物を落とした。

その瞬間《しゅんかん》、たしかにトゥニソルが手を振《ふ》っているのが見えた。ぼくも必死に手を振《ふ》り返《かえ》した。

鷹《たか》が落としたものはみごとにぼくらのすぐ横に落下した。急いで拾うと布にくるんだ何かだった。

二羽《わ》の鷹《たか》は少し高度を上げてもう二回ぼくらの頭上を旋回《せんかい》した。

「トゥニソルー。さようなら」南さんが空に向かって叫《さけ》んだ。トゥニソルが手を振《ふ》っているらしいのが小さく見えた。そして手を振《ふ》るぼくらを後にして、二羽《わ》はこびとたちの聖なる山に向かって飛んでいった。小さくなっていく黒い点から、高い音が聞こえた気がしたのは、トゥニソルの歌い棒の音だったのか、それとも鷹《たか》の鳴く声だったのか。

「それ何?」南さんに言われて、ぼくは落ちてきた布きれをほどいてみた。中にはきれいな貝と一粒《つぶ》の小さな真珠《しんじゅ》が入っていた。

「お父さんもいっしょだったんだね」南さんが言った。島からのお土産《みやげ》らしい。目を上げると、二つの黒い点はもう灰色の空に吸《す》い込《こ》まれて見えなくなっていた。

「さあ、行こう」博士が荷物を背負った。

「ええ」

ぼくらは山道を下りはじめた。

ぼたん雪がはげしく降り始めた。

ありがとう。トゥニソル。さようなら。

ぼくはもう道に迷わないよ。

あとがき

私はいつも本屋で本を手にとって読もうかどうしようか迷うとき、とりあえずあとがきに目を通してみるのですが、もし今同じようにしている人がいるとしたら参考になるように、二つのヒントを示しておきます。

この物語は、冒頭でタネ明かしされているように、陶潜（陶淵明）の『桃花源記』の現代版を書いてみようという発想のもとに書かれています。陶潜はご存じのように西暦四百年ごろの中国の文章家で、『桃花源記』は二ページほどの短い話です。ある漁師が川の上流で桃の木ばかりの不思議な林を見つけ、奥に進んでみると山に洞窟があり、それをくぐった先に村を発見します。そこは大昔に外界と隔絶して独自の暮らしをしている人々の村だったという話です。理想郷、ユートピアを桃源郷と呼ぶ由来となった話です。

私はこの作品の中で、陶潜のように、あり得たかも知れないもう一つの文明の可能性を読者とともにイメージしてみようとしています。私たちとはまったく異なる理念の上に築かれた文明をイメージしてみよう。そうすることによって、今在る私たちの文明が絶対的に正しいという思い込みや、あるいは全く正しいとは言えないまでもこうでしかあり得ないのだというあきらめのようなものに、小さな亀裂を入れることができるかもしれない。そういう思いのもとに書かれています。その意味ではスウィフトの『ガリバー旅行記』や芥川龍之介の『河童』などの血を引く物語です。

もうひとつ。陶潜は晩年になって老荘思想に心を寄せた人です。『桃花源記』に描かれた村も老荘思想的な理想郷です。科学技術が急速に進歩した私たちの時代において、タオイズム（道家の思想。タオは「道」のこと）はなおどういう意味を持ちうるだろうかというのが、この作品のもうひとつの隠れたモチーフです。

老子や荘子の思想はさまざまな受け取り方ができるので、こういうものだと簡潔に言うのが難しいのですが、私が共感する部分は、その中に含まれている「人間の知性の小ささを忘れるな」という戒めです。人間の知性は、私たちに幸せをもたらすさまざまな優れたものを作り出す程度には大きいのですが、その自らの作り出したものに振り回されて自分たちを不幸にしてしまう程度には小さいのです。核エネルギーにしてもプラスチックにしても、便利さの裏で厳しいしっぺ返しを私たちは受けています。戦争だっていつまでもなくなりません。本来は過酷な自然を生き延びるために発達させてきたはずの賢さを、同胞を傷つけるために使ってしまうほどに私たちは愚かなのです。この物語に登場する桃源郷の人々は、ある意味で「おのれを小さく、小さくしろ」というタオイズムの教えを体現している人々だと思うのです。

でもそんな難しいことは抜きにして、まずは空想の世界を無心に楽しんでいただければ幸いです。

最後に、西野真由美さんをはじめとする銀の鈴社の皆さん、そしてすてきな絵を描いてくださった吉田瑠美さんのあたたかいご協力でこの本ができたことに感謝いたします。奇しくも陶淵明の享年と同じ年齢でこの物語を上梓することができたのは、作者にとって無上の悦びです。

二〇二一年一〇月

永井明彦

永井明彦（ながい あきひこ）

1958年生まれ。
神奈川県の県立高校の国語教員として定年まで勤務。
15歳から登山を始め、在職したほとんどの学校で山岳部の顧問を務めた。
在職中の55歳から物語を書き始める。
自称、アマチュアの人文社会系SF作家。

吉田瑠美（よしだ るみ）

絵本作家・クレヨン画家
幼少期ニューヨークで過ごす。
青山学院女子短期大学芸術学科卒業。
「いつかはぼくも」をはじめとする、よしだるみのどうぶつかぞく絵本シリーズ（国土社）他多数。

NDC 913　永井明彦
神奈川　銀の鈴社　2021
420頁　21.5cm　石の中の宇宙

グリーンファンタジー
石の中の宇宙

定価：本体3,000円＋税
2021年11月22日初版発行

著　者――永井明彦Ⓒ　吉田瑠美　絵

発行者――西野大介
発　行――㈱銀の鈴社
〒248-0017 神奈川県鎌倉市佐助 1-18-21 万葉野の花庵
電話 0467(61)1930　FAX 0467(61)1931
Eメール info@ginsuzu.com
URL https://www.ginsuzu.com

印　刷――電算印刷株式会社
製　本――渋谷文泉閣

ISBN978-4-86618-122-6 C8093　落丁・乱丁本はお取り替え致します